金 學 叢 書
第二輯 21

吳 敢
胡衍南 霍現俊
主編

卜鍵《金瓶梅》研究精選集

卜鍵 著

臺灣 學生書局 印行

金學叢書第二輯序

2013 年 5 月第九屆（五蓮）國際《金瓶梅》學術討論會期間，胡衍南、霍現俊忙裏偷閒，時而小聚，漢書下酒，就中便有本叢書編輯出版一事。當時即擬與吳敢商談，以期盡快成議。只是吳敢當時會務繁多，此議終未提及。2013 年 7 月 3 日，胡衍南到徐州公幹，當晚至吳敢舍下小酌，此事即進入操作程序。此後電郵往來，徐州、臺北、石家莊三方輾轉，叢書編撰框架日漸明朗。2013 年 11 月 23 日，胡衍南再度到徐州公幹，代表臺灣學生書局與吳敢詳盡商談編輯出版事宜，本叢書遂成定案。

此「金學叢書」之由來也。

中國古代小說研究，重大課題眾多。近代以降，紅學捷足先登。20 世紀 80 年代，金學亦成顯學。明代長篇白話小說《金瓶梅》是中國文學史上一部里程碑式的重要作品，其橫空出世，破天荒打破以帝王將相、英雄豪傑、妖魔神怪為主體的敘事內容，以家庭為社會單元，以百姓為描摹對象，極盡渲染之能事，從平常中見真奇，被譽為明代社會的眾生相、世情圖與百科全書。幾乎在其出現同時，即被馮夢龍連同《三國演義》《水滸傳》《西遊記》一起稱為「四大奇書」。不久，又被張竹坡譽為「第一奇書」。《紅樓夢》庚辰本第十三回脂評：「深得《金瓶》壺奧」。魯迅《中國小說史略》認為「同時說部，無以上之」。

自有《金瓶梅》小說，便有《金瓶梅》研究。明清兩代的筆記叢談，便已帶有研究《金瓶梅》的意味。如明代關於《金瓶梅》抄本的記載，雖然大多是隻言片語的傳聞、實錄或點評，但已經涉及到《金瓶梅》研究課題的思想、藝術、成書、版本、作者、傳播等諸多方向，並頗有真知灼見。在《金瓶梅》古代評點史上，繡像本評點者、張竹坡、文龍，前後紹繼，彼此觀照，相互依連，貫穿有清一朝，形成筆架式三座高峰。繡像本評點拈出世情，規理路數，為《金瓶梅》評點高格立標；文龍評點引申發揚，撥亂反正，為《金瓶梅》評點補訂收結；而尤其是張竹坡評點，踵武金聖歎、毛宗崗，承前啟後，成為中國古代小說評點最具成效的代表，開啟了近代小說理論的先聲。明清時期的《金瓶梅》研究，具有發凡起例、啟導引進之功。

20 世紀是人類歷史上可足稱道的一個百年。對中國人來說，世紀伊始，產生了驚天動地的兩件大事：1911 年封建王朝的終結，1919 年「五四」新文化運動的興起。中國人

心裏承接有豐富的傳統，中國人肩上也負荷著厚重的擔當。揚棄傳統文化，呼喚當代文明，這一除舊佈新的文化使命，在中國用了大半個世紀的時間。觀念形態的更新、研究方法的轉變、思維體式的超越、科學格局的營設一旦萌發生成，便產生無量的影響，具有劃時代的意義。《金瓶梅》研究即為其中一例。

以 1924 年魯迅《中國小說史略》出版，標誌著《金瓶梅》研究古典階段的結束和現代階段的開始；以 1933 年北京古佚小說刊行會影印發行《金瓶梅詞話》，預示著《金瓶梅》研究現代階段的全面推進；以 30 年代鄭振鐸、吳晗等系列論文的發表，開拓著《金瓶梅》研究的學術層面；以中國大陸、臺港、日韓、歐美（美蘇法英）四大研究圈的形成，顯現著《金瓶梅》研究的強大陣容；以版本、寫作年代、成書過程、作者、思想內容、藝術特色、人物形象、語言風格、文學地位、理論批評、資料彙編、翻譯出版、藝術製作、文化傳播等課題的形成與展開，揭示著《金瓶梅》的研究方向。一門新的顯學——金學，已經赫然出現在世界文壇。

20 世紀 70 年代以來的當代金學，中國的吳曉鈴、王利器、魏子雲、朱星、徐朔方、梅節、孫述宇、蔡國梁、甯宗一、陳詔、盧興基、傅憎享、杜維沫、葉朗、陳遼、劉輝、黃霖、王汝梅、周中明、王啟忠、張遠芬、周鈞韜、孫遜、吳敢、石昌渝、白維國、陳昌恆、葉桂桐、張鴻魁、鮑延毅、馮子禮、田秉鍔、羅德榮、李申、魯歌、馬征、鄭慶山、鄭培凱、卜鍵、李時人、陳東有、徐志平、陳益源、趙興勤、王平、石鐘揚、孟昭連、何香久、許建平、張進德、霍現俊、陳維昭、孫秋克、曾慶雨、胡衍南、李志宏、潘承玉、洪濤、楊國玉、譚楚子等老中青三代，辨章學術，考鏡源流，營造了一座輝煌的金學寶塔。其考證、新證、考論、新探、探索、揭秘、解讀、探秘、溯源、解析、解說、評析、評注、匯釋、新解、索引、發微、解詁、論要、話說、新論等，蘊含宏富，立論精深，使得金學園林花團錦簇，美不勝收，可謂源淵流長，方興未艾。中國的《金瓶梅》研究，經過 80 年漫長的歷程，終於在 20 世紀的最後 20 年登堂入室，當仁不讓也當之無愧地走在了國際金學的前列。

此「金學叢書」之要義也。

本叢書暫分兩輯，第一輯為臺灣學人的金學著述，由魏子雲領銜，包括胡衍南、李志宏、李梁淑、鄭媛元、林偉淑、傅想容、林玉惠、曾鈺婷、李欣倫、李曉萍、張金蘭、沈心潔、鄭淑梅，可說是以老帶青；第二輯為中國大陸 20 世紀 80 年代以來學人的《金瓶梅》研究精選集，計由徐朔方、甯宗一、傅憎享、周中明、王汝梅、劉輝、張遠芬、周鈞韜、魯歌、馮子禮、黃霖、吳敢、葉桂桐、張鴻魁、陳昌恆、石鐘揚、王平、李時人、趙興勤、孟昭連、陳東有、孫秋克、卜鍵、何香久、許建平、張進德、霍現俊、曾慶雨、楊國玉、潘承玉、洪濤諸位先生的大作組成，凡 31 人 30 冊（其中徐朔方、孫秋克，

傅憎享、楊國玉，王平、趙興勤，因字數兩人合裝一冊），每冊 25 萬字左右。

　　天津師範學院（今天津師範大學）朱星是中國大陸金學新時期名符其實的一顆啟明星，他在 1979 年、1980 年連續發表多篇論文，並於 1980 年 10 月由百花文藝出版社結集出版了中國大陸新時期《金瓶梅》研究的第一部專著《金瓶梅考證》。朱星的研究結論不一定都能經得住學術的檢驗，但朱星繼魯迅、吳晗、鄭振鐸、李長之等人之後，重新點燃並高舉起這一支學術火炬，結束了沉寂 15 年之久的局面，這一歷史功績，應載入金學史冊。遺憾的是，朱星先生 1982 年逝世，後人查訪困難，只能闕如。

　　香港夢梅館主梅節可謂《金瓶梅》校注出版的大家，1988 年由香港星海文化出版有限公司出版《全校本金瓶梅詞話》；1993 年由梅節校訂，陳詔、黃霖注釋，香港夢梅館出版《重校本金瓶梅詞話》（該本後由臺灣里仁書局 2007 年 11 月初版，2009 年 2 月修訂一版，2013 年 2 月修訂一版八刷）；1998 年梅節再為校訂，陳少卿抄寫，香港夢梅館出版《夢梅館校定本金瓶梅詞話》。前後三次合共校正詞話原本訛錯衍奪七千多處，成為可讀性較好的一個本子。梅節由校書而研究，關於《金瓶梅》作者、傳播、成書、故事發生地等問題的認識，亦時有新見。可惜的是，梅節先生的論文集《瓶梅閒筆硯——梅節金學文存》2008 年 2 月由北京圖書館出版社出版，版權協商匪易，未能入選。

　　上海音樂學院蔡國梁 20 世紀 50 年代末即開始研習《金瓶梅》，寫下不少筆記，1980 年前後即依據筆記整理成文，1981 年開始發表金學論文，1984 年出版第一部專著[1]，累計出版金學專著 3 部[2]、編著 1 部[3]，發表論文多篇，內容涉及《金瓶梅》的思想、源流、人物、作者、評點、文化等諸多研究方向，是早期《金瓶梅》研究的主力成員。無奈聯繫不上，不得已而割愛。

　　國人研究《金瓶梅》的論著，最早是闞鐸的《紅樓夢抉微》[4]，但其只是一個讀書筆記。天津書局 1940 年 8 月出版之姚靈犀《瓶外巵言》，嚴格說也只是一個資料彙編。香港大源書局 1961 年出版之南宮生著《金瓶梅》簡說，算得上是一個原著導讀。臺北時報文化出版公司 1978 年 2 月出版之孫述宇著《金瓶梅的藝術》，可說是第一部文本研究的學術著作。該書全文收入石昌渝、尹恭弘編選的《臺港金瓶梅研究論文選》[5]。2011 年 3 月上海古籍出版社再版，增加了一篇作者自序，更名為《金瓶梅：平凡人的宗教劇》。

1　《金瓶梅考證與研究》，西安：陝西人民出版社，1984 年。

2　另兩部為：《明清小說探幽——明人、清人、今人評金瓶梅》，杭州：浙江文藝出版社，1985 年；《金瓶梅社會風俗》，天津：百花文藝出版社，2002 年。

3　《金瓶梅評注》，桂林：灘江出版社，1986 年。

4　天津大公報館 1925 年 4 月鉛印。

5　南京：江蘇古籍出版社，1986 年。

孫述宇先生本已與上海古籍出版社洽商同意編入金學叢書，並授權主編代理，忽中途撤稿，原因還是版權問題。

　　還有其他一些因故未能入選的師友：或已作仙遊[6]，或礙於本輯叢書的體例[7]，或因為版權期限，或失去聯繫等。凡此種種，均為缺憾。

　　儘管如此，第二輯連同第一輯 14 人 16 冊總計所入選的此 45 人 46 冊，已經是中國當代金學隊伍的主力陣容，反映著當代金學的全面風貌，涵蓋了金學的所有課題方向，代表了當代金學的最高水準。

　　此「金學叢書」之大略也。

　　臺灣學生書局高瞻遠矚，運籌帷幄，以戰略家的大眼光，以謀略家的大手筆，決計編撰出版「金學叢書」，實金學之幸，學術之福。主編同仁視本叢書為金學史長編，精心策劃，傾心編審。各位入選師友打造精品，共襄盛舉。《金瓶梅》研究關聯到中國小說批評史、中國小說史、中國文學史、中國文學評點史、中國文學批評史等諸多學科，是一個應該也已經做出大學問的領域。為彌補本叢書因為容量所限有很多師友未能入選的不足，特附設一冊《金學索引》[8]，廣輯金學專著、編著、單篇論文與博碩士論文，臚列學會、學刊與所舉辦之金學會議，立此存照，用供備覽。本叢書的編選，既是對過往的總結，也是對未來的期盼。本叢書諸體皆備，雅俗共賞，可以預測，將為金學做出新的貢獻。

　　此「金學叢書」之宗旨也。

　　金學已經不是一座象牙塔，而是一處公眾遊樂的園林。三百多部論著，四千多篇學術論文，二百多篇博碩士論文，既有挺拔的大樹，也有似錦的繁花，吸引著越來越多的研究者與愛好者探幽尋奇。不容置疑，傳統的金學，加上以文化與傳播為標誌的、以經典現代解讀為旗幟的新金學，必然展示著甯宗一先生的經典命題：說不盡的《金瓶梅》。

　　此「金學叢書」之感言也。

吳敢、胡衍南、霍現俊（吳敢執筆）

2014 年元旦

---

[6]　如王啟忠、鮑延毅、孔繁華、許志強諸先生等，駕鶴西去的徐朔方先生的精選集由其高足孫秋克代為編選，劉輝先生的精選集由其摯友吳敢代為編選。

[7]　本輯叢書乃論文精選集，字典、詞典與小塊文章結集便未能入選，《金瓶梅》語言研究的幾位專家如白維國、李申、張惠英、許仰民等因此失選。

[8]　吳敢編著，分上下兩編。

卜鍵《金瓶梅》研究精選集

目　次

附　錄

那個時代的風物世情
——《雙舸榭重校評批金瓶梅詞話》序

在中國古典文學作品中，《金瓶梅》應是一個特例：作者對身世行跡的刻意隱藏，傳抄者對流播管道的欲言又止，出版商對全本和真本的搜剔探求，評點者的改寫重編、肯定否定……很少有一部小說如《金瓶梅》攜帶著這樣多的懸疑謎團，很少有一部小說如《金瓶梅》承載著這樣多的疵議惡評，亦很少有一部小說像它這樣深刻厚重、刺世警世、勾魂攝魄，吸引和震撼了一代又一代讀者。不少學者都把它與後來的《紅樓夢》相比較，論為中國小說史上的兩個高峰，而作為先行者的《金瓶梅》，更顯得命運多舛。

《金瓶梅》是一部奇書，又是一部哀書。作者把社會和生民寫得噓噓如生，隨處可見人性之善與惡的交纏雜糅，亦隨處可體悟到一種悲天憫人的情懷。他將悲憫哀矜灑向所處時代的芸芸眾生，也灑向巍巍廟堂赫赫公門，灑向西門慶和潘金蓮這樣的丑類。書中有一個偉大作家對時政家國最深沉的愛憎，有文人墨客那與世浮沉的放曠褻玩，也有其對生命價值和生存形態的思索探求。這就是蘭陵笑笑生，玄黃錯雜，異色成彩，寫出也寫活了明代社會的風物世情。

一、《金瓶梅》的流傳、刊刻與批評

早期的《金瓶梅》抄本，是在一個文人圈子裏秘密傳播的。有關該書傳世的第一條信息，今天所確知的是明萬曆二十四年（1596）袁宏道寫給董其昌的信：

> 《金瓶梅》從何得來？伏枕略觀，雲霞滿紙，勝於枚生〈七發〉多矣！後段在何處？抄竟當於何處倒換？幸一的示。

這時的袁宏道在吳縣知縣任上，而董其昌以翰林院編修任皇長子講官，是年的春與秋曾兩次因事返鄉，二人的借書與傳抄大約在此期間。（任道斌《董其昌繫年》載：世傳董氏於是年春返回江南；又，七月董氏作為持節使臣赴長沙封吉藩，冬月暫返江南。袁氏兄弟與其昌相會講論並借抄《金瓶梅》之事，當在秋冬之際。）董氏在書畫和收藏方面負有盛名，擁有《金瓶梅》

的抄本應不奇怪。而袁宏道在文壇亦是聲名漸起，短短信劄，流露出急於得到下半部的渴望，以及對該書的高度評價。

《金瓶梅》從何處得來？我們看不到董其昌的回答。這位後來的太子太保禮部尚書對自家文字當作過一番嚴格清理，因而看不到任何有關《金瓶梅》的記載。同樣，兩位較早藏有《金瓶梅》抄本的大人物——嘉靖隆慶間內閣首輔徐階和嘉靖大名士、後來的南刑部尚書王世貞，文集中也不見蛛絲馬跡。這種情形是可以理解的，那些個當世名公，有誰願意擔當收藏和傳播穢書的惡名呢！袁中郎之弟小修曾憶寫了與董其昌閒話《金瓶梅》的情景，董先說「極佳」，又說「決當焚之」，則前說出自真實感受，後說便是意在遮掩也。

徐階和王世貞皆活躍於嘉靖晚期，對小說中人物自有一種熟稔，其籍里相去不遠，交往亦親近，若推論其藏本來源相同，應是可能的。有意思的是董其昌、王穉登、王肯堂等早期傳抄者也都在蘇松一帶，而袁氏兄弟聽董其昌講說和借抄亦在此地。後二十年，該書的流播之跡時隱時現，而《金瓶梅詞話》也正是在蘇州問世，揭開了本書由傳抄轉為刊刻的歷史。

今天所能見到的明清兩代《金瓶梅》刻本，因襲之路徑甚明，仍可分為三個系統：

詞話本 又稱「萬曆本」，全十卷一百回，序刻於明萬曆四十五年（1617），為今知該書的最早刻本。今存有四個藏本，經研究者比較，其在行格、字樣、內容以及卷首序跋的順序上均有差異，可知有原刻、翻印、再刻之別。該版本付刻倉促，校勘不精，許多回目仍處於備忘階段；沈德符所稱「原本實少五十三至五十七回，遍覓不得，有陋儒補以入刻」，亦可於書中明顯見出。然則詞話本保留著大量的精彩描述，最接近作者原創，因而也最為讀者和研究者關注。

繡像本 又稱「崇禎本」，全二十卷一百回。其以詞話本為底本，進行了較多的文字加工，回目大為整飭。因文中多處避朱由檢之諱，加以所附繡像畫工多當時名手，一般認為刊行於崇禎間。（王汝梅〈新刻繡像批評金瓶梅前言〉在作了詳細比勘之後，認為：「大量版本資料說明，崇禎本是以萬曆詞話本為底本進行改寫的，詞話本刊印在前，崇禎本刊印在後。崇禎本與詞話本是母子關係，而不是兄弟關係。」所論極是。文中對「崇禎諸本均避崇禎帝朱由檢諱」，考證亦有力。齊魯書社本《新刻繡像批評金瓶梅》1989 年版）曾有研究者根據首圖藏本《新刻繡像批評金瓶梅》第一百回插圖的「回道人題」，認為該版本的改定者為李漁，尚待考定。

第一奇書本 又稱「張評本」，序刻於清康熙三十四年（1695）。評者張竹坡（1670-1698），徐州銅山人，名道深，字自德，竹坡其號也。竹坡以標標特出之才而數困場屋，暇中發願評點《金瓶梅》，凡十餘日而完成，題為「第一奇書」，見識與才情均異於常人。竹坡評點當以皋鶴草堂本為原本，初刻於徐州，而其底本則是崇禎本。第一

奇書本一經問世，即盛行坊間，甚而至遮蔽了詞話本和崇禎本。

《金瓶梅》還在傳抄階段，對它的點評即行出現，如袁氏兄弟和屠本、沈德符所記，如被轉錄的董其昌、湯顯祖諸人話語，皆絕妙評語也；詞話本卷首三序，皆重在揭示一部大書的主旨，而品陟不一；崇禎本之夾批眉批超過千條，精彩處更多；至竹坡評本出，不獨添加回前評和回末評，卷首更有總評、雜錄和讀法諸項，便於讀者多多；以後評者如清末南陵知縣文龍，亦有佳絕處，引起研究者注意。

二、宋朝的故事，明代的人物，恒久鮮活的世情

《金瓶梅詞話》當產生於明代嘉靖晚期的山東一帶。

今天雖不能確定《金瓶梅》誕生的具體年月，不能確知它經歷了一個怎樣的成書過程，但論其主體部分寫作於明嘉靖間應無大錯；同樣，雖不敢肯定作者究竟為何方人氏，不敢肯定書中所記為何地風俗，但論其方言習俗為山東地區也比較可信。

作為由「水滸」一枝再生成的森森巨木，《金瓶梅》似乎在續寫著趙宋的故事。既是「武松殺嫂」的放大樣，又是「水滸三殺」的精華版，而時隱時現的梁山好漢、嬉玩國事的大宋皇室、徽欽兩朝的重臣尤其是奸臣、北宋軍隊的不堪一擊和帝國淪亡，也都出入其間，穿插映襯。而細細閱讀，又覺得這個宋朝故事已被賦予了新的時代特徵，覺得那皇帝更像明朝天子，將相亦略如明朝大臣，至於那州縣官吏、市井商賈、各色人等，無不被點染上中晚明的色澤。抄撮和蹈襲是不會產生偉大作品的。蘭陵笑笑生在揀用前書時文之際毫無遲疑，正在於他強烈的文學自信，在於他豐厚的藝術積累，在於他必定曲折的人生經歷，敘事中若不經意，解構重構，已將他人之作和他作之人化為寫作元素，化為小說的零部件。於是故事仿佛還是那宋朝舊事，人名也多有「水滸」故人，而聲口腔範、舉手投足已是明代人物所特有。

蘭陵笑笑生展示的是一幅中晚明社會的全景式的生活畫卷。作為英雄演義的《水滸傳》，敘述了一個接一個好勇鬥狠的故事，其場景常常是血沫遍地，卻也無可避免地要寫到世相和世情。而《金瓶梅》則以主要筆墨摹寫市井，以全部文字凸顯世情民風。西門慶在世之日何等赫赫揚揚，相交與追隨者亦多矣，而一旦長伸腳子去了，立刻就見出樣兒來。第八十回引首詩有「世情看冷暖，人面逐高低」一聯，引錄的是一句流傳已久的俗諺，元人劉塤嘗為之悵然慨歎：

　　蓋趨時附勢，人情則然，古今所同也，何責於薄俗哉！

世情，又稱世風，向有「三十年一變」之說，是所謂移風易俗也；而自有文字記載至於

今日,「趨時附勢」為世人所厭憎,更為世人所遵行,又何時何地何國之民能脫出這十字真訣?

《金瓶梅》以種種色色的人物、大大小小的事件、紛紛繁繁的世相,呈現了流淌在市井和廟堂的「冷暖」「高低」,也摹寫出世人的「看」與「逐」,真可稱樂此不疲、興味無窮啊!魯迅論《金瓶梅》:「描寫世情,盡其情偽。」一個「偽」字,穿越世情表層那常見的溫馨熱絡,而點出其最本質的內涵。在這個意義上,我們還能夠僅僅去唾棄西門慶那些個醜事麼!

笑笑生不動聲色地敘寫和嘲諷世人和市井,嘲諷那萬丈紅塵和虛情假意,偽情籠罩,包蘊著熙來攘往的人們,包蘊著那個時代的風物和世相。那是明代人的生活,是他們的悲哀;或有很多很多,也是今人的生活,是我們仍不能擺脫的文化和精神痼疾。

三、獸性、蟲性與人性

自打《金瓶梅》流傳問世,便有人將該書主人公西門慶喻為禽獸。他的巧奪豪取,他的貪贓枉法,他對女性的糾纏、占有與侵凌殘害,尤其是他那毫無節制的性行為,在在都顯現著類乎禽獸的特徵。

這種情形又不是一種個例,也不限於男性。如潘金蓮的亂倫和群姦,還有春梅那過於亢進無法抑制的性欲;如遍及整個社會、跨越僧俗兩界的貪婪,那對大小財富無恥無畏的追逐;如冷酷與嗜殺,追歡與狎妓,忘恩負義與無情反噬,都能見出禽獸的影子。《金瓶梅》展示的應是一種末世景象,而末世和亂世最容易見到獸性的氾濫:劫財殺人的艄子陳三、翁八,謀害恩公的家奴苗青,構害舊主家人的吳典恩,拐財背主的夥計韓道國、湯來保、楊光彥……他們的行徑,又哪一種不粘連著獸性呢?文龍評曰「但睹一群鳥獸孳尾而已」,亦別有一種精闢。古典小說戲曲中常有一些禽獸的化身:白猿、黑豬、鵬鳥、燕子,甚而至木魅花妖,皆可有人間幻相,亦多不離禽獸本性。吳月娘曾多次用「九尾狐」指斥潘金蓮,大約出典於商紂故事,那奉命禍亂天下的千年狐精,從此便成了惡毒婦的代稱。

與獸性相伴從的還有蟲性。像武大郎活著如蟲蟻般忍辱偷生、死亦如蟲蟻般飛滅,若非有一個勇武的二弟,有誰為他報仇呢?而其女迎兒,親父被害不敢聲冤,父親死後屈身侍奉仇人,雖有一個勇武的叔叔,也絕不說出真相,的確是一「蠅兒」也。不管我們願不願意承認,蟲性也是人性的基本內容之一。有意思的是《大戴禮記·易本命》曾以「蟲」概指宇宙間一切生靈,曰:「有羽之蟲三百六十,而鳳凰為之長;有毛之蟲三百六十,而麒麟為之長;有甲之蟲三百六十,而神龜為之長;有麟之蟲三百六十,而蛟

龍為之長；倮之蟲三百六十，而聖人為之長。」倮之蟲即是指人，緣此便有了「蟲人」一詞，「蟲人萬千……相互而前」，寫出了人類在大自然中的抗爭與微末存在。唐玄宗將愛女壽安公主呼為蟲娘，溺愛與珍惜固在焉，而後世詩文中以之代稱歌姬舞女，謔而虐也。「蟲娘舉措皆溫潤，每到婆娑偏恃俊」，柳永詞句，不正似為《金瓶梅》中李桂姐、鄭愛月兒之輩賦形寫意麼？

從達爾文進化論的觀念來看，則蟲性、獸性都應是人性嬗變蟬蛻之蛹，其在人性中的殘留亦在在有之，三者固大不同，然又常常糾結纏繞，與時消長，統一於人的生命過程中。《金瓶梅》卷首「酒、色，財、氣」〈四貪詞〉，哪一項不粘連著獸性或蟲性？哪一條不彌散著人性的弱點呢？作者肯定是痛絕西門慶、潘金蓮之類的，摹畫時卻非全用冷色。通讀該書，我們仍能從一派淫靡中發見人性之善：老西對官哥兒的慈父情懷，他對李瓶兒之死的由衷痛殤，讀來令人動容；而潘六兒以小米醬瓜贈磨鏡叟，她在母親死後的傷心流淚，當也出於人之常情。

作為一部世情書，蘭陵笑笑生寫了大量的惡官、惡民、惡念和惡行，也寫了惡人偶然的善舉，以及普通人的麻木與作惡，而喪盡天良之人，書中卻一個未寫，不是嗎？

四、市井中的愛欲與風情

蘭陵笑笑生顯然是一個精擅戲曲的人，尤能見出他喜歡《西廂記》，在書中大量引用劇中曲文和意境，用以渲染西門慶和陳經濟的密約私會，以至於令人產生疑問：作為古典愛情典範的《西廂記》，究竟是一個愛情故事，還是一個風情故事？

《金瓶梅詞話》開篇即聲稱要「引出一個風情故事來」，說的是老西與潘金蓮的那檔子事。若僅僅如此，又怎麼能成就一部大書？主人公還有一連串大大小小的風情故事，與李瓶兒的隔牆密約，與宋惠蓮的雪洞私語，與王六兒初試胡僧藥，與林太太的兩番鏖戰……其他還有春梅、迎春、如意兒、賁四家的、來爵媳婦等，或長或短，皆有過春風一度或數度，亦皆有一段情事或性事；老西死後，西門大院一度成了金蓮與女婿及婢女的麗春院，畫樓中，星月下，風朝月夕，胡天胡地，直至事情敗露被逐離；春梅在守備府漸成氣候，其與陳經濟經過一段曲折，也終於重新聚合，赫赫帥府很快便演為風月場，經濟與春梅、春梅與周義，還有那些個年輕養娘，又怎能不出些么蛾子呢？

書中也有人不解風情，如吳月娘是也，否則碧霞宮與殷太歲一番遇合，清風寨當幾天壓寨夫人，則入於風情之中；有人不擅風情，孟玉樓是也，三次嫁人豈能說不解風情，卻不稱擅也，否則也不會有嚴州府與前女婿一段故事，搞得灰頭土臉，有口難辯。

書中有一些男女情事亦不宜稱風情，如老西狎妓多多，故事亦多，在他是花錢買歡，

桂姐和愛月兒等則是謀生手段，去風情亦隔一塵；而孫雪娥先與舊僕來旺兒攜財私奔，後為虞候張勝情婦，又蠢又倔，殊少意趣，應也當不起「風情」二字。

風情是市井的亮色，是一道生命的異彩。風情多屬於承平時日，然在走向末世的路上常愈演愈烈。「一篇〈長恨〉有風情，十首〈秦吟〉近正聲。」李隆基與楊玉環的帝妃之戀，正是因為離亂和悲情傳揚千古。《金瓶梅》中，幾乎所有的風情故事都通向死亡：李瓶兒、宋惠蓮、西門慶、潘金蓮、陳經濟、春梅、周義……一個個正值青春，一個個死於非命。哦，紅塵無邊，風情萬種，其底色卻是宿命與悲涼。

陷溺於愛欲之中的人多是無所畏忌的，死亡常又意味著一個新的風情故事正式登場。武大其死也，靈牌後西門慶與潘金蓮「如顛狂鷂子相似」；子虛其死也，李瓶兒一身輕鬆，「送姦赴會」；老西其死也，金蓮與小女婿嘲戲，「或在靈前溜眼，帳子後調笑」；金蓮其死也，陳經濟一百兩銀子買了馮金寶，「載得武陵春，陪作鸞鳳友」；經濟其死也，春梅勾搭上了家生子周義；春梅其死也，周義盜財而逃，被捉回亂棍打死。此時「大勢番兵已殺到山東地界，民間夫逃妻散」，梅者「沒」也，春梅，也就成了全書最後一回的風情絕唱。

風情是纏綿和華麗的，也是轉瞬即逝、飄忽無定的。我們讀《金瓶梅》，真該手執一柄「風月寶鑒」，一面是男歡女愛的恣縱，另一面則望見死神撲扇著黑翅膀降臨。永遠的喧囂，必然的寂寥，顯性的歡快，底蘊的悲愴。世情涵括著風情，風情也映照傳衍著世情；世情是風情的大地土壤，風情則常常呈現為這土地上的花朵，儘管有時是惡之花。正因為此，所有的風情故事都有過一種美豔，又都通向一個悲慘的大結局。

五、《金瓶梅》的啓示

蘭陵笑笑生寫的是五百年前的風物世情，然那個時代離我們並不遙遠。《金瓶梅》帶給我們的啟示是多重的——

其一，情色、情欲常常是難以分割的。世界上有沒有純粹的情？有沒有簡單直接的獸欲？有，但應是少量的。大量的則是二者一體化，難以切割地交纏雜糅在一起。在這個意義上來講，肯定情，否定欲，便有些矯情，有些荒唐。

其二，情和欲都要有度，都要有節制，都不可以放縱。不光是不可以縱欲，也不可以縱情。因為情一放縱便成了欲，情分七色，色色迷人。過分的情，就是濫情，也就是淫縱。

其三，末世中的芸芸眾生，情天欲海中的男男女女，其常態是歡樂的，其命運是悲涼的，是讓人悲憫的。書中西門慶等人生活的背景是一個末世，它是以北宋的末期展開

故事,而以北宋之覆滅收束全書。《金瓶梅》作者也生於一個末世即將來臨的時代,腐敗朽敝的明王朝正一步步走向淪亡,他以耳聞目睹的人和事遙祭北宋,也以這些人和這些事為大明設讖,為數十年後的明清易代一哭。作者以一部大書證明:所有的末世都不僅僅是當政者和國家機器的罪過,而呈現出一種全社會的陷溺與沉迷,呈現為一種物欲和情欲的恣肆流淌。

其四,古典小說和戲曲中常用的復仇模式,那種濺血五步、快意恩仇的解決方式,比較起來,遠不如生命自身的規律更為深刻。《水滸傳》中,作惡與報應相連,西門慶死在武松拳頭之下;而在本書,西門慶則是一種自然死亡,他已經燈乾油盡了啊!哪一種描寫更為深刻?當然是後者。讀者自能悟出,西門慶的死更是一種暴亡,三十三歲這麼年輕就死了,能自然嗎?於是便產生了敘事的複雜,產生了審美的厚重與間離感。

對文學作品的認識,從來都是見仁見智的,從來都是在探討和論辯詰難中加深的。《金瓶梅》尤其如此。一部《金瓶梅》,從作者和成書年代,到產生地域、流傳過程、人物分析、審美取向,都存在著爭論。或也正因為這樣,才彰顯了《金瓶梅》歷久彌新的文學成就和社會價值。

美醜都在情和欲之間
—— 《牡丹亭》與《金瓶梅》比較談片

　　十六世紀的中國，出現了兩部輝映其當代和後世的文學巨著：蘭陵笑笑生的《金瓶梅》和湯顯祖的《牡丹亭》。又四個世紀後的今天，這兩部巨著仍理所當然地吸引著讀者，也吸引著國內外的專家；戲曲研究界對《牡丹亭》的推崇，一如古典小說領域的「《金瓶梅》熱」，正方興未艾。

　　使人感到缺憾的是：很少有人對這兩部幾乎是誕生在同一時代、同一社會背景下的作品進行比較研究。

　　是二者相去太遼遠了嗎？或許是。《牡丹亭》中的阿麗小姐是一個晶瑩通透的純真少女，《金瓶梅》裏的西門大官人卻彌漫著膿癰的惡臭。如果說《牡丹亭》是對真情的禮贊，則那甚是肯定《金瓶梅》的學者也不免要皺起眉峰，批評該書作者在色欲描寫上的粗鄙與直露。兩者相去是太遼遠了！

　　然則「切近的」可以比較，「遼遠的」不亦可對照嗎？且也很難論定《金瓶梅》與《牡丹亭》在措意、謀篇上全然不同。二者同受著時代風尚的滋養和中華民族道德精神的浸潤，出現在同一塊土地上。不少中外學人確信湯顯祖讀過《金瓶梅》，甚或推說湯翁即該書作者。我認為：湯氏《牡丹亭》傳奇，與《金瓶梅詞話》有著共同的創作內核——情欲。這是中晚明「陽明學」帶給文學思想的解放，是人文思考進入文學創作的成功範例。

一、情、欲一體論

　　《牡丹亭》和《金瓶梅》都以男女私情為一篇之主線。一般認為：湯顯祖在劇中描繪的是聖潔的愛情，蘭陵笑笑生摹寫的則是無恥的色欲。如是推繹：前者是歌頌，後者則是暴露。

　　這的確可以在書中尋覓到大量的根據。以主人公之死為例：《牡丹亭·鬧殤》演的是麗娘為渴求愛情而懨懨病終，伴送她的是中秋之夕的「連宵風雨」；《金瓶梅》第七

十九回卻是寫「西門慶貪欲得病」，丟下潑天大的家業和妻妾、情婦，撒手而去。

　　長期以來的理論實踐，使「情」和「欲」具有了各各不同的概念內涵，使它們之間有了一條確定的正邪判然的道德鴻溝。人們依據這「情」是精華、「欲」是糟粕的原則，對一部作品乃至一個人物形象進行著倫理是非的評判。《金瓶梅》中那遍及全書的赤裸裸的肉欲描寫被譏為割除難盡的「贅瘤」，《牡丹亭》中麗娘小姐的情癡和鬼戀也難以領受眾口一詞的讚美。這不獨指石道姑在〈道覡〉一齣那污穢不堪的大段念白，即便在〈驚夢〉那愛的詩卷上，也有【鮑老催】曲這種「不必要的描寫」。

　　否定「欲」而肯定「情」，今人如此，前人亦如此。兩書的作者大約也未能全然擺脫這一思維模式：蘭陵笑笑生置於卷首的〈四貪詞〉，實可看作對「欲」（不獨色欲）的批判書；而湯翁《邯鄲》《南柯》二夢，都不乏對「矯情」（欲）的嘲弄。這是應予注意的，卻又是不能單獨抽出，足以憑論的。愛情和色欲，本來就是一組互相涵容的概念。在對古典小說、戲曲作品進行評價的時候，抹殺了色欲，往往也就抹殺了愛情。張生與鶯鶯在「佛殿相逢」的一見鍾情，李千金與裴少俊「牆頭馬上」式的戀愛，其誘發點，便是色相和肉欲；其最直接的目的，便是苟合。從這一點上講，他們與西門慶和潘金蓮等的私通略無二致。

　　封建時代那無恥、無聊且神色莊嚴的文人者流不是一樣地把《金瓶梅》《牡丹亭》斥為「淫書」嗎？我們摒棄了這不實的詆污，卻似乎並未認真地去思考他們的理論根據。試比較：《金瓶梅》中的西門慶和潘金蓮，一個是「張生般龐兒，潘安的貌兒，可意的人兒」；一個是生得「翠灣灣的新月的眉兒，清冷冷杏子眼兒，香噴噴櫻桃口兒，直隆隆瓊瑤鼻兒……」的「美貌妖嬈的婦人」。而湯翁之寫麗娘形象，首先濃筆濡染的便是她的「豔冶輕盈」，他理想中的情人柳夢梅也是「丰姿俊妍」。《金瓶梅》中西門慶與李瓶兒的結合，激蕩著原始的混沌的肉欲，卻不能否定其中也有兩人真正的柔情蜜意（似也可名之為「愛情」）；而《牡丹亭·玩真》一齣，柳生對畫癡狂，「狠狠」叫著：「美人！美人！姐姐！姐姐！」更是由色欲搔惹情腸，情欲渾一，不可名狀，不可遏止。

　　情與欲，常常是牽纏粘連，無法剝離的。蘭陵笑笑生寫西門慶之欲，無法祛除那色欲中「情」的閃亮；同樣，湯翁寫麗娘之情，也毫無遮掩地寫到了麗娘之欲——少女的春情初潮。儘管我們習慣於把過多的政治的重負（如反封建禮教等）加在這位纖弱女子身上，可實際在麗娘身上仍較多地體現出一種性本能的衝撞：

　　　　似霧濛花，如雲漏月，一點幽情動早。

在麗娘的潛意識中，這早動的「幽情」還有點兒朦朧；由那胡判官直言道出，便成了「欲火近乾柴，且留的青山在」。青山此處當是指那生情萌欲的青春之軀。這鬼判的譬喻雖

涉淺露，卻也別有一種確當。湯翁寫了麗娘那鏡花水月般的愛情——「因情成夢，因夢成戲」，又兀自宣稱：「夢中之情，何必非真？」設若去掉「夢」的紗幔，我們看到的便成了一個「後花園私定終身」的才子佳人的愛情俗套，其為湯翁本意乎？若非，則作者所言之「真」，又在哪裏？

我想起勞倫斯所宣稱的：「如果精神與肉體不能諧和，如果他們沒有自然的平衡和自然的相互的尊敬，生命是難堪的。」潘金蓮的生命是「難堪的」，阿麗小姐的生命也是「難堪的」。湯翁所言之「真」，當真在麗娘那情欲並出的形象創造，真在她對於「難堪的」生活的反抗。夢中的幽會和結合，正是麗娘那難以羈止的情欲的意象顯示。《金瓶梅》第八回「潘金蓮永夜盼西門慶」，第十九回「李瓶兒情感西門慶」，都有她們為情欲煎熬的細膩心理描寫。杜麗娘便是一個為情欲煎熬的少女形象，她的心態、她的幽怨、她的乖戾的行為傳達出的是純然的情嗎？當然非是。不消說那專一描寫性行為的【鮑老催】曲，僅以柳生的「千般愛惜，萬種溫存」，阿麗的且驚且喜、半推半就，即可使許多評論家尷尬囁嚅了。且此類文字在劇中又實實剔除不盡，如〈幽媾〉〈歡撓〉，都寫來更為刻露，我們真不敢想像當時舞台上演出是何種景況。麗娘也有一番似乎是從崔鶯鶯學來的話語：

> 妾千金之軀，一旦付與郎矣。勿負奴心，每夜得共枕席，平生之願足矣！

或認為這「平生之願」未免失於庸泛，它卻是由麗娘深心發出的真情話兒，是最自然、最妥帖的文字。除了同床共枕，被欲火炙灼著的男女還能有什麼更急迫、更直截了當的要求呢？潘金蓮、李瓶兒、孟玉樓、吳月娘，哪一個不是想與西門慶「每夜得共枕席」呢？她們之間的嫉妒、吵罵、陷害、勾心鬥角，大略都種因於「枕席之爭」，這是人們在分析該作時不願論證，卻又是實實在在的。

湯翁劇中有一句名言：「世間唯有情難訴。」他正是在這裏施展自己的創造才華。讀湯翁劇作，使我們悟出：對「情」的理解應該是多層次的。情，有善惡之別、深淺之分；情，又善惡雜糅、深淺粘連。人人有情，情的表現又因人而殊。有情、真情、癡情、戀情是情；無情、虛情、絕情、姦情也是情，是其扭曲、變形的顯現。而任何一種情，都離不開欲，都一無例外地要求著欲的伴隨和推動。如果說《金瓶梅》中充滿著對肉欲的描寫（或曰暴露），則湯翁全劇而設，通為寫一個「情」字。蘭陵笑笑生筆下的「欲」常與情感因素糾結而出，湯翁所言之「情」也無法甩脫肉欲的牽惹。換言之，在這兩篇文學巨著中，情和欲是一體的。《金瓶梅》開篇便從「情色（欲）」入墨，倡明寫作大旨：

> 情色二字，乃一體一用。故色絢於目，情感於心，情色相生，心目相視。亙古及
> 今，仁人君子，弗合忘之。

無疑，蘭陵笑笑生還只是以否定的觀念來談論情與欲（這裏寫作「色」）的「一體一用」
的，他拈出「情色（欲）相生」的道理，是要人們「靜而思之」「持盈慎滿」。然這番
話卻於無意中揭示了一個樸素的道理：情和欲是一體的。欲是本能，情是昇華；欲是情
感土壤，情是精神花朵。精神無法脫離肉體，情也無法排除肉欲。單純的情，未免裝飾
著道德的虛偽；單純的欲，又只能解釋為原始的獸性。實際生活中，沒有欲的情和缺少
情的欲都是難以存在的。西門慶是一個情欲一體的形象，杜麗娘也是一個情欲一體的形
象，所以才深刻、完整、可知可感，所以才不朽。

二、相同的現實視點，不同的藝術開掘

《牡丹亭》與《金瓶梅》都選取生活中的「情欲」作為現實視點，來塑寫形象，結構
故事。然麗娘的青春之癡、夢中之情、魂靈之愛，畢竟不可與西門慶挾紅偎翠、尋花拈
柳作等量觀。兩書有著不同的藝術開掘和審美追求，也因此意趣迥異。

兩書都著力於寫男女私情。然《金瓶梅》是一支男女私情的悲歌，書中大量的色欲
描寫無不在作者創作意旨的統攝之下，這便是對色情狂和性虐待的譴責。蘭陵笑笑生非
不去描述那情山欲海中男男女女的愉悅，如卷首欣欣子序中所言：

> 鬢雲斜嚲，春酥滿胸，何嬋娟也；雄鳳雌凰迭舞，何殷勤也；錦衣玉食，何侈費
> 也；佳人才子，嘲風詠月，何綢繆也；雞舌含香，唾圓流玉，何溢度也；一雙玉
> 腕綰復綰，兩隻金蓮顛倒顛，何猛浪也……

書中不乏此類「美麗」「溢度」「猛浪」之情的描摹，亦是「雲窗霧閣」，亦是「金屏
繡褥」，亦是「才子佳人」，其與《牡丹亭》多有近同之處。然作者濃墨傾集者，非西
門慶與潘金蓮的「簾下生情」，非李瓶兒與西門慶的「隔牆密約」，非陳經濟與潘金蓮
的「月下佳期」，而是那無度的、失控的肉欲。

士大夫文學中描寫男女私情時那慣常出現的風光旖旎的詩的意境，在這書中銷匿
了，代之顯現的是膿胰和血污：豔遇、私合、群姦、亂倫，都被加意地摹畫至最讓人噁
心的極致；而武大郎的鴆毒，花子虛的飲恨，蔣竹山血肉淋漓的爛屁股兒，來保家毀妻
亡，哭哭啼啼的千里流配……也留給人難忘的印象。由情欲引發的性行為襯托在血痕斑
斕的底色上，便構成了一幅觸目慘楚的「醜」的畫卷。蘭陵笑笑生描寫了醜，又竭力來

證明：醜的罪惡淵藪在於肉欲！

與之相反，《牡丹亭》則是一支「情」的頌歌。湯顯祖借劇作向我們展示了一個無情的社會，塑寫了一對生活在這無情社會中的有情人。他筆下的男女私情，被寫得纏綿悱惻，超凡入幻——

> 夢其人即病，病即彌連，至手畫形容傳於世而後死。死三年矣，復能溟漠中求得其所夢者而生。

這是何等奇幻的愛的歷程！「生生死死為情多」，湯翁即在此處伸展才思，點染情事，「筆筆風來，層層空到」，創造出一個個動情的意境：

〈關雎〉詩章喚醒的少女情懷；

「遊園」之舉扯出的傷春之恨；

〈驚夢〉的兩情歡洽；

〈鬧殤〉的對生的垂戀和對情的摯切……

然則，湯顯祖所賦寫的「情」，卻遠未（實際上也不可能）擺脫「欲」的糾纏。麗娘形象及麗娘的愛的經歷，似都非單單一個「情」字涵容得盡，她的思想和她的行為，都可透視出「欲」的影子。這不消徵引那些直接表述性過程的曲句，即在一般麗娘心理活動中，亦可看出。請看其遊園歸來的心中自語：

> 吾今年已二八，未逢折桂之夫；忽慕春情，怎得蟾宮之客？

這分明是對異性的渴望，是少女懷春的情欲體現，還未曾上升為愛情。因為愛情對於這幽處深閨的阿麗小姐，還是遙遠的事兒。

但麗娘追求愛情的自主，畢竟是真切的。湯翁著力寫作的，正是麗娘這熾烈的追求。作者在〈牡丹亭記題詞〉中說：

> 如麗娘者，乃可謂有情人耳。情不知所起，一往而深，生者可以死，死可以生。生而不可與死，死而不可複生者，皆非情之至也。

麗娘，便是這「情之至」的精靈。我們相信湯顯祖是讀過且熟悉《金瓶梅》的。在《金瓶梅》中，死神制止了主人公情欲的過多的宣洩，制止了西門慶、潘金蓮、李瓶兒、龐春梅、陳經濟之流的淫亂，用殷殷紅血洗滌了那性虐待的肉欲橫流的世界，埋葬了他們那片刻的歡樂；在《牡丹亭》中，死亡則昇華了主人公的情欲的追求，把她由陰鬱的人世帶入空明的鬼域。麗娘那「綽影布橋」式的單相思，神使鬼差地演為現實——魂遊、冥誓、開棺、回生，待麗娘再活轉陽世，她身邊已有了與自己銘心相愛的情人。

這裏亦可見出兩書作者藝術觀和創作手法的不同。蘭陵笑笑生以「情色」寫世情，雖「誠極洞達」，卻不免從褊狹的「色空」觀念出發，以「死」垂誡：

> 西門豪橫難存嗣，經濟顛狂定被殲；樓、月善良終有壽，瓶、梅淫佚早歸泉；可怪金蓮遭惡報，遺臭千年作話傳。

這裏有作者的局限。這種觀念的局限使他把現實中的一切腐敗都歸因於那放縱的情欲。在他筆下，「情欲」是一個寬泛的概念：好色、貪財、嗜酒、爭權，即所謂七情六欲，無不涵括在內。笑笑生是以表現「情欲」的醜陋為寫作目的的，正如魯迅先生所言，是：「描寫世情，盡其情偽。」

湯顯祖又何嘗體察不到世情之偽，然卻執著地去尋找和表現「情真」。他不是不關注「人世之事」，卻認為「人世之事，非人世所可盡」。現實中情和理的對立，在他劇作中化為靈魂與肉體、理想與現實的鬥爭。他選取「情欲」中那「美」的層面來表現它，來寄託自己的信念，麗娘便是「情真」的具象。王思任〈牡丹亭敘〉曰：

> 百千情事，一死而止，則情莫有深於阿麗者矣。

潘金蓮、李瓶兒與西門慶的情事，陳經濟與春梅、韓愛姐的情事，哪一個不是「一死而止」的呢？唯阿麗不然！她的情事，她的愛心和情腸伴隨著生死、死生而愈演愈烈，她犧牲了生命，獲取了愛情；又因得到了愛情，重獲了生命。如果說笑笑生擇取了立足現世的寫實手法，則湯翁劇中便更多地充溢著追尋理想的傳奇精神！

這便產生了對照：立足現實，則「情欲」便不再呈放單純的色澤，朝堂的傾軋、市井的囂雜、人的格調的卑污都與之俱來，情欲一旦與物欲、權欲攜手，性行為便一反其天然清純，變得不堪入目。《金瓶梅》正是描述了一個種種色色的欲望恣意肆虐的世界；追求理想，「情欲」便像經過了哲人思想的過濾和洗滌，折射出誘人的光彩，一切世間的醜惡都被「隔離」了，剩下的便是一境清爽的藝術天地，這時我們還能嘲笑愛和做愛，嘲笑性吸引和性過程嗎？若此，不是太虛矯，不是在嘲笑自身的產生和人類的延續嗎？

事物的複雜性就在於：《金瓶梅》中描摹了「情欲」的卑污，並非是一味的卑污，讀者也曾真正為西門慶那一閃即逝的對李瓶兒的懷戀所打動；《牡丹亭》中刻劃了「情欲」的高尚，亦非全然是高尚，〈幽媾〉一齣，麗娘自然是欲火中燒、情焰升騰，在柳夢梅卻有點兒白揀便宜的味道。如前所述，兩書在描寫上各有側重，但它們也都能給人多重的藝術享受和聯想，這正是作者超凡出俗的地方。

兩書都以「情欲」為現實視點，都著力在描寫那「精神和肉體不能諧和」的「難堪的」生命，也都以自己的藝術創造使之在作品中實現了「和諧」——靈與肉的「和諧」：

《金瓶梅》中的男男女女沿著性放縱的路去追尋和諧，追尋到了「和諧」，也追尋到了毀滅。《牡丹亭》的主人公是以專一專注的愛戀去追尋和諧，「生生死死」，終於「隨人願」，獲取了婚姻的幸福。「放縱」必然導致毀滅，毀滅的是醜，然這毀滅自身卻是美的；「專一專注」而得到幸福，這幸福燦發著詩意的美，卻不免讓人覺得虛緲，卻也會藉此「虛緲」給少男少女們以愛的力量。兩書的立意和藝術表述，自可以比較，又孰可為評判高低呢！

三、有西門慶，所以有杜麗娘

明代中晚期社會那特殊的腐朽和黑暗，產生了《金瓶梅》，也產生了《牡丹亭》；產生了西門慶，也產生了杜麗娘。這兩個藝術形象都帶有作者創作的主觀色彩，更神采各異地體現出時代和社會的斧鑿錘鍛：西門慶之「醜」與杜麗娘之「美」，正相比襯映照。在同一個時代，在同一個社會，西門慶與杜麗娘又屬於各自的生活環境：西門慶活躍在一個色情氾濫、肉欲橫流的世界；杜麗娘則被禁錮在一個遏止和滅絕情欲的世界。

《金瓶梅》中，三妻四妾，只是一種身分和地位的標誌。主僕通姦，母婿亂倫，都難以在世俗間引起應有的憤懀。婦女成了被侮辱、被傷害的群體。可我們又往往會不無驚異地發現，書中幾乎每一個婦女形象（包括大家主母、僕婦、歌妓、使女）在接受西門慶的性蹂躪時，都顯現出一種由衷的欣喜。性放縱麻醉了人的思維和理性，這是一種末世來臨的象徵。

《牡丹亭》中，我們又發現另一番景況：青春少女被拘鉗在深閨繡閣之內，「怪他裙衩上，花鳥繡雙雙」。刺繡的圖樣都被如此嚴屬地挑剔，遊花園和午間小憩同樣被視作不道德的事，則異性間的接觸，便只能存活在夢境之中了。在這裏，正常的情欲被窒息、被扭曲成一種性壓抑，攪擾著人的思維和理性，此亦一種末世來臨的象徵。

《金瓶梅》和《牡丹亭》所展示的藝術世界都是病態的。這兩個看似不同的世界，實質上都是中晚明病態的社會現實的反映，是其不同的社會剖面。生活在這病態世界中的男女主人公，在行為上常可見出心理病態的折光——

西門慶是一個性氾濫、性虐待的形象，他恨不得占有一切有姿色的女子：小買賣人的渾家潘金蓮、寡婦孟玉樓、朋友之妻李瓶兒、豪門遺孀林太太，更有王六兒、鄭愛月兒、春梅、蘭香、如意……他追求的已不是簡單的性滿足，而是性占有。占有欲使他把女性的肉體當做施暴的對象，使他在女性身上留下占有的印記——「坐碼子」，使他追逐著更多的更無恥的占有。第七十八回，寫吳月娘宴請何千戶娘子蘭氏，西門慶淫目偷窺：

> 不見則已，一見魂飛天外，魄喪九霄，未曾體交，精魄先失⋯⋯心搖目蕩，不能
> 禁止。

這正是色情狂的病態。

杜麗娘形象則帶有性饑渴的特點。青春的騷動、性意識的萌發，使她充滿著精神苦悶，她渴求得到異性的愛撫，而這在現實生活中又是根本不可能的事。於是，她在夢的世界中描繪著自己理想情人的模樣，她在假想的幽會中把自己設計得毫無猶豫，又為這夢幻中的愛人情思纏綿，神情恍惚。第十二齣〈尋夢〉，寫麗娘「背卻春香，悄向花園尋看」，卻只見大梅樹一株，無限感傷，湧來心頭：

> 待打並香魂一片，陰雨梅天，守得個梅根相見。
> 一時間望眼連天，一時間望眼連天，忽忽地傷心自憐。〔泣介〕（合）知怎生情悵然？知怎生淚暗懸？

這也是病態，是懷春少女精神苦悶到極點的不正常的心態顯露。

西門慶和杜麗娘都有著自己的追求。麗娘追求的是真摯的、死生不渝的愛情；西門慶追求的是蹂躪女性的肉欲，兩者相去奚啻萬里；然事物的複雜性正在於其正反兩端的牽連：麗娘的愛情描寫中有著明白無誤的性欲的部分，西門慶的淫亂生涯中也不缺少情真意切的事例。如西門慶與潘金蓮的感情糾葛，如他對吳月娘的感知，更如第六十二回「西門慶大哭李瓶兒」，那飛迸的眼淚，平心而論，這些都很難論為假飾的。高爾基說過：「人是雜色的，沒有純粹黑色的，也沒有純粹白色的。」作為藝術形象，西門慶和杜麗娘也都具有這種雜色的特點。

或有人把中晚明社會論為一個「沒有美」的社會，這自有其立言的依據。然則任何一個時代、一個社會，都難以做到「沒有美」的。醜的存在，正在於有了美的比襯。有嚴嵩父子，就會有楊繼盛、海瑞；有朝綱的紊亂，就會有張居正的變法；有官兵的懦弱、怯戰，就會有戚家軍的赳赳武威；有酷烈的精神壓迫，就會有李贄等思想家公開的反叛⋯⋯美，往往就在醜的旁邊。且這個時期，正是資本主義生產關係萌芽的歷史階段，正是王學「左派」深入民眾的時期，封建禮教的籠笆正面臨著挑戰。潘金蓮的殺夫再婚，孟玉樓的改嫁，林太太的招私漢子，同杜麗娘的自擇情偶一樣，都是首先為封建禮教所不容的！這是因為「情欲」本身就是被封建禮教視為洪水猛獸的。

兩書的作者選擇了西門慶和杜麗娘，從「情欲」入筆，以大量的生活根據，來描寫他（她）們性格發展的歷程。試想，還有什麼別的比「情欲」能更準確、深刻地揭示出社會的癥結呢？還有什麼比借「情欲」來揭示社會癥結更困難的呢？故《金瓶梅》開篇

即談「情色」二字，《牡丹亭》起著便說「世間唯有情難訴」。兩位偉大的作者都在此一點上馳騁思想和才華：前者以寫實之筆摹繪出情欲失卻了理性的羈制後造成的社會災難；後者則描寫了另一種社會災難——正常的情欲得不到對象化，「禮」的魔影吞噬了「情」，吞噬了少女們春花般嬌豔的生命。

笑笑生所塑造的西門慶形象，是對當時社會情欲失常的否定，他用「色空」意識來觀照性紊亂的現實，在看似冷靜、沉穩（或者可解釋為欣賞）的文字間涵蘊著悲天憫人的哀傷。如果說稍後的《牡丹亭》寫的是女性的悲劇，則這種悲劇在小說中也頻頻出現，這不僅表現在總是被毆打、凌辱的迎兒、秋菊、孫雪娥、西門大姐等人身上，也由吳月娘、潘金蓮、李瓶兒之間的爭風吃醋傳遞出來。潘金蓮、李瓶兒，甚至孟玉樓不也經常有一種性饑渴的感覺嗎？這也正是她們陷入罪惡之潭的主要原因。

後此的《牡丹亭》，或可說是對《金瓶梅》認識社會的一種深化。作者並未回避那黑暗的社會現實，卻更執著於對理想的闡發，他所創造的麗娘形象凝聚著作者對理想愛情的渴望與探索。正如徐朔方先生說過的：「杜麗娘是一個愛自然、愛生命、愛自由的人。正因為如此，在封建社會裏，她是注定要被毀滅的。」

作者寫了她的毀滅，又寫了她的新生，湯翁的「言情」主旨，正借這主人公的涅槃體現出來。

這就是我們從兩書、從兩個主要人物形象身上得到的啟示：森嚴的禮教限制，必然伴隨著無度的淫亂，有西門慶，所以有杜麗娘；有西門慶等人的性氾濫，所以有杜麗娘之類青春女子的性饑渴；有了群姦、亂倫等等情欲醜的泛社會化，所以有真摯、專一的展示情欲美的愛的追求。

無論是對於《金瓶梅》抑或《牡丹亭》，情欲，都是作者立意的「大頭腦」所在，結構的肯綮所在，審美的關鍵所在。筆者暫不打算對此做過多的道德的評價，那是困難的。我只是想說：情是無罪的，欲也是無罪的；如果情值得讚美，則人們也不要遺忘了欲。然則量的多寡便造成質的優劣，造成藝術創作和審美中肯定與否定的不同趨向。《金瓶梅》中的「情欲」，由於氾濫而醜陋；《牡丹亭》中的「情欲」，由於專一而美好、純潔。兩種藝術表述，竟給人以共同的啟示：美醜都在情和欲之間。

世風澆漓與生命懲戒
——《金瓶梅》情節進程的剖析

讀《金瓶梅》，性的問題似乎永遠是一個辯爭的焦點。「蜂蝶留名，杏梅爭色」，鶯鶯燕燕與爭風吃醋構成了該書的情節主線。人們也似乎永遠難以理解：作者何以在社會長卷上塗抹下如此不堪且眾多的肉欲畫面，留之難忍，棄之不能。讀者和理論家們的平和心態往往會被那無遮無攔的文字攪動得一團紊亂，種種色色的批評便隨之而至：或曰「暴露」，或曰「欣賞」。這部「第一奇書」往往被不同的理論剪裁成文學的碎片，不同的觀點便借助這些散金碎玉實行著理論的撞擊。許多精當的見解在這撞擊中產生，這是不容懷疑的，卻又是不完整的。

評說《金瓶梅》，又必須先從整體上把握全書。一部長篇小說的創作意旨或者作者的命筆大意，常要由其主要情節體現出來，常常涵括在其情節進程和敘事邏輯之中，因而有必要對《金瓶梅》這部小說的情節進程作一剖析。也正是通過這種剖析，我們看到了縱欲，更看到了死亡；看到了世風的澆漓，也看到了生命的懲戒；看到《金瓶梅》在寫性寫欲的表層文意之下，底蘊著悲天憫人的思考，底蘊著對生命價值和生存意義的思考，底蘊著一種哲人的悲哀。

《金瓶梅》是一部哀書。

一、世紀末的情愛取向：放縱

《金瓶梅》作者所鋪展和渲染的社會畫卷是一種末世景象。在這裏，人們很難看到正義與邪惡、忠誠與鬼詐、善良與殘忍的搏鬥，而是奸邪之士、鬼詐伎倆、殘忍行為的壓倒的勝利。這類的例子簡直多得不勝枚舉：

內閣大臣的貪贓枉法和賣官鬻爵。

知府與縣令的營私舞弊。

提刑所的草菅人命。

元帥府的藏污納垢。

　　然則造惡與行兇又不再僅僅是統治階級的特權，那小城裏的豪紳、市井上的幫閒、行院中的架兒無不加入造惡與行兇的浩浩蕩蕩的行列。這是一個漆黑一團的社會，這個社會中活躍著的是那黑暗中的動物。第三回，我們看到浮浪子弟西門慶盯住了小生意人武大的媳婦，去尋賣茶水的王婆幫忙，

> 王婆笑哈哈道：「大官人卻又慌了。老身這條計，雖然入不得武成王廟，端的強似孫武子教女兵，十捉八九著，大官人占用。」

這位王婆應該是身居下層了，卻有著最陰損狠辣的心思。她詳細地向西門慶口授「十件挨光計」，如層層剝繭，講得津津有味，應該是最上乘實踐意義的尋花拈草的理論了，毋怪西門慶「聽了大喜」，高叫「絕品好妙計」！值得我們思考的卻是：什麼力量使這位飽經滄涼的底層老婦人變得如此可惡？

　　更出乎讀者意料之外的，是西門慶在如法施行時，每一道程式上，都得到潘金蓮的主動配合，十件挨光計件件應驗不爽，以至於我們會自然地想到原來無須任何「挨光」之計，兩人便會「脫衣解帶，同枕共歡」。

　　人們會說這原是一種特例，王婆子本是「積年通殷勤，做媒婆，做賣婆，做牙婆」的老手，潘金蓮也自有其淫亂的履歷。然從書中所寫，我們又可看出其並非一種特例：仵作團頭何九掩蓋武大之死真相，僅僅為了十兩銀子；乞丐侯林兒在陳經濟受辱時挺身而出，原是要圖他白淨淨身子。書中有無所不為的男僕女僕，有無惡不作的搗子光棍，就是較少那充滿正義精神的形象。我們且看作者如何塑寫「清官」的形象吧。

　　東平府尹陳文昭，「極是個清廉的官」，作者用一篇駢文來專寫他的優秀品行，末句為「正直清廉民父母，賢良方正號青天」。正是他發現了武松的冤情，要提審西門慶等一干人，主持公道，然而當蔡太師的「緊要密書」來到，這位清廉官便改弦易張了，作者寫道：

> 這陳文昭原係大理寺寺正，升東平府府尹，又係蔡太師門生，又見楊提督乃是朝廷面前說得話的官，以此人情兩盡了，只把武松免死，問了個脊杖四十，刺配兩千里充軍。

陳文昭畢竟還是位存著善念的官員，他沒有把武松置於死地，但我們看到，清官也不過如此了。

　　在作者筆下，社會的潰爛和政權的腐朽是那樣的相得益彰，廟堂的傾軋和市井的囂雜是那樣的上下呼應。《金瓶梅》把數百年前國人那世紀末的心態寫得毫髮畢現，絕無隱曲，這時節的情愛取向，便大潮般地湧向毀滅的彼岸——放縱。

開卷第一回，寫潘金蓮見了「身材凜凜，相貌堂堂」的武松，「強如拾了金寶一般歡喜」，端茶勸酒，「頓羹頓飯，歡天喜地服事武松」，這一切，不是盡嫂嫂的一片熱誠，卻是包藏無盡的肉欲，

> 那婦人也有三杯酒落肚，烘動春心，那裏按納得住，欲心如火，只把閒話來說。

一反王婆子的「十件挨光計」，在這裏我們看到了女性對男子的捕捉，潘氏先是言語撩撥，後來便偎偎捏捏，用更露骨的話挑逗武松，作出更明顯的勾引之態，若非武松這樣一個作者特意塑造的超凡脫俗的英雄，誰又能禁持得住呢？

在潘金蓮眼中，武松是一個偉岸男子，她也只取其偉岸雄健，原不論其品格和勇毅的。而在西門慶眼中，潘金蓮則是個性感的女人，他亦同樣只著眼於其容貌嬌好，意態風流。第二回如此描述他二人的相見：

> 這個人（西門慶）被叉杆打在頭上，便立住了腳待要發作時，回過臉來看，卻不想是個美貌妖嬈的婦人。但見他黑鬒鬒的鬢兒，翠灣灣的新月的眉兒，清冷冷杏子眼兒，香噴噴櫻桃口兒，直隆隆瓊瑤鼻兒，粉濃濃紅豔腮兒，嬌滴滴銀盆臉兒，輕嫋嫋花朵身兒，玉纖纖蔥枝手兒，一撚撚楊柳腰兒，軟濃濃的白麵臍肚兒，窄多多尖趫腳兒，肉奶奶胸兒，白生生腿兒。

這哪兒還是猝然相會時的印象，分明添加了觀察者充滿肉欲的聯想，才會有如此仔細，才會透過那重重疊疊的衣飾，看到其最隱秘處。要之，這是色情狂眼中的女人。

西門慶有「一雙積年招花惹草、慣戲風情的賊眼」，他每每用這雙賊眼去女人身上覷睃和搜尋，他看孟玉樓，是「模樣兒不肥不瘦，身段兒不短不長。面上稀稀有幾點微麻，生的天然俏麗；裙下一對金蓮小腳，果然周正堪憐」。

他看李瓶兒，是「留心已久，雖故莊上見了一面，不曾細玩其詳。於是對面見了一面：人生的甚是白淨，五短身材，瓜子面皮，生的細彎彎兩道眉兒。不覺魂飛天外，魄散九霄」。

他看王六兒，是「兩彎眉畫遠山，一對眼如秋水，檀口輕開，勾引得蜂狂蝶亂；纖腰拘束，暗帶著月意風情。若非偷期崔氏女，定然聞瑟卓文君」。而且是「目搖心蕩，不能定止」。

他看林太太，是「頭上戴著金絲翠葉冠兒，身穿白綾寬袖襖兒，沉香色遍地金妝花段子鶴氅，大紅宮錦寬襴裙子，老鴉白綾高底扣花鞋兒。就是個綺閣中好色的嬌娘，深閨內合秘的菩薩」。

這就是《金瓶梅》的主人公西門慶，他用一雙永無厭足的色眼去打量身邊的每一個

女性，稍有姿色，便會成為他追逐的對象。他的征服之路充滿著勝利的里程碑：官宦家的千金，妓院中的名娼，小生意人的渾家，結拜兄弟的妻子，家資頗豐的寡婦，前妻的陪房，組成了他令人豔羨的妻妾的隊伍；招宣府遺孀林太太，夥計之妻王六兒和賁四家的，奶子如意兒、丫鬟春梅、迎春、蘭香，都是他可以隨時臨幸的情婦；更有那行院中的妓女：李桂姐、鄭愛月兒、吳銀兒、董嬌兒……都在供奉著他的尋歡作樂。婦女成了被侮辱和傷害的群體。可我們又會充滿震驚地發現：在接受西門慶的性蹂躪和性施虐時，幾乎每一個婦女形象（包括大家主母、僕婦、歌妓、使女），都呈現出一種由衷的欣喜。封建禮教的籠笆從來都是拘鉗細民百姓、蒼頭蔞婦的，而在這綱紀不張的末世景況中，它終於被性的洪水沖決了。

道德的旗幟在滾滾如春潮的性欲輝映下暗淡了，在當時的社會條件下，這非但不意味著文明的進步，更剝奪了弱小的善良者最後的防身武器。一切正義與非正義的界限都消逝了，一切都打混成一片，模糊成一團了。利己主義和市儈主義成為最有號召力的信條，一個民族從整體上墮落了。

這樣，世界便不再分為男人的和女人的，社會亦不再分為上流的和下流的，正直便不再為人們景仰，邪惡也不再令人們唾棄。男人在造惡，女人也在造惡，我們看潘金蓮謀害親夫，看李瓶兒謀害親夫，看吳月娘的絕情絕義，看孟玉樓的賺人的手段，哪裏有絲毫女性的軟弱和慈悲？上流社會在造惡，下層百姓也在造惡，我們看鄆哥兒的仗義，是為了報復，且要圖三杯酒吃；秋菊的告狀，更多有洩憤的目的。心靈純潔、無私無畏的人物，應是很少了。

這樣，西門慶和女人們的關係，便不再僅僅是征服與被征服、蹂躪和被蹂躪的單向的連接，而演變為一種相互作用的合力。他征服了一個個女性，而同時這些女性也征服了他；他蹂躪了一個個女性，而同時也不免被蹂躪的下場。他像一隻饑餓的野狼撲食著豔女秀色，他周圍的那幫欲火中燒、情渴如狂的女性也如猛虎般撲向他，分食著他的精髓和血肉。這當然不是半斤八兩的對應，卻是可以從書中拈取到成例的。第七十九回，西門慶在數日間已與賁四娘子、林太太、潘金蓮、來爵兒媳婦、王六兒連續行房，就中林太太和王六兒都絕非易與之輩，搞得疲憊不堪，深夜歸家，「欲火燒身、淫心蕩意」的潘金蓮卻放不過他——

> 因問西門慶：「和尚藥在那裏放著哩？」推了半日，推醒了，西門慶酩子裏罵道：「怪小淫婦，只顧問怎的，你又教達達擺佈你，你達今日懶待動旦。藥在我袖中金穿心盒兒內，你拿來吃了，有本事品弄的他起來，是你造化。」那婦人便去袖中摸出穿心盒來，打開裏面，只剩下三四丸藥兒。這婦人取過燒酒壺來，斟了一鍾

> 酒,自己吃了一九,還剩下三粒,恐怕力不效,千不合,萬不合,拿燒酒都送到西門慶口內。醉了人曉的甚麼,合著眼只顧吃下去。那消一盞熱茶時,藥力發作起來……那管中之精,猛然一股,邀將出來,猶水銀之瀉筒中相似。

這不分明是性施虐和性蹂躪麼?更甚的場面還在後面──

> 討將藥來,越發弄的虛陽舉發,塵柄如鐵,晝夜不倒。潘金蓮晚夕不知好歹,還騎在他上邊,倒澆燭摙弄,死而復蘇者數次。

儘管我們對西門慶滿懷著憎惡,讀到這報應不爽的場面,還是覺得太殘忍了。

書中的男主人公是位玩弄女性的好手,可最終的他,不僅毫無疑義地被女性玩弄了,而且在女性的更殘酷的玩弄中喪失了生命。女主人公潘金蓮的確有玩弄男性的癖好,她與書童,與陳經濟,與王潮兒的苟且之舉,都較多地帶有玩弄的和性饑渴的色彩,與其說把他們當做情人,不若說是把他們當做進行性交的工具,這在書中是被反覆證明了的。

玩弄男性的女子在書中又豈止潘金蓮一人,如春梅,如林太太,不都是一例的嗎?

《金瓶梅》中所描繪的明代中晚期的社會景況就是如此可怖!禮崩樂壞,在沒有足夠的思想和理論準備的情況下或只能造成巨大的社會災難,人們喪失了最起碼的道德準則,喪失了那微弱的對理想的追求,還能擁有什麼呢?弱小者像蟲蟻般生活,很少有團結,很少有反抗,如豆的目光常只聚焦在微屑的利益之上,其情感是那麼卑微和可憐。書中描寫了眾多的行業不同下層人物,如僧道、尼姑、醫生、媒婆、裁縫、丫鬟、夥計、船夫、工匠、歌女、娼妓、乞丐……三教九流,幾乎無不涉及,可考察他(她)們行止德行能有幾個正經人呢?我們看到的,是他們在利用一切的機會阿諛奉迎,利用一切的機會損人利己,他們製造的社會災難與蔡太師、西門慶有著程度的不同,卻也同樣是在製造社會災難。

從某種意義上去理解,不也正是由他們組成蔡太師、西門慶者流的社會基礎嗎?

《金瓶梅》是一部以寫性行為為主要情節的書,它濃墨渲染了世紀末的情愛取向──放縱,它用大量筆墨寫了大人物們的放縱:翟總管的托人覓妾、周制置的花錢買妾,蔡御史的宿娼,安郎中的狎妓,都與西門慶絕無二致;還用不少篇章寫了地方士紳們的放縱:張大戶家的淫亂,王招宣府的淫亂,雲離守總兵寨的淫亂,張二官家的淫亂,都與西門宅院的淫亂聲息相應。

書中還不時涉及到下等人在情欲上的放縱:虞候張勝的包占娼妓,竟是在他小舅子開的店中;僕人來旺被冤打成招,刺配徐州,返回時想的只是盜拐主人的娘子和銀器;溫葵軒一介窮儒,卻是「有名的溫屁股,一日沒屁股也成不得」,宋得作「養老不歸宗

女婿」，倒把丈母娘在「山野空地」上「姦服一度」，而且是其丈母主動提出。設若這些人有了西門慶的權勢和財富，又如何呢？

作為藝術典型，西門慶是不朽的。作者塑寫了這個具有個性特色的色情狂形象，又賦予他複雜的性格內涵和情感內涵，又把他置於整個時代和社會的大背景上。「一國之人皆欲狂」呵！正是在這樣的與主人公思想和行為相協調的大背景上，作者層層渲染，色上著色，「依山點石，借海揚波」（張竹坡〈金瓶梅寓意說〉），摹寫出一幅末世的生活畫卷，摹寫了這世紀末的情愛放縱的取向。

二、欲海狂瀾中的生靈：享樂與耗損

我們常痛憤封建禮教的「存天理，滅人欲」給舊時代人們尤其是青年男女帶來的災難，這在許多古典文學作品中有著令人驚心動魄的反映。《金瓶梅》反映的則是事物的另一面——灼熱情欲失去了理性的羈束，彙聚成波瀾壯闊的狂潮，於是，另一種災難便降臨了。

封建時代的統治者及其子民們似乎永遠不能從容對待性的問題。性的禁錮和性的放縱，有時是交替地施展著影響，更多的則是雙重的降臨，人們不得不忍受著雙重的災難。這看來絕無共同之處的兩種瘟疫，實質上相處得又是那麼和諧——試想，一個色情氾濫、肉欲橫流的世界，同一個遏止愛戀、滅絕情欲的世界，不正是同一個世界嗎？

在那表現性禁錮的社會災難的古典作品中，我們慣常可見：禁錮之牆並不是無法逾越的。熱烈的情愛之火常常會燒毀禮教的鎖鏈，兩顆被壓抑的心碰撞在一起時，也常常會迸射出絢爛的精神的弧光——「一見鍾情」「隔牆酬韻」「月下佳期」，《西廂記》所提供的戀愛模式正是諸多活潑潑的具體實例的文學提煉，這些場面被繪製得如此美麗清純，以至於鶯鶯小姐抱著被子自動上門的私合，以至於她與張生做愛過程中那具體而微的性動作和性體驗，都讓我們覺得自然、聖潔。

《金瓶梅》中那灑滿卷帙的性場面的描繪，亦不乏精美之處，情山欲海中那男男女女的愉悅，也並非全是令人噁心的，如該書卷首〈欣欣子序〉中所言：

> 觀其高堂大廈，雲窗霧閣，何深沉也；金屏繡褥，何美麗也；鬢雲斜軃，春酥滿胸，何嬋娟也；雄鳳雌凰迭舞，何殷勤也；錦衣玉食，何侈費也；佳人才子，嘲風詠月，何綢繆也；雞舌含香，唾圓流玉，何溢度也；一雙玉腕綰復綰，兩隻金蓮顛倒顛，何猛浪也。

書中此類「美麗」「嬋娟」「溢度」「猛浪」之處所在多多，也有「一見鍾情」，也有

「隔牆密約」，也有「月下佳期」，然則所有這些出現在《金瓶梅》中，都不約而同地變了味兒。再也沒有了「倒枕捶床」的相思，再也沒有了銘心刻骨的愛戀，沒有情感的折磨和理想的光華，剩下的便只有赤裸裸的肉慾，便只有急切的性交的要求。

在前一節中我已節引了西門慶與潘金蓮、李瓶兒初次相見的情形，是所謂的「一見鍾情」了，可這位「張生的龐兒，潘安的貌兒」的主人公，卻是想的「好一個雌兒，怎能勾得手」？卻是「安心設計，圖謀這婦人」。更為典型的是他與同僚何千戶娘子藍氏的初次相見──

> 這西門慶不見則已，一見魂飛天外，魄喪九霄，未曾體交，精魄先失。

應該說，唯有色情狂才會如此吧！

第十三回，集中寫西門慶與李瓶兒的「隔牆密約」，且看作者用何等筆墨──

> 且不說花子虛在院裏吃酒，單表西門慶推醉到家，走到潘金蓮房裏，剛脫了衣裳，就往前邊花園裏去坐，單等李瓶兒那邊請他。良久，只聽那邊趕狗關門。少頃，只見丫鬟迎春，黑影影裏扒著牆，推叫貓，看見西門慶坐在亭子上，遞了話。這西門慶掇過一張桌凳踏著，暗暗扒過牆來。這邊已安下梯子。

若說這裏，倒也是「眼意心期」，非常急切了，卻沒有妙美的意境，──這是一個淫棍爬過牆去姦污朋友之妻呵，姦情與戀情是無法相比的，

> 兩個於是並肩疊股，交杯換盞，飲酒做一處。迎春旁邊斟酒，繡春旁邊拿菜兒。吃得酒濃時，錦帳中香熏鴛被，設放珊枕，兩個丫鬟抬上酒桌，拽上門去了。兩人上床交歡。

這交歡自此便綿綿不絕，兩家間的高牆成為其姦情的見證。「兩個隔牆酬和，竊玉偷香」，卻是以花子虛（西門慶的朋友，李瓶兒之夫）的生命為代價的。

西門慶死後，潘金蓮與陳經濟再沒有了懼怕，「日逐白日偷寒，黃昏送暖，或倚肩嘲笑，或並坐調情，掐打揪撏，通無忌憚」。也就在夏月的一個夜晚，

> 婦人燈光下染了十指春蔥，令春梅拿凳子放在天井內，鋪著涼簟衾枕納涼。約有更闌時分，但見朱戶無聲，玉繩低轉，牽牛織女二星隔在天河兩岸；又忽聞一陣花香，幾點螢火。婦人手拈紈扇，正伏枕而待。春梅把角門虛掩。正是，待月西廂下，迎風戶半開。隔牆花影動，疑是玉人來。原來經濟約定搖木槿花為號，就知他來了。婦人見花枝搖影，知是他來，便在院內咳嗽接應。

若把此處三人姓名易為鶯鶯、紅娘、張生，這自然便是《西廂記·賴簡》一折的場景描寫。而作者敘說的卻是最讓人噁心的淫縱——亂倫和群姦。「兩人就在院內凳上，赤身露體，席枕交歡」。鶯鶯的蘭簡題詩，原本是那樣的清澈沁人，韻致無盡，此處卻被「粗魯」地拿來為姦情寫照。誰能說作者不是有意識地以強烈的對比手法，傳達他那冷峻的批判呢！

世紀末的大多數追求，是享樂，其享樂的方式是種種不一的，然其中最重要的一種形式便是淫縱，我們看西門慶宅中的大宴小宴，總離不了妓女佐酒，總離不了席間的猥狎，席散後又往往把注意力移到床上，借著酒力進行最荒唐的肉欲的遊戲。西門慶與眾多的女性，潘金蓮與陳經濟，春梅與陳經濟，莫不如此。兩情之間的愉悅，兩性之間的吸引，不再有苦戀和等待，不再有高尚和純潔，最神聖的情感被最庸俗和卑污的念頭擠得無影無蹤了。書中寫到的性關係，大都顯得非常隨意：潘金蓮勾搭上歌童，只因他「容貌也標緻的緊」；西門慶偶然撞上來爵兒媳婦，便「解衣褪褲，就按在床沿子上」。而小小年紀的琴童，把與主母的通姦當成趣事在同伴中炫耀；女僕惠元在受主子蹂躪時也是一百個情願，「一面就遞舌頭在西門慶口中」。專一的愛情和女性的尊嚴都很少存在了，我們在書中讀到的，是兄弟和嫂嫂的通姦——王六兒與二搗鬼，女婿和丈母的亂倫——潘金蓮與陳經濟、宋得與周氏；是主人和僕婦，主母與家僕，僕人與婢女的胡搞；是無窮無盡的、沒完沒了的淫縱。

他們與她們——很難說清誰是主動誰是被動——以淫縱為享樂。

曾有人把宋惠蓮作為一個反抗的形象。她對西門慶的譴責，「你原來就是個劊子手，把人活埋慣了，害死人，還看出殯的」！原也是很尖銳的。但整體分析，她又能算個什麼樣的反抗者呢？她「性明敏，善機變，會妝飾，龍江虎浪，就是嘲漢子的班頭，壞家風的領袖」。她與西門慶的鬼混很難說是情感的聯繫，卻因「一匹翠藍四季團花兼喜相逢段子」便「往山子底下成事」，卻是不斷地索要「衣服、汗巾、首飾、香菜之類」和「花翠胭粉」，卻是為了不幹重活，「坐在穿廊下一張椅兒上，口裏嗑瓜子兒」。一句話，是為了享受。而且為了更長遠的享受，她的確也在打著做西門慶第七個老婆的算盤。

第十九回，寫李瓶兒招贅蔣竹山兩月左右，便後悔不已了。究其原因，是因為蔣竹山在性生活上不能使她滿足。於是歡情化為烏有，憎惡與日俱增，蔣竹山為討好她購置的淫器如景東人事、美女相思套之類亦於事無補，李瓶兒開始用最刻毒的語言譏罵她的丈夫：

> 你本蝦鱔，腰裏無力，平白買將這行貨子來戲弄老娘家。把你當塊肉兒，原來是個中看不中吃，臘槍頭，死王八。

從這裏可看出，她的招贅丈夫，實際是要買一台性交機器而已，一旦不如意，馬上就要翻臉反目。她開始「一心只想西門慶」，想在西門慶手裏經歷過的「暴風驟雨」。這位現丈夫，她是決意棄之，且唯恐不速了。當她如願以償地嫁到西門慶宅院，成為「六娘」的時候，「漢子一連三夜不進她房來」，她便要尋自盡。後來她得到了西門慶的寬大，也只因說了一句話──「他拿甚麼來比你？你是醫奴的藥一般，一經你手，教奴沒日沒夜只是想你」。這是李瓶兒的肺腑之言，也是西門慶最愛聽的話，「自這一句話，把西門慶歡喜無盡，即丟了鞭子」。

李瓶兒和西門慶，正是在性放縱中尋覓享受和歡樂。

種種欲望在這末世景象中都各顯千秋了，官欲、權欲、物欲、錢欲……種種色色的欲望構成了喧囂擁擠的當時社會。人成了欲望的可憐的載體：為了當官，情願去做乾兒義子；為了權力，可以違背自己的天良；為了錢財，可以瞞天過海、背主棄恩、殺人越貨等等。然則所有這些欲望，又似乎都要同肉欲攜手，都以肉欲為集中體現，潘金蓮的殺夫，苗青的殺主，甚或玉簪兒的滋事爭寵，都是由於性欲的原因。

這就是耗損。

縱欲式的享樂，必然伴隨著血髓的耗損，必然伴隨著生命的耗損，必然由單個的耗損演為民族的淪亡。

三、死亡，縱欲者終極的歸宿

翻開《金瓶梅》，觸目而來的是一個又一個淫縱場面的描繪，其字裏行間，又都透出兩個可怖的字眼──死亡。作者在開篇處引了北宋卓田的【眼兒媚】〈題蘇小樓〉：

> 丈夫隻手把吳鈎，欲斬萬人頭。如何鐵面，打成心性，卻為花柔？請看項籍並劉季，一似使人愁。只因撞著，虞姬戚氏，豪傑都休。

他以項羽、劉邦的盡人皆知的情事作為入話，為的是引出一個風情故事來──「一個好色的婦女，因與了破落戶相通，日日追歡，朝朝迷戀，後不免屍橫刀下，命染黃泉，……貪他的斷送了堂堂六尺之軀，愛他的丟了潑天價產業，驚動了東平府，大鬧了清河縣」。這是作者的立意嗎？當然不是。但作者就是這樣引出了他的故事，他把自己對生命價值的思考裝入一個平庸之極的風情故事的框架中，開始了自己的寫作。還是讓我們循著其情節的進程，來一番梳理和考索吧。

開卷第一回，作者即展示了一個結構奇特的家庭──武大的家。「為人懦弱、模樣猥衰」的武大，美貌風騷的潘金蓮，十二歲的前窩之女迎兒，還有時常來「與金蓮廝會」

的張大戶。這位張大戶在潘金蓮做他使女時便姦污了她，也因此添了許多病症：「第一
腰便添痛，第二眼便添淚，第三耳便添聾，第四鼻便添涕，第五尿便添滴」。這當然由
縱欲得來，作者未用細墨，只寫他不思悔改，終有一日，便得了「陰寒病症，嗚呼哀哉
死了」。

武大一家被主家驅逐出來了，這時「身材凜凜，相貌堂堂」的武松來到清河且做了
都頭，潘金蓮把柔情蜜意去籠絡這位兄弟，被斥責一通，不想卻結識了西門慶，這時武
松因公事離開，武大得到風聲後去捉姦，卻因此丟掉了生命。

武大非因縱欲而死，卻是死於縱欲者的變態的狠毒。這位可憐的小人物第一次起來
捍衛自己做人的尊嚴和做丈夫的權威（或也因有了一個孔武有力的弟弟的緣故），便遭到了最
無情的打擊，他的哀告和利誘都無濟於事，終於被謀殺了。他的死未能換取鄰居們的同
情，僅換得了皂隸李外傳的一條命，這位「往來聽氣兒撰錢使」的皂隸死得倒痛快，武
松也因此被刺配孟州。

與武大相比，同樣與西門慶有奪妻之恨的花子虛，死得便大為複雜。他自己本是個
浮浪子弟，是西門慶的會中朋友，「眼花臥柳」「貪戀酒色」，也是個縱欲胡為的貨色。
但他死的直接原因，卻是被人矇騙了財產，又遭妻子冷落辱罵，得病後李瓶兒又不給醫
治，捱延死去，「亡年二十四歲」。誰應當對他的死承擔責任呢？勾搭成姦的西門慶和
李瓶兒自然是主要的，但也有他自身的原因。

花子虛死了，李瓶兒經歷了一個鬧劇般的婚姻插曲，也終於加入西門慶妻妾的行列，
因前面已有了五位娘子，她只得屈居第六位。西門慶的家產像雪球般愈滾愈大，他開始
結交權貴，開始擴建園林，這又似乎用不完他那無盡的精力，他整日整夜地在妓院追歡
買笑，包占了李桂姐，也因此醋意大發，大鬧麗春院。正在這時，男僕來旺兒新娶一媳
婦，又被他瞧上了。西門慶以他慣常的做法開始了行動，「一手摟過脖子來，就親了個
嘴」，再讓玉簫拿了一匹緞子去通消息，兩人便以神奇的速度打得火熱。

宋惠蓮開始了她美意的旅程，「漸漸顯露，打扮的比往日不同」。她由大灶升到小
灶，開始對其他僕人大吃小喝，指指劃劃，漸而至處處靠在孟玉樓、李瓶兒一處，與潘
金蓮比試小腳之美，漸而至與陳經濟眉來眼去，漸而至讓西門慶聽她的話行事，若非有
一位更惡毒的潘五兒狠下殺手，惠蓮怕要成為宋七兒了。然而她懸樑自盡了，美意的生
命旅程陡然折轉向死亡，血也許洗滌了她靈魂和行為上的卑污。追隨她到黃泉之路的還
有她年邁的父親。

惠蓮死了，應說西門慶還是頗有點遺憾的，但也很快就逝若煙雲。西門大院中缺少
了一個強勁的競爭對手，失重的天平又趨於均衡。對付惠蓮時顯得有些團結戰鬥精神的
幾位如夫人鬆了口氣，相互間的勾心鬥角又告開始，我們看到，在新的不平衡——李瓶

兒生子——到來之前,她們相處得也還平靜。

官哥兒出世了。

在這樣的欲海狂瀾中,在妻妾們的爭風吃醋的內幃鬥爭中,子息的存在,應說是難而又難的事了。李瓶兒為使其兒子活下去且長大,忍辱負重,小心翼翼,耗費了無數的心血和淚水,她壓抑著自己的肉欲,幾乎變成了一隻抱窩的母雞,戰戰兢兢地陪著多難多災的弱子。而這時的西門慶,則是更加志得意滿:他派僕人給蔡太師送上生辰擔,恩賞為金吾衛副千戶,「委差的在本處提刑所理刑」;他結交了蔡狀元和安進士,並為蔡太師府翟總管選購了小妾,又因蔡狀元結交了本府巡按御史宋喬年;他親往東京為蔡京慶壽,又緣翟總管之力拜蔡太師為義父;他的性生活也更為放縱無忌,包占了王六兒、李桂姐,一位遠來的胡僧又給他一包神力無窮、靈驗無比的淫藥,我們看到,西門慶是多麼興奮地到王六兒那裏去「試驗」。就在這時候,官哥兒死了。

官哥兒僅活了一歲多一點兒,就在潘金蓮訓練的雪獅子(貓)撕咬下一命歸天了。未幾時,李瓶兒也在悲傷與絕望中憫憫病終。西門慶似乎有一種真正的哀傷:「心中哀慟」,「兩淚交流,放聲大哭」,「在房裏離地跳的有三尺高,大放聲號哭」。直到安葬後,「西門慶不忍遽舍,晚夕還來李瓶兒房中,要伴宿陪靈」,但就在這裏,他又姦占了奶子如意兒,「兩個摟抱,在被窩內不勝歡娛,雲雨一處」。作者運筆,實在老辣之至。

李瓶兒的死使西門慶悲傷,卻不會使他減弱在色欲上的狂熱,鄭月兒來透消息了,文嫂去做牽頭了,他的下一個目標瞄上了貴族世家的遺孀林太太,林的地位很能刺激他的占有欲,他們很快就打熱成一團,西門慶在這位貴婦人的生殖器上也用香炙燒出一個疤痕,這是占有的標誌——坐碼子,西門慶的虛榮心和淫欲攪和在一起得到了極大的滿足。他也不會忘記老情人王六兒,也同時關心著妓院的明星和新秀(如鄭愛香兒),還同潘金蓮、春梅等玩著以生命為代價的性的遊戲。他渾然不覺地走向生命的終點,頭暈目眩,腰酸腿軟,都未能引起他的悚惕,反之,他像是煥發了一種加倍的瘋狂,更加頻繁地行房事,終於有這麼一天,死神擁抱了他。

> 到於正月二十一日,五更時分,相火燒身,變出風來,聲若牛吼一般,喘息了半夜,捱到早辰巳牌時分,嗚呼哀哉斷氣身亡。

西門慶卒年三十三歲,他的宦途和產業似乎都在蒸蒸日上,他在欲望旅程上似乎還有更新的追求,六黃太尉的女兒和何千戶娘子尚未到手,正當壯年的他卻撒手歸西了。我們很理解西門慶在最後時刻的絕望的哭泣——他還有多少未竟的「事業」呵!

西門慶的死並沒有給潘金蓮帶來更多的悲痛,比較起男主人公臨終前的「哽哽咽咽」

的叮囑和託付，潘氏之悲情更顯得淺薄而短促。她也有著對未來的擔憂，但更多的時候則像一隻剛出籠的鳥兒在性放縱的天域中做著興奮、焦急、不管不顧的飛翔。她和女婿陳經濟的姦情由遮遮蓋蓋走向半公開，由偷情走向群姦，由黑夜走向白晝，由收藏藥材的庫房走向夏風徐來的庭院，……對於潘金蓮來說，這是一段多麼愜意的光陰呵！

美意的生活之船並未航行多久，這一對顛倒作樂的男女也遇上了自己的剋星──秋菊。受侮辱和責打的秋菊執拗地進行著自己的監視和告發，一次不行兩次、三次，終於達到了目的。為虎作倀的春梅被驅出發賣，陳經濟被眾婦人打了一頓，趕離家門，未隔幾日，「憂上加憂，悶上添悶」的潘金蓮，也被老主顧王婆領出「聘嫁」，這已是變賣的同義詞。這時的王婆已非如當初那一副討好作成的模樣，她出語刻薄，絕無憐憫；這時的潘氏也遠比當日老辣，她毫無愧悔地經受了這場命運的嘲弄和自尊心的考驗，顯得那樣鎮靜──「次日依舊打扮喬眉喬眼，在簾下看人，無事坐在炕上，不是描眉畫眼，就是彈琵琶」。她又掛上了王婆的兒子王潮兒，閒中求樂，「搖的床子一片響聲」。

潘金蓮的鎮定自若，是無奈何，或也是她深知自身的價值和吸引力。西門慶的前車之鑒絕不會嚇退他的後繼者，倒是西門慶愛妾的名聲使更多的色情狂逐臭而來：湖州綢絹商何官人要花七十兩銀子買她，新任掌刑張二官「使了兩個節級來，出到八十兩上」，陳經濟為能娶小丈母，「連夜兼程」往東京去取錢，這邊周守備府已把價添到九十兩，王婆子奇貨可居，咬緊牙非一百兩銀子不可。武松來了，一百兩銀子買了潘金蓮，兌銀子的那天，也就成了潘氏的忌日──

> 那婦人見勢頭不好，才待大叫，被武松向爐內撾了一把香灰塞在她口，就叫不出來了。……武松恐怕她掙扎，先用油靴只顧踢她的肋肢，後用兩隻腳踏她兩隻胳膊，便道：「淫婦，自說你伶俐，不知你心怎麼生著，我試看一看！」一面用手去攤開她胸膊，說時遲，那時快，把刀子去婦人白馥馥心窩內只一剜，剜了個血窟窿，那鮮血就邈出來。那婦人就星眸半閃，兩隻腳只顧登踏。武松口噙著刀子，雙手去幹開她胸膊，撲扢的一聲，把心肝五臟生扯下來，血瀝瀝供養在靈前。後方一刀割下頭來，血流滿地。

與《水滸傳》中武松殺嫂的同樣場面比較，這裏的文字加長了約一倍，顯得更為真實具體，血腥撲面。在書中那長長的死亡者名單中，潘氏的死是最受痛苦且最為悲慘的，然卻很難喚起讀者的同情。「誰知武二持刀殺，只道西門綁腿頑」。作者在這慘烈的死的畫面上，疊印了死者平日的放蕩，應是不無嘲謔的吧。

「世間一命還一命」，這宿命色彩很濃的格言自也有一番確當。潘氏始於害人，終於被戮，其間她的生命經歷是複雜的，她的性格特點是多重顯現的，卻都與淫蕩和放縱相

關涉。血潮無法洗去她品格上的卑污，其殘缺的屍身帶給人們的則是無盡的思考──一個春花夏葩般豔麗的生命，因為什麼走向這不光彩的早凋？

在全書接近尾聲的後十回中，死神似乎變得更加焦灼和急不可待，它要歸結這書中的生靈。第九十二回，西門大姐自縊身亡，死於陳經濟的虐待和侮辱；第九十三回，丫鬟元霄兒死了；第九十七回中又提及應伯爵之死；第九十九回，死神終於光顧了陳經濟──

> 那經濟光赤條身子，沒處躲，摟著被。吃他拉被朝一邊，向他身就扎了一刀子來，扎著軟肋，鮮血就邀出來。這張勝見他掙扎，復又一刀去，攘著胸膛上，動彈不得了。一面采著頭髮，把頭割下來。

這暴死的場面真與潘金蓮死時相去無幾。只不過潘氏死於凜凜正氣的武松之手，陳經濟則死在帥府虞候張勝刀下。這個品格低下又最能忘恩負義的貴族子弟僅活了二十餘歲，短短的一生經歷了許多恓惶和敗落：攜家逃難避禍，被逐出西門宅院，被光棍騙去家產，嚴州府的被拷打，竟至於與乞丐為伍，當道士面首，然一旦得意，便忘乎所以，便開始作惡。作者如此寫他的死，當是有其深意的吧。

就是陳經濟的死，也還引起幾位女子真正的痛殤。春梅「放聲大哭」，葛翠屏「哭倒在地」，韓愛姐「晝夜只是哭泣」。情感是多麼的複雜呵！

張勝被亂棍打死，他的姘頭孫雪娥驚恐之下自縊身亡，其妻弟、臨清碼頭的惡霸劉二也同樣死於棍下。周守備軍務緊急，又赴外地，春梅在空曠的大庭院中又開始「欲火燒心」，她看上了活捉張勝的李安，派人去通消息，卻把李安嚇跑了。她又與老家人周忠的兒子周義「眉來眼去」，暗自通情，打得一團火熱。正在這時，周守備戰死沙場的消息傳來，春梅料理了喪事，仍舊尋她的床第之歡。這時的她已被無度的淫欲消耗得骨瘦如柴，且仍貪淫不已，終於有這麼一天──

> 早辰晏起，不料他摟著周義在床上，一泄之後，鼻口皆出涼氣，淫津流下一窪口，就嗚呼哀哉，死在周義身上。七年二十九歲。

她的「眉目清秀」的情人周義想到的只是盜物而逃，也給抓回打死。這時的中國，已是「中原無主，四下荒亂，兵戈匝地，人民逃竄」，韓愛姐懷抱月琴，倉皇南進，而曾幾何時尚鶯歌燕舞的清河縣，已是「男啼女哭，萬戶驚惶」，「一處之死屍骸骨，橫三豎四；一攢攢折刀斷劍，七斷八截」。

一個民族，一個經歷了末世的麻木和末世的歡樂的民族，從整體上淪亡了。

那眾多的單一的死已不足以喚起民眾的覺悟，已不足以贖回時代的罪愆，其只能以

涓涓細流匯成波瀾壯闊的血的大潮,蕩滌這罪惡的社會。民心的復蘇和民族精神的重建,只有在這血潮洗滌後才可能獲取。

這就是作者通過全部情節要告訴讀者的:縱欲者最後的歸宿——死亡;渾渾噩噩的民族不可避免的結局——淪亡。

四、庸眾的歡樂與哲人的悲哀

《金瓶梅》作為一部驚世駭俗的小說巨著,為何長時期遭受不公正的待遇?

因為它用大量的瑣細之筆描寫了性放縱的場面。

因為它過分真實地描寫或曰體現了人類的醜陋,而使人們在驚懼之下不敢自視,也不會承認。

性活動的確要有一種限度,的確要有道德的制約,然人類對於這種限度的認識通常卻只有兩種途徑:一是禁錮,一是放縱。封建社會中充滿著禁錮情感和遏止情欲的書,也較多存在著描摹性禁錮帶給他人尤其是青年男女無數災難和痛苦的書,就是較少《金瓶梅》這樣的作品。它濃墨濡寫了性的放縱,更寫出了放縱後的疲憊與耗損,寫出了性施虐如何成為一種洪水猛獸,澆熄了生命之火,淹沒了在愛河中嬉遊的肆無忌憚的男女。

《金瓶梅》又是一篇市井文字。它用活潑潑的語言為那騰挪於小縣小鎮中的男男女女塑造形象,市井的囂雜、鬧熱無時不從字裏行間流淌出來。庸人如雲,如雲的庸眾有無盡的歡樂——「大」陰謀的成功,小騙術的勝利,得一筆外財,賺幾分巧錢,都能給目光如豆的庸人巨大的欣喜;生男育女,婚喪嫁娶,迎朋會友,走親串戶,都能給生活枯燥的庸人短暫的忙碌和忙碌中的興奮;甚或東家失竊,西鄰遭火,聚訟毆鬥,殺生害命,也會使庸人們在或憤激或平靜的啾啾唧唧的議論中獲得快慰……多麼容易歡欣與陶醉的庸眾呵!

我們看西門慶的賀生子、慶升官之類無數的大宴小宴,看其建店鋪、擴園林之類無數次家產增值,看其娶妾狎妓、尋花拈柳之類無數次豔遇……我們看潘金蓮謀害親夫的成功,看其籠絡丈夫的卑劣手段,看其馴雪獅子行害官哥兒的絕活,看她在星月輝映下與陳經濟的淫亂……我們看宋惠蓮嗑得滿地瓜子皮兒的神態,看李瓶兒與喬大戶結兒女親家時的心情,看李嬌兒乘亂竊得幾個大元寶的麻利乾脆,看春梅清明節遇舊日主母時透著驕奢的謙遜……所有這些,對當事人來講應是很歡樂的了。《金瓶梅》中始終洋溢著一種世俗的歡樂。

然而,《金瓶梅》在寫性寫欲的表層之下,又底蘊著一種悲劇精神或曰是一種對生命的悲哀。

　　悲哀是人類所共有的一種情感。庸眾有歡樂，自然也有悲哀。但哲人的悲哀與庸眾的悲哀永遠不在同一層次上。庸眾為自身利益悲哀，哲人則為生命價值和生存意義悲哀。笑笑生在書中也以同樣瑣細之筆摹繪了庸眾的悲哀，描摹了那種種的世俗的痛苦：因財產之爭帶來的痛苦，因官位不穩帶來的痛苦，因爭風吃醋帶來的痛苦。這些痛苦常又與那些歡樂攪混成一團，總匯起來，則可見出作者對生命的思索和思索後的悲哀。這就是所謂的智慧的痛苦。笑笑生有一種嘲謔筆墨，其往往借助那世俗的可憐的歡欣施行自己的嘲弄和調侃。笑笑生更有一種自嘲精神，他是把自己作為人類的一成員，是代表著人類進行思想和行為的反省！他把那種種色色的庸眾的歡樂與悲哀都用一種自嘲精神粘連起來，因而所有書中描寫的歡樂和痛苦，都在自嘲精神的輝映下顯得極其可憐。所有的升遷與貶損，所有的死亡與新生，所有的對生命的依戀，對女色的追逐，對官職和財產的狂熱，都因作品總體上對生命價值和生存意義的反思而富有哲理的意蘊。

　　張竹坡領悟到這一點，他細細剖析了作者那真誠的人生體驗和對生命的思索，但時代使然，他又只能較多地把這些在理論上納入舊的禮教精神和道德倫理的規範。

　　我們說《金瓶梅》有一種悲劇的底色，其著眼點主要不在於武大郎、花子虛、宋惠蓮之死，不在於孫雪娥、秋菊、蔣竹山之受辱，不在於這般可憐的如蟲如蟻之輩，而在於民族精神的隕落，道德大廈的崩坍，世風的澆漓，民心的庸爛，而在於那享受著榮華與驕縱的西門慶及其妻妾們的一生所展現的自然的和生命的懲戒！

　　《金瓶梅》全部情節所努力說明和最終體現的就是：縱欲與死亡。這不是一個陳腐的舊套，而是一個永遠新鮮的、以生命的代價不斷予以證實的人類生存的主題！

　　應該說，市井的娛樂性和倫理說教色彩淡化了作者對生命的悲憫，削弱了《金瓶梅》的悲劇震撼力。

論《金瓶梅詞話》的寫作時代

我們注意到：有關《金瓶梅》作者的論證和辯爭，從來都是與該書的成書時代問題牽纏在一起的。只要我們是認真而不帶僥倖與偏愛地來對待該書的作者問題，應是會選擇這樣的路徑：先從紛繁駁雜的史料記載中理出端緒，科學地釐定其創作時代，再由此進入作者的考定。

《金瓶梅》成書時代的爭論，主要是「成書於嘉靖說」與「成書於萬曆說」兩種觀點的對峙。介乎此兩說之間的有「成書於嘉萬間」「成書於隆萬間」等較含混的提法。「萬曆說」又可分為「成書於萬曆十年之前」「成書於萬曆二十年左右」等時間段的歧異。筆者認為該書當成書於嘉靖二十七年至隆慶元年約二十年之間，茲論證如下：

一、萬曆間記載：成書於嘉靖

今知有關《金瓶梅》的文字記載，最早見於明萬曆間。目前由中外學人搜羅到的七家史料記載中，有四家提到《金瓶梅》的成書年代，這應說是不容忽視的。

屠本畯《山林經濟籍》：

> 相傳嘉靖時，有人為陸都督炳誣奏，朝廷籍其家，其人沉冤，托之《金瓶梅》。

謝肇淛《小草齋文集・金瓶梅跋》：

> 相傳永陵（明世宗朱厚熜陵號）中有金吾戚里，憑怙奢汰，淫縱無度，而其門客病之，采摭日逐行事，彙以成編，而托之西門慶也。

沈德符《萬曆野獲編・金瓶梅》：

> 聞此為嘉靖間大名士手筆，指斥時事……

《金瓶梅詞話》卷首「廿公跋」：

> 《金瓶梅傳》，為世廟（嘉靖皇帝朱厚熜廟號）時一巨公寓言，蓋有所刺也。

四處文字，在談到《金瓶梅》成書年代時取得了驚人的一致——成書於嘉靖。而其他三家也沒有相反的意見，如袁小修《遊居柿錄》談到成書時代時曰「舊時京師」云云，亦可看作其指嘉靖朝而言。因而擴大地說：在明代萬曆間，也就是當《金瓶梅》鈔本流行的時候，同時流行的關於成書時代的基本說法，就是「成書於嘉靖說」。今天，當人們在引用這些原始資料的時候作了各種各樣的解釋，有的更揀出「聞」「相傳」等字，演繹為此等記載不可靠，記錄者本人就不敢論定云云。然解釋永遠不能掩蔽資料的真實涵義，「相傳」「聞」等字詞，從另一方面解釋，正可說明記錄者的審慎態度。我們在比勘這些早期記載時不難發現，沈德符係由袁宏道處「聞」來，同「聞」者還有袁小修、馮夢龍、馬仲良諸人。且這麼多眾口一詞的「相傳」，何以竟不見有「相傳」成書於萬曆年間的呢？若真是如此，這些當世名公又如何會一毫不知，還要愚不可及地去「以訛傳訛」呢？

這只能說明：《金瓶梅》成書於嘉靖。

二、吳晗的考證：成書於萬曆

流傳三百餘年的《金瓶梅》「成書於嘉靖說」，其流傳過程，也正是許多荒誕不經的附會之詞滾滾而來，與之同時傳播的過程。「一般神經過敏的人又自作聰明地替它……捏造成一串可歌可泣悲壯淒烈的故事」。1934年，吳晗先生發表了〈金瓶梅的著作時代及其社會背景〉一文，以史學家的識略和筆鋒掃除了所有這些「捏造的故事」，直令人暢然欲呼！可是吳文那振聾發聵的否定中也包括「成書嘉靖說」，這使我們不無遺憾地聯想到那倒污水倒掉嬰孩的俗喻。

吳文否定「嘉靖說」，推出了有關「成書於萬曆間」的新見解，應該說其資料依據還是頗具說服力的：

(一)太僕寺馬價銀

這是吳晗先生最有力的立論之據。在《金瓶梅》第七回有孟玉樓的一句話：「緊著起來，朝廷爺一時沒有錢使，還問太僕寺支馬價銀子來使。」吳文中對明代朝廷向太僕寺借支馬價銀之事作了詳細的考證後，作出結論：「嘉隆時代的借支處只是光祿和太倉，因為那時太僕寺尚未存有大宗馬價銀，所以無借支的可能。到隆慶中雖曾借支數次，卻不如萬曆十年以後的頻繁……由此可知《詞話》中所指『朝廷還問太僕寺借馬價銀子來使』，必為萬曆十年以後的事。」

(二)佛教的盛衰和小令

　　吳晗先生把《金瓶梅詞話》中大量存在的有關佛教的描寫與明代中後期佛、道兩教的盛衰交替相比較,認為「武宗時為佛教得勢時代,嘉靖時則完全為道教化的時代,到了萬曆時代佛教又得勢了。……全書以佛教因果輪回天堂地獄的思想做骨幹。假如這書著成於嘉靖時代,決不會偏重佛教到這個地步」!

　　繼之,吳文從時代習尚著眼,考察了《金瓶梅詞話》中有關小令的情況,使與《萬曆野獲編·時尚小令》所載萬曆間流行的曲名相比,發現「和沈氏所記恰合」。

(三)太監、皇莊、皇木及其他

　　對該書中關於太監、皇莊的描寫,吳晗先生認為:

> 在有明一代中嘉靖朝算是宦官最倒楣最失意的時期。反之在萬曆朝則從初年馮保、張宏、張鯨等柄用起,一貫地柄國作威。……在天啟以前,萬曆朝可以說是宦官最得勢的時代。
>
> 嘉靖時代無皇莊之名,只稱官地。……由此可知《詞話》中的管皇莊太監,必然指的是萬曆時代的事情。

吳文還從第二十八回拈出「女番子」一詞,指出「嘉靖時代,……廠權且不及錦衣衛,番子之不敢放肆自屬必然。由這一個特別名詞的被廣義地應用的情況說,《詞話》的著作時代亦不能在萬曆以前」。

　　吳晗先生的考定,處處從史證出發,為科學地論定《金瓶梅》成書年代開創了很好的局面。然歷史記載的複雜錯綜亦正如文藝作品的紛繁變化,同樣是難以把握的。把二者過多地進行細部的比較和個別語詞的考索,可能會取得突破性進展,亦可能會導向偏謬。吳晗先生對《金瓶梅詞話》中個別語詞的考定是有失確切和全面的,這種不確切的考定影響了他對作品和時代的整體比較,從而導致了錯誤的結論「成書於萬曆中期說」。

　　吳晗的「成書萬曆說」一經發表,即得到鄭振鐸先生的支援,產生了巨大的學術影響。後此的研究者多沿襲此說,直到近年,亦然如此。如馬泰來先生〈謝肇淛的金瓶梅跋〉,其中就談道:

> 謝肇淛認為《金瓶梅》撰寫在嘉靖時,那是錯誤的。吳晗根據明朝史事考訂《金瓶梅》的成書不能早於隆慶二年(1568),今日仍是不刊之論。

然哉?非也。早在五十年代的龍傳仕先生即對吳文提出了商榷,從而動搖了其立論的根

基。

三、對「成書萬曆說」的商榷

龍傳仕先生〈《金瓶梅》創作時代考索——兼與吳晗同志商榷《金瓶梅》著作時代問題〉[1]（簡稱龍文）、徐朔方先生〈《金瓶梅》成書新探〉（簡稱徐文），曾先後對吳晗先生賴以立論的史料根據提出了全面的商榷和訂正，要點如下：

(一)關於「太僕寺馬價銀」

龍文對吳晗以「太僕寺馬價銀」作為論證《金瓶梅》成書於萬曆的重要根據提出駁議。其引錄史料，證明在明成化間已有備貯馬價銀的先例，非萬曆始有；而借支馬價銀也不始於萬曆。《明會典》卷 136〈賞罰〉：

> 三十七年題准，每年動支太僕寺馬價銀三百萬兩，寄武庫司收貯，遇有巡撫官軍捉獲盜賊，量給充賞。

此「三十七年」為嘉靖三十七年。龍文曰：

> 吳晗同志所謂「《金瓶梅詞話》的本文含有萬曆十年以後的史實，則其著作的最早時期必在萬曆十年以後」。這一論斷顯然是不能成立的。因為不能解釋隆慶年間借支「太僕寺馬價銀」的史實。吳晗同志又說：「退一步說，也不能過隆慶二年。」但是，又怎樣解釋嘉靖年間也有借支「太僕寺馬價銀」的史實呢？所以說，「太僕寺馬價銀」一語不能說明《金瓶梅》的創作時代。

其立論是站得住的。近年來，日下翠女士、徐朔方先生又提出大量實證，加強了龍說。徐先生從《明實錄》中指出六則確鑿史料，證實在嘉靖十六年五月，十七年十二月，十八年閏七月，十九年四月、六月，二十年九月，都有借支「太僕寺馬價銀」的記載。筆者想補充一句：這段時間，正是李開先在朝任職或剛剛去職的時間。「太僕寺馬價銀」被「朝廷爺」借了來使的描寫能說明什麼？其不正是該書可能出於嘉靖的明確史證嗎？

(二)關於「佛教的盛衰」

龍文列舉了《金瓶梅詞話》中大量有關道教描寫的語例，說明「吳晗同志對佛、道

二教在《金瓶梅》中的描寫作了不精確的比較和對照」，同時認為：

> 在我國的古典小說和戲曲中，通過佛教、道教生活的描寫，反映作者世界觀的傾
> 向，是一種極為普遍的現象。……所以說「佛教的盛衰」，不足以說明《金瓶梅》
> 產生於萬曆年間。至於「因果報應」的思想是作者世界觀的一部分，不能看作是
> 「佛教流行的社會」的反映。

筆者贊同傳仕先生的觀點。

(三)關於「太監、番子、皇莊、皇木」

龍傳仕先生對此逐條進行了反駁，澄清了吳文在史料方面的一些誤引造成的混淆。
關於吳晗對「太監、番子、皇莊、皇木」的解釋和論證，徐朔方先生有一段簡明的批評：

> 據《明史·刑法志》記載，自從明朝設立東廠，就有番子。吳晗說嘉靖時番子不
> 敢放肆，這是想當然之詞，缺乏證據。他說：「嘉靖時代無皇莊之名，止稱官地。」
> 而《明實錄》嘉靖十九年六月已有「皇莊」一詞記錄在案。佛道興衰，太監專權
> 不可一概而論，何況小說未必事事都針對明朝現實。……

這樣的批評是正確的。

龍文和徐文以大量具體而確切的史料，糾正了吳晗文中在史料和對史料釋解上的偏
謬，從根本上動搖了「成書萬曆說」。唯感尚不足的是：其對成書時代問題似乎還缺少
整體的把握，其較多的篇幅還花在具體而細微的問題上。吳晗先生論證《金瓶梅詞話》
成書於萬曆年間，其著眼於作品與當時社會的整體風貌上的比較，是一種宏觀把握的結
論。諸如其提出的「太僕寺馬價銀」「佛教盛衰」之類語例或局部描寫，即使被駁倒了，
仍是一種寸寸銖銖的小爭端的解決。整體的結論必須從整體上去觀照。否則，你駁倒一
些例證，就可能出現另一些新的例證，如此下去，簡直是無法窮盡的。

1985 年，黃霖先生發表了〈《金瓶梅》成書三考〉[2]，為「成書萬曆說」提出了「新
證」。

四、黃霖對「萬曆說」的新證與不足

力主《金瓶梅》作者為屠隆的黃霖先生，對《金瓶梅》成書時代問題也是很重視的。

2　載《復旦學報》1985 年第 4 期。

其〈《金瓶梅》成書三考〉為「成書萬曆說」提供了新的資料依據,其「新證」仍偏重於從書中挑選一些語詞實例,使之與史料記載相比照。但黃文中有些實例是很有挑戰性的。筆者擬先對黃文所重點論證的材料作一番考辨,爾後,再嘗試對成書問題進行一次整體的把握。

(一)關於「殘紅水上飄」

《金瓶瓶詞話》第三十五回有:「殘紅水上飄」四段曲子。此曲在《南宮詞紀》中署名李日華,成為否定李開先為《金瓶梅》作者的重要根據(魏子雲:「李開先死,李日華才四歲。」)。黃霖先生由《南詞韻選》查出此曲署名李日華下注有「南直隸吳縣人」,則此李日華為《南西廂》作者,江蘇吳縣的李日華,而非作《味水軒日記》的萬曆二十年壬辰科進士,浙江嘉興的李日華。至此問題就清楚了:嘉靖間人陸采曾不滿李日華《南西廂》而有同名之作,那麼,此李日華的活動時間至遲不會晚於正德嘉靖之際,其散曲「殘紅水上飄」的寫作和流傳亦至遲不會晚於正嘉間。成書於嘉靖的《金瓶梅詞話》引用此曲,正是順理成章的事,黃霖卻認為:

> 當然,吳縣李日華的活動時間略早。但當知道,此曲不見於嘉靖時代編成的《金瓶梅詞話》作者最樂意引用的《雍熙樂府》《詞林摘豔》中,而見於萬曆時期編成的《群音類選》《南詞韻選》《南宮詞紀》中。可見,此曲流行於萬曆年間,被萬曆時代的作家引用的可能性最大。

有這種可能,但更有其他的可能。此類或然性很強的推論是很難產生說服力的。試想:「殘紅水上飄」作為出自明中期的一位社會地位較低的文人之手的作品,若是在嘉靖時期不流行,又怎能被萬曆間曲集廣泛採用呢?且數百年間資料散佚,我們又怎能僅據現存幾部曲集來確定某曲在某一朝代流行與否呢?

(二)關於「陳四箴」

黃文提出的最主要的新證,是「陳四箴」。「陳四箴」,是其認為「《金瓶梅》成書當在萬曆十七年之後」的關鍵論據。然其立論建立在片面考證的基礎上,其偏謬便難以避免。

《金瓶梅》中的過場人物陳四箴,首先為臺灣魏子雲先生在論證時提出,黃霖先生進一步闡釋,並以此作為《金瓶梅》「成書於萬曆二十年」的重要內證。筆者認為:注意到這一書中人名,指出其帶有政治寓意的可能,是有意義的,然黃霖先生(也包括魏子雲先生)由此作的注解和得出的結論卻嫌失當。黃文曰:

總的來說，《金瓶梅》中的人名確實多有寓意。因此，《金瓶梅詞話》第六十五回出現的「兩司八府」中的「布政使陳四箴」這個名字就值得注意，因為它與萬曆年間的一大政治事件聯繫在一起。當時的萬曆帝，貪於酒色財氣，特別寵信鄭貴妃，以致在冊立太子問題遲遲不下決斷，頗有廢長立幼（鄭貴妃子）之意，引起朝廷內外不安，於是從萬曆十四年起大臣們圍繞這一問題紛紛諫諍，連年不斷。至萬曆十七年十二月二十一日，大理寺左評事雒于仁上疏規勸皇上戒除酒色財氣，並進陳有關酒色財氣的「四箴」……

《金瓶梅》中的人名多有寓意，此一點似無可否認，「陳四箴」三字的確是透露了有關該書成書時間的消息，對此進行研究，是應該的，或者說是必要的。黃文進一步論述這一問題：

事實上作家頭腦中出現的「陳四箴」不會憑空而來，只能是現實的反映。也就是說，只能在社會上先出現了雒于仁陳四箴的事件之後，才可能有「陳四箴」這個概念。

黃霖由此繫定了《金瓶梅》的成書時代：萬曆二十年。（其還有一些根據，然這是最主要的依據。）其推繹在邏輯上講是可以成立的，但人們或許也會發問：在明代嘉靖、萬曆間，上獻四箴的是否僅雒氏一家呢？黃霖也考慮到這一點，並作出了確鑿的回答：

在萬曆十七年之前有沒有另外的「陳四箴」事件呢？沒有！

不知黃文的依據是什麼，但其結論是不準確的。在此前的嘉靖年間，也出現過一次「陳四箴」事件！一次影響更大、懲戒尤為嚴苛的「陳四箴」事件。《萬曆野獲編》卷四〈鄭王直諫〉：

鄭王厚烷，以嘉靖十年獻白鵲二於朝，上大喜，命獻之宗廟，薦之兩宮，傳示百僚，庶職廷臣多獻賦以彰聖德。……至二十七年，又上書勸上修德講學，並上四箴及演連珠十首，以上簡禮息政，飾非惡諫，及神仙土木為規。上大怒，手批其疏曰：「爾探知宗室謗訕，故爾效尤。彼勤熿一無賴子耳，爾真今之西伯也？」未幾，因鄭王上表誤失稱臣，遂削爵錮高牆。

這便是早於雒于仁獻四箴四十餘年，發生在嘉靖朝的一起「陳四箴」事件。作為皇帝宗室的鄭王朱厚烷能在另一位宗室、周府鎮國中尉朱勤熿上疏抨擊朝政，指責當朝皇帝的作法遭到嚴懲之後，挺身而出，繼續對嘉靖皇帝提出批評和勸戒，其行為是勇敢的。他

所指斥的「簡禮怠政，飾非惡諫，神仙土木」，都是嘉靖朝的時弊，都能為人民代言，為正直之士代言。鄭王朱厚烷的結境淒慘，他由一藩之王被斥為庶民，關進鳳陽的宗獄。綜上所述，我認為：《金瓶梅》第六十五回出現的布政使陳四箴，應是（如魏、黃所說的那樣）與社會上獻四箴的政治事件相關的，卻沒有任何理由非要等到萬曆十七年雒氏再上四箴，而在嘉靖二十七年七月鄭王朱厚烷上四箴疏後即可能出現。以「陳四箴」作為論定《金瓶梅》成書於萬曆二十年的依據，同「太僕寺馬價銀」作為成書萬曆說的依據一樣，都是無法成立的。

值得注意的是：鄭王厚烷所上四箴為「居敬、窮理、克己、存誠」，而一些研究者則認為「陳四箴」應與《金瓶梅》卷首〈四貪詞〉相關。這就有必要進一步探討：「〈四貪詞〉：酒、色、財、氣」與「陳四箴」，與雒氏的「酒、色、財、氣」〈四箴疏〉有無密切的聯繫。

魏子雲氏力主二者相關，曰：「《詞話》中的〈四貪詞〉……明明呼應了雒于仁的〈四箴疏〉。」鄭培凱先生則相反，認為：「《金瓶梅詞話》的開頭，不論是在主題選擇或是故事開始的安排上，都沒有什麼隱秘的奧義，沒有什麼深文周納方可得知的政治影射意圖。」[3]黃霖先生顯然認為二者是不可分割的，他指責鄭培凱「列舉了豐富的有關『酒、色、財、氣』的種種說法，就是沒有一條與『陳四箴』這樣的概念有所聯繫的」。

我覺得，如果說「陳四箴」這一名字來自作者當時生活中陳獻四箴的政治事件的話，它倒不一定與卷首的〈四貪詞〉有著必然的聯繫。「酒、色、財、氣」〈四貪詞〉，確如鄭先生所言，「反映了作者繼承通俗文學的傳統，藉以表達自己的創作意旨，勸喻世人不要重蹈書中人物的覆轍。」若硬是把這種類乎套語式的開篇與雒氏的〈四箴疏〉繫在一起，才更能見出二者明顯的歧異，試隨便比較一下：

> 財箴曰：兢彼鏐鐐，錙珠必盡，公帑稱盈，私家懸罄。武散鹿台，八百歸心，隋煬剝利，天命難諶。進藥陛下，貨賄勿侵。（雒于仁《四箴疏·財箴》）

> 財：錢帛金珠籠內收，若非公道少貪求，親朋道義因財失，父子懷情為利休。急縮手，且抽頭，免使身心晝夜愁。兒孫自有兒孫福，莫與兒孫作遠憂。（《金瓶梅詞話·四貪詞》）

除一個「財」字，兩處文字，再有什麼重出之跡呢？雒氏《財箴》意在直諫聖聰，懇求

---

3 〈酒、色、財、氣與《金瓶梅》詞話的開頭：兼評《金瓶梅》研究的索引派〉，《中外文學》第12卷第4期。

「貨賄勿侵」,予小民以一線生路;〈四貪詞·財〉則泛泛施說,戒世人勿貪財失義。其立意與行文,相去奚啻萬里。其他三則,亦大略同此。要之,雒氏上〈四箴疏〉,是有其特定的歷史背景和政治內容的,雖意在勸戒,卻是勸戒皇帝,與那勸戒一般世人的〈四貪詞〉風馬牛而不相及。若僅僅由字面相似、題目略同等表像去發揮想像,則很難得出正確的結論。如黃霖先生說:

> 《金瓶梅詞話》中與「陳四箴」的名字聯在一起的兩位「左右參政」的大名,一個叫「何其高」,一個叫「季侃(廷)」(崇禎本加一「廷」字)。這樣三個名字聯在一起,雒于仁等侃侃諫諍於廷的「崇高」形象不是呼之欲出嗎?

這種看似合理的想像大約是受了戲曲舞台上此類場面的影響,而與事實則相去甚遠。據《明史》卷 234:「(雒于仁)疏入,帝震怒。會歲暮,留其疏十日。」至次歲再理此事,欲「置之重典」,後經首輔申時行勸解,未敢把此疏公諸於外,僅由時行「傳諭(大理)寺卿」,雒于仁在數日後引疾去位」。哪裏有什麼雒于仁「侃侃諫諍於廷」的影子呢?

(三)關於韓邦奇和凌雲翼

黃霖還進一步探討了《金瓶梅詞話》第六十五回那份「兩司八府」官員名單上另外兩人的情況,這就是「兗州府凌雲翼」,「徐州府韓邦奇」。此二人都見諸《明史》。凌雲翼,太倉人,嘉靖二十六年進士,官至兵部尚書,卒於萬曆十五年後。韓邦奇,朝邑人,正德三年進士,官至兵部尚書,嘉靖三十四年卒於陝西地震中。黃霖認為:

> 韓、凌二人在嘉、隆期間,乃至在萬曆初年,大名鼎鼎,作者怎麼可以去生造一個為當世人們所熟知的某大官相同的人名?……《金瓶梅詞話》借用凌雲翼這個真人名,也可證這部小說成於萬曆二十年前後,而如李開先、王世貞、賈三近之類,是很難想像會把同世的大官,甚至同僚、同科進士用真名寫入這樣一部小說的。

這種論述是缺少說服力的。對於一個人,人們可在其死後來寫,亦可在其生前來寫,這大約是中外古今的通例。似在此書中出現的韓邦奇、凌雲翼這種名單上人物,無褒無貶,一閃而過,作者恐也未必有什麼深奧的用意吧。

當然,黃霖所說的「很難想像」也是不無理由的。問題在於大千世界上往往有一些特例。如李開先就是一個不斷創造「特例」的人;他做主掌升黜大政的吏部文選司郎中,不像通例所為的局門謝客,以示清正,而是公然地呼朋引伴,豪飲劇談,以至於權臣側目;他自撰劇本,又自作一序大興讚歎之詞,序末署上友人的名字,爾後再明言該序是

自己假他人之名而作。這些都是很難想像的。而李開先與韓邦奇是相交頗契的好友,韓死於地震,李曾在詩中志哀:

平生三老友,一夜委泥沙。(原注:楊尚書守禮,韓都御史邦奇、馬光祿卿理,驚壓而死。)

說李開先在書中提及這位老友的名字,大約亦不無可能吧。從李開先的寫作習慣來看,他也是常常如此。

五、從整體上把握和論定《金瓶梅》的成書時代

在對有關《金瓶梅》創作時代的一些具體問題作了一番考訂之後,我們更覺得對該書中細部描寫的剖析應置於整體把握之中。《金瓶梅》的成書年代問題,決非一兩個或一部分語辭的考定就可以解決的,我們應該在整體觀照中論定其成書時代。

著眼於整體的論定,首先應注重這樣一個基本事實——《金瓶梅》在寫成後經歷了一個幾十年的輾轉傳抄的過程。黃霖說:

只要《金瓶梅詞話》中存在著萬曆時期的痕跡,就可以斷定它不是嘉靖年間的作品。因為萬曆時期的作家可以描寫先前嘉靖年間的情況,而嘉靖時代的作家絕不能反映出以後萬曆年間的面貌來。

此斷語下得過於匆忙,正在於其未能考慮到該書經過傳抄的特點。事實上,任何一種傳抄都存在著增刪的可能,都可以說是一種程度不同的增刪或改竄的過程。更不用說,史料上還分明記載著該書被某「陋儒」補入了五回。筆者尚未發現《金瓶梅》中有萬曆間史事的實例,即便有,即便確切地「存在著萬曆時期的痕跡」,也不能「斷定它不是嘉靖年間的作品」。

這並不是說《金瓶梅》的成書時代無從考定了,因為改竄和增刪畢竟只是局部的、個別的,從整體上對該書進行思考和觀察,就可能帶給我們正確的結論。在本章開始時我們對萬曆間學者關於該書產生時代名家記載的匯錄,可以說是整體把握的一個方面,它傳遞出當時文人者流對《金瓶梅》成書年代的一般看法。這是對「成書嘉靖」說的最早提出和認同,自然,也就是對「成書萬曆」說的最早否定,且據今所發見的資料記載可證,這是對「成書萬曆」說的一種整體的一致的否定。

這裏,筆者將再從兩個方面來探討、考索《金瓶梅》的成書問題。前代和當代學者對此曾不止一次地作過論述,使筆者多所取資,進而形成了自己的看法。

(一)《金瓶梅》寫嘉靖朝事

沈德符在《萬曆野獲編》中，最早指出這一點：

> 聞此為嘉靖間大名士手筆，指斥時事，如蔡京父子則指分宜，林靈素則指陶仲文，
> 朱勔則指陸炳，其他各有所屬云。

這就是所謂的「影射說」。沈氏的議論不是憑空結撰的，讀《金瓶梅》，我們的確可以
感覺到其強烈的政治色彩和作者愛憎的分明。陳詔先生近作〈《金瓶梅》——嘉靖時期
的影射小說〉一文，詳細論證了沈氏的立論，說：「正如沈德符所揭示，蓋蔡京父子與
嚴嵩父子的醜行極相似，林靈素與陶仲文的劣跡也相雷同，而朱勔的赫赫權勢更與陸炳
無多差別。」

書中提示給我們的當然又不僅乎這些。如其對朝內外大小太監的描寫，證明了這是
一個太監失勢的時代：第三十回劉太監因事「親自拿著一百兩銀子」向西門慶求情送禮；
第七十回內廷太監何沂為侄兒做官事宴請西門慶，連自己「穿的飛魚綠絨氅衣」也送給
了他，執禮甚恭，都說明了這不可能發生在宦官得勢的萬曆間。再如其明顯的尊道抑佛
的傾向，都是其寫嘉靖朝事的證明。劉輝先生曾指出：「關於《金瓶梅》的成書過程及
其作者，是長期以來學術界沒有解決的疑難問題，……但是有一點是大家比較公認的，
即《金瓶梅》所描寫的大都是嘉靖時事。」[4]迄今為止，還沒有一條萬曆間人或事的確證
提出，這大約正在於一項根本的原因：《金瓶梅》成書早於萬曆吧。

(二)《金瓶梅》中的戲曲演出

根據書中戲曲演出的記載來考索該書寫作時代，擬由兩方面進行：

其一，劇碼情況。馮沅君先生曾把《金瓶梅》中提到的劇碼輯錄如下：《韓湘子升
仙記》《西廂記》《王月英元夜留鞋記》《韓湘子度陳半街升仙會雜劇》《韋皋玉簫女
兩世姻緣玉環記》《劉知遠紅袍記》《裴晉公還帶記》《小天香半夜朝元》《四節記》
《雙忠記》。[5]應補充的還有：《陳琳抱妝盒》《琵琶記》《香囊記》《寶劍記》，書中
多處抄引了三劇的大段曲文，應屬更為重要。

涉及的劇碼，確可考定時間的最晚一個為《寶劍記》。這是李開先寫成於嘉靖二十
六年的一部用南曲演唱的傳奇戲，《金瓶梅》中大量抄引了該劇的曲文、賓白，卻不標

4　見〈從詞話本到說散本〉，載劉輝《金瓶梅成書與版本研究》，瀋陽：遼寧人民出版社，1986 年。
5　見馮沅君《古劇說匯》，上海：商務印書館，1947 年。

出劇名,這是令人深思的。筆者將另文討論兩書的關係,此不贅言。

比較嘉靖時期,萬曆劇壇是極為繁興的。這一時期是中國戲曲史上第二個黃金時代:名作如星,名家如林,流派競起,諸腔紛呈,如《金瓶梅》成書於萬曆,很難理解作者會避當世而取前朝,在大量的有關戲曲劇碼的描寫中,竟無一例在萬曆間。

其二,聲腔情況。《金瓶梅》中透露的有關戲曲聲腔的消息,應更有助於說明問題。該書沒有提到興盛於萬曆間的崑山腔,其演南曲,一般認為是海鹽腔。第六十三回、六十四回、七十四回、七十六回都寫到海鹽子弟的演出,就中可看出其戲班規模較大,在社會上比較受人歡迎,這是嘉靖時期戲曲聲腔的流行狀況,即王驥德《曲律》所言:「舊凡唱南調者,皆曰海鹽。」

《金瓶梅》第三十六回,寫西門慶設宴招待「喜尚南風」的安進士,請了一起「蘇州戲子」,章培恒先生認為「實際上也就是崑山腔」,怕不準確。這幫「蘇州戲子」中的苟子孝在第七十四回中再次出現,則又被稱作「海鹽子弟」,對此劉輝先生認為:

> 這絕不是小說中人名的一時誤置,而是說明蘇州戲班當時演唱的就是海鹽腔。最好的例證是:三十六回蘇州戲班演出的劇碼和六十三回、六十四回海鹽子弟演出的劇碼都是相同的,都有《玉環記》,這就不能說是偶然的巧合了。[6]

所論極是。且書中僅一處曰「蘇州戲子」,因為演員「都是蘇州人」,許多處曰「海鹽子弟」,語意上亦有區別。依筆者之意,後者方是指聲腔,演唱者可包括蘇州人苟子孝,前者則言戲班成員的籍貫,非聲腔之謂。

還應加以說明的是:筆者並不認為《金瓶梅詞話》在嘉靖間一次寫成。該書作者可能在未來得及最後完稿的情況下突然故去,這從書中存在的大量疏漏和血脈不貫穿可以見出。但《金瓶梅詞話》的寫作在嘉靖末年並基本完成於這一時期,應是無可懷疑的。

6　〈論《金瓶梅》中的戲曲演出〉,載《藝術百家》1987 年第 2 期。

「陳四箴」辨正

　　《金瓶梅》中的過場人物陳四箴，首先為臺灣魏子雲先生在論證時拈出，引起中外學人的注意。黃霖先生繼之，在〈金瓶梅成書問題三考〉[1]文中，以此作為「成書萬曆說」的重要內證，言：

> 總的說來，《金瓶梅》中的人名確實多有寓意。因此《金瓶梅詞話》第六十五回出現的「兩司八府」中的「布政使陳四箴」這個名字就值得注意，因為它與萬曆年間的一大政治事件聯繫在一起。當時的萬曆帝，貪於酒色財氣，特別寵信鄭貴妃，以致在冊立太子問題上遲遲不下決斷，頗有廢長立幼（鄭貴妃子）之意，引起朝廷內外不安。於是從萬曆十四年起大臣們圍繞這一問題紛紛諫諍，連年不斷。至萬曆十七年十二月二十一日，大理寺左評事雒于仁上疏規勸皇上戒除酒色財氣，並進陳有關酒色財氣的「四箴」。

　　《金瓶梅》中人名多有寓意，自無可否認，「陳四箴」三字，的確語意極明，透出了有關該作成書明代的重要信息，因此，對它的考索是十分必要的。黃先生說：「作家頭腦中的『陳四箴』不會憑空而來，只能是現實的反映。也就是說只能在社會上先出現了雒于仁陳四箴的事件之後，才可能有『陳四箴』這個概念。」從邏輯上講，黃先生的繹釋是可通的，筆者也認為應該把陳四箴這一名字與作者當時的政治事件「上獻四箴」聯繫起來研究，問題之關鍵在於：明代嘉、萬間，上獻四箴的是否僅雒于仁一家呢？對此，黃先生鑿鑿然寫道：「在萬曆十七年之前有沒有另外的『陳四箴』事件呢？沒有！」這就失之不察。此前的嘉靖二十七年，即出現過一次「陳四箴」事件——明皇室宗藩鄭王厚烷「上四箴」事件。不少史乘筆記對此多有記載（如《明史》《明書》《國朝獻徵錄》《藩獻記》等），《萬曆野獲編》卷四〈鄭王直諫〉：

> 鄭王厚烷，以嘉靖十年獻白鵲二於朝，上大喜，命獻之宗廟，薦之兩宮，傳示百僚，庶職廷臣多獻賦以彰聖德……至二十九年，又上疏勸上修德講學，並上四箴

1　載《復旦學報》1985 年第 4 期，以下凡引黃先生語，均出自此文。

及演連珠十首,以上簡禮怠政,飾非惡諫,及神仙土木為規。上大怒,手批其疏
曰:「爾探知宗空謗訕,故爾效尤。彼勤熥一無賴子耳,爾真今之西伯也?」未
幾,因鄭王上表誤失稱臣,遂削爵錮高牆。

嘉靖朝,對宗室甚嚴苛,而鄭恭王厚烷頻受殊恩,加賜增祿,為諸藩所難及。一朝上疏
陳情,竟遭至削爵去藩,落入鳳陽高牆（宗人之獄）的終局,因而說,這是一次影響更大、
懲戒尤嚴的「陳四箴」事件。《明史·諸王》記之略詳:

> 帝修齋醮,諸王爭遣使進香,厚烷獨不遣。嘉靖二十七年七月,請帝修德講學,
> 進居敬、窮理、克己、存誠四箴,演連珠十章,以神仙、土木為規諫,語切直。
> 帝怒,下其使者於獄。

《明實錄·世宗實錄》卷三三八記載了這一事件,並給出了鄭王上獻四箴的確切時間——
嘉靖二十七年七月八日。世宗手批中提到的勤熥,為周府鎮國中尉,據《世宗實錄》卷
三三七,其早鄭王一月上疏,指責世宗失政諸事,疏曰:

> 陛下躬上聖之資,當以古帝王為法。乃厭棄萬幾,溺意長生之說,以齋醮為訏謨,
> 以興作為急務,獨不思秦皇、漢武、梁武、宋徽之所就,竟如何耶?數年以來,
> 朝儀久缺,委任匪人,遂至賄賂公行,刑罰倒置,奔競成風,公私殫竭,脫有意
> 外,臣將不知所終矣。邇者天心仁愛,災異疊見,朝廷不聞有罪己之詔,大臣不
> 聞有引咎之章,而祥瑞慶賀之疏紛然日上,恐非所以承天變也。伏望念祖宗創業
> 之難,敬謹天戒,複朝儀,屏邪枉,罷土木之工,開忠諫之路,以資治道;慎選
> 巡按御史,以清貪濁,則天意可回……臣非不知言出禍隨,然得與劉向、李勉、
> 趙汝愚同遊地下,死且不恨。

又據《明史》卷一一六〈諸王〉一:

> 帝覽疏怒,坐誹謗,降庶人,幽鳳陽。子朝埏已賜名,以罪人子無敢為請封者,
> 上疏請釋父罪,且陳中興四事,詔並禁錮。

這是在嘉靖中期出現的「陳四箴」事件的始末。上疏者都是皇族,其上疏的目的史書上
褒貶不一,然疏中所言,卻是切中時弊,刺痛了「溺意長生」「興作」無度的世宗皇帝,
在某種意義上說反映著全社會的共同不滿。共疏辭是激烈、切直的。這切直的疏辭激怒
了「威柄在御」的世宗,也帶給他們墜如永牢的厄運。他們的行為,在社會上不會不引
起相當的同情與欽敬,小說家以此引入書中,應該是順理成章的。

值得指出的是：鄭王朱厚烷所上四箴為：「居敬、窮理、克己、存誠」。而一些研究者則認為「陳四箴」應與《金瓶梅詞話》卷首的〈四貪詞〉「酒、色、財、氣」相關。這就有必要進一步探討：〈四貪詞〉與「陳四箴」，與雒于仁氏的「酒，色，財，氣」〈四箴疏〉，有沒有內在的聯繫？

魏子雲先生力主二者相關，曰「《詞話》中的四貪詞，……明明呼應了雒于仁的〈四箴疏〉」（〈金瓶梅編年說〉）。耶魯大學鄭培凱先生則相反，言：「《金瓶梅詞話》的開頭，不論在主題選擇或是故事開始的安排上，都沒有什麼隱秘的奧義，沒有什麼深文周納方可得知的政治影射意圖。」（〈酒色財氣與《金瓶梅詞話》的開頭〉）黃先生是讚賞魏先生的論點的，指出：「鄭培凱先生〈酒色財氣與《金瓶梅詞話》的開頭〉列舉了豐富的有關酒色財氣的種種說法，就是沒有一條與『陳四箴』這樣的概念有所聯繫的。」

二者非要「有所聯繫」嗎？怕未必！如果說有一百條理由說「陳四箴」來自社會的獻四箴事件，卻還未見有一條足夠的根據證明其與卷首〈四貪詞〉有著必然的聯繫。「酒色財氣」〈四貪詞〉，確如鄭氏所言，「反映了作者繼承通俗文學的傳統，藉以表達自己的創作意旨，勸喻世人不要重蹈書中人物的覆轍。」（同上）若硬是把此種套語式的開篇與雒氏〈四箴疏〉繫在一起，便愈為明確地昭示兩者的歧異，試隨便比照一下：

〈四貪詞〉財：錢帛金珠籠內收，若非公道少貪求。親朋道義因財失，父子懷情為利休。急縮手，且抽頭，免使身心晝夜愁。兒孫自有兒孫福，莫與兒孫作遠憂。

雒氏〈財箴〉：競彼鏐鐐，錙珠必盡，公帑稱盈，私家懸罄。武散鹿台，八百歸心，隋煬剝利，天命難諶。進藥陛下，貨賄勿侵。

除卻一個「財」字相同，兩處文字再有什麼重出之跡呢？雒氏〈財箴〉意在直諫聖聰，為小民請一生路；〈四貪詞〉則泛泛施論，戒人勿貪財貨，立意與行文，都迥然不同。其他三則都與此例略同，要之，雒于仁上〈四箴疏〉，是有其特定的背景和目的的，與〈四貪詞〉風馬牛而不相及，若僅由字面相、題目略同等表像去發揮，以想像代替論證，終難免流於偏頗。如黃霖先生說：

《金瓶梅詞話》中與「陳四箴」的名字聯在一起的兩位「左右參考」的大名，一個叫「何其高」，一個叫「季侃（廷）」（崇禎本加一「廷」字）。這樣三個名字聯在一起，雒于仁等侃侃諫諍於廷的「崇高」形象不是呼之欲出嗎？

這是作者原意嗎？這種看似合理的想像大約是受了戲曲舞台上此類場面的影響，與事實則相去甚遠。據《明史》卷二三四，雒于仁「疏入，帝震怒，會歲暮，留其疏十日。」

次年再理此事，神宗雖欲加重治，卻經首輔申時行勸解，未敢把此疏公諸於外，僅由時行「傳諭（大理）寺卿」，讓雒在數日後引疾去職，公開尚未不敢，哪裏有什麼雒于仁「侃侃諫諍於廷」的影子呢？

綜上所述，我認為：《金瓶梅》第六十五回出現的布政使陳四箴，應是同社會上獻四箴的政治事件相關的，卻不必等到萬曆十七年雒于仁再上四箴，而在嘉靖二十七年七月鄭王厚烷上四箴後即可能出現。「陳四箴」涵其特有的寓意，與該書卷首〈四貪詞〉卻無甚相干。以「陳四箴」作為論定〈金瓶梅〉成書於萬曆二十年的「實證」，同吳晗先生以「馬價銀子」作為「成書萬曆說」的根據一樣，都是不能成立的。失當之處，奉請黃霖先生與各位讀者不吝賜教。

「詞話」說
——由小說文體呈現的審美取向

研究《金瓶梅》，總離不開那一段「煙雲模糊」處，作者、成書、版本、文體諸問題均隱約其間，糾結牽纏，環環相套。以此來研究該書的審美取向，見其文學精神，亦一切入點。

《金瓶梅》的最早版本是文人創作的「詞話本」，即《金瓶梅詞話》。其為什麼要寫作一部長篇詞話？這詞話與通行坊間的英雄演義故事會有何敘事方式上的不同？作者以何來挽結故事和抓住閱者和聽眾？這些都是應予思考的。

本文將從《金瓶梅》的成書過程開始，梳理前人觀點，以探討該書的審美取向。

一、欣欣子諸人傳遞的成書信息

詞話是中國小說史中的一種文體，其脫胎於話本小說，在元、明間盛行一時。孫楷第先生《詞話考》認為：「元、明間所謂『詞話』，其『詞』字以文章家及說唱人所云『詞』者考之，可有三種解釋：一詞調之詞；二偈贊之詞；三駢麗之詞。」所論極是。然愈發展到後來，情況愈複雜，《金瓶梅詞話》即集中顯現了這一複雜性。

今日可得見的有關《金瓶梅》的最早記載，出現在明萬曆間。這些記述雖多簡略，畢竟涉及到該書的許多方面，曩為學界所重視。有關作者的命筆大旨及價值取向的討論亦蘊涵其間，卻很少涉及到文體，是評者有意的忽略回避嗎？茲略論之。

(一)萬曆諸家因何很少提到「詞話」？

檢閱明萬曆間對《金瓶梅》的記載，除載之詞話本卷首的欣欣子〈金瓶梅詞話序〉外，並無一例談到該書為「詞話」的事，留給今人很多疑慮。如袁宏道〈與董思白書〉：

《金瓶梅》從何得來……後段在何處？抄竟當於何處倒換？幸一的示。[1]

除了獲讀奇書的欣喜，欲亟得全書的渴思，作書者並未說到這是一部「詞話」。而後來袁中道對此事的追記，則點明得之董其昌者為「小說」：

往晤董太史思白，共說諸小說之佳者。思白曰：「近有一小說，名《金瓶梅》，極佳。」後從中郎真州，見此書之半……[2]

所謂「小說」，當時仍是一種包容甚廣的大概念，詞話亦在其內。但袁小修畢竟沒有說明《金瓶梅》是哪一類的小說，更未說明他們看到的即詞話本。因此有的研究者認為即是後來的繡像本，亦自有其立論的根據。

與二人同時或稍後的，還有薛岡《天爵堂筆餘》卷二的追憶：「往在都門，友人關西文吉士以抄本不全《金瓶梅》見示。」有謝肇淛、沈德符、李日華、屠本畯、秣陵陳氏尺蠖齋〈繡像東西晉演義序〉[3]諸文，均作《金瓶梅》，故魯歌、馬征《金瓶梅書名辨識》認為「《金瓶梅》這一書名是作者所定的，後人將它改為《金瓶梅詞話》，絕不能符合作者原意」。

我以為，上引諸家記載中雖不言及「詞話」，卻還不宜遽下結論，論定其所指必非詞話本。且沈德符《萬曆野獲編》卷二十五將《金瓶梅》條逕入「詞曲」類目下，亦不應簡單否棄。檢其細目，除戲曲、樂舞外，僅錄《金瓶梅》一種。故徐朔方先生所言「如果原本沒有詞話二字，那它就和詞曲沒有關聯，作者是不會這樣隨意編排的」[4]，筆者深有同感。

問題的複雜性還在於：類乎「詞話」「詩話」「話本」「志傳」「演義」之類名稱，常只是一種體裁的標誌，並無揭示作品內容的功能。此種例子在古代小說戲曲中所見甚夥。如王實甫《西廂記》雜劇，後世常作《王西廂》《北西廂記》或逕稱《西廂》，名雖異，其指則一也。再如金聖歎序《水滸傳》，每以《水滸》《水滸傳》《忠義水滸》相混稱，所指都是自己的刪定本。而明僧懷林《批評水滸傳述語》，以《水滸傳》與《西廂曲》相對舉，筆下「傳」與「曲」二字，為體裁之標誌甚明。

再徵諸《三國志演義》，其全稱當是《三國志傳通俗演義》或《三國志通俗演義》，又稱《三國志》《三國志傳》《三國英雄志傳》《三國全傳》等，簡稱《三國演義》，

1 《袁中郎全集》卷一〈尺牘〉。
2 袁中道《遊居柿錄》卷之九。
3 《繡像東西晉演義》，明萬曆刻本。
4 徐朔方《論金瓶梅的成書及其它》，濟南：齊魯書社，1988 年。

在明、清兩代文人筆下更常簡為《三國》。依例推繹，明萬曆間諸家記載《金瓶梅》時不提「詞話」二字，即可證「詞話」為後人所加嗎？怕不能。我以為：這些記載中之所以不言《金瓶梅詞話》而僅說《金瓶梅》，並不意味著其所指即後來的《新刻繡像金瓶梅》，而多數仍是指《金瓶梅詞話》。其在短短的跋文或書信中略去「詞話」二字，而僅以「《金瓶梅》」三字稱之，也是古代文人述引從簡的慣例，並無深曲的奧義。若不信，我們可再引幾例：明笑花主人《今古奇觀序》：「……然《金瓶》書麗，貽譏於誨淫，《西遊》《西洋》，逞臆於畫鬼。」清謝頤〈金瓶梅序〉：「《金瓶》一書，傳為鳳洲門人之作也。」清張竹坡《金瓶梅寓意說》：「故《金瓶》一部，有名人物，不下百數……」皆以《金瓶》替代《金瓶梅》，亦捨繁從簡之意，我們當不會就以為又有了一個新的汰去了春梅的版本吧。

(二)謝肇淛《金瓶梅跋》指的是哪種版本？

《金瓶梅》的版本問題遠不如後來的《紅樓夢》那樣複雜，但也有著與其近似的糾葛。現存的早期《金瓶梅》版本，可清清爽爽地劃分為兩個系統，即《金瓶梅詞話》系統（常簡稱「詞話本」或「萬曆本」「十卷本」系統）與《新刻繡像批評金瓶梅》系統（亦簡作「繡像本」「崇禎本」或「二十卷本」系統），但兩者之關係又很難確定：是「父子」關係、「兄弟」關係？中外學者進行了大量的有價值的探討，仍說法各異。爭論是由謝肇淛《小草齋文集》卷二十四的〈金瓶梅跋〉引發的，錄其要者如下：

> 《金瓶梅》一書，不著作者名氏。相傳永陵中有金吾戚里，憑怙奢汰，淫縱無度，其門客病之，采摭日逐行事，匯以成編，而托之西門慶也。書凡數百萬言，為卷二十……此書向無鏤板，抄寫流傳，參差散失。唯弇州家藏者最為完好。余於袁中郎得其十三，於丘諸城得其十五，稍為釐正，而闕所未備，以俟他日。

跋文提到的一個重要情況便是「為卷二十」。美國蒲安迪教授敏銳地注意到這一問題，指出今所存詞話本都是「每卷十回裝訂成十卷」，因此，「謝跋所指的實乃崇禎系統的刻本」。[5]

據筆者所知，持同樣意見的還有臺灣魏子雲先生等。蒲安迪教授還由謝肇淛曾向袁宏道借抄《金瓶梅》，而袁氏又得自董其昌，認為「這將把出現某種類似崇禎本小說時

5　蒲安迪〈瑕中之瑜──論崇禎本《金瓶梅》的評注〉，載《金瓶梅西方論文集》，上海：上海古籍出版社，1987 年。

間提前到小說最早流傳的朦朧歲月中去，也許甚至追溯到小說的寫作年代」。[6]

　　據謝氏跋文中有關丘志充的記載，可確知此跋必寫於萬曆四十一年丘氏成進士之後。此時袁小修早已「攜有其書」[7]，沈德符也已「借抄挈歸」，馮夢龍、馬仲良等輩，均「見之驚喜」，力勸書坊梓行。唯偏居閩境的謝肇淛仍抱憾於未睹全帙，「闕所未備，以俟他日」。再徵諸謝跋中「書凡數百萬言，為卷二十」一語，「數百萬言」屬明顯錯誤，則「為卷二十」的可信性也就打了折扣。畢竟謝氏這時尚未擁有全書，跋語中所言之數，亦具有推測成分。且前人對於數字並不太注意其確切性，單純以數字去考證事物，或難免上當。

　　眾所周知，《金瓶梅》有一個相當長的抄本流傳的時期。傳抄的過程必然也是添加和刪削的過程，可能有小的文句改動，可能有大的段落的遺失和補寫，也可能有整體框架的更變。後世事件或人物的摻入，也不可絕對避免。譬如現存十二種脂硯齋評本《石頭記》匯校所呈現出的異同[8]，很能說明這種抄本流傳中的演變。更何況明人清清楚楚地記載著「原本實少五十三回至五十七回」[9]，更何況謝肇淛本人在跋中也分明寫有「稍為釐正」的字句呢。

　　謝氏〈金瓶梅跋〉所指即是後來的繡像本嗎？現在尚不能確定。首先他的藏本是由兩種抄本湊來的，得自袁宏道的當是詞話本（詳後），得自丘志充的亦可能是詞話本（詳後）；其次，謝藏本亦非全帙，據其跋語可知尚有大約十分之二的篇幅在其作跋時仍付闕如；其三，此時距謝氏卒年尚有十載左右，距《新刻金瓶梅詞話》的初版行世也有三五年，在馮夢龍、沈德符輩商議刊刻詞話本的同時，謝肇淛也有可能搜集到全帙，並以己意釐定刪潤，形成一新的版本——繡像本。此事牽涉亦多，筆者擬另文探討。

　　但無論如何，謝跋尚不足以否定詞話本作為一種早期版本在明萬曆文人間的流傳，亦不足以證實崇禎本（即二十卷本）早於詞話本而存在。

(三)《金瓶梅詞話》與《金瓶梅傳》

　　自 1933 年在我國山西省首先發現《金瓶梅詞話》，載於該書卷首的欣欣子〈金瓶梅詞話序〉也公諸於世，該序提供了許多前此未知的情況，其開篇即曰：

6　同前註。

7　據沈德符《萬曆野獲編·詞曲·金瓶梅》：「丙午……又三年，小修上公車，已攜有其書，因與借抄挈歸。吳友馮夢龍見之驚喜……」

8　詳見馮其庸主編《脂硯齋重評石頭記匯校本》。

9　沈德符《萬曆野獲編·詞曲·金瓶梅》。

> 竊謂蘭陵笑笑生作《金瓶梅傳》，寄意於時俗，蓋有謂也。

全序的點睛之筆正在此處：第一，提出一個素未有人說過的作者署號——蘭陵笑笑生；第二，徵之後文的「吾友笑笑生」云云，序者顯然與作者頗相知；第三，欣欣子為作序的《金瓶梅詞話》，文中又稱為《金瓶梅傳》；第四，指出該書是一部針砭時政和世俗的寄意遙深的「有謂」之作。

此四條中，第三、第四自無可懷疑，唯關於作者和序主是否實有其人，是偽託還是後出，引出了許多議論。如孫遜、陳詔〈《金瓶梅》非「大名士」說〉[10]就認為欣欣子序「很可能是刊刻詞話時加上去的」。劉輝先生較早也對欣欣子序提出質疑，其通過對萬曆間諸家記述的細細比勘，得出此序為萬曆四十七年後翻刻時加進的推論。[11]綜合各種疑說，可概括為以下幾條：

明萬曆間各家記載均未提及此署號；

看過《金瓶梅》刻本的沈德符、薛岡並未提到欣欣子序，薛言「序隱姓名」，指的是東吳弄珠客序；

現傳世本《金瓶梅詞話》，標明「新刻」字樣，當是後來翻刻本，這時才有此欣欣子序的補入。

欣欣子序的真偽和出現先後的確是一個難以定讞的問題。但我們應看到，此序附於今日可見的該書最早版本《金瓶梅詞話》卷首，其資料價值便不容忽視，輕易推翻它亦是不慎重的。迄今為止，我們無法說明《金瓶梅詞話》從傳抄到刊行究竟經歷了一個怎樣的過程，無法確定其依據的是誰家藏本，主持刊刻者是誰，也未見有任何一位明代人說到原來並無欣欣子序，因而也不必急於作出結論。

現在再回到本題的探討：《金瓶梅詞話》與《金瓶梅傳》是怎樣一種關係？

如前所引，欣欣子〈金瓶梅詞話序〉中作《金瓶梅詞話》，文中又作《金瓶梅傳》，其後亦不言「詞話」二字，每以「傳」稱之——「吾友笑笑生為此，爰罄平日所蘊者，著斯傳，凡一百回」，「此一傳者，雖市井之常談……」「笑笑生作此傳者，蓋有所謂也」。緊接此序後的廿公〈跋〉，亦曰：

> 《金瓶梅傳》，為世廟時一巨公寓言。

又是稱「傳」。有的學者以為這是《金瓶梅》一書屢易其名的證明，並判為「笑笑生即

10　見《上海師範大學學報》1985 年第 3 期。
11　劉輝《金瓶梅成書與版本研究》。

廿公擬將書名改為《金瓶梅傳》」[12]，似有失於求之過深。實則這明擺著是一而二、二而一的事。在欣欣子和廿公筆下，「傳」與「詞話」為同一物，《金瓶梅詞話》就是《金瓶梅傳》。序文中每每稱「傳」而不曰「詞話」，更無它義，一則當時讀者均知所指稱為一事，一則避免文字上的拗口。試想，若說「著斯詞話」「此一詞話者」，文句便覺有些贅累了。對此，徐朔方先生曾引過一個極有說服力的例證：

> 評論家根據欣欣子序和廿公跋都稱《金瓶梅》為《金瓶梅傳》，斷言詞話二字是後人隨意所加。他沒有看到《大唐秦王詞話》編次者友人寫的序就稱它為《唐秦王本傳》，詞話二字同樣被省略。[13]

此類例證尚有。由是可知：傳、志傳、詞話、話本、演義、小說等體裁名稱雖各有意涵，所指畢竟均是流行於元明間的古典小說，今人多嚴格劃分其概念上的差異，而當是時，人們用以互指或替代，則是司空見慣的。以詞話本卷首三序跋為例：欣欣子序以《金瓶梅詞話》與《金瓶梅傳》相混同，廿公跋徑稱之為《金瓶梅傳》，弄珠客序更乾脆作《金瓶梅》，其所指，當然又只能是這部其為之書序作跋的《金瓶梅詞話》。名雖異而實相同，不是明擺著的嗎？

二、「湯臨川（顯祖）賞《金瓶梅詞話》」的提示

湯顯祖與《金瓶梅》的關係，歷來為中外學人所注意。美國芝加哥大學芮效衛教授〈湯顯祖創作《金瓶梅》考〉[14]、徐朔方先生〈湯顯祖和《金瓶梅》〉[15]，都集中論述了湯氏與《金瓶梅》的關係，很有價值。然二文的推論雖都很有說服力，卻都未提出鑿然可據的外證。筆者願以一則新獲見的資料為二文作補充，進而論證詞話本在抄本流傳中的一些問題。

(一)關於《幽怪詩譚》

春日往北京圖書館古籍部查書，見《幽怪詩譚》一部，卷首聽石居士〈幽怪詩譚小引〉中，赫然有「湯臨川賞《金瓶梅詞話》」字樣，讓人欣喜，序不甚長，現選錄如下：

---

12 馬征、魯歌《金瓶梅書名辨識》。
13 徐朔方〈再論《水滸傳》和《金瓶梅》不是個人創作〉。
14 徐朔方編選《金瓶梅西方論文集》。
15 徐朔方《論金瓶梅的成書及其它》。

嘗讀《袁石公集》，於吳門詩藝一概抹殺，獨謂【掛枝兒】可傳不朽。夫【掛枝兒】俚語也，石公曷取焉？彼見世之為詩者，碎采成句，疊綴成篇，譬玉玉相接，本非一玉，珠珠相累，原為萬珠。不若【打草竿】等曲極近極遠，愈淺愈深，率口數語，即鏤肝刻髓亦尋訪（彷）不到。作詩如是，乃為真詩。俗儒不察，遂謂遼豕白頭，可掩虎豹之文；楚雞丹質，堪傲鸞鷩之彩。而小說一途，瞥與金版秘文，瑤甎怪牒，共尊於世，訛傳訛幻，解自陳氏之穎，為之盡禿；剡州之藤，因以一空。不獨冤煞古人心聲，抑且亂盡今人肺腸。若風一行，幾如敗擇。此《幽怪詩譚》所以破枕而出也。曷言幽？蟬噪深林，鷗眠古澗，各各帶有生意，不似古木寒鴉。曷言怪？白狼銜鉤，黃鱗出玉，每現在人間，非同龜毛兔角。以此譚詩，真堪提塵耳。詩自晉魏以至唐宋，號稱巨匠七十餘家：或開旺氣於先，或維頹風於後，雅韻深情，譚何容易！然披覽一過，覺集中絳雲在空，舒卷如意者，則詩中之陶彭澤也；有斜簪插髻，風流自喜者，則詩中之陳思王也；有東海揚波，風日流麗者，則詩中之謝康樂也；有秋水芙蓉，嫣然獨笑者，則詩中之王右丞也；有鳳笙龍管，漢宮秦塞者，則詩中之杜工部也；有百寶流蘇，千絲鐵網者，則詩中之李義山也；有海外三山，奇峰陡崿者，則詩中之李長吉也；有高秋獨眺，霽晚孤吹者，則詩中之柳子厚也；有狂呼醉傲俱成律呂，姍笑怒罵無非文章者，則詩中之李謫仙、蘇學士也。其餘或仙或禪，或茗或酒，或美人或劍客，以幽怪之致與諸家相掩映者不可殫述，而總之以百回小說作七十餘家之語。不觀李溫陵賞《水滸》《西遊》，湯臨川賞《金瓶梅詞話》乎？《水滸傳》，一部《陰符》也；《西遊記》，一部《黃庭》也；《金瓶梅》，一部《世說》也。然則此集郵傳於世，即謂晉魏來一部詩譚亦可。

時崇禎己巳陽生日聽石居士題於綠窗

「崇禎己巳」即崇禎二年（1629），「聽石居士」不知何許人，其真名實姓待查。然從其所撰小引，可見出此人的詩文功底和文學觀念均非庸泛之輩，其譏刺時人詩作中「玉玉相接、珠珠相累」的剿古與堆垛之病，拈出俗曲民歌中「極近極遠、愈淺愈深」的美學意韻，更可視為袁宏道、馮夢龍諸家的同道。要之，這是一個值得尋覓的人物。

　　《幽怪詩譚》全六卷，清抄本，下側面有「景鈔明刊孤本小說幽怪詩譚」字樣，書中有朱筆校改和添補的少量眉批。卷目下題：「西湖碧山臥樵纂輯　栩庵居士評閱」。卷三尾處有「以下原闕」數字。筆者在北京圖書館善本部還看到該書明刻本殘卷一冊：卷首殘缺，未見聽石居士「小引」，總目亦殘，有卷之一目錄，凡十二目，後有圖十二幀，卷二首行，亦題：「西湖碧山臥樵纂輯　栩庵居士評閱」。該刊本僅殘存卷一、卷二，

有眉批。清抄本由此刊本影寫過錄，經比較無可疑。

此書未見著錄，碧山臥樵、栩庵居士、聽石居士亦不見於辭書。明隆萬間華亭莫是龍（字雲卿，亦字廷韓）曾有署號碧山樵，其父莫如忠又曾任浙江布政使，似頗契合。是龍與董其昌同里，其昌年十六時隨莫如忠學書法，對莫是龍亦甚為敬重。唯據馮夢禎《快雪堂集》，莫是龍卒於萬曆十五年（1586），而《幽怪詩譚》卷六〈太真辨誣〉有「萬曆戊申」年事，同卷〈廢宅聯詩〉又有「萬曆壬子秋日」字樣，均遠在莫是龍卒後。因之，此碧山臥樵究竟是否莫氏，尚待考證。

(二)《幽怪詩譚小引》引起的思考

聽石居士的這篇小引儘管有關《金瓶梅》的文字不甚多，卻透露了很重要的信息。它的發現使許多迷霧渙然澄清，對研究該書的流傳史和研究史均有助益。

第一次正式披露了湯顯祖對《金瓶梅》的讚賞態度。

對明代第一奇書，筆者曾以之與第一名劇《牡丹亭》進行比較，以見出兩書在精神上的相通，以及在關注生活上的相近。此處又可知湯翁與《金瓶梅》的關聯。活躍於萬曆文壇的湯顯祖，與《金瓶梅》的早期持有者多有交往，有的過從甚密，如董其昌、袁宏道、劉承禧、沈德符等，這就說明湯氏極有可能是《金瓶梅》的早期讀者或持有人之一。芮效衛先生〈湯顯祖創作《金瓶梅》考〉記述了湯氏與袁家三兄弟的密切交往：萬曆二十三年袁宏道赴吳縣任，湯顯祖即「同行的旅伴之一」，而袁氏就是在這時讀到了《金瓶梅》。應該說，《金瓶梅》早期抄本是在一幫情趣相投的文人圈子中秘密流傳的，湯顯祖正是他們中受人尊敬的一個。

從另一條線索研究，湯顯祖與麻城梅國楨、劉守有表兄弟是同年進士且交往甚密切。劉守有之子承禧為早期《金瓶梅》抄本的少數「有全本」者之一。據臧懋循《負苞堂集·文選·與謝在杭書》，知臧氏為編《元曲選》從劉承禧家借得「抄本雜劇三百餘種」，「其去取出湯義仍手」[16]，是劉氏所藏《金瓶梅》全本，湯顯祖也極有可能看到。唯徐朔方先生認為湯顯祖讀到劉承禧家藏全本的時間「應在萬曆初年，而不遲於湯氏中進士任官南京時」，尚需有材料支持。

不管怎樣，湯顯祖讀了《金瓶梅》，而且對其亟加讚賞——此從〈幽怪詩譚小引〉中以之與李贄「賞《水滸》」相對舉可見出，當是鑿鑿然無疑的了。這使有關湯氏與《金

16　再徵諸臧氏〈元曲選序〉：「予家藏雜劇多秘本，頃過黃，從劉延伯借得二百種，云錄之御戲監，與今坊本不同。因為參伍校訂，摘其佳者若干。」序作於萬曆四十三年乙卯（1615），據序中語氣，知借抄和約湯顯祖為校閱去取之事當在此前不久。

瓶梅》關係的推論有了實證,更重要的是它以最明確的記載宣示了一代大戲劇家湯顯祖對這部奇書的肯定和褒獎。

湯顯祖卒於萬曆四十四年(1616)夏六月,據弄珠客序,《金瓶梅詞話》的刊刻是在次年冬月,是湯氏所見,只能是抄本。

湯顯祖所欣賞的《金瓶梅》是詞話本,這是除欣欣子序外唯一提到《金瓶梅詞話》的記載。

由於缺少其他實證,置於《金瓶梅詞話》卷首的欣欣子序又有「偽託」和「後出」之嫌,詞話本的傳播乃至詞話本與繡像本孰早孰遲的問題亦說法各異。〈幽怪詩譚小引〉的出現,明白地記載了《金瓶梅詞話》在萬曆年間的存在及其受當時著名文人湯顯祖重視的情況,對於向來非議甚多的欣欣子〈金瓶梅詞話序〉,是一個極有力的支持。

這樣我們便很難對欣欣子序的客觀存在視為「偽託」。一些文獻材料如《天爵堂筆餘》《小草齋文集》《味水軒日記》沒提到「詞話」,而詞話本卻是一種歷史的存在。其未言欣欣子序,同樣也不能作為這篇序是「偽託」的證明。我們再檢閱序中文字,亦不必過甚嚴苛地去挑剔字裏話外的所謂紕謬,而應當體悟序主與作者那種情致的仿佛和心智的溝通,體悟序主在流暢跳脫的文字間對作品的充滿人生哲理的闡釋。

這樣我們也很難視欣欣子序為「後出」。如果說《金瓶梅詞話》原刻本無此一序,而是在萬曆四十七年(1619)後添加的,則我們要問,刊刻者究竟想幹什麼?是為了供出一個「蘭陵笑笑生」麼?可這位笑笑生又是誰呢?

湯顯祖自己的文集中未留下半點有關《金瓶梅詞話》的記錄,或有此類記述,而身後被他的寶貝兒子湯開遠在編纂全集時刪除了。[17]但其在世時文名甚遠,交遊亦廣,其對《金瓶梅詞話》的讚賞已與李贄欣賞《水滸傳》同樣成為世間美談。聯想到李卓吾對《水滸傳》的傾集心血的抄錄和評點,我們對湯顯祖「賞《金瓶梅詞話》」的情形亦可約略測知,唯缺少翔實的記載,讓人遺憾!今後若能發現這方面的材料,實乃中國小說批評史的一椿大事。

從湯氏所欣賞的本子為詞話本,可證明《金瓶梅》的早期傳抄本當是詞話系統的版本無疑。由前文可知,湯氏讀本與董其昌、袁宏道、袁小修,與麻城劉承禧家藏之全本,應為同一版本。從袁小修處抄得全本帶回蘇州的沈德符,把此書歸入「詞曲」類,也證明了這一點。

聽石居士〈小引〉中把《金瓶梅詞話》與《金瓶梅》相並稱,是二者所指為一的明

---

17 錢謙益《列朝詩集小傳》丁中〈湯遂昌顯祖〉:「開遠好講學,取義仍續成《紫簫》殘本及詞曲未行者,悉焚棄之。」

證。

　　聽石居士〈幽怪詩譚小引〉中先說「李溫陵賞《水滸》《西遊》」，後又言《水滸傳》《西遊記》云云，則《水滸傳》即《水滸》，《西遊記》即《西遊》，自不待言。〈小引〉又先說「湯臨川賞《金瓶梅詞話》」，後言《金瓶梅》云云，則《金瓶梅》即《金瓶梅詞話》，應毋需再辯。

　　由是聯想到《金瓶梅詞話》卷首三篇序跋：欣欣子作〈金瓶梅詞話序〉，文中則屢出現《金瓶梅傳》、「著斯傳」「此一傳」的異稱；廿公〈跋〉開首便有《金瓶梅傳》一稱，並不提及「詞話」二字；弄珠客則作〈金瓶梅序〉，文中亦每稱《金瓶梅》，莫說「詞話」，連「傳」字也無有。此中果有什麼改名或改編的蛛絲馬跡嗎？答案應是否定的。他們都是在為《金瓶梅詞話》作序，只不過每人習慣不同，對書名的稱引稍有差異罷了。

　　再聯想到萬曆間諸家記載，袁宏道、沈德符諸家未言及「詞話」，唯以《金瓶梅》名之，所指，當還是《金瓶梅詞話》。

三、「詞話本」是《金瓶梅》最早和最流行的版本

　　大約在明代崇禎年間，《金瓶梅》就有了不同版本的流行。這一現象與該書的輾轉傳抄相關，傳抄的過程也必然伴隨著不同程度的改寫添減。但應該說：《金瓶梅詞話》仍是流行最廣、最受讀者喜愛的版本。

(一)「用北調說《金瓶梅》一劇」——張岱對《金瓶梅詞話》演唱實況的記錄

　　作為一部詞話體小說，《金瓶梅詞話》當然應是可供說唱的。萬曆間諸家記載中雖不及這一點，但沈德符《萬曆野獲編》以該書入「詞曲」的歸類，即可作參證。張岱《陶庵夢憶》中有關記載，恰為此作了重要補充，其卷四〈不系園〉：

> 甲戌十月，攜楚生往不系園看紅葉。至定香橋，客不期而至者八人：南市曾波臣，東陽趙純卿，金壇彭天錫，諸暨陳章侯，杭州楊與民、陸九、羅三，女伶陳素芝。余留飲。章侯攜縑素為純卿畫古佛，波臣為純卿寫照，楊與民彈三弦子，羅三唱曲，陸九吹簫。與民復出寸許界尺，據小梧，用北調說《金瓶梅》一劇，使人絕倒。

揣測文意，這裏所說的絕非戲劇演出，而是說唱。藝人楊與民的「出寸許界尺，據小梧」，

儼然一副說書人家範。所謂「北調」，當是指北方語音或即山東話，故而杭州人聽來大覺滑稽，捧腹叫絕。他說唱的底本，也應是《金瓶梅詞話》。

據張岱《陶庵夢憶》中所記，可知彭天錫、朱楚生、楊與民皆當時杭州著名演員。楊與民以戲曲演員兼能說唱，亦一手絕活。他當不會是第一次說《金瓶梅詞話》，且從張文中語氣，眾人似也不是第一次得知該書的名字（文中並無驚奇之意）。此甲戌為崇禎七年（1634），上距《金瓶梅詞話》的刊刻已十有餘年，其已經流布甚廣了。

(二)《新刻繡像批評金瓶梅》用「詞話」標卷問題

繼詞話本之後，《新刻繡像批評金瓶梅》刊刻印行，形成一個新的《金瓶梅》的版本系統。先是鄭振鐸先生根據繡像本插圖均明末新安名手所作，論其當刊行於崇禎年間。[18]魏子雲先生查出該版本因避崇禎皇帝朱由檢名諱而把「檢」字換成「簡」字的內證[19]，該版本刊於崇禎間，應屬無疑。

問題的關鍵在於：「繡像本」早於「詞話本」嗎？

關於這一問題的爭論很多，但至少到目前為止，未見到繡像本可追溯到早期抄本的確證。反求諸作品本身，我們可看到許多詞話本早出的內證。劉輝〈從詞話本到說散本〉對繡像本「刪削與刊落」「修改與增飾」詞話本的情況進行了詳細論列；日本學者亦早就指出詞話本第三十五回第十一頁、第六十五回第六頁、第七十九回第三頁均有整行文字在繡像本中脫漏，不管是疏忽還是「有意識的刪節」，繡像本由詞話本而來則於此處大著痕跡。[20]

黃霖先生〈關於《金瓶梅》崇禎本的若干問題〉[21]摘錄了上海圖書館收藏的繡像本（文中稱「上圖甲本」）卷名，是：

新鐫繡像批評金瓶梅卷之六
新刻金瓶梅詞話卷之七
新刻繡像評點金瓶梅卷之八
新刻繡像批點金瓶梅詞話卷之九
新刻繡像批評金瓶梅之九（卷十題）
新刻繡像批點金瓶梅之十四

18　鄭振鐸〈談《金瓶梅詞話》〉，載《論金瓶梅》，北京：文化藝術出版社，1984年。

19　魏子雲〈關於崇禎本的問題〉，載《小說金瓶梅》，臺北：臺灣學生書局，1988年。

20　鳥居久晴〈《金瓶梅》版本考〉，載《日本研究金瓶梅論文集》，濟南：齊魯書社，1989年。

21　《金瓶梅研究》第1期，南京：江蘇古籍出版社，1990年。

新刻繡像批點金瓶梅卷之十五

新刻繡像批評金瓶梅之十（卷十六題）

這種卷名的錯訛駁雜真令人吃驚！黃霖還指出其他的一些繡像系統不同刻本亦與之相去不遠。為什麼會產生這種情形？我們雖尚不得知繡像本的改定者和刊刻情況，該版本在卷目和內容上也有不少紕謬，卻還不能說該本是「臨時倉促編排而成」的。兩種版本原書均在，相與比勘，就會發現其改動工程甚大，絕非倉促可成。加之以評點，亦說明繡像本在付刻時已有了一個完整的二十卷本——此即第三十回眉批所言之「元本」。

值得進一步討論的是這一所謂「元本」與詞話本的關係。由該書卷目中竟兩次出現「詞話」和「新刻金瓶梅詞話」的字樣，則知此「元本」當出之詞話本。某人對《金瓶梅詞話》大加改刪，使之更加小說化，便形成了這一新的版本系統，唯其刪除未盡，刊印又有些匆忙，便令留下一些由母體承繼來的印跡。說繡像本另有一個「經過輾轉傳抄的原來的二十卷本」，則余不敢信。若此，第三十回眉批所云「不得此元本，幾失本來面目」，豈不成了一句謊言？

詞話本與繡像本是「父子關係」，應是可以承認的。不獨詞話本抄本與「二十卷本」抄本是「父子關係」，且詞話本刻本與「二十卷本」刻本即繡像本也是這樣一種關係，這樣其卷目中才可能出現「新刻金瓶梅詞話卷之七」的字樣。

(三)「前集名為詞話，多用舊曲」——由丁耀亢《續金瓶梅》的逆向考察

清順治十七年（1660）丁耀亢在赴福建惠安知縣任的途中，滯居杭州，寫成《續金瓶梅》一書，西湖釣叟（查繼佐）為撰寫了〈續金瓶梅集序〉，次年春，該書於蘇州付梓。丁氏在卷首〈凡例〉和書中稱《金瓶梅》為「前集」，其所指的版本可確信為詞話本——

> 小說類有詩詞。前集名為詞話，多用舊曲。今因題附以新詞，參入正論，較之他作，頗多佳句，不至有直腐鄙俚之病。
> 前集中年月故事或有不對者，如應伯爵已死，今言復生，「曾誤傳其死」一句點過。前言孝哥年已十歲，今言七歲離散出家，無非言幼小孤孺，存其意不顧小失也。客中並無前集，迫於時日，故或錯說，觀者諒之。

丁野鶴明言自己續的原作是《金瓶梅詞話》。又據「客中並無前集」語，可知其諸城家中當有詞話本在焉。且其撰寫續書一事必也在鄉居時已告開始，否則青囊羈旅，難以撰此一部大書。又卷首所列五十九種引用書目，經史子集無所不包，亦非客中光景。我意丁氏在赴任前即可能有了初稿或至少有了周密的寫作框架，這才使在旅途潤色或撰作成

為現實。

丁耀亢所讀《金瓶梅詞話》從何而來？他當然可得到刻本，因為此時坊間已有詞話本刊刻行世。但他亦極為可能早於刊刻而讀到抄本。我們由謝肇淛〈金瓶梅跋〉可知諸城丘志充曾有抄本並借給謝氏半部供其轉錄，志充之子丘石常與丁耀亢相交頗深，子讀父書，耀亢或可得共讀之快。尤其在崇禎五年（1632）丘志充以罪棄市後，其藏書均歸石常[22]，丁耀亢讀到丘志充家藏的《金瓶梅》抄本是很自然的。也許丁氏在此時即開始了續書的構思，果如是，則丘志充藏本亦詞話本。

丘石常《楚村詩集》[23]中多有與丁耀亢相贈答的詩，其卷四有〈送鶴公令惠安〉〈至日送鶴公令惠安〉兩七律，卷六又有〈答丁野鶴先生〉，中「傳來新墨未堪論」句，不知是指《續金瓶梅》否？

值得進一步探求的是：當丁耀亢完成《續金瓶梅》的清順治十七年，繡像本亦行世已久，何丁氏仍以《金瓶梅詞話》為前集，而全不提及繡像本之事？

一種可能是：丁耀亢較早即據丘志充家藏抄本《金瓶本詞話》開始了續書的撰寫，其時繡像本或尚未刊刻，或刊刻後丁氏未見，因此他只能以詞話本為前集。考慮到續書畢竟完成於順治末年，故此說理由不足。

另一種可能是：明清易代之際雖已有了繡像本刊行，但影響較大、流傳較廣的仍是詞話本，故丁氏選擇了詞話本為前集。這當是一種較大的可能性。

四、「詞話本」的美學意蘊

詞話是中國小說史上的一種重要文體。這一文體在元明間出現了一批有價值的作品，《金瓶梅詞話》正是其代表作。「詞話本」《金瓶梅》為該書祖本，後來的繡像本與張竹坡批評本均從這一祖本中脫胎而出。

(一)「詞話本」是《金瓶梅》最早的版本

由於名稱的不同，許多古典小說都一身而幻變數種，讓人難辨端緒，《金瓶梅》亦然。然由聽石居士〈幽怪詩譚小引〉中明確稱「湯臨川賞《金瓶梅詞話》」，可知早期的《金瓶梅》抄本為詞話本，這個版本又被稱為「《金瓶梅傳》」，更多的時候則被稱

22　據丘石常《楚村詩集》卷五〈題手澤後〉「癸未變後，故居皆毀，一切手澤口澤無一存者」，知明清易代之際，石家故居遭劫焚，所藏圖書亦歸零落。

23　全六卷，有清抄本，存北京圖書館善本部。

為《金瓶梅》。董其昌、劉承禧所藏抄本即詞話本，袁宏道、袁小修、沈德符等人所說《金瓶梅》即《金瓶梅詞話》。

(二)「繡像本」是「詞話本」的第二代版本

這一版本是在詞話本抄本流傳時經人刪削和增飾前者而形成的，它的改定應在《金瓶梅詞話》刻本流傳之後，故卷目中有「新刻金瓶梅詞話卷之七」字樣。它與「詞話本」的關係是「父子關係」，是「詞話本」的第二代版本，其特徵是進一步淡化說唱色彩。

(三)「詞話本」是明末最流行的版本

不論抄本和刻本，《金瓶梅詞話》都是晚明最流行的版本。「繡像本」印行後，短時間內並未能取代「詞話本」而居主流地位，故丁耀亢在順治末年續寫此書，仍以「詞話本」為前集。

(四)《金瓶梅詞話》當是文人創作的作品

聽石居士〈幽怪詩譚小引〉的發現還證實了早期流傳的《金瓶梅》抄本即是《金瓶梅詞話》。徵之當時收藏、閱讀者的記述，可見出這部詞話本小說的流傳，是在一意氣趣味較相投的文人圈子裏進行的。設若它是一部由民間說唱話本「累積」而來的改定本，董其昌等人便不會如此珍秘，袁宏道、袁小修也不會如此渴求，它在流傳中那一層神秘的面紗就顯得滑稽，而深諳俗文學之昧、見多知廣的馮夢龍在二十年後的「一見驚喜」便更顯得荒唐。這一切跡象都說明：早期抄本是作為秘本和珍本在朋友間交流的。試想，一部歷代累積而成的詞話作品能造成類此的震撼嗎？

在萬曆間這些幸運的藏、閱者之前有過關於《金瓶梅詞話》的消息嗎？至今我們尚未見到過哪怕一點點。萬曆間所有有關記載中談到過該書是由民間詞說漸冉而成的事情嗎？就現有資料來說還沒有。我們可以看到的則是這些文獻對該書作者的猜度——「嘉靖間大名士」「蘭陵笑笑生」「紹興老儒」，這些說法不管差異有多大，卻都是說該書有一個文人作者。

我們還看到：就在《金瓶梅詞話》刊行之後，有關此書在民間流傳的記載便紛紜而至：張岱在杭州所見的「用北調說《金瓶梅》一劇」，各種說唱本如《東調古本金瓶梅》（《富貴圖》）[24]、《雅調南詞秘本繡像金瓶梅》[25]，還有大量的彈詞、子弟書、俗曲等，

24　黃人《小說小話》。
25　有清嘉慶二十五年廢閒主人序，道光二年漱芳軒刻本，全十五卷一百回。

都證明了《金瓶梅》在民間的廣泛流傳，與這之前形成了鮮明對比。

《金瓶梅詞話》是文人創作的作品，我們還可以以該書與其同時代小說作品比較，並找到論據。對此，筆者擬專文討論。

(五)「詞話本」自有其美學特色及其在小說體式發展史上的地位

肇始於宋金而盛興於元明的詞話，早期是作為一種純說唱藝術存在的。然明錢希言《桐薪》所稱《燈花婆婆詞話》[26]、《獪園》所稱《紫羅蓋頭詞話》[27]，其底本已和明代擬話本小說很相像。[28]胡士瑩先生把早期詞話分為「樂曲系」與「詩贊系」兩類[29]，而其上承「說話」伎藝，仍屬說唱文學，則又一致。入明以後，詞話呈分流之勢：一脈保持其原有特徵，以唱為主，漸而發展成後世的彈詞，七十年代在我國上海發現的《明成化本說唱詞話》應是其衍變過程中的代表；另一脈則大量增加了敘述性文字，減少了韻文的比重，漸漸形成長篇小說的模式，《金瓶梅詞話》《大唐秦王詞話》都可作這方面的代表。研究中國古典長篇小說的體制形成，絕不應忽略其漫漫長途中的「詞話」階段。

《金瓶梅詞話》是中國小說體式發展的一個範本，它最自然地呈現著一個小說模式大變遷時期的藝術總貌。書中不時可見主人公唾口而出的小曲，不時可見作者雜拾而來的其他作品的片斷，宋元說話人的「肖聲口」在書中還甚受青睞，大段大段的詩贊使今天的讀者厭倦，卻分明能映照出說講詞話者生動的臉孔。

同樣，《金瓶梅詞話》在寫作框架和創作意識上又幾乎具備了一切後世小說的特點。將之與《紅樓夢》相比較，除卻行文間粗疏和精細的懸殊，其在小說模式和創作主旨上都顯得很近似。應該說，《金瓶梅詞話》在雜糅交錯中體現著一種新的小說規範的形成。

詞話本自具其美學特色。施蟄存先生曾以「詞話本」與後出的「繡像本」相比較，說：「所有人情禮俗，方言小唱，《詞話》所載，處處都活現出一個明朝末年澆漓衰落的社會來，若再翻看舊本《金瓶梅》，便覺得有點像霧裏看花了。」[30]這並非因為它是詞話，而是因為它有一個超俗拔塵的作者。

26　《桐薪》有清抄本，北京圖書館藏。其卷一〈燈花婆婆〉曰：「宋人《燈花婆婆詞話》，甚奇。」
27　《獪園》有清乾隆三十五年刻本，北京圖書館藏。其卷十二〈二郎神廟〉曰：「宋朝有《紫羅蓋頭詞話》，指此神也。」
28　據明馮夢龍改定本《平妖傳》第一回開篇處。
29　胡士瑩《話本小說概論》。
30　朱一玄〈金瓶梅詞話跋〉，載《金瓶梅資料彙編》。

「蘭陵笑笑生」考辨

考證《金瓶梅》的作者，論爭的焦點常常集中在對「蘭陵笑笑生」的理解與繹釋上。這個似真若幻的署號赫然顯現在書端，吸引著無數讀者，也吸引著許多孜孜矻矻的求索者。人們的努力尚未導致結論的出現，卻留下了一些值得注意的問題，略如：

蘭陵是確指某地，還是泛指某區域？

蘭陵是北蘭陵——山東嶧縣，還是南蘭陵——江蘇武進？

笑笑生是否「笑笑先生」？其與《花營錦陣》中〈魚游春水〉詞的作者「笑笑生」是否同一人？

「蘭陵笑笑生」，究竟有多大的資料價值？

回答這些問題是困難的，卻又是我們研究《金瓶梅》作者問題時所無法回避的。不少論文對此進行了認真而有益的探討。筆者力圖做到不僅僅使用一些瑣瑣屑屑的印證，而是把探考的範圍拓寬和拓深，即把此一署號放在所有與《金瓶梅》相關的複雜錯綜的資料總匯中，再聯繫到作者的寫作主旨，以探求其深曲的內涵。

一、「蘭陵笑笑生」的資料價值

近來頗有人對「蘭陵笑笑生」的資料價值提出懷疑，如孫遜、陳詔〈《金瓶梅》作者非「大名士」說〉[1]，就認為：

> 最早見過原書的明人筆記書信中均未提及有「蘭陵笑笑生」一語，看來欣欣子的序並不是開始就有的，而很可能是刊刻詞話時加上去的。因此，「蘭陵笑笑生」一語究竟有多少文獻價值還是一個問題。

雖未將此「一語」（蘭陵笑笑生）全部抹倒，行文中輕蔑之情卻顯而易見。在此之前，劉輝先生較早對這一署號提出質疑，其通過對原始資料的細細比勘，作出欣欣子序為萬曆

1　見《上海師範大學學報》1985 年第 3 期。

四十七年後翻刻時加進的推論。[2]綜述各種疑說，大約可概括為以下幾條：

1. 明萬曆間各家記載無提及此署號者；

2. 看過《金瓶梅》刻本的沈德符、薛岡亦未提及此一署號，薛言：「序隱姓名」，指的是弄珠客序；

3. 現傳世本《金瓶梅詞話》，標明「新刻」字樣，當「為萬曆四十七年後所翻刻」，這時「才加進去了欣欣子序及廿公跋」。

我意僅據這些理由，尚不足以推倒「蘭陵笑笑生」作為原始資料的地位。首先，萬曆間如袁宏道〈與董思白〉〈與謝在杭〉兩書信，袁中道《遊居柿錄》，李日華《味水軒日記》，屠本畯《山林經濟籍》等有關文字，大都為作者隨意提及，略說又止，非縝密的考證或專論，其對《金瓶梅》的許多問題都語焉不詳或乾脆不加說明，未提及「蘭陵笑笑生」，並不奇怪。

其二，蘭陵笑笑生作為一個生僻的署號，與作者還相去甚遠。知道這一署號，並不意味著知道作者為誰，並不能使人們失去追蹤作者的興趣。試想，袁小修言作者為「紹興老儒」，謝肇淛傳為「金吾戚里」之「門客」，沈德符曰「聞此為嘉靖間大名士手筆」，廿公稱之「傳為世廟時一鉅公寓言」，都是在試圖為作者的身分、籍里、時代作點注腳，即便其見到「蘭陵笑笑生」一語，仍舊不妨礙他們這種探索的熱情。畢竟，「蘭陵笑笑生」對讀者來說，仍舊是個謎，但凡是謎，總能吸引一些尋找謎底的人的。

其三，如果我們把以上記載作為研究的原始資料，則欣欣子序亦其一。該序附於現所可見的該書最早版本《金瓶梅詞話》卷首，其資料價值應無可置疑，至少不宜輕易推倒。時今為止，我們無法說明《金瓶梅詞話》從傳抄到刻印究竟經歷了一個多麼複雜的過程，連依據的是誰家的藏本尚且不知，當然也就無法確定原刻本卷首究竟有沒有欣欣子序。且我們似乎也無法回答這樣的問題：若欣欣子序屬於後人作偽，則作偽者用意何在？一般說來，書賈射利，常假冒當代或前代大名人手筆。此「蘭陵笑笑生」無人知曉，何名氣之有？

其四，學術界一般認為欣欣子即「蘭陵笑笑生」。很有道理。的確，序作者所闡揚的《金瓶梅》創作主旨——寄意於時俗，乃深得作者衷腸之語。其他如欣欣子序的行文習慣，其列舉的「前代騷人」，都能給我們以啟迪，都是不應小視的。

其五，《金瓶梅詞話》標以「新刻」字樣，尚不足以證明其即重刻本。「新刻」固有指翻刻者，然舊時書商（也包括文人者流）亦以此標舉「最新刊行的書籍」，舉凡「新刻」「新編」「新鐫」，都非其為再版的絕對證明，如李開先《寶劍記》的嘉靖原刻本，

2　劉輝〈《金瓶梅》成書與版本研究〉。

亦標目為《新編林沖寶劍記》。

　　總之，「蘭陵笑笑生」的資料價值尚待研究，但不宜簡單否定。我以為這一署號與它所依附的《金瓶梅詞話》具有同等的資料價值，對這一署號的研究，應作為研究全書、尤其是研究該書作者的一部分，而在這方面，我們做的事情還嫌太少。

二、蘭陵的意旨

　　蘭陵為地名，或指山東嶧縣，或者江蘇武進，正如許多論文中指出的，自毋庸置疑。但此處的「蘭陵」是否確切之地名如嶧縣或武進？

　　筆者以為非是。我用一條極簡單的道理設問：作者既下決心要隱去名姓，又何以愚不可及地注出郡望？且蘭陵作為地名，亦非全為確指。如蘭陵鎮，乾隆《嶧縣志》云在「縣東五十里」泇水邊，但王維〈同崔傳答賢弟〉[3]詩卻有：

　　九江楓樹幾回青，一片揚州五月白。揚州時有下江兵，蘭陵鎮前吹笛聲。

此「蘭陵鎮」當非位於嶧縣境內，大約亦非確指江蘇武進。要之，作者意想所至，隨筆點染而已。此類描寫還可以唐蔣渙詩為例：

　　北望情何限，南行路轉深。晚帆低荻葉，寒日下楓林。雲白蘭陵渚，煙青建業岑……
　　（〈途次維揚望京口寄白下諸公〉）[4]

在詩人筆下，地點往往失卻其作為「點」的精確的含意，而成為「面」的寬泛的代稱，成為詩人寄興騁懷、匯融意象的飾辭。在前人記載中出現的作為地名的蘭陵很有一些，稍加臚列，就可見出其難以定論的特點：

　　蘭陵郡，晉置，治蘭陵縣。劉宋、後魏時兩次移治。隋廢。
　　南蘭陵郡，僑置，治武進縣。
　　東蘭陵郡，「晉分東海為東蘭陵郡。」[5]
　　蘭陵縣，漢置，後廢置不定，在今嶧縣一帶；又晉僑置，在今武進縣境內。
　　蘭陵堡，在山東臨沂縣西南。
　　蘭陵山，在今山東臨沂縣境內。

3　《全唐詩》卷一百二十五〈王維〉。
4　同上，卷二百五十八〈蔣渙〉。
5　《文選》卷五十九〈齊故安陸昭王碑文〉注。

其複雜性還不僅僅這些。如漢所置安徽蘭陽縣，在〈王子侯表〉中又作「蘭陵」。再如後魏時在安徽境內，又置一蘭陵縣，而《酉陽雜俎》所載「蘭陵老人」，卻因居住「長安蘭陵里」得名。

翻揀古籍，「蘭」字基本意為「蘭草」，由「蘭」合成詞彙的語例很多，如：蘭甸，指生長著蘭草的土地；蘭皋，指生有蘭草的澤曲；蘭崖，指生長有蘭草的山崖……那麼，蘭陵是否亦可如式推繹，釋為——生長著蘭草的丘陵呢？我想拈出一詩例，來證明這並非一味謬想：

> 傑士西河秀，英雄挺偉姿。奮身甘衛國，彌節願匡時。妙略風雲會，威名草木知……
> 錦里家仍在，蘭陵塚不隳。風號墳上木，苔漬廟前碑。過客煩詩句，居人奉酒卮。
> 汾陽遺美跡，千古話芳規。（王鑄〈謁狄武襄祠〉）[6]

這是悼念宋朝勳將狄青的詩篇，是詩人在汾陽狄青墓前憑弔這位前代將星時觸景感懷，揮筆寫就的詩篇。狄青（1008-1057），字漢臣，山西汾陽人，《宋史》有傳。[7]他「用兵陝右」，「捕賊廣西」[8]，由行伍而屢升至樞密使，最後因朝廷見疑，被逐出京師，次年背發疽病，死於河南陳州。這位結局悲慘的戰神，一生南北殺伐，足跡遍留大半個中國，卻獨獨與錦里和蘭陵無涉。他生在汾州西河，死後於宋嘉佑四午歸葬故里。咸豐《汾陽縣誌·古跡》：「宋狄武襄青墓在縣北十里郝洪里劉村。有嘉佑四年二月甲申所立碑，翰林學士王珪奉詔撰文。」若按地名解，錦里指四川錦官城，蘭陵指嶧縣或武進，豈非大謬！

我意在王鑄詩中，錦里、蘭陵當為借指，它們已失去作為確切地名的詞意，其涵意當可由字面求之，即錦繡的故里，長有蘭草的山陵。志載：狄墓在顯慶寺東北山腳，「繞墓桃花數十株」。後人有詩曰：「佳城此山下，封崇象祁連。巍巍八尺碑，樹自嘉佑年。」[9]蘭陵不僅僅是確切地名，它亦有其寬泛的或曰基本的意指，於此可證。

以蘭陵為封諡、字號的情況，則更為複雜。有以功勞被封諡者：

蘭陵郡公，晉衛瓘諡號。衛瓘，字伯玉，河東安邑人，以伐蜀勳，追贈此號。[10]

蘭陵貞世子，晉衛恒諡號。衛恒瓘之子，字巨山，仕至太子庶子，黃門郎，與瓘同

---

6   清咸豐《汾州府志》卷二十三。

7   《宋史》列傳第四十九：「狄青，字漢臣，汾州西河人。」

8   歐陽修〈論狄青箚子〉。

9   清曹夢齡〈宋狄武襄公墓碑〉，見咸豐《汾陽縣誌·藝文》。

10   《晉書》卷三十六本傳。

遇害，後追贈此號。[11]

蘭陵王（蘭陵武王），北齊高長恭封號。

衛瓘與高長恭，一為生封，一為死贈，皆由戰場殺伐之功得來。有一點是肯定的，即他們非但不是在蘭陵出生，亦沒有在蘭陵居住過。其與蘭陵的聯繫，僅僅一封（贈）爵而已。

又有因皇裔加封號的。如隋朝蘭陵公主楊阿五，唐蘭陵公修璩，唐蘭陵公主李淑等。

有意思的是，在戲曲中也出現此類封號，如《香囊記》第四十二齣〈褒封〉，「張九成升授蘭陵郡公，邵氏封蘭陵郡夫人」。此「蘭陵」當指江蘇武進。然這是烏有之封，作者自有其造假的用意，詳在第四節。

真正以「蘭陵」為字者，今知僅清代吳焯一人。焯為吳尺鳧次子，號山谷，乾隆舉人。其生於原籍錢塘，中舉後官貴州長寨同知[12]，一生與蘭陵無涉，其以「蘭陵」為字，非以郡望或流寓地在蘭陵為據，此意甚明。

要言之：從史籍記載中與「蘭陵」相關的詞例可證，蘭陵有指嶧縣，有指武進，有的僅作為寬泛的地方代稱，亦有的譬喻長滿蘭草的山陵，種種不一，未可定解。其作為地名如此，作為字號亦如此。

三、蘭陵，由荀卿廢居帶來的深層意蘊

在論列「蘭陵」一詞的多義性特點時，不能不說明，前人文中提及蘭陵，較多的仍指古嶧縣地方。這是戰國時荀卿（名況）廢居的所在，《史記》卷七十四：

> 荀卿，趙人……齊襄王時，而荀卿最為老師。齊尚脩列大夫之缺，而荀卿三為祭酒焉。齊人或讒荀卿，荀卿乃適楚，而春申君以為蘭陵令。春申君死而荀卿廢，因家蘭陵……荀卿嫉濁世之政，亡國亂君相屬，不遂大道而營於巫祝，信吉祥，鄙儒小拘，如莊周等又猾稽亂俗，於是推儒、墨、道德之行事興壞，序列著數萬言而卒。因葬蘭陵。

秉濟世才而有用世之心的荀況，其一生遭際竟如此淒淒惶惶！他先仕齊，遭讒害而被迫流亡；再仕楚，受猜忌而抑居下僚。他經世濟民的抱負無以施展，在僻寂小縣中了卻一生。蘭陵令，是對他非凡才幹的羞辱，是對素以識才愛才者稱的春申君的譏諷，是猜忌、

11　引同前註。

12　道光《貴陽府志》。

嫉妒、流言蜚語和舊官僚制度扼殺人才的明證。後此的綿長歲月裏，更有多少志士仁人像荀卿這樣招忌招讒，遭貶遭難，遠竄邊方，抑鬱而終。這種命運，幾乎是封建時代正直官吏共同的精神恐懼，幾乎是他們的一個難以逃脫的人生定式！

李開先正是如此。十三載仕官生涯，他由戶部轉吏部，清正幹練，勤於職事。其任文選司郎中，主持銓選要津，能薦拔才識之士，貶抑奔競之徒，大為時人稱獎。卻因得罪權臣，當四十歲壯年，被罷歸故里，閒居終老。隆慶內閣大學士殷士儋嘗為之嗟歎，曰：「以彼之才，假令秉筦鑰之寄，所建豎必且掀揭可觀。乃於方壯之年，竟一蹶不復起……又何說也！」[13]人們由開先的遭遇想到唐代韓愈的仕途坎坷，儘管李氏的成就和文名與韓公相去尚遠，然兩人在性格上的鯁直和對事業的熱心卻很是近似。「吏部才名今世無，況復堂堂魯國儒。山中著書橫萬卷，殿前奏疏凌三都」。[14]「何以十五為文陵華嵩，三十獻賦明光宮，文章吏部今韓公，薰天事業刀與風」。[15]「文章韓吏部，翰墨柳公權」。[16]友人以這樣的詩句來稱揚李開先，的確，開先也是以韓愈作為人生楷模的。《舊唐書·韓愈傳》：

> 德宗晚年，政出多門，宰相不專機務，宮市之弊，諫官論之不聽。愈嘗上章數千言極論之，不聽，怒貶為連州陽山令……以愈妄論，復為國子博士。愈自以才高，累被擯黜，作《進學解》以自喻……

這就是韓愈，一個執拗的有社會責任心的朝官，一個富於才情和自嘲精神的文人。（在李開先《閒居集》中可看到其對韓愈的敬愛和社會責任心與自嘲精神的血脈貫穿。）他在「累被擯黜」的時候想起了其所景仰的先哲荀況，想起了荀況那為理想奮鬥的淒清終局：

> 荀卿守正，大論是弘，逃讒於楚，廢死蘭陵。

蘭陵的史冊上，記載著一個天才的隕落；蘭陵的土地上，埋葬著一代文星、一代相才。「古塚蕭蕭鞠狐兔，路人指點荀卿墓。當時文采凌星虹，此日荒涼臥煙霧」。[17]後人有無盡的感慨。這感慨是現實憤懣的積久聚多，借評說前賢命運噴湧而出。

略如雲陽不知在什麼年代演化為殺人場所的代稱，蘭陵，也因荀卿曾在此廢居終老，帶來了深層的意蘊。這裏曾是困乏天才的牢籠，是消磨志士的陷阱；然荀卿在困乏中探

13　殷士儋〈明中憲大夫太常寺少卿中麓李公墓誌銘〉，見《國朝獻徵錄》卷七十。
14　明劉汝楠〈詠胡山〉，見康熙《章丘縣誌·藝文》。
15　明張治道〈詠胡山〉，引同上。
16　明鄭曉〈詠中麓〉，引同上。
17　光緒《嶧縣誌·詩詞賦》七言古詩〈荀卿墓〉。

索著人生人世的真諦，在消磨中發出振聾發聵的呼喊，因而，它又曾是天才和志士針砭時世、弘揚真理的政壇。迫害和抗爭在蘭陵碰撞，邪惡和正直在蘭陵交鋒。荀卿那熾烈的高尚的情感激動著後人，激勵著後人。謝靈運〈命學士講書〉[18]：

> 鑠金既云刃，凝土亦能型。望爾志尚隆，遠嗣竹箭聲。敢謂荀氏訓，且布蘭陵情。
> 待罪豈久期，禮樂俟賢明。

在謝氏筆下，荀卿的悲劇命運與他那困厄無廢、矢志如一的獻身精神已融合一體，上升為一種情感類型——蘭陵情。則此處「蘭陵」，應是不再僅僅為地名的一義，而具有其深曲的意蘊了。而後人因時代和環境的差異，對「蘭陵情」有著不盡相同的體味和把握，如唐王績〈贈李徵君大壽〉：

> 灞陵幽徑近，蹻谿隱路長。編蓬還作室，績草更為裳。會稽置樵處，蘭陵賣藥行。
> 看書惟道德，開教止農桑。別有幽懷侶，由來高讓王。前年辭厚幣，今歲返寒鄉。
> 有書橫石架，無氈坐土床……

這是寫隱居的詩。「灞陵幽徑」，「蹻谿隱路」，「會稽置樵」皆有所指，「蘭陵賣藥」亦然。光緒《嶧縣志·流寓》引劉向《列仙傳》云：「范蠡……佐勾踐破吳後，乘輕舟入海，變姓名適齊，為鴟夷子。更百餘年見於陶，財累億萬，號陶朱公，復棄之蘭陵賣藥。」這是傳寫范蠡的甘心隱居，可稍加推想，就不難體味這類「甘心隱居」的底衷，范蠡的功成揖退，不正是因為他深知「狡兔死、走狗烹」的果驗嗎？

荀卿的「廢死蘭陵」，使後世之人在宦場失意、仕途顛躓的時候，在空懷壯志、無以施展的時候，引發那久遠的聯想和情思悠深的慨歎。歷史的悲劇竟是如此番番重映，個人的抑鬱竟可隔世相傳，略無差別。謝靈運是如此，韓愈、王績是如此，李開先亦是如此。他們在感慨荀卿命運的同時，思考著這一代代相沿的社會癥結，其思考是痛苦的，因為這是一種難以療治的社會頑症。

我們不能不注意到，與蘭陵相關的悲劇人物，並非荀卿一人。請看：

蘭陵郡公衛瓘，被讒害而「舉門無辜受禍」。

蘭陵貞世子衛恒，「與瓘同遇害」。

蘭陵武王高長恭，亦被讒言中傷，結境淒慘。「帝使徐之範飲以毒藥，長恭謂妃鄭氏曰：『我忠以事上，何辜於天而遭鴆也？……』遂飲藥薨」[19]。

18　《謝康樂詩注》卷二。

19　光緒《嶧縣志·封爵列傳》。

流言傷人，尤能損傷才智之士，自古皆有例證。然事情不僅乎此，悲劇原因的更深一層，還在於統治者的膽怯與多疑。如春申君，其非流言的製造者，卻是荀卿悲劇的製造者之一。書載：

> 卿適楚，楚相春申君以為蘭陵令。或謂春申君曰：「湯以七十里，文王以百里，荀卿賢者也，今與之百里，楚其危乎？」春申君謝之，荀卿去遊趙。[20]

荀卿的廢居，不是因為別的，而是因為其才幹引起了統治者的不安。流言的效用，往往在於它撥動了統治者那根敏感的神經——權，這大約是古往今來大志大才者悲劇結局的根本原因。李開先對此是有著清醒認識的，他曾在《閒居集》中一針見血地指出：「用舍關朝政，責在君與相。」

概言之：蘭陵，由於荀卿曾在此地廢居至死，帶來了深層的意蘊。它不再單單是一個地名（或進一步說是一個不確指的地名），而時常兼有一種象徵的意義。它既涵括著仕途的波折，志士的孤獨，閒居的煩躁，世情的險惡，統治者的薄情寡義；也涵括著一種百折不撓的為理想獻身的精神，涵括著對造惡者的輕蔑和對一己之私的淡泊。蘭陵成了一面歷史的鏡子，人們對著這鏡子站立，往事和時事便交匯成一幅紛紜的映象。映象中有面鏡人自己，或扼腕痛憤，或淡淡然一笑（李開先應屬於後者），其都可視為痛苦求索後的反應，又有誰能言明二者的深淺強弱呢？

四、兩條或可成立的線索

蘭陵——美酒——山東李白——李開先
笑笑生——放誕——東方曼倩——中麓放客

蘭陵詞義的多樣性，使得我們面對「蘭陵笑笑生」這一署號，不宜再言之鑿鑿地釋為蘭陵人笑笑生。且我以為在揣測這一署號的真正意旨時，也不宜簡單地論析為一項，若此，怕不免跟不上前人那飛馳的意緒。在這裏，筆者再提出兩條或可成立的線索，供大家剖析。

首先從蘭陵與酒的關係談起。人們都記得李白的著名詩篇〈客中行〉：

> 蘭陵美酒鬱金香，玉碗盛來琥珀光。但使主人能醉客，不知何處是他鄉！

這是被美酒浸泡的詩行，是時今仍散溢著酒香的詩行。作者超邁的詩情，放誕的個性，

20　同上卷十九〈職官考列傳〉。

雋爽通脫的人生觀,似乎都隨杯箸交錯躍躍然而出,匯成一曲千古絕唱。後世的小說、戲曲中,蘭陵便與美酒結緣,常被聯寫為「蘭陵美酒」。如明邵燦《香囊記》傳奇,第一齣〈家門〉即有「蘭陵張氏,甫兄和弟,夙學自天成」一曲,查史料明明記載,該劇主人公張九成為宋紹興二年進士,錢塘人[21]。何為改籍貫作蘭陵?答案在劇中,其第六齣〈途敘〉寫幾舉子在赴試途中邂逅,互通鄉籍,接著便是:

> 〔淨〕諸公在此,大家鄉土,要說一個出產之物,以古人詩為證。〔生〕只憑足下道來。〔淨〕蘭陵出產?〔生〕好酒。〔淨〕怎見得好酒?〔生〕李白有詩云:蘭陵美酒鬱金香,玉碗盛來琥珀光。〔淨〕其實好,老兄見賜一兩瓶。〔生〕路途中那裏帶得。

清清楚楚,正是因為要為這段描寫鋪墊,正是因為「美酒」之故,邵氏把張九成的郡望改換成蘭陵,以拈出李太白「蘭陵美酒」之句。在這裏,蘭陵成了美酒的代名詞。

《金瓶梅》的作者對《香囊記》是熟悉的。該書第三十六回中,西門慶接待蔡狀元和安進士,宴中唱的正是《香囊記》。作者全文引錄了《香囊記》的四支曲子(這在該書中也是不常見的),其中「花邊柳邊」,「十載青燈黃卷」都出自第六齣!這能說是巧合嗎?《金瓶梅》中雖未曾出現「蘭陵美酒」四字,然第七十七回「西門慶踏雪訪愛月」,卻有這樣一段描寫:

> 當下三人抹了一回牌,須臾擺上酒來飲。桌上盤堆異果,肴列珍饈,茶煮龍團,酒斟琥珀,詞歌《金縷》,笑啟朱唇……

「龍團」「琥珀」「《金縷》」,既是泛稱,又是特指。「琥珀」指酒,卻又不同於「綠蟻」(《金瓶梅》中亦有「酒斟綠蟻」的描寫),應是指色澤如「琥珀光」的蘭陵美酒,應是由李白詩句而來。有意思的是,在李開先《斷髮記》傳奇中,已將「蘭陵美酒」寫入曲辭,其第十四齣〈途遇李密〉:

> 〔尾聲〕解征鞍,尋商寓,蘭陵美酒且需沽。明日裏,同下燕城一紙書。

李德武為隋唐之際人,貞觀中終於鹿城令[22],早於李白百餘年。如認真求之,豈非時間倒掛?在這裏出現的「蘭陵美酒」,當是取其作為美酒之意而已。

李開先對李白是深心景慕的。他原籍甘肅隴西,因人常以謫仙後人稱之。嘉靖大儒

---

21 《宋史》卷三七四本傳:「張九成,字子韶,其開封人,徙居錢塘。」
22 《舊唐書》卷一九三,裴淑英。

馬理〈詠胡山中麓〉：

> 東有君子儒，聞是謫仙族。愛卜名山居，結茅向中麓。

李開先的豪放俊爽的氣質，他對名山大川的喜愛，他對仕宦的追求和失意時的豁達，以及他愛酒善飲的嗜好，都使其友人擬之為李白。明劉汝楠〈詠胡山〉：

> 山人住近山中麓，夜半披衣長獨往。有時狂叫睥天門，金闕銀台非想像。山東李白事幽討，隱處綠難今尚好⋯⋯

田汝穎《詠胡山》：

> 垂髫已見飽精氣，手按萬卷筆生風。二十獻策空眼界，排闥謁帝明光宮。宮前學士立如堵，乍窺駭見心潛怒⋯⋯

王九思《詠胡山》：

> 山下才子謫仙同，幾回躡屐攀穹窿。[23]

李開先在追憶家世遠源時雖含糊其辭、沒有清楚地把自己與李白聯繫一起，在文集卻也時或談到這位李姓先賢，如其《隱居歌》：

> 雜花牆下紛秋蝶，五柳門前咽暮蟬。欲訪高僧過白社，改稱大士號青蓮⋯⋯

開先被罷斥之後的確在生活中以李白作為通達之士加以仿效，以寬釋自己報國無門的內心痛苦，以慰撫自己閒居無聊的煩亂思緒。然此種情況並不始於其閒居之後，這種豪爽乃至放誕，是李開先的一種早就具備的精神氣質。殷士儋嘗述寫其在吏部文選司任上的情景，曰：

> 故任吏部者，率矜厓岸，高自標緻，扃門謝賓客，雖親故人不相接，以示尊倨。公（開先）顧數與諸交遊以詩文相賡和，暇則浮白對弈，談笑竟日而無廢事。卒之，人莫敢干以私而稱吏部能。[24]

李開先被罷官的一個重要口實，就是他的這種「浮白對弈，談笑竟日」的放縱作派。柄政者並不否認李開先有才，卻譏其才為「東方才」，即東方朔（曼倩）之才。這雖頗為不

23　以上引詩均見道光《章丘縣志·文苑》。
24　引同前註。

公，卻也說明了他喜愛笑謔的性格特徵。這一性格特徵可由他文集那些自嘲、嘲世的作品予以證明，在他友人的作品或後世記載中亦可見出。盧楠〈聞華從化誦中麓詞有憶〉之二：

> 曼倩西辭金馬門，酣歌特地飲芳樽。海上長謠王母宴，人間謫得歲星魂。

「曼倩」，即指李開先。其寫開先於杯酒笑談間揖別帝京，歸居故土的情景。是可見他的朋友們，也以「東方曼倩」相稱之了。

清錢謙益《列朝詩集小傳》丁上有一段文字描寫了李開先賦閒後的生活情景：

> 歸而治田產，蓄聲妓，徵歌度曲，為新聲小令，搊彈放歌，自謂馬東籬、張小山無以過也。為文一篇輒萬言，詩一韻輒百首，不循格律，詼諧調笑，信手放筆……

李開先曾以「中麓放客」「中麓狂客」自號，他的作品中詼諧放誕的色調，已引起後人注目。《皇明詞林人物考》亦說他，

> 積書好客，豪宕不羈，著作甚富，如虹貅縱橫，江海氾濫，一韻累百篇，蓋白樂天之流也。

嘲謔和滑稽，自然是李開先生活宗旨和性格構造的表象。然人們多以此表象稱他，他自己也樂得接受這表象。的確，李開先留給其當世和後世的印象是一個放縱任誕、樂天知命的達觀之士。似乎是為了加強這種印象，開先嘗宣稱：

> 僕之蹤跡，有時注書，有時摛文，有時對客調笑，聚童放歌；而編捏南北詞曲，則時時有之。大夫士獨聞其放，僕之得意處正在乎是，所謂「人不知之味更長也」。[25]

以頹放形骸來表達對社會的失望與抗議，以嘯傲山林抒發一腔的憤激，搊彈放歌，調笑戲謔，樂在其中，苦也正在其中。李開先的作品，如《閒居集》《詞謔》《一笑散》等等，就是以這般笑謔筆調寫人世艱厄，寫人情險惡，看似淡泊，然稍一咀嚼，便覺生澀滯重，不堪品味。其《寶劍記》開篇之言「得時歡笑且銜杯」，其〈一笑散序〉謂「戲為六院本……以代百尺掃愁之帚」，其〈田間四時行樂詩〉，都展示出這種以歌為哭的美學特點。這在其散曲之作《中麓小令》中顯得尤為突出，該書罵盡世間諸色，卻將那人間醜態冷冷聚攏來，淡淡化出筆端，試錄一闋：

25　《寶劍記·序》。

> 傻哥哥，識人多處是非多。怎奈對面丟圈套，平地起干戈。片石要打千斤磨，尺水翻成一丈波。南無菩薩，阿彌陀佛，得高歌處且高歌。

這是何等酷烈的生活環境，作者在訴諸筆端時，又顯得多麼輕鬆、恬淡。這「輕鬆」是出自無奈，還是真正豁達？開先在曲文中揭示了社會的膿腫與瘡痍，而在列舉時，他面部又似乎掛有一種莫名的笑——

> 笑嘻嘻，葫蘆提罷大家提。世情都把真為假，不辨是和非。
> 樂陶陶，雲台爭似釣台高。那愁仕路多坑塹，人海有風濤。
> 喜孜孜，身閒是我遂心時。
> 笑呵呵，掛冠歸去免張羅。
> 笑吟吟，相攜故友傍雲林。

笑，在該曲中是頻頻出現的，笑的成分，又何其複雜。這笑，有嘲弄，有無奈，有真誠，有裝假，更多的則是那憤憎已極的感情失重！《金瓶梅》不正如此嗎？作者描寫的是一個絕無希望的要朽滅的社會，卻給自己選了個「蘭陵笑笑生」的雅號，誰能說這是絕無深心的呢？

在剔理這兩條線索的時候，我忽而覺悟到這實則是合二而一的。詩和酒，詩酒和放誕，常常在舊時不得施展的才志之士身上統一起來，顯現出來，如東方朔，如李白，如李開先，其生活道路都是如此。「蘭陵笑笑生」，不正可涵括他們的詩酒生涯嗎？

詩酒生涯的底色，是永不能消彌的壯志難酬的內心苦痛，是永不能吞咽的壯歲罷歸的澀果，李開先曾寫過這樣一首詩：

> 杜甫憐才意，深悲李翰林。畏途惟累足，世事可寒心。休賦昭君怨，聊為梁父吟。
> 幸而容致政，讁竄已恩深。[26]

作者是在慨歎李白的命運，亦是在慨歎自己的命運，更是在慨歎那令人「寒心」的「世事」。「廢死蘭陵」的荀卿，不是曾為世事寒心麼？「且布蘭陵情」的謝靈運，作《進學解》的韓愈，不是曾為世事寒心麼？《金瓶梅》作者的寫作意圖，不正在於對這「寒心」世態的深入肌髓的批判麼？

26　《閒居集》卷之二〈立秋日作〉。

五、「蘭陵笑笑生」與李開先署號

李開先故鄉章丘縣南境,有胡山,山下有李氏墓田,李開先嘗隱於此山讀書。萬曆《章丘縣志·山水考·胡山》:

> 中麓即李太常開先讀書處。山下有泉,清冽可鑒鬚眉;山頂西南有石,崖然挺立,高可數丈,俗呼為落鷹石。

李開先之號即由胡山中麓得來。揀《閒居集》中,李開先署號甚多,卻每不離「中麓」二字。如:中麓山人、中麓野人、中麓野客、中麓林下放言野客、中麓狂客、中麓放客、中麓野史、中麓病夫、中麓老樵、中麓子等等。這些署號各有一段立意所在,是值得認真研究的。譬如我們將「中麓林下放言野客」「中麓狂客」等與「蘭陵笑笑生」相比較,在意味上,總覺得那樣切近。

嘉靖朝文人名宦,多與李開先有交誼。他們贈李氏的詩文,亦每每以「中麓」代稱。略如馬理〈詠胡山中麓〉,趙貞吉〈胡山中麓謠〉,崔銑〈中麓說〉,呂柟〈中麓說〉,熊過〈中麓記〉,康海〈夢中麓子〉,尤可注意者為楊慎所寫〈詠胡山中麓〉:[27]

> 中麓何山隱?青丘太嶽東。藏書侔宛委,問道即崆峒。鸞鶴煙雲駕,烏蟾日月籠。相求天路回,惟許穀神通。

「青丘」為一地名,然此處則借喻李開先隱居的胡山中麓。這使我們思考:人謂之青丘,自己稱作蘭陵,若非過甚牽強,就中也有一點點可能否?

李開先以其氣節風神,受到廣泛的尊敬,人每稱其為「中麓先生」。「先生」與「生」,相去甚為遼遠,但有意思的是,李氏又確曾自號為「中麓生」。《閒居集·賀悔庵張翁八十壽序》:

> 中麓生以通家,首進而祝之曰……

又該文尾處:

> 中麓生遂援筆書軸,高揭於堂之中央云……

我們還會聯想到李開先偶一使用過的署號——蘭谷。《寶劍記》卷前署為雪蓑漁者作的序中,在記述該劇作者時,曰:

27　引同註 23。

　　或曰蘭谷始之，坦窩繼之，山泉翁正之，中麓子成之。然哉？非哉？

　　這種旌幟虛張的作法，曾迷惑了一些人去考證蘭谷、坦窩、山泉翁諸名號屬主，曾使當時作者的一些友人和後世若干批評家認為李開先不過是一個改定者。這實在是一種誤解。筆者在北京圖書館善本部看到的《閒居集》原刻本，其卷五〈《寶劍記》序〉標題下明確注為「改竄雪蓑之作」。則該序為李開先自己定稿，通讀全文，所謂某始之某繼之云云，只能是故弄狡獪。其〈《市井豔詞》又序〉曰：「《登壇》及《寶劍記》脫稿於丁未夏。」在〈《寶劍記》序〉中亦有「聞其對客灑翰，如不經意，才兩閱月而脫稿矣」。此句接在前段疑說之後，應是一種確認著作權的表示。因而蘭谷、坦窩、山泉翁等署號為開先暗喻自己，自不待言。

　　開先嘗以「蘭谷」為署號，是很有意思的。蘭谷是一地名，又是元曲家白樸之號，明代以蘭谷為字、號者甚多。蘭谷，在《中文大辭典》中又被釋為「生有蘭草之谷」。李開先拈此為號，大約並非全然無心。筆者臆度為：一則人不知其為誰，可作掩飾；二則又可以處幽蘭之谷形容自己的閒居生涯，形容其品性的高潔和居止的僻遠。《閒居集》中正有這樣的詩句：「寒生幽谷藍猶馥，春到陽崖草又青。」設若如此，李開先是否也會如法炮製，給自己選擇一個同樣不為外人所知的署號——「蘭陵笑笑生」呢？

　　我相信有這一可能。

　　在為這篇拉拉雜雜的考證文章作一結語的時候，我想說：蘭陵在詞義上具有著難以論定的特點，我們應該從荀卿的「廢死蘭陵」上去體味「蘭陵」一詞深層的意蘊，亦應從李白詩意中來把握其詞意的外延。我認為「蘭陵笑笑生」當為李開先的一個鮮為人知的署號，他的生活經歷和生活環境，他的思想基礎和思想傾向，他的文學作品和文字習慣，都證明他有很大的選用這一署號的可能。「蘭陵笑笑生」當是他戲謔脾性的雅號，當是他嫉世衷腸的飾像，當是他詩酒生涯的縮影。

　　誠然，對這一署號的研究，還應放置在對《金瓶梅》作者的全面考證之中，此不贅言。

論「清河」

——《金瓶梅詞話》寫作地點尋繹

　　眾所周知，《金瓶梅》作者自《水滸傳》中抄引了不少章節，其在抄引過程中又作了一些改動。而改動之處，往往會提供尋覓作者的線索。譬如：作者把武松殺嫂故事的發生地（亦即《金瓶梅》中西門慶故事的發生地）由原著中的陽穀改為清河，就讓人猜想——為什麼？

　　迄今為止，尚無人對這一問題進行認真的研究，當是一種不應有的忽略。筆者認為：改陽穀為清河，自有作者一番深意在焉，也由此為李開先作《金瓶梅》之說，又提供一項力證。

一、「清河」寓意說

　　西門慶的故事，在《水滸傳》中發生於陽穀縣紫石街，那含恨而死的武大郎，則為清河縣人氏。《金瓶梅》作者一反舊時文人忽略地點確切性的慣例，大筆一揮，將故事發生地改為清河縣紫石街，將武氏兄弟的籍貫改為陽穀縣。把這種改動與全書中隨處可見的時間、地點錯謬相比較，是令人深思的。畢竟，作者是個行文粗疏的人呵！不是嗎，他在書中抄錄了《水滸傳》中「景陽崗頭風正狂」古風一首，其「清河壯士酒未醒」句，卻未能改為「陽穀壯士」。

　　改陽穀為清河，非抄引之誤，亦非一種隨意的無目的更易，其中必有作者深曲的寓意。徐朔方先生在列舉了書中清河縣有提刑使、團練使、元帥府、守備等職後，認為：

> 提刑使、團練使是宋制，州府設分元帥府是元制，鎮守某地總兵官下設守備是明制。這一段文字不管官制怎樣紊亂，可以確定的是陽穀縣不可能有守備、提刑、團練等高一級的官府，而清河郡則有接近於州府的地位。要像《金瓶梅》那樣描寫一個破落戶發跡變泰，而和當朝宰輔發生關連，進而揭露朝廷的黑暗和腐朽，

故事所在地由一個縣而改變為郡,對情節的發展顯然有利得多。[1]

這一解釋是有道理的,但又顯然有礙難之處,即:書中的清河縣,從未見一處寫為郡,它仍是東平府屬下的一個縣。我們沒有任何證據說明作者的改易是為了「對情節的發展」有利。若此,改陽穀為東平,不更恰當嗎?

筆者嘗試從以下幾方面進行探索:

(一)清河的沿革

據嘉靖《清河縣志》:清河,在古兗州地,或曰在兗冀二境。始建置於西漢,志引《太平寰宇記》曰:

> 文帝分巨鹿,置清河郡,以郡臨河,故曰清河。

志曰:「此清河名郡之始。」[2]後此,名稱、歸屬代有不同──

三國:清河郡。

魏:清河郡。

晉:清河國。

北朝:清河郡。

隋:清河郡。

唐、五代:清河郡(屬貝州)。

宋:清河郡(屬恩州)。

自金元至明,郡廢,為清河縣。

由清河的沿革,可以看出其轄境隨朝代演換而縮小,在《金瓶梅》故事所寫的宋代,清河雖仍為一郡治,然《金瓶梅》的作者卻是按照明代的情況,把它描寫為縣。

李開先對清河縣的歷史沿革無疑是熟悉的。其〈武城縣重修儒學記〉曰:

> 武城,今東昌府屬邑,而古清河郡名邑也。

古清河郡在明代已消失了,只剩得一個小且僻遠的清河縣,在那河北靠近山東的地方。可李開先卻確確實實到過那裏──嘉靖十八年春,「天子幸承天,李子(開先)以職

1　徐朔方〈《金瓶梅》成書新探〉。

2　此為北清河縣縣志,有「嘉靖三十年歲次辛亥仲秋之吉清河縣儒學訓導莒父懶漁趙汝相序」,書存北圖善本部。

事靡從。」（明袁克〈中麓賦〉）[3]清河縣為經由之地。赫赫煌煌，萬眾簇擁的帝駕經過之處，猶如同蝗災過境，百姓苦不堪言，然該清河知縣索紹，就是一個精明人物──

> 容止謙揪，外若唯唯，內實強毅。往聖駕南巡，撫按檄有司於行在設供億，而清河為畿輔近地，紹為乞請所司以邑小民貧，量行坐派，於是清河縣所費視他邑止十之一二。（嘉靖《清河縣志·名宦》）

李開先在文集中嘗敘及此類接迎上官帶給地方的苦楚，《金瓶梅》中也不乏這樣的例子，西門慶不是數番在家中宴請上官嗎？一開始他是樂意的，後來（在為李瓶兒治喪期間）他也厭倦了，只是不好拒絕此類勒揹而已。

(二)又一個清河縣

在明代，清河縣卻不止河北趙地所獨有，孟仲遴所主修嘉靖《清河縣志·凡例》曰：

> 據今清河有二，南畿淮安亦有清河縣。考宋紹興屯軍，咸淳末，始置縣。則知有宋以前言清河縣者，即此清河也。

南清河即今江蘇的淮陰，當時「廣四十五里，袤一百八十里」，為「徐州之近地」，「雄據大河之口，下臨淮浦，遠控維揚，實下邳、彭城之門戶，南北之要地也」。[4]

清河（南）處在黃河與淮河交匯之地，然其得名，卻是由於縣境內有大、小清河。吳宗吉所修嘉靖《清河縣志》曰：

> 治東北八里日大清河口（出泰安州經徐、邳至三漢口分入治西北老黃河口，繞縣北漁溝鎮一帶，出治東北大河口，達於淮，會於海。今兩口淤塞）。
>
> 治前百五十步許曰小清河（與大清河同源，亦自徐、邳而至治前東去入淮。舊以此水清於淮，故名。至弘治初黃河從徐、沛入本河，比淮水愈濁也）。

從以上記載可知，此縣境內的大、小清河，都是由山東發源，經徐州、下邳流來，至修志之明代中葉，大清河已淤塞，小清河也不復原貌。

地理位置的優越，決定了南清河縣城的街巷繁華，如：「十字街，在治前為通衢市」，「平康巷，在治西」，「新市通衢坊」，「招商集賈坊」，僅從一縣吏員來看，就有：宣課司大使、巡檢、鹽課大使、典史、倉大使、稅課司大政、小嶼巡檢、鹽場大使、遞解

3　明袁克〈中麓賦〉，見於萬曆《章丘縣志·藝文》。
4　該段中所有引文均見吳宗吉《清河縣志》，修於嘉靖四十四年，書存北圖善本部。

所大使、草廠大使等，瑣細得很。

前代騷人墨客在清河留下了不少吟誦風物的詩篇，如文天祥〈小清河口〉、趙子昂〈清河道中〉、金寔〈渡淮至清河縣學醉後留別〉、吳寬〈入清河有感〉等等。清河聯接淮水，是明代漕運的咽喉之地，陳鳳梧〈渡淮有感二首〉之一：

> 清江浦接清河口，疏導何年賴禹功。兩岸漕舟經國計，一帆煙水渡淮風。

應指出，明嘉靖十二年，李開先以戶部主事出理徐州倉道，也就是負責這一段的漕運糧儲。清同治《徐州府志》卷六〈職官表·徐州倉戶部分司〉：

> 《明史·食貨志》載：漕運，永樂初於徐州置倉，監倉則有主事，謂之戶部分司。《舊志》：初專督廣運糧儲，一歲一代；後兼理廣永倉事，並管鈔務，三年一代。後鈔歸呂梁工部，本司止管稅務。永樂中駐南門外，建署廣運倉側。正德間圮於水，十五年，主事李崧祥徙署南門內。後又沒於河，主事張璿移署戲馬台。

李開先在嘉靖十二年冬到職，陪同他到徐州的，還有他的妻子張氏，大約一年左右，他離任返京，調吏部考功司主事。他在徐期間，戶部分司的官署在南門內。

這時的李開先，年方三十許，懷經世濟民之熱望，對職事是非常認真的。當年十一月十九日，朝廷欽賜〈敕命〉，對他的精明幹練大加褒獎：

> 爾戶部雲南清吏司主事李開先，蔚以才俊，奮登甲科，授官郎曹，司我邦計，乃能廉慎自持，克修厥職⋯⋯

我們還無法確定李開先是否到過近在咫尺的漕運重地清河縣（南），對於這樣一個心高氣盛、有著工作熱情的年輕主事，這似乎是極有可能的。即使不能，退一步講，他該對於此處（南清河縣）較為熟知的吧。

(三)「清河」寓意說

《金瓶梅》中人名多有寓意，自不待言。其地名亦不乏有寓意者，試拈幾例：

第二十六回：「內中有一當案的孔目陰先生，名喚陰騭，乃山西孝義縣人，極是個仁慈正直之士。」地名孝義，與人名陰騭，均有寓意，兩相映照。

第二十九回：「那吳神仙坐上欠身道：『貧道姓吳名奭，道號守真。本貫浙江仙遊人。自幼從師天台山紫虛觀出家，雲遊上國，因往岱宗訪道，道經貴處。』」仙遊，寓意甚明。

第三十一回：「又拿帖兒送了一名小郎來答應，年方一十八歲。本貫蘇州府常熟縣

人,名喚小張松。」常熟,即長梳。從後文中,可知這書童兒不光自己常「梳的鬢這虛籠籠的」,更經常為西門慶梳頭。

清河,其寓意在什麼地方?我意可從三方面求之:

1. 使與「濁河」相對應。《金瓶梅》第三十九回大師父、王姑子對西門慶妻妾女眷宣講《黃梅寶卷》,就中反復提到「濁河」,信士張員外遵四祖禪師之命,「往南去濁河邊投胎奪舍,尋房兒居住」,遂引出一段故事來。清河,在涵義上似與「濁河」對應。

2. 隱括古清河(和)郡之意。漢置清河郡,轄境包括後來山東的清平、高唐、臨清、武城諸地,李開先對此是很熟悉的。其詩〈讀史偶述〉[5]中有:

蘇章持法人難及,堪笑清河倚二天。

嘲笑的是後漢的一位清河太守。據《後漢書》卷三十一:

蘇章,平陵人……順帝時遷冀州刺史。故人任清河太守,章行部案其奸臧。乃請太守,為設酒肴,陳平生之好甚歡。太守喜曰:「人皆有一天,我獨有二天。」章曰:「今夕蘇孺文與故人飲者,私恩也;明日冀州刺史案事者,公法也。」遂舉正其罪。州境知章無私,望風畏肅。

開先對蘇章其人很是欽敬。欽敬他不循私情的公正和清廉,欽敬他持法不二的精神。《金瓶梅》中對清河官場乃至全國官場的腐敗進行了無情的揭露,從中卻也正可看到作者對清正和法治的呼喚。

3. 暗寓章丘。章丘境內有小清河、大清河,以縣境內河流代稱縣名,亦古人行文中一習慣作法。因此,我們認為李開先有可能從此處立意,以清河隱寓小清河、大清河二水,進而暗寓章丘,才把《水滸傳》中西門慶故事發生地移置清河。

又章丘境內,有繡江河,有明水,在詞意上與「清河」都似有點牽涉。如第三十九回引首之前兩句:

漢武清齋夜築壇,自斟明水醮仙客。

句中「明水」,當然應解作古代祭祀時所用之水,即所謂「司烜所取於月之水」。但如聯繫到章丘有明水大鎮,鎮以百脈泉水明沏見底得名;聯繫到開先對這故鄉名水喜愛尤甚,「一丘新隱姓,百脈舊嘉名」,對「明水」一詞便應深長思之。

說《金瓶梅》作者以清河暗寓章丘,本章還將提出多方面的依據。筆者的結論,是

---

5 《閒居集》卷三。

在對濟水（小清河）、書中清河縣地理位置的錯訛等情況考察論證的基礎上得出的。

二、濟水

　　說《金瓶梅》中「清河」的寓意之一即指小清河，可從該書中找到有力的根據。小清河又名濟水。第六回，西門慶和潘金蓮白日行姦，王婆子「走到街上打酒買肉」，忽遇大雨，作者在此處有一篇賦體文寫雨：

> 烏雲生四野，黑霧鎖長空。刷刺刺漫空障日飛來，一點點擊得芭蕉聲碎。狂風相助，侵天老檜掀翻；霹靂交加，泰華嵩喬震動。洗炎驅暑，潤澤田苗。洗炎驅暑，佳人貪其賞玩；潤澤田苗，行人忘其泥濘。正是：江淮河濟添新水，翠竹紅榴洗濯清。

這是《金瓶梅》作者比《水滸傳》增寫的文字，因此，行文中透露出來的訊音就值得加倍地注意。這正是作者的「洩露天機」之處。

　　首先是文中出現的「濟」，毫無疑問即濟水。江淮河濟，則為：長江、淮河、黃河、濟水。它們在古時被稱為「四瀆」，《爾雅·釋水》：

> 江河淮濟為四瀆。四瀆者，發源注海者也。

然則當明嘉靖之世，昔日的濟水已在實際上不復存在了。它的流域縮小到濟南一帶數縣，且名稱也已混淆：或稱大清河為濟水，或稱小清河為濟水，或乾脆稱大清、小清，而不再去理會「濟水」二字。除了當地文人者流，當時也較少有人在詩文中提及濟水了，它已喪失了與長江、黃河、淮河並列的資格。在有關作者那一大串「候選人」名單中，很少有人會把濟水與三大河流作此類比附。

　　李開先則不然。

　　濟水，是李開先故鄉的名水。他嘗曰：「水近無過濟。」他在濟水之畔置有田產，建一樓號「近濟」，且自撰〈近濟樓記〉[6]曰：

> 濟河去城六十餘里，去村止數里而已。以地遠而直廉，是故有地五頃；以地多而望難，是故有樓五楹……濱河皆沃壤，宜百谷，樓號近濟，其亦幸乎其近之也歟！

李開先對濟水的喜愛和感情由此可見大端。「濟水」兩字頻頻出現在其詩文中——

6　《閒居集》卷十一。

> 濟水以南俱隱地，門屏之內即為庭。（〈田間四時行樂詩〉）
>
> 靜聽濟水漁郎曲，不羨平陽子夜歌。（〈村居秋興〉）
>
> 驅車西邁擬飛塵，彼美人兮濟水濱。（〈西村途中〉）[7]

在目前所提及的《金瓶梅》「作者」中，大約只李開先一人，出於對故鄉河流的親情，才有可能將此濟水與江、淮河並列提出。

其次我們還注意到文中所同時描寫的「泰華嵩喬震動」，泰山，距李開先里居百餘里，其與濟水，可共視作李氏故鄉山水的代表，兩者出現在同一段寫雨景的文字中，決非偶然。它對李開先作《金瓶梅》的可能，又提供了一條令人注意的證據。

我們從這裏發現了「馬腳」，又不由不聯想到：作者本來在極力取消書中一切能見出其真面目的描寫，此處不太明顯了嗎？

請看第二十七回中的一段寫雨文字：

> 正飲酒中間，忽見雲生東南，霧障西北，雷聲隱隱，一陣大雨來，軒前花草皆濕。
>
> 正是：江河淮海添新水，翠竹紅榴洗濯清。

在這段與第六回引文大同小異的雨景描寫中，不再出現「濟水」的字眼。於是，這裏的雨景便沒有了地域的限制；於是，我們便無法捉摸到作者的身影。

也因此，就更證明了第六回中寫雨文字的價值：它是作者的一種自然地、無心地流露，是作者無數次「粗疏」中的一次。卻給我們以極有意義的提示。

《金瓶梅》作者所寫的「清河」的現實依據是哪裏？我意是李開先的故鄉章丘，濟水在書中的出觀，便是證據之一。

三、章丘當即書中「清河」

論李開先即《金瓶梅》作者，書中「清河」即李氏故鄉章丘，首先由「濟水」一節予以證明，且書中還提供了更多的實證。

(一)由幾處地理位置的訛誤得出的結論

《金瓶梅》中存在著不少地理位置的錯訛現象，有的即為錯訛，有的卻引人思考。以

7　均見《閒居集》。

下引例在書中均為地理訛誤，卻為我們考證作者提供了材料。

1.棗強——章丘

《金瓶梅》第九十一回，陶媽媽去西門慶家為李衙內說娶孟玉樓：

> 俺衙內老爹身邊，兒花女花沒有，好不單徑。原籍是咱北京真定府棗強縣人氏，過了黃河不上六七百里。

這裏便出現了一個地理訛誤。棗強，原屬古清河郡，《元和郡縣志圖》：「漢高帝分趙巨鹿，立清河郡，棗強屬其地。」棗強與清河，縣城相距亦止百餘里。正如劉輝在〈從詞話本到說散本〉一文中指出的：

> 身在清河縣的陶媽媽述說棗強縣的位置：「過了黃河，不上六七百里。」棗強與清河近在咫尺，怎麼會有六七百里？清河縣本在黃河以北，又怎能「過了黃河」呢？

此類地理上的錯謬，是「作者對山東地理位置非常不熟悉」嗎？怕未必。如果我們把書中的清河放在章丘所處的地理位置上，將會發現所有這些錯謬全然消失：章丘往棗強，北渡黃河之後，恰是六七百里程。

這是作者無意間的又一次天機洩露。

不能不向大家說明，李開先對於「棗強」這一地名有著特殊的注意，嘗曰：

> 章人自棗強徙者，十居八九。

大多數的章丘人都祖籍棗強，則章丘到棗強的路程對於章丘人便不會生疏，對於李開先也不會生疏。他的朋友、曾同朝居官的雲南右布政使李冕，其詩會中朋友、退任知縣姜大成，詞會會友、退任知縣張悔庵，原籍都是棗強，李開先為他們寫的墓誌銘中，對其祖上由棗強遷徙來章丘的情況，曾一一作了簡述。

開先以章丘寫清河，便難以避免其實際地理位置與清河縣位置在行文間的混淆，時真時假、亦實亦虛的描寫便並存在書中，此其一例也。

2.泰山——章丘

《金瓶梅》第八十四回，寫吳月娘往泰山進香，在碧霞宮被殷天錫糾纏，逃奔下山，連驚帶怕地失迷了路徑，一老僧告曰：

> 此是岱嶽東峰，這洞名喚雪澗洞……休往前去，山下狼蟲虎豹極多。明日早行，一直大道就是你清河縣了。

由泰山東峰之下「一直大道」，無論向東、向南、向北，都是無法到清河縣的。如果把「清河」換成章丘，則極是合理。據道光《泰安縣誌》首附泰山圖，清晰可見由「東峰」一直向北，便是章丘縣。

此是李開先以章丘寫清河的又一例證。

3.沂水──章丘

不管是宋代、明代，由清河縣往開封，無論如何是不會經過沂水的。在《金瓶梅》中卻有這樣的描寫：第七十二回，西門慶由東京（開封）返家，向吳月娘述說歸程中風險：

> 昨日十一月二十三日，剛過黃河，行到沂水縣八角鎮上，遭遇大風。那風那等兇惡，沙石迷目……

讀《金瓶梅》，常會覺得作者是把徐州當作了東京開封來寫。而由章丘去徐州，一般說來沂水為必經之道，但中間並不隔著黃河。此處描寫，也許是作者心中兩個「清河」的迭印：實際的從清河往開封，要過黃河；其描寫時依據的從章丘到徐州，則要經沂水。合在一起，便是「剛過黃河，行到沂水縣八角鎮上」。

4.章丘──徐州

《金瓶梅》中又有由清河去徐州的描寫，這裏的「清河」，亦宜視作章丘。第二十六回：

> 來旺兒……哭哭啼啼，從四月初旬離了清河縣，往徐州大道而來。

後來，宋惠蓮又向人打聽來旺的消息：

> 玳安道：「嫂子，我告你知了罷，俺哥這早晚到流沙河了。」

章丘至徐州之間，流沙河很多，雖不能確定玳安指的是哪一具體河流，卻仍能從文中見出一種含糊的暗示：這是由章丘往徐州。

如前文中所述，李開先對徐州是很熟悉的。在《金瓶梅》中曾多次寫到徐州：徐州洪，燕子樓，武大郎的轉世徐州范家，韓愛姐的流落徐州孤村……這些描寫，自然也與該書作者對徐州這一地方的熟悉相關。

由以上有關地理的訛誤或模糊描寫，均可見出作者明標清河、實寫章丘的行文特點，這是一種習慣的或曰無意的洩露，又可視作一種精心結撰的安排，不管怎樣，它使我們又一次捕捉住李開先那隱蔽得很深的身影。

(二)關於「南門」及其他

　　我們把李開先宅院在章丘縣城中的位置與書中有關清河縣的記載相比較，亦能有所發現。首先是「南門」。西門慶住宅在縣城中的具體方位，書中未為點明，卻可由描寫中偵知其位置大致在縣衙前的南部城區。所以，遇有日常活動，便不斷提到「南門」「南門外」等語辭：

> 是咱這南門外販布楊家的正頭娘子。

> 西門慶打選衣帽齊整……出的南門外，來到豬市街，到了楊家門首。（第七回）

> 出南門，到五里外祖墳上，遠遠望見青松鬱鬱……（第四十八回）

> 這裏鼓樂喧天，哀聲動地，殯才起身，迤邐出南門。（第六十五回）

> 本自南門外只一個永福寺，是周秀老爺香火院。（第八十八回）

在更多情況下，書中即以「門外」代指「南門外」：

> 今該常時節會，他家沒地方，請了俺們在門外五里原永福寺去耍子。（第十四回）

> 單表西門慶從門外夏提刑莊子上吃了酒回來，打南瓦子裏頭過。（第十九回）

> 西門慶那日不在家……往門外墳上破土開壙去了。（第六十五回）

以「門外」代稱「南門外」，是書中人物日常習慣之語，亦是該書作者行文慣用之語，其有深因乎？我們不能不聯想到李開先宅第在章丘縣城中的位置，《中麓書院記》：

> 吾章城內，宅價高而隙地少。近學會有園一區，計地三十餘畝，中麓子購而有之，喜其與宅居亦近，不但學宮而已。尋復稍斥其北，為之堂者五楹，名以藏書萬卷……[8]

據道光《章丘縣誌》卷首縣治圖，學宮在城區西南隅，李開先宅第，就在學宮近鄰，故其在〈孝廉堂序〉中說：「歸而治第於城之西南隅。」

　　李開先居縣城西南隅，又在城南置樓建園，大興土木，如其河上樓，即在「城南河畔」，更為重要的是其在城南三里許購建的南園（又稱李家花園，今名小李莊）。南園是李開先的私人園林，是他攜妾狎妓、邀朋會友、詩酒流連的地方；也是他避喧靜居、讀書

8　同註6。

問史,敲棋編曲的所在。在其文集中又稱近城小園、近城園、百花園等,有關詩作很多,如:〈南園小集〉〈園居學道〉〈遊近城小園〉〈南園牡丹〉〈與客遊百花園〉等等。開先又有「南墅」,其〈城南暮雪〉:

> 南墅今重到,天寒歲已窮。

這裏的「南墅」,當指李開先的綠原村祖居。綠原村在城南,每年寒食、清明,春秋兩祭,開先都要去綠原村南的祖塋祭悼,因距城較遠,常也就住在那裏,在祖居置酒宴客,歌舞取娛。開先詩中又稱這裏為祖村、南村、南莊,尤以「南村」為多,如:〈雨中祖居請眾客陪蘇雪蓑書先母墓文〉〈寒食南莊宴李九河……諸客作〉〈頃遊南村……解以是詩〉〈秋日遊南村〉。這是因為「南村」是章丘李氏的發祥地,是李氏祖塋的所在,是開先祖父以上列祖列宗聚居的地方。開先父李淳入縣學讀書,全家遷居城西南隅的李家老屋,但「日用仰給於南村」。「南村」在開先心目中之地位,是可以理解的。而且又不止這些,開先嘗自撰〈心南樓記〉[9]曰:

> 樓何獨以「心南」名?爰自十九世祖三遷而居始定,田廬丘隴,俱在南山之南,所謂歌哭於斯,聚族於斯者也。每登樓,吾心所之,不於他而獨於南,因名樓以心南。

這就可以理解:為什麼在《金瓶梅》中每寫出城而多出南門?為什麼對西門慶宅第不加詳注而實以城南為址?為什麼於無意間不時提及一個南門外五里原(西門慶祖塋在焉,周秀香火院永福寺在焉)?為什麼花子虛莊田在南門外,夏提刑莊子在南門外,西門慶祖塋和莊子在南門外,周守備香火院亦在南門外?

這是與作者的生活經驗對創作意識的干預相關的,或是在其潛意識支配下的一種自然的顯露。我想:非若求之太深,這裏似乎正可以見到李開先作《金瓶梅》的一點蹤跡。在其《閒居集》卷七有這樣一段話:

> 出章城南門,近郊而東,突然高三尺者,姜君之墓也。近墓而西,曠然廣三畝者,姜君之園也。

此「姜君」即姜大成,是李開先詩會中朋友,死後園亭(亦在城南)荒落,李開先「過而傷焉,作哀姜園」。又李氏〈村會夜歸〉:

9　同註6。

> 朝來忽及暝，遊燕遍園亭……健僕先馳報，城門且慢扃。

這裏所言之「城門」，就是南門。

(三)《金瓶梅》中的節日描寫與章丘風俗

在寫作這一節時，筆者也曾有一種顧慮，即風俗雖有地域之別，但鄰近地區往往是略無差異的，刻板的比較，很難導向正確的結論。下面的一些嘗試性的比照，僅希望能對我們的研究有一點啟示。

道光《章丘縣志·禮俗志·風俗》：

> 元旦拜尊長，旬日間親友饋贈往來不絕。元夕設燈棚具儺戲，次日過橋走百索……清明日展墓，村人設秋千之戲，攜樽榼遊郊外者曰踏青……五月五日簪艾虎，飯黍角飲雄黃酒，浸艾水洗目，又以五色絲繫小兒足曰長命縷……重九日登高飲菊酒。

李開先對故鄉的這些習俗是熟知的。在他的詩文集中充分反映出這些習俗對他的影響，令人注意。我們把《金瓶梅》中有關節日的描寫舉其要略如下：

春節 第七十二回寫西門慶從東京趕回清河過年，日日酒宴，確乎「旬日間親友饋贈往來不絕」。

元夕 書中有關元宵燈節的描寫最多：第十五回、第二十四回、第四十二回、第四十六回都有大段摹寫燈市景色的詩、賦、散文。如第四十二回：

> 西門慶與應伯爵看了回燈……下面就是燈市，十分熱鬧……兩人在簾裏觀看燈市，但見：
>
> > 萬井人煙錦繡圍，香車駿馬鬧如雷。
> > 鼇山聳出青雲上，何處遊人不看來。
>
> 忽見人叢裏謝希大、祝日念同一個戴方巾的，在燈棚下看燈。

這種燈市之中，亦有儺戲和所謂「百耍」，十五回寫燈市的長賦中有：「村里社鼓，隊共喧闐；百戲貨郎，莊齊鬥巧。」說明書裏描寫的元宵燈市是彙集了多種伎藝的，正與《章丘縣志》記載的相同。

書中也有正月十六日「走百病兒」的描述。第二十四回，陳經濟領眾女眷和僕人在正月十六夜間「出的大街市上」，「因走百病兒，與金蓮等眾婦人嘲戲了一路兒」。

走百病，原在驅除各種不祥的疾病，後實成為一種節日性娛樂。《荊楚歲時記》：

> 燕城正月十六夜，婦女群遊，其前一人，持香辟人，凡有橋處相率以過，名走百
> 病。

書中描寫，正是這種北地古老風俗的沿續。但章志中所記，卻叫走百索，這是值得注意
的。百病與百索，涵義相去甚遠，然章俗走百索與書中走百病，其指實一。關鍵倒不在
於章人何日改走百病叫走百索（當然亦可能有他處與之相同）而在於章人將走百病與走百索
視為一事，在於《金瓶梅》中亦有其例：

> 吳月娘、孟玉樓、潘金蓮並西門大姐，四個在前廳天井內，月下跳馬索兒耍子。
> 見西門慶來家……都往後走了，只有金蓮不去，且扶著庭柱兜鞋。被西門慶帶酒
> 罵道：「淫婦們閒的聲喚，平白跳什麼百索兒！」

走百索本正月間習俗，平日玩耍，便成了西門慶發洩的藉口，潘金蓮便被「趕著踢了兩
腳」。

清明　書中有關清明習俗的描寫主要在第二十五回和第八十九回。後者寫西門慶亡
後，吳月娘、孟玉樓等在「三月清明佳節」，「上新墳祭掃」，是：

> 出了城門，只見那郊原野曠，景物芳菲，花紅柳綠，仕女遊人不斷頭的走的。……
> 端的春景，果然是好！到的春來，那府州縣道與各處村鎮鄉市，都有遊玩去處。
> 有詩為證：
>
> > 清明何處不生煙，郊外微風掛紙錢。
> > 人笑人歌芳草地，乍晴乍雨杏花天。
> > 海棠枝上流鶯語，楊柳堤邊醉客眠。
> > 紅粉佳人爭畫板，彩繩搖曳學飛仙。

這種「踏青遊玩」的世界中，很顯著的一項，便是所謂「鞦韆之戲」，即詩中「紅粉佳
人爭畫板」句。這是章丘習俗中李開先格外喜愛的一種，他的詩中一再寫到清明時節的
故鄉鞦韆：

> 索垂畫板橫，女伴鬥輕盈。雙雙秦弄玉，個個許飛瓊。俯視花梢下，高騰樹杪平。
> 出遊偶見此，始記是清明。
>
> 鞦韆來野婦，蹴罷首如蓬。
>
> 清明今日雨，車馬滯村坊。深閉鞦韆院，難登蹴踘場……

《金瓶梅》第二十五回，用大量的筆墨寫到了清明時蕩秋千的情景：吳月娘在花園中「紮了一架秋千」，西門慶的妻妾及女僕惠蓮得暇便「遊戲一番」，且有名目如「立秋千」云云，玩的盡興，作者寫來也津津有味。

五月五日　書中第十六回：「一日，五月葵賓佳節，家家門插艾葉，處處戶掛靈符。」所寫亦與道光《章丘縣志》中記載相同。又第三十七回寫韓愛姐兒，曰：「他娘說他是五月端五養的，小名叫愛姐。」此「愛」字當由「艾」音得來，自是無疑。

另外，如第十三回之寫西門慶等在「九月重陽令節」賞菊飲酒，第十九回寫西門慶與眾妻妾、會友飲酒賞月，都與道光《章丘縣志》記載的習俗相同，茲不贅述。

(四)《金瓶梅》中的食物描寫與章丘特產

比較《金瓶梅》中有關食物的描寫與章丘特產，能使我們更確信作者實以清河寫章丘。

稻米飯　書中寫宴會主食儘管種種不一，時常出現的卻是「上新稻米飯」，「上新白米飯」，「香噴噴軟稻粳米粥兒」，「純白上新軟稻粳飯」等等。在一些情況下，書中所寫「嗄飯」，即是稻米飯，如第三十二回：「抬上八仙桌來先擺飯，就是十二碗嗄飯——上新稻米飯。」

清河縣不產稻米。書中作者之意，是否以大米在北地之珍貴來描寫西門慶的富奢，怕亦未必。應指出的是：章丘縣恰恰就是北方少有的盛產稻米的地方，明水（即百脈泉）一帶的大米，是以晶瑩清香見稱於一方的。李開先長孫李衡曾作〈李家亭亭銘〉：[10]

　　余家繡水湄。荷池稻頃，雨朝月夕，色色可怡。家中麓先生築亭其間……

李開先就曾在這「荷池稻頃」邊生活，叫他如何不將這有名於一方的家鄉名產寫入書中呢。

燒雞、燒鵝　書中更多出現的吃物大約就是燒雞、燒鵝了。西門慶家宴會上每次幾乎必有，幫閒小聚，僕人私飲，妻妾輪流做東，妓院、私窠夜半下酒，都少不得這燒雞、燒鵝。有時更加上蹄子、燒鴨、爛羊肉之類。這些，實在是北方山東一帶的食譜。李開先《寶劍記》中也把它們寫入曲白間，第五齣：

　　〔淨白〕小人才打十字街過來，見那食店內，燒雞、燒鵝、粉湯包兒障著小人眼……

這是寫那缺錢的幫閒在食鋪前垂涎的情景。《金瓶梅》中則是屢次寫到西門慶派家人到

10　道光《章丘縣志·藝文》。

食鋪中買吃物，所買者，又多是這燒雞、燒鵝。

蔥、薑、蒜 章丘大蔥享名海內，其鄰縣萊蕪又以產薑著稱，蒜亦該地區土特產。大量食用蔥、薑、蒜，是章丘一帶的飲食習慣，在《金瓶梅》中，似乎也有著很接近的飲食習慣：

> 李瓶兒親自洗手剔甲，做了些蔥花羊肉一寸的餛飩兒。（第十六回）

> 畫童用方盒拿上四個靠山小碟兒……一碟糖蒜，三碟兒蒜汁……然後拿上三碗麵來。各人自取澆鹵，傾上蒜醋……兩人登時狠了七碗。（第五十二回）

> 玳安拿上八個靠山小碟兒……一碟糖蒜……一碟醬的大通薑……二十碗下飯菜兒：蒜燒荔枝肉，蔥白椒料桂皮煮的爛羊肉，燒魚，燒雞……（第五十四回）

> 四人坐下，……攢個蔥兒、蒜兒，大賣肉兒，豆腐菜兒鋪上幾碟。……（第五十五回）

山東人飲食習慣，向有所謂「蔥白蘸大醬」之說，實則此等飲食之好以章丘較為突出。書中第九十回「山東夜叉」李貴賣藝街頭，有一段誇言，其中說：「蘸生醬吃了半畦蒜，卷春餅味了兩擔韭。」「蒜」實應為「蔥」字，大約是為了韻節的鏗鏘，作者才做了小小的改易。

書中第八十五回還有這樣的歇後語：羊角蔥靠南牆老辣已定。這句話還曾在第四十九回出現，作：羊角蔥靠南牆，越發老辣。

更值得注意的是，書中還描寫了以蔥、薑入藥的情況：

第十二回：「一面打開藥包來，留了兩服黑丸子藥兒，晚上用薑湯吃。」

第六十一回寫趙太醫的「妙方」：

> 甘草、甘遂與硇砂，藜蘆、巴豆與芫花，薑汁調著生半夏，用烏頭、杏仁、天麻，這幾味兒齊加。蔥蜜和丸只一撾，清辰用燒酒送下。

這段文字實取自李開先《寶劍記》第二十八齣：

> 【朱奴兒】甘草、甘遂，硇砂，藜蘆與巴豆、芫花，人言調著生半夏，用烏頭、杏仁、天麻齊加。藥丸兒一撾，用燒酒清晨送下。

兩個藥方，區別僅在於《金瓶梅》又加上「蔥」和「薑汁」兩味，作者之意在於突出地域的特點甚明。我想：這改動者大約就是李開先本人。

　　作者把西門慶故事的發生地由陽穀易為清河,是有意識的。《金瓶梅詞話》中的「清河」,有河北趙地(時稱北畿近地)的清河——書中寫了與臨清、東平的接近;有江蘇(時稱南畿)的清河——書中寫了苗員外在徐州陝灣遇害,屍首卻漂到了遠隔千里水程的清河(北),這個清河,應是南清河;也有李開先的故鄉章丘(以清河在縣境而假名)。「清河」,便是這三地的迭印。李開先藉此來寓寫章丘縣城中那種種色色的人物,亦寫他所看到的各地的官官吏吏。他把《水滸》中西門慶故事嫁接在自己熟悉或親歷的現實生活上,借這個污穢的故事與周圍那污穢的世界寫照。這正是李開先的創作個性。

關於《玉嬌李》

沈德符《萬曆野獲編》中「金瓶梅」一則，曾為研究者熟知和千百遍引錄，但其中很珍貴的部分——《玉嬌李》的寫作，卻被忽略了。甚至在引文中也常因「無關緊要」而被省略，這是很令人遺憾的。在本文中，筆者擬重點論證沈德符所記有關《玉嬌李》的文字，闡釋其對考證李開先作《金瓶梅》的意義，同時也力圖恢復其珍貴的資料價值。

一、《玉嬌李》提供的線索

沈氏《野獲編·金瓶梅》，以其時代較早與述寫最詳，具有著無可替代的資料價值，研究《金瓶梅》的學人對此無不注重，各種有關的專著、論文亦多所引錄。然則，其中一條重要線索卻被忽視：這位「嘉靖大名士」的另一部小說——《玉嬌李》。

我認為：該條記載中有關《玉嬌李》內容的介紹，為考證李開先作《金瓶梅》提供了有力的證明。為論述的方便，迻錄原文如下：

> 袁中郎〈觴政〉，以《金瓶梅》配《水滸傳》為外典。餘恨未得見。丙午遇中郎京邸，問曾有全帙否，曰：「第睹數卷，甚奇快。今惟麻城劉延白承禧家有全本，蓋從其妻家徐文貞錄得者。」又三年，小修上公車，已攜有其書，因與借抄，挈歸。吳友馮猶龍見之，驚喜，慫恿書坊以重價購刻。馬仲良時榷吳關，亦勸余應梓人之求，可以療饑。余曰：「此等書必遂有人板行。但一刻則家傳戶到，壞人心術，他日閻羅究詰始禍，何辭以對？吾豈以刀錐博泥犁哉！」仲良大以為然。遂固篋之。未幾時，而吳中懸之國門矣。然原本實少五十三回至五十七回，遍覓不得，有陋儒補以入刻，無論膚淺鄙俚，時作吳語，即以前後血脈，亦絕不貫串，一見知其贋作矣。聞此為嘉靖間名士手筆，指斥時事，如蔡京父子則指分宜，林靈素則指陶仲文，朱勔則指陸炳，其他各有所屬云。中郎又云：「尚有《玉嬌李》者，亦出此名士手，與前書各設報應因果。武大後世化為淫夫，上烝下報：潘金蓮亦作河間婦，終以極刑；西門慶則一駿憨男子，坐視妻妾外遇，以見輪回不爽。」中郎亦耳剽，未之見也。去年抵輦下，從丘工部六區（志充）得寓目焉，僅首卷耳，

而穢黷百端，背倫滅理，幾不忍讀。其帝則稱完顏大定，而貴溪、分宜相構，亦暗寓焉。至嘉靖辛丑庶常諸公，則直書姓名，尤可駭怪。因棄置，不復再展。然筆鋒恣橫酣暢，似尤勝《金瓶梅》。丘旋出守去，此書不知落何所。

全篇文字，言《金瓶梅》內容聊聊數語，敘述《玉嬌李》人物、故事則過三分之一。沈氏把兩書合在一處論列，顯然是作為同一作者的不同作品對待。從中我們可得知：說《金瓶梅》與《玉嬌李》同出一「名士」手，是出於袁中郎之口，且持有該書的丘志充大約亦不反對這種觀點。照此推理，考證《玉嬌李》作者，與考證《金瓶梅》作者便合為一項，弄清了《玉嬌李》作者的情況，沈文中所指稱的《金瓶梅》作者「嘉靖間大名士」的具體身分，自然不言而明。

當然，問題還沒有如此簡單。《玉嬌李》一書失傳已久，這使我們的考察失卻了一個基本的依託；沈氏對該書僅讀過首卷，「幾不忍讀」，且對這「首卷」的介紹也是匆匆掠過，不能提供更多的資料。我們的考證僅能從這裏開始，而我覺得，僅僅沈氏提出的幾點，已可證明李開先當為《玉嬌李》的作者。

沈文關於《玉嬌李》的記載，最有價值的有兩點：其一，明確指出《玉嬌李》一書暗寓「貴溪、分宜相構」事。

貴溪即夏言，分宜指嚴嵩。夏言與嚴嵩的矛盾，是明嘉靖朝內閣傾軋中相持時間較長、反覆較多、鬥爭較殘酷的一次。夏言於嘉靖十五年「兼武英殿大學士入參機務」，十七年冬繼李時「為首輔」。時嚴嵩為禮部尚書，兩人即生嫌隙。二十一年，嚴嵩「拜武英殿大學士，入直文淵閣，仍掌禮部事」「當是時，帝雖優禮（夏）言，而恩眷不及初矣」。[1]有意思的是，夏與嚴二人為同鄉，唯其如此，才更見出這場政治傾軋的酷烈：

嵩與言同鄉，稱先達，事言甚謹。言入閣援嵩自代，以門客畜之，嵩心恨甚。言既失帝意，嵩日以柔佞寵。言懼斥，呼嵩與謀。言則已潛造陶仲文第，謀齮言代其位。言知甚慍，諷言官屢劾嵩。帝方憐嵩不聽也，兩人遂大隙。[2]

嚴嵩入閣之日，夏言已落職閒住。二十四年，夏言復職，兩人同在內閣，爭權奪利，邀恩希寵，更加水火難容。而這時，嚴嵩更有了兩個幫手：京山侯駙馬崔元和錦衣都督陸炳。「二人與嵩比而構言，言未之悟也」。二十七年，夏言以河套兵事論斬棄市，後此，朝政一歸於嚴嵩之手，幾二十年。嚴氏父子把持朝綱，殘害忠直清正之士，「遍引私人

1　《明史·夏言》。
2　《明史·嚴嵩》。

居要地」，「流毒天下，人咸指目為奸臣」。因而，隆、萬間文人者流，有許多是片面地（抑嚴揚夏、憎愛分明地）來看待和解釋夏嚴矛盾的。

在嘉靖中期則不同，時夏言以善於揣測帝意和撰寫青詞得寵，扶搖直上，權勢日熾，他雖不如嚴的奸惡、陰柔，但在朝廷內部的黨爭派鬥中，也確曾有過「納權招賄」之舉，也熟稔扶植親信、操縱輿論、排斥異己等官場慣伎，以一己的專斷迫害過不少清正有為的官員，李開先就是深受其迫害者之一。在追憶自己被罷官事時，李氏寫道：

> 雖出於內批，孰不知為權貴者所為？前後如呂江峰、羅念庵、唐荊川、趙浚谷、
> 謝右溪及不穀，事雖不同，均出於此一人之毒手。[3]

此一人，即夏言。李開先對夏言是切齒痛恨的。罷官七年後，京師傳來夏言被誅殺的消息，開先即揮毫賦詩，有句：

> 上方有劍何須請，相國驚聞瀝血頭。[4]

在他看來，夏言被誅是罪有應得，是作惡多端的報應。

李開先對嚴嵩亦絕無好感。夏言既死，嚴嵩獨攬大權。李開先與朝中故舊魚雁頻仍，希望能一朝復出，為國效力。內閣大學士張治、李廷相及其他朝官也再四薦舉李開先這位「雅負經濟」、清正練達的治才，然由於不走嚴嵩的門徑，一紙起復的詔書終是未能到來。朱星〈《金瓶梅》考證〉曰：

> 李開先與夏言……不睦，但與嚴嵩無怨。因此，李開先毫無必要在生前三四年（也正是嚴嵩死後三四年）中急忙寫此長篇小說來影射諷刺嚴嵩。

否！李開先對嚴嵩之流的態度是鄙夷的。好友唐順之因嚴嵩假子趙文華之薦，起復為兵部主事，開先於信函中亟言不可，曰：

> 此一起官，頗紛物議。出非其時，托非其人。若能了得一兩事，急急歸山，心跡
> 庶可少白於天下，不然，將舉平日所守而盡喪之矣。[5]

其視嚴嵩之流為惡臭穢物，認為一染指便盡失清白，這是多麼激烈的憤憎情緒！

嘉靖末期，因嚴氏父子太令人痛恨了，在派系鬥爭中死於嚴嵩之手的夏言便引起朝

3　《閒居集》卷九〈潘春谷傳〉。
4　同上卷三〈聞聞夏桂洲凶報〉。
5　同上卷十〈荊川唐都御史傳〉。

野間普遍的同情。傳為王世貞作的《鳴鳳記》一齣，夏言更成為一個忠直耿介、為正義而捐軀的高大形象。然則，李開先對夏言是絕不同情和原諒的：《鳴鳳記》給夏言安排了「仍賜遺腹子襲蔭」的平反昭雪的終局；李開先詩文中卻為夏言事實上的「乏嗣」高興，認為這是天道好還。《玉嬌李》寫「貴溪、分宜相構」，在所有《金瓶梅》作者的「候選人」中，當只有李開先才能如此。這是因為李氏較為清楚這一段歷史內情；他對夏嚴二人有同樣的憎惡，所以才以暴露其醜陋嘴臉為目的，各打四十大板。

其二，《玉嬌李》一書，對「嘉靖辛丑庶常諸公，則直書姓名。」此沈德符認為「尤可駭怪處」，確非張惶其事。《玉嬌李》非如一般歷史演義以鋪敘史實為主線，亦不像有些文人筆記那樣偶而揀用一點人物趣聞。同《金瓶梅》一樣，它是一部世情小說。在這樣一部世情小說中大量出現某年朝廷某一部門官員的確切名姓，便不可能是隨意的，便不可能不具有著令人深思的寫作背景。

設若作者如某些人在論《金瓶梅》時所指稱的那樣，為一個粗通文墨、潦倒里巷的下層文人，設若作者如某些人所論定的那樣，為萬曆間人，他又如何可悉知「嘉靖辛丑庶常諸公」的尊姓大名？既便他耗日費時（或有偶然機遇）地查得，又有什麼必要來對這班先生──「直書姓名」呢？

應該說，這使我們找到了尋覓《玉嬌李》（進而尋覓《金瓶梅》）作者的筅鑰所在，應就是李開先。

「嘉靖辛丑」，即嘉靖二十年，這年的四月十八日，李開先被罷官。

當是時，李開先年不足四十，「雅負經濟，不屑稱文士」，以才望著名於朝野。皇家宗廟的一場天火，竟在一夜間斷送了他的前程，這使他是多麼地不能接受，可又如何不接受下來呢？他上疏抗辯，他的朋友們也為之奔走呼籲，然都無濟於事。他的希望破滅了，申辯、乞求一變而為痛憤，為輕蔑，遂收拾行裝，攜帶妻子，在杯箸談笑中揖別那為之餞行的京友，返回故鄉。

他如何能淡忘這一年──嘉靖辛丑？他在《閒居集》中屢屢提及這一年號：

> 至辛丑……五六月間……余初放歸，倦於出遊。（〈四川按察司副使前吏部文選司郎中函山劉先生墓誌銘〉）

> 自辛丑夏罷歸田廬，優遊詞社，每月相參作主。（〈東村樂府序〉）

然值得注意的是：沈氏說《玉嬌李》對其「直書姓名」的是「庶常諸公」。李開先罷官之時，職司為提督四夷館太常寺少卿，似乎與庶常諸公所在的翰林院無涉，其實並非如此簡單。據《明史‧職官》：

> 初設四夷館隸翰林院，選國子監生習譯……弘治七年始增設太常寺卿、少卿各一員為提督，遂改隸太常，嘉靖中裁卿，止少卿一人。

雖改制如此，四夷館與翰林院司職相近，過往密切，人們習慣上仍沿舊日成例，籠統以翰林院稱之。殷士儋為隆慶間禮部尚書、內閣大學士，不會不通曉朝廷規制，其為李開先撰作墓誌，則冠以「明中憲大夫翰林院提督四夷館太常寺少卿」諸職銜，正這一項明證。《明史·職官》又曰：「提督四夷館。少卿一人，掌譯書之事……通譯語言文字。」可以說，李開先擔當的朝職，使他與翰林院有著較多的職事上的往來，因而彼此是較為熟悉的。

說李開先熟知嘉靖辛丑翰林院的各種人情物事，還應聯繫到他的三位摯友，即同列「嘉靖八子」的羅洪先、唐順之、趙時春，當時均在翰林院任職。「三翰林」在嘉靖十九年聯名上「請朝東宮」疏，世宗震怒，終於在辛丑歲首將三人割職遣返，這是當時的一大事件。開先曾為之多方奔走說項，不獨未能挽回，且自己在兩三個月後亦被藉故罷斥。就中世態炎涼、人面冷暖，大約也會使開先久久難忘，終然要發諸筆端的吧。

這裏，也不能不聯繫到嘉靖辛丑選庶吉士的內情和「辛丑庶常諸公」的大名。是年三月，在宣佈新科進士名單、甲次的前一日，世宗朱厚熜即已有明詔示下：「今年庶吉士之選當舉行。」因「九廟災」，便又「聖諭於八月內行」。[6]屆期值孝康敬皇后（世宗之伯母）大喪，又推遲。時夏言罷職，翟鑾主政，上疏請「依先年例」，開選庶吉士。待批文下頒，夏言已經復職，於是夏言等「會同吏、禮二部並翰林院於東閣考試，取正副四十五卷進呈，上欽賜覽別，欽定三十三名：高儀、董份、陳升、林樹常、潘仲驂、嚴訥、徐養正、高拱、葉鏜、吳三樂、呂時中、何雲雁、曹忭、夏士開、萬士和、徐南金、王顯宗、蕭端蒙、楊宗氣、王三聘、晁瑮、何光裕、陳以勤、林懋和、王應鐘、梁貽如、裴宇、王材、王交、熊彥臣、彭士爵、張鐸。命吏部改授庶吉士，送翰林院讀書」。[7]

翟鑾為李開先同鄉，兩人相交甚深。他本與夏言不和，這次乘其去位，欲主持「庶選」。孰料聖意反覆，夏言重掌內閣，「庶選」大權為夏氏把握，翟屈居其後，心下難免不滿。又當時禮部尚書為嚴嵩，吏部尚書為許讚，翰林院掌印官為張邦奇，更構成了複雜錯綜的人際矛盾：許讚與嚴嵩相仇，嚴嵩與張邦奇不睦，張邦奇與翟鑾，翟鑾與許讚，都因種種緣由而心存梗芥，其中較主要的是日漸公開化的夏言、嚴嵩之爭。讓這樣一個班子來負責庶吉士之選，拉幫結派，明爭暗鬥，種種政治黑暗，科舉弊端，自是可

6　《明世宗實錄》卷二四七。

7　同上卷二五五。

推想而知之。《玉嬌李》寫「貴溪、分宜相構」，其事件，或與這次不尋常的「庶選」有點兒關涉。

庶吉士向有「儲相」之稱，在明嘉靖間，一般為入閣大拜的必由之路。在辛丑科三十三名庶吉士中，頗不乏後來的政壇要人。如高拱先後為禮部、吏部侍郎，掌詹事底事，禮部尚書，嘉靖四十五年入閣，對嘉、隆之交政壇影響至大；再如高儀、嚴訥、陳以勤在嘉靖間也都分別做到尚書或內閣大學士；林樹聲、萬士和後來也官至六卿。他們執政之時，正內閣乃至整個中央機器中政治傾軋愈演愈烈的歷史時期。李開先在這一時期仍念念不忘能被起復，而他所寄希望的同鄉好友、禮部尚書兼武英殿大學士殷士儋卻又被高拱等人排擠（最後被迫辭職出閣），竟出現過一次拳戰。若說他在自己的作品中會透露一些對這般新貴的不滿，應是合乎情理的。

在這三十三名庶吉士中，亦不乏在正史上頗得清譽的鯁直之士，如劾仇鸞「馬市」之弊，被廷杖至死的何光裕；如直疏上諫，彈劾「嚴世蕃竊弄父權，嗜賄張焰」被廷杖謫竄的徐養正，都甚得史家稱揚。

在這三十三人中，亦不乏附炎趨勢、甘為嚴嵩鷹犬者如王材、王交、葉鎧等，劣跡斑斑，見於史書。

《玉嬌李》原書不知散佚何方，由沈氏簡略的述寫，我們還無法知曉其作者是如何「直書姓名」地來描寫這班「庶常諸公」的，更不知是哪些具體的名字、事件被直書紙上，這的確是一件憾事。然僅就這段文字和目前的考察至少應有以下確認：

1. 作者不可能為萬曆時人，應是熟悉世宗朝事的嘉靖時人，尤其應是在嘉靖辛丑前後的在朝居官者；

2. 這位作者對庶吉士之選有著特別的興趣，應是在翰林院或與翰林院關係密切的官署任職，應對嘉靖辛丑「庶選」的內幕有較多的瞭解並有自己的看法；

3. 這位作者應是既痛恨夏言又憎惡嚴嵩，把二人都作為自己抨擊的對象，其寫夏言與嚴嵩之間的齟齬傾陷，亦可能與嘉靖辛丑的「庶選」相關。

作者同時也是《金瓶梅》的作者，就是「嘉靖大名士」「蘭陵笑笑生」。

我想說：他就是李開先。反轉言之：是李開先寫作了《玉嬌李》，也寫作了《金瓶梅》。

二、嘉靖己丑「庶選」揭秘

蘭陵笑笑生的《玉嬌李》散佚了，他的《金瓶梅詞話》卻完好地保留下來，給我們的研究提供了極大的利便。令人驚異的是，在這部書中亦提到了選庶吉士的情況，這是

一次不同尋常的庶選。第四十九回：

> 蔡御史道：「老母倒也安。學生在家，不覺荏苒半載。回來見朝，不想被曹禾論
> 劾，將學生敝同年一十四人之在史館者，一時皆黜授外職。學生便選在西台，新
> 點兩淮巡鹽。宋年兄便在貴處巡按，他也是蔡老先生門下。」

據第三十六回，蔡蘊為新科狀元，依例進翰林院為編修，自屬正常。那位「宋年兄」就
未言明其是否取在一甲了。且「同年一十四人之在史館」，當為該科一甲三名再選庶吉
士十一名合成之數，更無它解。這是作者無意間的天機洩露，當不可輕視。

　　查李開先舉進士第的嘉靖八年己丑科，正有過一次與此極其相同的「庶選」。此次
選庶吉士情況，先是在三月間首輔楊一清上疏，請求世宗皇帝批准「庶選」，《明世宗
實錄》卷九十九：

> 甲子，大學士楊一清等言進士改庶吉士，令讀中秘書。蓋自我成祖始，其所選士
> 或限年或拘地或采名或即取之制策，夫限年則老成見遺，拘地、采名或有偏私之
> 弊，惟取諸制策之優劣者為得。及孝宗立為定制，每科必選，選止二十人，留亦
> 不過三五輩。今宜於二甲取前五十人，三甲取前三十人，合之得八十，唐順之等
> 三人已呈聖覽甄錄，不必複試，其餘如例選二十人為庶吉士，自後量晉數人以備
> 任使。其一甲羅洪先等亦當如舊例教習。臣等又以為天之生才非一端，君之用人
> 非一途，乞勑吏部延訪內外諸臣有學行兼備者改任官寮館職。上曰：然。取庶吉
> 士乃祖宗育才盛典，其如擬行。今後兩京及在外官員有學行純正，堪任官寮館職
> 者，吏部從公查訪推用，勿得徇名濫舉。

既然聖上云然，「庶選」也就緊鑼密鼓地開張，旬月之間，也就差不多就緒了。孰料期
臨公佈，又生突變，《明世宗實錄》卷一百：

> 己巳，大學士楊一清等奉旨考選庶吉士，以唐順之、陳束、任瀚三人廷試策為上
> 所批獎，即以為冠，而取胡經、盧淮、諸邦憲、汪大受、郭宗皋、蔡雲程、楊祐、
> 汪文淵、王表、曹汴、王谷祥、熊過、安如山、鄭大同、李實、孫光輝、吳子孝
> 等二十人，疏具其名，因請命官教習。上曰：吉士之選乃我太宗之制。其在當時
> 固為盡善，但邇年以來，每為大臣徇私選取，市恩立黨自此始矣，於國何益？自
> 今不必選留。唐順之等一體除用。果有才行卓異，學問優正者，吏部舉奏，收之
> 翰林，以備擢用。朕意如此，吏、禮二部及翰林院會議以聞。於是吏部尚書方獻
> 夫等議奏曰：館閣為儲才之地，於進士中選俊異者培養其間，以備任使，祖宗之

法，誠至善也。邇來收選未公，乃奉行者之未善耳。今奉聖諭不必選留，臣等無容別議。顧翰林員額載之職掌者有數，近以收吉士及選遷太濫，遂溢於常額，官無定員，是非可久之道也。乞於職掌外量增數員，著為成法，每科一甲三人，有缺即銓注，無缺則添注，餘者皆從吏部遇缺推補如諸司例……詔如議行，侍讀、侍講、修撰各增為三員，編修、檢討各增為六員，著為令。

所以引錄了這段文字，在於其間有很多值得注意處。世宗皇帝的改換主意，由批准「庶選」到把選中的庶吉士們一律黜授外職——「一體除用」，這裏面有複雜的政治背景，其首先與「大禮議」之後的內閣傾軋相關。請看《明世宗實錄》卷九十九這樣一段記載：

丁未，以廷試天下貢士，命少師兼太子太師吏部尚書華蓋殿大學士楊一清、少傅兼太子太傅吏部尚書謹身殿大學士張璁、少保兼太子太傅吏部尚書武英殿大學士桂萼、太子太保吏部尚書兼翰林院學士方獻夫、太子太保兵部尚書李承勳、禮部尚書兼文淵閣大學士翟鑾……充讀卷官。

這真是一個空前絕後的讀卷官名單，充己丑科座主的大僚中，竟然有楊一清、張璁、桂萼、方獻夫等四位吏部尚書，正是當時激烈派系鬥爭的反映。議禮派以張、桂為首，此時正大得聖眷，而楊一清則仍居首輔之位。由楊來主持事關重大的「庶選」，理所當然的要遭到張、桂等人的反對，他們也輕易地獲取了世宗的支持，於是，業已選錄完畢的庶吉士們又散館另行分配了。

李開先對這次「庶選」的內情知之甚詳，這不獨因為他是該科進士，被「黜授外職」的庶吉士們是他的同年；更因為所選「二十人」中，多位在後來成為了他極親密的朋友，其中尤以列名榜首的唐順之、陳束為最。開先在為他們寫的傳記中都提到了這次不同尋常的「庶選」，如〈荊川唐都御史傳〉：

廷試二甲第一名……選作庶吉士，一二大臣不相能，遂即罷之。主者猶以二甲前三名制策曾經御覽，欲各授以檢討，唐子力請同罷。

開先對唐順之的「能恬退」是非常讚賞的。越四年，唐順之、陳束等仍被選任館職，《明世宗實錄》卷一五二：

庚午，改吏部考功司主事唐順之、禮部儀制司署外郎陳束、戶部山西司主事楊淪、兵部車駕司主事盧淮、武選司主事陳節之、河南道監察御史周文燭，俱為翰林院編修。先是上以翰林侍從人少，詔吏部博采方正有學術為眾望所歸者充其選，於是部臣疏順之等十人名上，詔七人改補如擬，其報罷者三人：任瀚、王慎中、曾

忙也。仍命更推擇老成端慎者數人以備簡用。

不詳吏部是否又加推擇，然李開先在敘及這次考選時卻說：

> 往時翰林，皆由進士上甲與庶吉士兩途，聖上以為此不足以盡人，遂更其制，選取十一人，咸自科道部屬入焉，而唐子（唐順之）則由吏部。十一人者，陳束尤相厚，入則陪侍講筵，出則校仇東觀，暇則杯酒歡宴，或窮日夜不休。[8]

此「十一人」，加以羅洪先等三人，便成「一十四人」之數，這便是開先「同年」之在館職者，與《金瓶梅》中描寫恰恰相合！

更有意思的是，唐順之等在不久後就被逐出翰林院。唐被批為「永不復敘」，在十八年起復為春坊右司諫，又因「請朝太子，遂削籍歸」。同被削職的還有春坊左贊善羅洪先。而陳束亦在入館不久被黜授外職，「遂注湖廣僉事，分司辰、沅，乃五溪故區，而苗蠻聚居處也……已而有采木之任。」[9]

嘉靖己丑的這次考選庶吉士及後來的選補翰林館職，與《金瓶梅》第四十九回提到的庶吉士黜授外職是很有關聯的，這表現在：

1. 這兩次考選庶吉士都未能成功：嘉靖己丑科「庶選」的結果是「一體除用」，蔡蘊所提到的「庶選」則是「一時皆黜授外職」；

2. 這兩次考選庶吉士的作罷，都與朝廷內部的黨爭派鬥相關。「曹禾論劾」，在作者筆下也許並無惡意，但畢竟是一種派系鬥爭的反映；

3. 注意「一十四人」之數。蔡蘊言其同年在史館者為十四人，李開先則言嘉靖十二年推擇翰林館職十一人，加己丑科進士一甲羅洪先等三人先入翰林，亦恰十四人！注意，李開先這裏所說的「十一人」與《明世宗實錄》記載的「七人」不同，這一不同，卻給我們提供了有力的證據——只有按開先錯誤的記錄，兩處數位才恰相符合，則作者非李開先，又能屬誰呢？

若是，則《金瓶梅》中文字涉及了嘉靖己丑科「庶選」的情況；如沈氏所述，《玉嬌李》中又對「嘉靖辛丑庶常諸公……直書姓名」。其一為李開先入仕之年，一在李開先罷官之年，應是李開先作《金瓶梅》的力證！

8　同註5。

9　《閒居集》卷十〈後岡陳提學傳〉。

《金瓶梅詞話》的成書與傳播

在探討和考證李開先與《金瓶梅》的種種關聯之後，我們畢竟尚未找到那最直接的記載，尤其是在有關成書的問題上，時今還難以確切地證明：李開先是在什麼時間開始了他對《金瓶梅》的寫作，在什麼時間結束或中輟了其寫作？該書的創作，是集體的，還是作家個人的？該書經歷了一個怎樣的創作過程？

種種問題，都要求有明確的答案，可這又由於資料的匱乏難以達到。筆者在目前所能做到的，是根據現有材料，對《金瓶梅》的成書問題作一些推想，力圖從較紛繁含混的記載中，抽繹出一條較為清晰的傳播線路，這就是本文的內容。

一、早期《金瓶梅》鈔本的傳播線路

最初階段，或者具體地說是在萬曆初年，《金瓶梅》以鈔本形式流傳，其流通範圍是在文人士大夫中間，現把與《金瓶梅》早期傳播相關的人士具列如下：

徐階（1503-1612），華亭人，嘉靖二年進士，嘉靖末至隆慶間首輔。

王世貞（1526-1590），太倉人，嘉靖二十六年進士，官至南刑部尚書。

王穉登（1535-1612），長洲人，布衣，萬曆間著名文人。

屠本畯（1541?-1602?），鄞縣人，仕至辰州知府。

王肯堂（1549-1613），金壇人，萬曆十七年進士，仕至福建參政。

董其昌（1555-1636），華亭人，萬曆十七年進士，官至南禮部尚書。

薛岡（1561-1641後），鄞縣人，著名文人，著《天爵堂筆餘》等。

李日華（1565-1615後），嘉興人，著《味水軒日記》等。

謝肇淛（1567-1624），福建長樂人，萬曆二十年進士，官至廣西右布政使。

袁宏道（1568-1610），公安人，萬曆二十年進士，仕至吏部郎中。

馮夢龍（1574-1646），長洲人，嘗官福建壽甯知縣。

袁小修（1575-1630），公安人，萬曆四十四年進士，官至吏部郎中。

沈德符（1578-1642），嘉興人，舉人，著《萬曆野獲編》等。

劉承禧，萬曆八年舉武榜會試第一，嘗仕錦衣衛指揮使，麻城人。

　　文在茲，三水人，萬曆二十九年舉進士，選庶吉士。

　　馬之駿，萬曆三十八年舉進士，嘗任灊墅關榷使（主事），河南人。

　　丘志充，崇禎五年（1632）卒，萬曆四十一年舉進士，仕至山西右布政使，山東諸城人。

　　這大約是目前所知《金瓶梅》鈔本的早期經手、寓目或收藏者的全部名單。他們之間有著各種各樣的聯繫和交往，《金瓶梅》鈔本，就在他們中間流通，細細尋覓，似也可勾畫出大致的流通線路：

　　一、流傳線路以袁氏兄弟為中心。沈德符從袁中道處抄錄帶歸，馮夢龍、馬之駿見讀驚喜，建議刊刻。《萬曆野獲編》卷二十五：

> 丙午，遇中郎京邸，問：「曾有全帙否？」曰：「第睹數卷，甚奇快。今惟麻城劉涎白承禧家有全本，蓋從其妻家徐文貞錄得者。」又三年，小修上公車，已攜有其書，因與借抄挈歸。吳友馮猶龍見之驚喜，慫恿書坊以重價購刻；馬仲良時榷吳關，亦勸予應梓人之求……

然沈氏鈔本實非全帙——「原本實少五十三回至五十七回，遍覓不得」。後，其侄沈伯遠又攜沈鈔本至李日華處。《味水軒日記》卷七：

> 萬曆四十三年十一月五日，沈伯遠攜其伯景倩所藏《金瓶梅》小說來……

李日華肯定也悉知袁中郎對《金瓶梅》的評價，所以才說：「袁中郎極口贊之，亦好奇之過。」

　　又謝肇淛也從袁宏道處借去《金瓶梅》，故中郎有索書之舉，〈與謝在杭書〉：

> 《金瓶梅》料已成誦，何久不見還也？

這位久借不還的《金瓶梅》愛好者謝公，為搜羅全帙也是煞費苦心，其〈《金瓶梅》跋〉：

> 此書向無鏤版，鈔寫流傳，參差散失。唯弇州家藏者最為完好。余於袁中郎得其十三，於丘諸城得其十五，稍為釐正，而闕所未備，以俟他日。

袁宏道和袁中道兄弟的《金瓶梅》，則是從董其昌處得來，此由二人記述可證。宏道〈與董思白書〉：

> 《金瓶梅》從何得來？……後段在何處？抄竟當於何處倒換？幸一的示。

是可知董其昌嘗以《金瓶梅》借與袁宏道抄錄，卻僅予一半，可見其珍視！小修《遊居

柿錄》也記載:

> 往晤董太史思白,共說小說之佳者,思白曰:「近有一小說,名《金瓶梅》,極
> 佳。」後從中郎真州,見此書之半……

董其昌從何處得來?雖看不到確切記載,卻也可推知。宏道嘗曰:「今惟麻城劉延白承
禧家有全本,蓋從其妻家徐文貞錄得者。」徐文貞即徐階。承禧妻為其孫女,其昌與徐
階同為華亭人,其舉進士前即以文才和書法稱名鄉閭,而徐階致仕在鄉,至萬曆十一年
才逝去,時其昌已二十九歲,此間當有接觸機會。董其昌之《金瓶梅》,當從徐階家藏
圖書中鈔得,而應是他,把劉承禧藏有《金瓶梅》全帙的消息告應了袁宏道。

另一條流傳線路見於屠本畯《山林經濟籍》,屠從王肯堂處見到「抄本二帙」,又
從王穉登家見「抄本二帙」,據顧國瑞〈屠本畯和《金瓶梅》〉一文考證,王穉登抄本,
當自王世貞家藏本轉錄。《明史·王穉登傳》:

> 王世貞與同郡友善,顧不甚推之。及世貞歿,其仲子驌坐事繫獄,穉登為傾身救
> 援,人以是重其風義。

這種交往,如何不可讀到其家藏《金瓶梅》呢?王世貞嘗有是書全帙的消息,大約也是
穉登告訴屠本畯的。

另外如薛岡從文在茲處讀到《金瓶梅》,謝肇淛從丘志充處抄得其書一半,都可注
意。

由上述引證和梳理可知:《金瓶梅》流布之地,一在京都,一在江南。且江南如麻
城、太倉、華亭、蘇州等地的鈔本,亦當是由京師輾轉傳去。我們沿傳播線路追蹤,主
要始藏者便落在徐階和王世貞頭上,這便不能不提到兩人的交往,《明史·王世貞傳》:

> 隆慶元年八月,(王世貞)兄弟伏闕訟父冤,言為嵩所害,大學士徐階左右之,復
> 忬官。

王忬為嚴嵩陷害,據世貞在〈上李太傅書〉中所講,原因有三,其中很重要一條即「嚴
嵩與今元老相公方水火,時先人偶辱見收於葭莩之末」。此「元老相公」即徐階。正當
徐階與嚴嵩相抗衡之時,王忬親附徐階,當令嚴切齒痛恨。再加以世貞支持楊繼盛對嚴
嵩的彈劾,為繼盛未亡人代草冤章,以惡謔侮弄嚴世蕃,故「嵩大恨,吏部兩擬提學,
皆不用,因為青州兵備副使」。[1]據沈德符《野獲編》卷八〈嚴相處王弇州〉:

1　《明史》本傳。

分宜欲以長史處之，賴徐華亭（階）力救得免，弇州德之入骨。

由是觀之，若非徐階，世貞連兵備副使也得不到呢。後來，也正是倒嚴之後繼任首輔的徐階，為王忬的昭雪和世貞的復官起了關鍵作用。

徐階家藏本《金瓶梅》大約亦從王世貞處得到，這由於世貞素好搜羅奇書異畫，家居期間，或已擁有該書。再則從謝肇淛、屠本畯記載中，都提到王世貞藏本「最為完好」。筆者認為：王世貞是《金瓶梅》鈔本流傳時期較早的最重要的收藏者，也因此，以致於三百餘年間，他便被演繹為該書的作者。

二、王世貞與李開先

王世貞舉嘉靖二十六年進士，此年李開先已罷歸故鄉山東，兩人自無緣相會，他們的最早交往，應是在世貞任山東青州兵備副使的時期。

大約就在世貞始任青州不久的嘉靖三十七年春，他專程往章丘拜訪了李開先。兩人應是互相景慕，心儀已久了：李開先在朝日是「八子」之一，歸田後更以詞曲、藏書稱名宇內；王世貞時雖年輕，卻以「好為詩、古文」「名日益盛」。加上他們都性喜謔浪，不拘常禮，故一見如故，相交頗諧。王世貞作詩相贈：

> 今夕何夕春風前，銀燈照醉炯不眠。牙籤縱橫十萬卷，肉譜上下三千年。曲中白雪調誰和？屏裏青山神與傳。為數名園奇木石，不知若個讓平原。（〈春夜飲李伯華少卿〉，《弇州山人四部稿》卷三十五）

初次見面，王世貞即為李開先的風采所傾倒，以致在詩中有「今夕何夕」之問。他對於開先的藏書，對於主人的詩、曲之作，對於主人園第中的奇花異石，都給予了高度的評價。這也是相交之初所應做的。

後此，世貞乘職事之隙，路途之便數相造訪，兩人關係日益密切。我們應記得馮惟敏散曲中對開先知識宏富和健談的讚歎——「俺也曾夜到明明到夜聽不徹談天口」，王世貞竟也有著同樣的感覺，並寫入詩中：

> 駐馬春城落日斜，城闉恰近子雲家。宵因刺史開三徑，敢向中郎乞五車。入坐登龍應自許，過門題鳳欲誰誇？何時更接懸河口，好借寒波漱齒牙。（〈還過李伯華故里不及訪〉，《弇州山人四部稿》卷三十五）

更令人注意的是其〈冬日同客遊李太常伯華諸園〉：

窈窕縱橫事事宜，還如谷口動京師。幽亭護竹尋難遍，寒日蘿夢嫋易垂。徑盡樽醪時一引，坐新鐘鼓不須移。風林忽送青山色，霜榭俄低白雪枝。歌罷纏頭珠錯落，舞殘垂手玉逶迤。城隅柝響催逾勁，席裏杯行憩莫遲。四海烽煙容汝老，百年秋壑為誰私？須留麈尾聽玄講，未許悲吟伏櫪詞。

這不是一首泛泛的答謝詩。對主人（開先）的殷勤待客，世貞當然有著真誠的謝意，對主人家的庭院花木之盛、歌兒舞女之麗，他也作了適當的讚賞。但更重要的，是他在詩中對開先壯懷難酬、大才難伸、漸老鄉里的坎坷遭際的痛惜！「四海烽煙容汝老，百年秋壑為誰私？」只有世貞從歌舞酒筵的嘻笑氣氛中，看到了主人那埋藏心底的悲憤。

李開先即席奉答，有〈冬至夜王鳳洲憲副見訪近城園中有詩相贈依韻奉答〉：

近園正同懶相宜，被黜還同柳士師。身墮青雲知己少，髮飄白雪向人垂。行春訛報仙旌去，薄暮忽驚客棹移。寒氣莫侵需左席，早花已發向南枝。揮毫獨羨成詩速，秉燭同遊引步遲。弦管風中聲斷續，亭台月下影高卑。屢承台使情無已，為愛山人心不私。自愧徒工巴下曲，何能繼和郢中詞。

很能見出二人交情之篤。開先不擅作詩，卻由世貞之作搔惹起詩興，奉和一首，興猶未盡，又作〈用前韻自述〉：

仕途機關百不宜，思莼張翰是吾師，當筵慣聽歌聲沸，侑酒長看舞袖垂。水月池中金鏡現，雲山門外錦屏移。不同烏鴉飛三匝，願效鶺鴒守一枝。轉眼窗前流影疾，關心塞上捷音遲。向逢朝貴難折腰，今耦田夫首且卑。下榻相邀皆契執，上書報罷荷恩私。龍潛豹隱隨吾分，何必深憂賦楚詞。

詩中有中心的鬱結和憤激，也有真誠粘連著假飾的放達。然積重蓄久的鬱憤畢竟非那飾假漸真的放誕所能融解。詩人惜「窗前流影」，盼「塞上捷音」，心底的激情竟一發收束不住，又作〈再疊前韻詠張良〉。他在詩中歷數了張良的昭昭業績，最後卻又寫：

天上彩雲容易散，眼前紅日又將卑。名高毀集誰能免，身退功成自不私……

這是歷史的感慨，更是作者的歎世之詩，感懷之吟。

嘉靖三十八年，世貞因父王忬遭事被逮而棄官入京。次年王忬被殺，世貞也歸居鄉里。太倉、章丘相距雖遠，兩人卻書信往復，詩文酬答，近同的遭遇使他們的心更相貼近。王世貞〈答李伯華文選〉：

王子昔把青州麾，牙旗甲帳爭光輝。與君快飲垂一月，女郎山頭雲不飛。倉皇年

難掛冠去，依舊江南一布衣。世情反復東流水，選部門前亦如此。車馬新年羅鳥
雀，荊榛舊日皆桃李。惟有郳侯三萬編，青藜熒熒夜欲燃。主人倦讀命所狎，彈
棋陸博歡相先。小舞安花研光帽，長吟就草菖蒲箋。報君此時頭欲白，男子讀書
飲酒差。足適中山壚頭千日眠，不然老做君家記室死亦得。[2]

這是對同命運者吟誦的命運之章，是對摯友傾吐的知心話語。雖見不到開先的書信和詩
文，但可肯定他向遭到慘重打擊的王世貞在書信或詩文中表達了勸慰，使世貞感動，才
作此詩相答謝。

李開先曾把自己的作品寄贈王世貞，此可由《弇州山人四部稿·書牘》中〈答李伯
華文選〉證實。該信作於嘉靖四十三年，當是在收到開先為友人作的兩篇墓志銘後所寫，
故文中有「二志縱橫萬言，纖曲俱盡」之語。據此，李開先也有可能把自己秘不示人的
《金瓶梅》贈予這位文友。

毋庸諱言，中晚年的王世貞以「後七子」領袖稱名文壇，「聲華意氣籠蓋海內」，
論人甚苛，對李開先也有貶損之處。如其《藝苑卮言》評價開先曲作：

北人自王、康後，推山東李伯華。伯華以百闋【傍妝台】為德涵所賞。今其辭尚
存，不足道也。所為南劇《寶劍記》《登壇記》，亦是改其鄉先輩之作。二記余
見之，尚在〈拜月〉〈荊釵〉之下耳，而自負不淺。一日問余：「何如《琵琶記》
乎？」余謂：「公辭之美，不必言。第令吳中教師十人唱過，隨腔字改妥，乃可
傳耳。」李怫然不樂罷。

這段過苛之論實在也不突兀，開先和世貞在文藝觀上相去甚遠，王世貞的譏評，摻雜著
正統文人對俗文學的鄙夷，非為公論。

至於王世貞如何得到的《金瓶梅》，因無文字記載可憑信，只可約略推測。自嘉靖
三十九年至隆慶元年，世貞持父喪家居，或開先以《金瓶梅》贈閱，可能性亦不甚大。
隆慶元年以後，世貞出任大名副使，大約在此時，他由李開先最欣賞的弟子之一高應玘
那裏得到了《金瓶梅》。道光《章丘縣誌·人物志》：

高應玘例貢生，中麓弟子也。工詩，隆慶時為元縣丞，有清白之譽。是時王元美
在大名，應玘上詩為所賞鑒。著有《醉鄉小稿》《歸田稿》。

應玘與王世貞的結識，當在世貞訪李開先時。後開先逝世，高應玘也到元縣任職，上司

2　《弇州山人四部稿》卷十九。

恰王世貞，故而兩人交往較多。應玘上詩之時，若其手中有《金瓶梅》書稿，當為同時獻上的。

李開先門人眾多，不少人參加了開先主持的寫作和編校工作，高應玘即其一。他嘗為開先刊刻散曲《臥病江皋》，序之曰：

> 中麓製作，佳而且富，予素嗜詞，因而刻詞。其嗜文者將必刻文，嗜詩者刻詩，刻經解，刻舉業，至於國典史評，刑書政准，猜燈隱語，善戲微言，敲棋博陸之手談，習靜內修之口訣，刻者各隨其所嗜，予烏得而知之。

這種門生參與創作或刊刻的情況，對於李開先來說是經常的，詳論於本文第四節。

必須提到的是，隆慶年間，正李開先逝後家中遭難的時期，其家中田產宅園被瓜分瓦裂。弟子高應玘攜其遺稿（我認為在李開先辭世日《金瓶梅詞話》尚未完稿）遠赴任所，後來又把此稿獻與開先故交王世貞，應屬一種很大的可能。

後高氏返鄉，曾作〈同客遊龍泉寺懷中麓〉一詩：

> 共入招提境，風流憶我師。鱗潛曾此地，羽化已多時。雲氣陰晴變，泉聲日夜悲。千秋揮淚處，頹壁舊題詩。

這種師生之情，是很深篤的。

三、「詞話」與李開先門客中說書者

初刻本《金瓶梅》以詞話標識，引起了許多爭論。徐朔方先生以此作為「歷代累積型」成書說的依據，並舉出十條內證如「詞曰」「詞話捷說」及大量詞曲引文等。黃霖、李時人等對此提出了商榷。

筆者無意於參加論戰，卻在寫作此書時注意到李開先門下的說書者，我以為：他們或與《金瓶梅詞話》的成書有些關涉。

李開先家居期間，豪爽好客，「交遍海內」，凡文朋宦友或江湖人士有一技之長者，無不接納。何元朗《四友齋叢說·雜紀》：

> 有客自山東來，云李中麓家戲子幾二三十人，女妓二人，女僮歌者數人。繼娶王夫人方少艾，甚賢。中麓每日或按樂，或與童子蹴球，或鬥棋，客至則命酒。宦資雖厚，然不入府縣，別無調度，與東南士夫求田問舍得隴望蜀者，未知孰賢。

其門下所聚又何止戲子，見於《閒居集》的就有棋士、醫士、星命之士、僧人道者、琴

手樂師,更有兩名說書人。如卷一〈說者任良歌〉:

> 何七琵琶名已久,說書任良世鮮有。蹴圓闕美如風柳,迭進可娛林下叟。兩人兩
> 足及兩手,只抵一人談天口,捫舌我今如木偶,無言默默神應守。任乎,任乎,
> 幸得甌有餘粟樽有酒,莫恃刺刺能言常奔走。

可見詩人對說書任良的喜歡,要勝過那「琵琶何七」和「蹴圓闕美」,故有「兩人兩足及
兩手,不抵一人談天口」之譽。他讚賞任良的才藝,又對他奔波衣食的生活寄予了同情。
   更應注意的一位說書人是劉九,開先與他有著頗不尋常的交往,嘗以詩贈之:

> 世上心盲目不盲,目明不若此心明。劉郎歌比張司業,博記人稱虞伯生。(自注:
> 張籍官司業,盲而善歌古詩,韓昌黎謂其不亞吹竹彈絲,敲金擊石。虞集博學善記,以文宗代
> 草事喪明。九官人目雖盲,善記誦,善歌南北詞曲。)

> 門第原來是世家,不徒鼓吹善琵琶。推占內養兼醫藥,百試曾無一試差。(〈贈濟
> 甯劉九〉二首)

《金瓶梅》第十二回,出現了一個瞽目人劉理星,俗呼劉瞎,也有些近似劉九的神通——

> 金蓮自從頭髮剪下之後,覺意心中不快,每日房門不出,茶飯慵食。吳月娘使小
> 廝請了家中常走看的劉婆子看視……說:「我明日叫俺老公來,替你老人家看看,
> 今歲流年有災沒有。」金蓮道:「原來你家老公也會算命?」劉婆道:「他雖是
> 個瞽目人,倒會兩三椿本事:第一,善陰陽講命,為人家禳保;第二,會針灸收
> 瘡;第三椿兒不可說,單管與人家回背……比如有父子不和,兄弟不睦,大妻小
> 妻爭鬥,教了俺這老公去說了,替他用鎮物安鎮,鎮書符水與他吃了,不消三日,
> 教他父子親熱,兄弟和睦,妻妾不爭。若人家買賣不順溜,田宅不興旺者,常與
> 人開財門,發利市。治病灑掃,禳星告鬥,都會。因此人都叫他做劉理星。」

劉理星的這些吃飯手段,劉九應是般般皆曉,否則開先便不會說他「推占內養兼醫藥,
百試曾無一試差」。
   人或推論劉九即《金瓶梅詞話》的作者,應無可能,一則書中所涉及的由上而下的
社會層面,非一瞽者所能通曉,二則劉九在嘉靖四十年左右即已故去。但李開先作《金
瓶梅》,劉九應是有其貢獻,這首先在於他高超的說唱技藝和豐富的江湖知識。開先嘗
為撰〈瞽者劉九傳〉:

> 劉九,乃濟甯都御史澤之遠族,自謂是其第九子。其藝能足以名世,不必假此可

也。名守，號脩亭，歌彈乃瞽者常事，劉於二事有出乎瞽者之外矣。博雅記誦，有目者或不能及。市語方言，不惟騰之口說，而且效其聲音。卜算符咒、醫藥方術、天文地理、內養外丹悉通大略，半非無目者所能行也，徒以起人敬聽而已。擊鼓粘滑攛斷，雙槌顛倒搬弄，不失一板。善以首著地豎立，歌長套詞，兩手兩足代板，亦不失一。雖久鬱積憂者遇之，歡笑速於解鬱之藥，而遠過忘憂之草也。

這位劉九，初至李開先處，卻並未被接納，傳曰：

> 予（開先）素不延接瞽者……兩次相訪，友人不一薦，門者不一通，乃使一小童傳言，願一相見，有可采則少留，否則長往，不苦求也……遂館之城中闤第及城外小園，自恨得之晚，惟恐去之速也。

類此門人阻攔瞽者的情形，在《金瓶梅》中也曾出現，第十二回：

> 那劉婆子作辭回家。到次日，果然大清早辰領賊瞎徑進大門，往裏走……看門小廝便問：「瞎子往那裏走？」劉婆道：「今日與裏邊五娘燒紙。」小廝道：「既是與五娘燒紙，老劉領你進去，仔細看狗！」

在《金瓶梅詞話》第三十二回，又出現了一個順口帶過的人名劉九兒——

> 桂姐道：「好合的劉九兒，把他當個孤老，什麼行貨子，可不砢磧殺我罷了！」

揣測語氣，劉九兒應是個妓女。但在此書中出現，或與開先相知的盲藝人劉九，有些關聯。

劉九籍家濟甯，遊走江湖，乞食於權豪之家。他對於魯南方言的熟曉，對於詞曲彈說的精通，他在「三教九流，百工眾技」方面的藝能，使開先欣賞，故每逢節時慶賀，客來設酒，劉九常做陪客，擊節按拍，唱曲講史，詼諧謔浪，為不可缺少的人物，事見李開先《詞謔》中。對於寫作《金瓶梅》這部書，劉九，也包括任良等知名的和不知名的說書藝人，應是有著其特殊貢獻的。

四、李開先當為《金瓶梅》最早的作者

在《金瓶梅詞話》中，時而可見粗疏、重複、糾謬和不完整的地方，以至於人們在論說成書問題時有著種種多端的見解，以至於有人決然否認此書作者為「大名士」說，這些，都由作品本身生發出來。《金瓶梅詞話》，如一處未經剪理的花園，惡禾與嘉卉並生，如一宗未經篩選的珍寶，明珠和魚目同在。它的真正價值使人們欣喜，它的百貨

雜陳的狀況又使研究者舉步艱難，莫衷一是。研究《金瓶梅》的作者和成書，必須注意到這種複雜性。

《金瓶梅詞話》自身的複雜性和矛盾性，證明了並不是書中的一切都可以憑信的。這部奇書的紛亂浩繁使研究者常顧此失彼，而這部書的背後又是一個更其紛亂浩繁的晚明社會，因而，筆者在論述中力求從整體上而非個別地來考定作者和成書，即使如此，該書中的謬誤，也將是在所難免的。

但李開先與《金瓶梅詞話》的關係，畢竟是無法否認的。我曾在論著中所列舉的李開先《寶劍記》與《金瓶梅》的比較，李開先與《金瓶梅》作者在文藝觀和寫作手法上的比較，李開先家樂、園林、妻妾、子嗣與書中主人公西門慶家樂、園林、妻妾、子嗣的比較，李開先故鄉章丘與書中清河縣的比較……從各個方面證明了李開先即《金瓶梅》的作者。

由於資料的匱乏，我們無法清晰地考定《金瓶梅》究竟在哪一年寫成，也無法清晰地論定該書經歷一個怎樣的寫成過程。這是一種遺憾！但根據《金瓶梅詞話》所反映的情況和李開先晚年的記載，還是可以作一些推測。我認為：李開先當為《金瓶梅詞話》最早的作者。

李開先在其晚年閒居章丘時寫作了《金瓶梅》，他從所喜愛的《水滸傳》中擇取了西門慶的故事，經過一番改制，寫成一部與《水滸傳》篇幅相近的，反映中晚明社會生活的全景式小說，寄寓了自己憤世嫉俗的心情。這部小說又很難論定是李開先的獨立創作，開先的門人如劉九、任良可能參加了這部書的創作，其他門人或也參與了這項工作，據《閒居集》等書，我們可知常聚集在開先府上的其門客和門人有：

蘇洲，號雪蓑，江湖羽客，擅書法，河南杞縣人，徙唐縣。

呂時臣，字中父，號東野，善詩詞，鄞縣人。

高應玘，字碧峰，善詞曲，隆慶間為元縣丞，章丘人。

梁穀，字默庵，進士，選庶吉士，曾任德府左長史，東平人。

祁旦，舉人，陽穀人。

崔元吉，字平橋，濟南人。

張自慎，字敬叔，號就山，戲曲家，「嘗著雜劇三十一種」，商河人。

朱懋脩，字雲江，擅書法，臨清人。

以上諸人是開先門客或弟子中之著者，其他尚有許多。李開先的創作活動，常有門人參加，如其〈改定元賢傳奇序〉：

　　欲世之人得見元詞，並知元詞之所以得名也，乃盡發所藏千餘本，付之門人誠庵

> 張自慎選取……刪繁歸約，改韻正音，調有不諧，句有不穩，白有不切及太泛者，
> 悉訂正之，且有代作者。

又在其〈改定元賢傳奇後序〉中說：

> 同時編改者，更有高筆峰、弡少庵、張畏獨三詞客，而始終之者，乃誠庵也。譬
> 諸修書，有總裁，有纂修；試考，有考場，有同考。而予則忝為總裁與考試官云。

此為編刊戲曲，與寫作《金瓶梅》不同，然似也不妨礙李開先在寫作時吸取其門客或弟子的意見，借用他們的才智和力量，集眾人之大成，寫作成這部巨著。如果推測該書的寫作過程，我想或可能是這樣：李開先家藏有「二十冊」本《水滸傳》，在說書人（或為任良，或為劉九，或其他不知名說書人）講唱此書時，李開先即萌生了要作一部同樣部頭的小說，以一較高低（如其仿《梅花百詠》制《田間四時行樂詩》）的念頭，遂由《水滸傳》中西門慶故事演出一支，附焉時事而蔚為大國。他的門客和弟子，有的也參加了意見或參與了寫作、抄錄。因開先突然去世，此書未能完稿，更未經他認真刪削和修訂。其弟子高應玘將這部未定稿轉送給王世貞。

李開先是《金瓶梅詞話》最早的作者。如果說有一個創作集體的話，則李開先是其中的核心人物，是這部作品最基本、最主要的創作者，是他為整個作品設計了主題、主要人物和主要情節，所以說，他也就是作者。

李開先不可能是寫定者，若是，則書中大量的錯謬就無從釋解。我們說他是最早的作者，還在於他辭世時書未能完稿。據說其遺囑中有：

> 家居二十七載，享林下清福，人生至此，亦云足矣！惟……《詞謔》一書未成，
> 尤可惜也！

其時其世，使得臨終之人也難盡吐底衷。開先曰「二十七載享林下清福」，自非實情。其《詞謔》有明嘉靖刻本，分《詞謔》《詞套》《詞樂》《詞尾》四部分，體例統一而完備，開先卒於隆慶二年，何來「未成」之歎？若改為「《詞話》一書未成，尤可惜也！」則為妥帖合理。

開先逝世之後，這部《金瓶梅詞話》的「未成稿」就流播世間，其輾轉傳抄的過程，也就是被刪改補足的過程。這就使該書的面貌更加撲朔迷離，這就給我們的考證帶來了更多的困難。現在已無法去分辨哪些是原稿中的，哪些是傳抄者刪削或加添的了。

但這部書的主體工程，它的主要人物和情節，應都是由李開先奠定的。

這就是我對《金瓶梅詞話》成書過程的推想。

迎風戶半開
——《西廂記》與《金瓶梅詞話》

　　考證《金瓶梅》的作者，已隨著「金學」的勃興，成為我國古典文學研究領域中眾所矚目的課題。而在中外學人不懈地搜羅、爬梳、檢校、考索等學術努力下，此項研究之資料日見豐富，線索日趨顯明，《金瓶梅》的作者，仿佛要掀揭而出了。

　　說《金瓶梅》研究面臨著突破，說中國古典小說乃至古典文學的研究也因此面臨著突破，是並不誇張的。近幾年來，不少學者在《金瓶梅》作者的研究上提出了可貴的觀點和珍貴的新資料，筆者於感奮之餘，又覺得尚有一絲憾意：目前的研究方法還稍嫌拘謹，研究的取資範圍還不夠擴大，相當多的論文和專著也還在那幾則熟為人知的資料上兜圈子，考證的方法似乎還被作為研究和考定《金瓶梅》作者的唯一方法，這就或多或少地限制了我們的思路，使得一些研究區域至今仍一片空白。

　　譬如：《金瓶梅》作者在書中引錄了大量的詞曲或其他著作。從他對這些著作的去取或改竄上，從他在引錄時使用的習慣手法和慣用語彙上，從他用不同方式評價這些作品時所流露的思想觀念和文藝傾向上，也透露出不少有關作者的消息。這是我們所不應忽視的。

　　在《金瓶梅》一書引用的詞曲資料中，有關《西廂記》的文字最為引人注目。毋庸置疑，蘭陵笑笑生對該劇是熟稔和喜愛的。書中引錄有「北西廂」，亦有「南西廂」；有《西廂》劇曲，亦有《西廂》故事的民歌小曲，及以《西廂》為典故的詩謎、酒令；尤為重要的，是作者在文字中暗寓著對《西廂記》的評價。當我們把所有這些同明嘉靖間著名戲曲家李開先作品中此類描寫相比較時，便不能不因其觀念的一致和行文習慣、創作手法的類同感到吃驚。

　　據筆者約略統計，《金瓶梅》中有關《西廂記》的描寫近四十處，為考索《金瓶梅詞話》的作者，提供了非常重要的佐證。本文便試圖以論述和考證相結合的方法，通過大量的排列和比照，提出《金瓶梅》作者即李開先的又一條新證。錯謬之處，祈望能得到前輩學者和同行們的匡正。

一、《西廂》酒令

《金瓶梅詞話》中有兩次出現以《西廂》故事為酒令的情況，值得關注。以其與李開先《斷髮記》傳奇中的聚飲場面，與李氏其他著述中有關文字相比較，便見出二者在創作手法上的一致。

《金瓶梅》第二十一回，寫吳月娘行「《西廂》酒令」，曰：

> 吳月娘同眾姊妹陪西門慶，擲骰猜枚行令。輪到月娘跟前，月娘道：「既要我行令，照依牌譜上飲酒：一個牌兒名，兩個骨牌，合《西廂》一句。」月娘先說個：「擲個六娘子，醉楊妃，落了八珠環，遊絲兒抓住荼蘼架。」不犯。該西門慶擲，說：「我虞美人，見楚漢爭鋒，傷了正馬軍，只聽見耳邊金鼓連天震。」果然是個正馬軍，吃了一杯。該李嬌兒，說：「水仙子，因二士入桃源，驚散了花開蝶滿枝，只做了落紅滿地胭脂冷。」不遇。該金蓮擲，說道：「鮑老兒，臨老入花叢，壞了三綱五常，問他個非奸做賊拿。」果然是個三綱五常，吃了一杯酒。輪該李瓶兒擲，說：「端正好，搭梯望月，等到春分晝夜停，那時節隔牆兒險化作望夫山。」不遇，該孫雪娥，說：「麻郎兒，見群鴉打鳳，絆住了折腳雁，好教我兩下裏做人難。」不遇。落後該玉樓完令，說道：「念奴嬌，醉扶定四紅沉，拖著錦裙襴，得多少春風夜月銷金帳。」

此為寫西門慶與家中大婆小妾飲酒作樂，以曲牌、骨牌名及《西廂》曲句合成酒令的情況。《金瓶梅》中此類宴飲甚多，常以酒令勸觴。而李開先素以豪飲好客稱，設令佐酒，亦李開先一椿樂事。[1]李開先《詩禪》以《西廂》事為謎底謎面者有二十處之多，其中有三處為骨牌名，一處為曲牌名，說明李氏對此等文字遊戲的熟知和喜歡，在寫作時便屢屢使用。

更有意思的是此二十例中，有三處同上引「《西廂》酒令」相合，如：李嬌兒酒令云：「只做了落紅滿地胭脂冷」。《詩禪》：「女兒跌倒月紅來。《西廂》一句，又骨牌名：花落水流紅，落花紅滿地。」又如：孫雪娥酒令云：「好叫我兩下裏做人難。」《詩禪》：「八字。兩下裏做人難；」「兩下裏做人難，骨牌：八不就。」

不難看出，李嬌兒、孫雪娥所引《西廂》曲句，都與個人身分相關。《金瓶梅》作者之寫聚飲場面，非單單之對一種生活現象的描述，他是以此來刻畫人物的，其所擬《西

1　明殷士儋〈明中憲大夫翰林院提督四夷館太常寺少卿李公墓誌銘〉：「公顧與數交遊以詩文相賡和，暇則浮白對弈，談笑竟日……」，另見〈詩禪跋〉。

廂》酒令中，每一人都恰切地（不脫離自己身分或心理狀態地）選引《西廂》曲句；換言之，作者選用《西廂》曲句，來摹寫人物的心理或口角風神。《金瓶梅》如此，李開先《斷髮記》傳奇亦如此。茲錄之如下：

〔淨〕學生平素不吃啞酒，欲行一令，用以侑觴何如？〔正外〕如此甚好。〔淨〕要「春秋」上一套的：要個下頭動，要個上頭動，要個渾身動，要個上下齊動。口可要唱，手可要舞。〔外〕那個先道？〔淨〕主人家。〔生〕有了。〔淨〕要個下頭動。〔生〕行一步可人憐。〔淨〕要個上頭動。〔生〕怎當他臨去秋波那一轉。〔淨〕要個渾身動。〔生〕風魔了張解元。〔淨〕要個上下齊動。〔生〕剛挪一步遠，剛剛的打個照面。〔淨〕好！再當王先生，要個下頭動。〔外〕腳踏的赤力力地軸搖。〔淨〕要個上頭動。〔外〕手扳的忽喇喇天關撼。〔淨〕要個渾身動。〔外〕大踏步直殺出虎窟龍潭。〔淨〕要個上下齊動。〔外〕小的提起來將腳尖撞，大的拔下來把缸鏤鍵。〔淨〕妙！溫大人，要個下頭動。〔小生〕躡著腳步兒行。〔淨〕要個上頭動。〔小生〕側著耳朵兒聽。〔淨〕要個渾身動。〔小生〕遮遮掩掩穿芳徑。〔淨〕要個上下齊動。〔小生〕踏著腳尖兒仔細定睛。〔外〕令官自收。〔淨〕我的極好，只要些注解。〔外〕要個下頭動。〔淨〕二月十五日，蒲東寺裏做好事，張生、鶯鶯、紅娘通到了。張生故意把衣服撈起，露出一雙皂靴來，東行西撞。紅娘瞧見，道與鶯鶯小姐，〔唱〕你看那生，來往人前，賣弄俊俏。〔外〕要個上頭動。〔淨〕鶯鶯正在那裏啼哭，見紅娘說，也瞧看張生，〔唱〕他看時節將小眼兒偷瞧。〔外〕要個渾身動。〔淨〕張生見鶯鶯瞧他，盡著身子搖搖擺擺。鶯鶯對紅娘說：那生見我們瞧他，〔唱〕怎的扭捏著身子兒，百般的做作。〔外〕要個上下齊動。〔淨〕那張生眼撩亂，拿個磬槌兒待敲那磬，不想錯了，把個法聰頭只管敲，那些和尚都笑起來，〔唱〕呀！錯把他法聰頭，做了金磬敲。〔外〕敲那法聰頭，只是上頭動，不好了！〔淨〕那和尚因敲得這頭痛，上頭也動，下頭也動。[2]

這真是一篇妙絕文理的《西廂記》賞析，不僅抓住了該劇三五佳處美處，巧為歸納，且「賞析」本身也就是欣賞者個性特徵的展示過程：每一個人的性格特點與身分高低，正由他選取的《西廂記》曲句體現出來。這種看似隨意的描寫，正表現著作者摹寫人物，逼肖聲口的匠心，其創作手法是很高明的。同時需要點明的是：一代名劇《西廂記》在《斷

2　李開先《斷髮記》第二齣。卜按：《斷髮記》原本存日本神田喜一郎處，日本思文閣影印出版，收入《中國戲曲善本三種》。

髮記》中成了侑酒勸觴的文字佐料,這與《金瓶梅》亦有著驚人的相似。

《斷髮記》中這段描寫,還可與《金瓶梅》中其他同類文字相印證。該劇選引「怎當他臨去秋波那一轉」句,《金瓶梅詞話》第二回亦套用此處筆法,用來寫西門慶與潘金蓮初次相逢:

> （西門慶）那一雙積年招花惹草、慣覷風情的賊眼,不離這婦人身上,臨去也回頭了七、八回,方一直搖搖擺擺,遮著扇兒去了。有詩為證:
> 　　月日晴和漫出遊,偶從簾下識嬌羞。
> 　　只因臨去秋波轉,惹起春心不肯休。
> 當時婦人見那人生的風流浮浪,語言甜淨,便加幾分留戀:「倒不知此人姓甚名誰,何處居住?他若沒我情意時,臨去也不回頭七、八遍了。不想這段姻緣,卻在他身上。」

這是何等放肆的歪曲,鶯鶯那流露純真情懷的美目顧盼,被倒換成西門慶淫邪目光賊眼覷睃;這又是何其準確的借鑒,淫邪者不同樣也會目去眉來,相約以姦嗎?愛情受人讚美,姦情遭人唾罵,兩者間有一道「鴻溝」隔斷。可這「鴻溝」的底部,畢竟還聯繫著溝之兩旁,當然它只是一種更深意義上的聯繫了。

這裏也可見出作者在借鑒《西廂》情事時的一種獨特手法——反用。《西廂記》之人物故事來到《金瓶梅詞話》中,往往經過了作者一番熔鑄、一番改扮,如〈鬧齋〉中眾目所向的大家閨秀鶯鶯,書中「做道場」一段換成害死親夫的潘金蓮;又如〈賴簡〉中鶯鶯蘭簡上寫的那一首名詩:

> 待月西廂下,迎風戶半開。
> 隔牆花影動,疑是玉人來。

在書中竟用以描述潘金蓮和陳經濟的淫縱。這種「反其意而用之」的借鑒手法,在思想依據上是值得深思的,在藝術上卻自有一種韻致所在。反用,必然形成強烈的對比。它讓讀者在似與不似之間思索、回味、比較、辨正,使欣賞帶上了思辨的特點,把批判與譴責留給讀者自己去做。李開先正是一位在藝術借鑒上善於反用的作者,如《詩禪》所附黃元吉跋文曾記道:

> 嘉靖四十一年春正月,例該天下諸司官員朝覲。吏部會同都察院堂上官舉行考察……四千九百五十五人,兼拾遺冒濫京堂十餘人,幾有五千之數。世傳找官,蓋一筆找去者也。邸報到日,值中麓延客,即席以此作燈謎:在《西廂記》中,

> 一句九字,中者免酒,不則罰一巨觥。至末座一少年,屬聲云:「筆尖兒橫掃了
> 五千人。」中麓笑曰:「是也。」眾客撫掌大笑哄堂。[3]

這是以《西廂記》曲文為酒令的另一例。李開先這位詞曲雜劇的酷愛者,在生活中用《西廂》酒令,在劇中書中寫進《西廂》酒令,是真實可信的。

《西廂》酒令給我們的啟示是多方面的,最主要的則是由此可抓住作者創作方法上的一些特點,即以酒宴飲樂之場面寫人物,以人物所念的酒令展現其性格與心理特徵;他常常以《西廂》曲文或故事闌入酒令中,在藝術借鑑時往往「反其意而用之」,即採取所謂「反用」手法。如上文之舉例,李開先亦正是如此。

二、熟其排場,慣於化用

應該說:李開先對《西廂記》的熟悉,是超過同時期許多人的。其《閒居集》,其《詩禪》,其《詞謔》,其詞曲、雜著,都有有關《西廂記》的描寫。而這些描寫與《金瓶梅詞話》中有關《西廂記》的文字,亦有著程度不同的聯繫,試拈幾例:

《金瓶梅》中以大量事例,說明了當時《西廂》故事在多種藝術形式中的普及和在民間的流行。第五十一回,常在西門慶家侍唱的民間藝人郁大姐:

> 數了回「張生遊寶塔」,放下琵琶。

其曰「數」,大約是一種說唱。

又第六十一回:韓道國在家擺酒請西門慶,那位後來被春梅譏罵為只會幾句「東溝籬,西溝壩」之類「胡歌野調」的申二姐,為西門慶唱的四不應《山坡羊》,就是據《西廂》曲文的翻改之詞。

李開先《閒居集》有一段文字,專論及《西廂記》盛於民間里巷,極為人民喜愛的情況,其曰:

> 如王實甫在元人,非其至者;《西廂記》在其平生所作,非其首出者。今雖婦人
> 女子,皆能舉其辭,非人生有幸不幸耶?[4]

這只是一段有感而發的慨歎,並不能就解釋為李開先瞧不上《西廂記》。他敘說的是人

3　《詩禪》,北圖善本室有舊鈔本。
4　《閒居集》卷之六〈改定元賢傳奇序〉。

們（乃至於為封建士大夫賤視的「婦人女子」）對《西廂記》是如此的熱愛。而他自己，對《西廂記》也是非常喜愛的：他的《園林午夢》院本，係由《西廂》故事衍引而出；他的《斷髮記》，借用《西廂》曲句來塑造形象；他的《詞謔》，以讚賞之筆記敘了稱《西廂》為「春秋」的故事；他的《詩禪》，更以大量生動的《西廂》句例給我們以啟示。把李開先的欣賞習慣和行文特點與《金瓶梅》此類描寫相比較，是不無意義的。

對一部作品的欣賞，不同讀者都帶有各自個人的特點，他往往對其中某一段落、某句唱辭有著特別的喜愛。則他在引錄、敘述或批評時，便習慣地以此為例。《金瓶梅》中，舉稱《西廂記》唱段名目者並不多，可在第六十一回與第六十八回，兩次提到「唱了一套半萬賊兵」。如前所引〈詩禪跋〉，李開先所出詩謎「筆尖兒橫掃了五千人」，借指的正是此「半萬賊兵」。

請先不要說此類比附的荒謬，因為它絕非偶然的一例。李開先《詞謔》第一則「《西廂記》謂之《春秋》」云：

> ……問《春秋》首句，答以「春王正月」。指揮罵曰：《春秋》首句乃「遊藝中原」，尚然不知！

這實是一段趣談，以此證實《西廂記》在當時人心目中的地位。《金瓶梅》第六十八回則有：

> 端的酒斟綠蟻，詞歌《金縷》，四個妓女才上來唱了一折「遊藝中原」……

同例者又何止這些。李開先所喜愛的《西廂記》的「佛殿奇逢」「齋壇鬧會」「月下佳期」等折，在《金瓶梅詞話》中都被不同程度的借鑒或改寫，顯示出作者慣於化用的寫作技巧。如第八回中西門慶為武大郎做道場一段描寫：

> 婦人（潘金蓮）……喬素打扮，來到佛前參拜。那眾和尚見了武大這個老婆，一個個都昏迷了佛性禪心，一個個多關不住心猿意馬，都七顛八倒，酥成一塊。但見：
> 班首輕狂，念佛號不知顛倒；維摩昏亂，誦經言豈顧高低。燒香行者，推倒花瓶；秉燭頭陀，錯拿香盒。宣盟表白，大宋國稱作大唐；懺罪闍黎，武大郎念為大父。長老心忙，打鼓錯拿徒弟手；沙彌心蕩，磬槌打破老僧頭。從前苦行一時休，萬個金剛降不住。

這自然是由《西廂記·鬧齋》最明白不過的套改，前所引《斷髮記》傳奇飲酒場面中淨角所行酒令，也正是「鬧道場」。稍作分析，便不難發現：作者不是照搬，而是化用。具體說來，它首先還是含有一種反用意旨。

李開先《寶劍記》第二十六齣，寫林沖妻張真娘同侍女錦兒去東嶽廟進香，「伏乞尊神保佑母親病好，丈夫及早回鄉」，佛殿之上，正遇著前來尋花問柳的衙內高朋，打這便開始化用《西廂記·佛殿奇逢》的寫作手法。其中有兩段曲白甚可注意：

> 【西河柳】〔旦上唱〕踏芳徑，遊女香肩並。廟貌巍峨，道門清淨。〔貼旦上唱〕
> 韶華未必留殘景，萱花願祝多餘慶。落紅滿地，肯學楊花無定？〔旦白〕
> 【阮郎歸】小院清幽春晝長，鶯聲隔綠楊。東風滿地落紅香，雙雙蝴蝶忙……

試比較《佛殿奇逢》曲白：

> 【么】〔旦〕可正是人值殘春蒲郡東，門掩重關蕭寺中。花落水中流紅，閑愁萬種，
> 無語怨東風……〔旦白〕
> 寂寂僧房人不到，滿階苔襯落花紅。

兩劇所寫，時間都在那殘春時分，地點都在那廟堂之上，都注重用「落紅滿地」的自然景色來點染、烘托，來摹寫主人公那無盡的愁腸。然一為思夫之情，一為懷春之感，相去又何其遼遠。

說李開先《寶劍記》化用《西廂》曲意，若具體言之，則還是「反用」：《佛殿相逢》寫一對男女青年在莊嚴佛殿上初次相見時的感情萌動；此卻是描寫貴冑子弟在佛殿上對良家女子的無恥調戲，且更可深思的是作者讓他自擬張生：

> 【駐雲飛】美玉深藏，何用人前自顯揚？妝扮的風流樣，引惹起風魔狀。狂，花月
> 隔東牆，效張郎，惜玉憐香。反把人衝撞，好意番成惡肚腸。

這不是有意貶損張生，而是諷刺，是讓人在比較中更激起對醜行的憎惡。這是《金瓶梅》作者慣用的寫作手法，亦是李開先慣用的寫作手法。

「反用」是李開先化取《西廂》曲意的習慣手法，且又不僅乎此。直接借取曲意，亦有其例，如《寶劍記》第十九齣「送別」，便是由《西廂記·長亭送別》之意境活脫而出：

> 煙靄河橋東畔路，柳絲難繫行舟……
> 紅塵千里夢，黃葉一天愁。
> 長亭柳帶煙，一枝合淚扳。
> 衰草生愁，鳴蟬助恨，斜日怎留人去？
> 野村孤店，要你遲行早宿。

所有這些寫景言情之曲句,皆化取《西廂記》意致而來。《金瓶梅》中此類直接沿襲《西廂》曲意的描寫亦不少。第八回寫潘金蓮與西門慶做的「上壽的物事」,是:

> 一雙藍色緞子鞋,一雙挑線密約深盟隨君膝下香草邊闌松竹梅花歲寒三友醬色護膝,一條紗綠潞綢永祥雲嵌八寶水光絹裏兒紫線帶兒裏邊裝著排草玫瑰花兜肚,一根並頭蓮瓣簪兒。簪兒上鈒著五言四句詩一首,云:「奴有並頭蓮,贈與君關鬢。凡事同頭上,切勿輕相棄。」

此為化用《西廂記》〈泥金報捷〉〈尺素緘愁〉兩折曲意,毋須多言。《金瓶梅》中化用《西廂記》曲意處甚多,有不少地方更是在行文中言明。第二十一回寫吳月娘同西門慶鬧氣後和好,家中擺酒:

> 當下春梅、迎春、玉簫、蘭香,一般四個家樂,琵琶、箏、弦子、月琴,一面彈唱起來。唱了一套【南石榴花】「佳期重會」云云。西門慶聽了,便問:「誰教他唱這一套詞來?」玉簫道:「是五娘分付唱來。」

潘金蓮使人在此時唱《西廂記》「佳期重會」,是故意譏刺二人,第二日西門慶對孟玉樓說:

> ……「恁個小淫婦,昨日教丫頭每平白唱『佳期重會』,我就猜是他幹的營生。」玉樓道:「『佳期重會』是怎的說?」西門慶道:「他說吳家的不是正經相會,是私下相會,恰似燒夜香有意等著我一般。」

這是公開的借喻,妻妾間的爭風吃醋,借《西廂記》曲意得到淋漓盡致的描寫。

三、偏以此眼看《西廂》

《金瓶梅》中有關《西廂記》的描寫,匯總而來,便會見出作者對《西廂記》的評價——淫。李開先《園林午夢》院本,也以同樣的觀念解釋崔張愛情。把兩處文字一加比較,就會發現其驚人的相近。

金聖歎《讀第六才子書西廂記法》曰:

> 《西廂記》斷斷不是淫書,斷斷是妙文。今後若有人說是淫書,有人說是妙文,聖歎都不與做理會。文者見之謂之文,淫者見之謂之淫耳。

所謂「淫者見淫」,對於貶抑、咒罵《西廂》者流,真真誅心之劍。然則當嘉靖之世,

人們對《西廂記》的看法，絕多還停留在男女私情的階段。《金瓶梅詞話》作者偏以此眼看《西廂》，把聖潔的愛情與無恥的色欲等量齊觀。略如第六十回，西門慶在聚飲時擲骰子唱道：

> 六口載成一點霞，不論春色見梅花。
> 摟抱紅娘親個嘴，抛閃鶯鶯獨自嗟。

紅娘和鶯鶯，竟成為色情狂意淫的對象。同例還有第七十八回，西門慶設家宴為同事何千戶接風，見何妻藍氏貌美嫻淑，「餓眼將穿，饞涎空咽」，可巧來爵兒媳婦走來，便讓他姦污了。作者於此處寫道：

> 正是：未曾得遇鶯娘面，且把紅娘去解饞。

像此類極為荒唐的比擬在他處還有，如第八十二回「潘金蓮月夜偷期，陳經濟畫樓雙美」這樣寫潘和陳的私會：

> 婦人摘去冠兒，半挽烏雲，上著藕絲衫，下著翠紋裙，腳襯凌波羅，從香棚上下來。這陳經濟猛然從荼蘪架下突出，雙手把婦人抱住。把婦人唬了一跳，說：「呸！小短命，猛可鑽出來，唬了我一跳。早是我，你摟便將就罷了。若是別人，你也恁大膽摟起來？」經濟吃的半酣兒，笑道：「早知摟了你，就錯摟了紅娘，也是沒奈何。」

鶯鶯這位嚮往摯愛的純潔少女，紅娘這位促成美滿姻緣的熱心婢女，在《金瓶梅》中居然再再不已地被用以形容主子與僕婦淫縱、或小丈母與女婿的亂倫。不管我們怎樣地評說，作者是這樣寫了，且不止於此，第八十二回中，還有一段妙文：

> 約有三更時分，但見朱戶無聲，玉繩低轉，牽牛、織女二星隔在天河兩岸；又忽聞一陣花香，幾點螢火。婦人手拈紈扇，正伏枕而待，春梅把角門虛掩。正是：待月西廂下，迎風戶半開。隔牆花影動，疑是玉人來。原來陳經濟約定搖木槿花樹為號，就知他來了。婦人見花枝搖影，知是他來，便在院內咳嗽接應。

若把此處名姓易為鶯鶯、紅娘、張生，這自然便是《西廂記》中〈賴簡〉一折的場景描寫。而這裏，卻是在描寫那最讓人噁心的淫欲——亂倫和群姦。鶯鶯的蘭簡題詩，原本是那樣的清澈沁人、韻致無盡，此處卻被拿來為姦情寫照。說《金瓶梅》作者以「淫」來闡釋《西廂記》曲意，大約並沒有許多冤枉。

這使我們想起李開先創作的以《西廂》等劇中人物為題材的院本《園林午夢》。

《園林午夢》寫一老漁翁讀過「崔鶯鶯、李亞仙二傳」（實則《西廂記》《曲江池》雜劇）之後，認為她們「一個致的鄭元和高歌市上蓮花落，不把天邊桂樹攀；一個致的張君瑞寄簡傳書期雅會，捶床倒枕害相思」。由是覺得「難分貴賤」，闔冊睡去。夢中，崔鶯鶯和李亞仙上場折辯，要比較高低，於是互相攻訐，彼此揭「短」。後又各邀幫手，紅娘和秋桂前來助戰，更一陣好罵，最後發展到拳腳相加，難分難解。以漁翁夢醒作結。

《園林午夢》到底是一部什麼樣的作品？其有哪些思想內涵？一些文章發表過看法，多對李開先用這種方式評論《西廂》大為不滿。這裏姑且不去爭論。重要的是：它曾同《鶯鶯傳》一起附《西廂記》後廣泛流傳。而這個短短的院本，確確是從「淫」的角度來評價《西廂記》的。崔鶯鶯被寫成使得「張君瑞書房內害淹纏病、尋死覓活」的「低頭有千條之計」的哄人精，紅娘被罵成是「穿了半生破襖」的「皮肉行經紀」。其對〈佛殿奇逢〉〈鶯鶯聽琴〉〈月下佳期〉等著名摺子都借李亞仙之口，斥為「遊寺掛目」「穿寺尋僧」之舉。這與《金瓶梅》作者的觀念，是極為吻合的。

還需要著重指出的是「架兒」一詞，其指妓院中拉客牽頭、從中撈些許油水之人，在當時戲曲小說中並不多見。《金瓶梅詞話》第六十八回寫西門慶到妓女鄭愛月兒家，

> 比及進院門，架兒、行頭都躲過一邊。

同一回，愛月兒向西門慶說桂姐壞話：

> ……架兒于寬、轟鈸兒，踢行頭白回子、向三，日逐標著，在他家行走。

《園林午夢》中紅娘罵秋桂道：

> 你是風月場架兒。

所用一例，這種吻合，大約不會是偶然造成的。

四、露馬腳於細末之處──語詞一例

像「架兒」一類語詞的運用，是作者難以像隱去真名那樣遮蓋的細末之處，作者的「馬腳」也往往於此處顯露。試再從書中拈出一例，說明作者在借鑒《西廂》意境和寫作技巧方面與李開先諸作品驚人的相似之處。

「穿窗月」

《西廂記》〈草橋驚夢〉一折，描繪了一個動情的夜晚意境：「一天露氣，滿地霜華，曉星初上，殘月猶明」，幾束冷光穿窗而至，撫弄著不眠的情人，牽扯著無盡的情思。

這裏著重渲染的是「穿窗月」：

【雁兒落】綠依依牆高柳半遮，靜悄悄門掩清秋夜，疏剌剌林梢落葉風，昏慘慘雲際穿窗月。

借用「穿窗月」的意境描摹夜色，描摹這夜色對人物心情的影響，寓情於景，情境交融，這種表現手法是很高明的。《金瓶梅》中寫景文字不多，用「穿窗月」意境之例則不稀見。李開先作品亦然。比較兩處文字，對我們是不無啟發的。《金瓶梅》第四十九回：

中秋將至，漸覺心酸。只見穿窗月，不見故人還。聽丁當砧聲滿耳，嘹嚦嚦北雁南還。怎不交人心中慘然？

這裏借小曲寫景，突出的是思念情人那寂寞、孤獨、淒清的心情。李開先《斷髮記》第十六齣〈寄博征衣〉：

秋風清，秋月明，落葉聚還散，寒鴉棲復驚。相思相見知何日，此時此夜難為情……鈿釧今零落，傷哉遠別離。
【月兒高】明月穿朱戶，西風振空廡。皎皎秦川女，紮紮弄機杼。夜靜烏啼，啞啞隔窗語。離居此際心慘楚。

一寫砧聲叮噹，一寫機杼紮紮；一寫嘹嚦雁叫，一寫啞啞烏啼，雖不乏小異，然著力處均在秋夜之月，都在月光穿窗入戶，照著斷腸人的意境。借「穿窗月」寫離居苦情，意旨與手法如出一人。

《金瓶梅》第五十九回，李瓶兒守著病得要死的兒子官哥兒，「覷著滿窗月色，更漏沉沉」，不覺「愁腸萬結，離思千端」。作者於此處寫道：

但見銀河耿耿，玉漏迢迢。穿窗皓月耿寒光，透戶涼吹夜氣。雁聲嘹亮，孤眠才子夢魂驚；蛩韻淒清，獨宿佳人情緒苦……

此寫憐子之情。「銀河耿耿，玉漏迢迢」「滿窗月色」，加以「雁聲」「蛩韻」，月夜是多麼美好！作者就在這爽爽秋夜、皎皎月色中寫李瓶兒的「愁腸」與「離思」，寫她對愛子將去的痛傷。李開先在愛子死後，曾作散曲〈中秋對月憶子警語詞〉：

萬里浮雲淨如掃，一點青山小。疏桐葉半凋，不礙冰蟾，偏驚宿鳥。青霄真可數秋毫，分明兔擣長生藥。

這裏先極寫秋月之清韻。然他卻是「對佳景咱偏寂寥」，卻是「望清光越傷懷抱」，卻

是「心裏愁迷漫九竅」，卻是：

> 把一個團圓節，生哭的天荒地老。

樂境寫哀，與李瓶兒憐子之痛何其相像！《中麓小令》亦有此類描寫：

> 雁雙雙，雙雙北雁又南翔。眼觀春草青當戶，秋月冷穿窗。光搖畫閣天如水，寒
> 入羅襪夜有霜。

當此秋景，詩人卻是「悲秋難展眉間皺」「抱病重添鬢上霜」。

《金瓶梅》第九十一回，寫吳月娘因孟玉樓改嫁李衙內，吃完喜宴歸家，見院落清寂，想昔日繁華，陡起傷感：

> 一面撲著西門慶靈床兒，不覺一陣傷心，放聲大哭……正是：平生心事無人識，
> 只有穿窗皓月知。

《寶劍記》第四十一齣，寫林沖母親自縊身亡後，林妻貞娘斜倚靈床，悲悼亡母，思念丈夫，月光穿窗而至，她孤淒、痛傷，舉頭哀歌，聲隨淚出：

> 【傍妝台】自悲傷，梧桐影裏穿窗，不能照見親顏色，撓亂我哀腸。床頭忍見殘針
> 線？架上空餘舊布裳……

「穿窗月」照著靈床，照著靈床邊痛哭的人兒。《金瓶梅》作者與李開先又一次神奇地統一了構思和筆法。古人寫月，何啻百千其法？而《金瓶梅》中關於月的描寫，絕多是「穿窗月」，則不免顯示出了作者個人的偏愛和行文的積習。這與其對《西廂記》的喜愛（尤其是對某些地方特別的喜愛）相關。從這裏，我們又瞧見了李開先的影子。

我做太醫姓趙
——《寶劍記》與《金瓶梅詞話》

　　如前所述，論李開先為《金瓶梅》作者的最有力的根據，在於《金瓶梅》中多處引錄了李開先《寶劍記》傳奇的曲文；最有力的駁議亦在這裏，言其當世和後世作家都有可能引錄《寶劍記》的曲文，以此項理由，不足以繫定作者。則《金瓶梅》對《寶劍記》的抄錄究竟是怎樣一種情況，兩者的關聯是否僅僅幾段唱詞的相同，是應該首先搞清楚的。

　　經過對兩書的閱讀、比較與思考，筆者認為：《金瓶梅》與《寶劍記》的關係，決不僅僅是前者抄錄了後者幾支曲文，而是二者有共通的改編思想（都是由《水滸》故事改編衍演）和創作意識，有近同的行文造語的習慣，其在描寫人物、繪製意境、設置情節上都有著驚人的寫作手法的一致。而由所有這些，的確提供了考證作者的根據。

一、《金瓶梅》引錄《寶劍記》曲白述考

　　關於《金瓶梅》引用李開先《寶劍記》曲文和賓白的情況，已有海內外專家作了較深入的研究，得出過不同的結論。筆者擬進行一番新的考索，分以下三節：

(一)曲文的大段抄引

　　《寶劍記》第三十三齣，寫林沖在隆冬之夜值宿草料廠，饑寒交加，「將這葫蘆去前村沽些酒來驅寒」。是夜正降大雪，踉踉蹌蹌之際，對無限雪景，他慨歎世間貧富的懸殊，唱了兩支【駐馬聽】。《金瓶梅》第六十七回，西門慶與溫秀才、應伯爵在書房飲酒賞雪，「教王經觔上大鍾，春鴻拍手唱南曲」。所唱正是此兩支【駐馬聽】：

> 寒夜無茶，走向前村覓店家。這雪輕飄僧舍，密灑歌樓，遙阻歸槎。江邊乘興探梅花，庭中觀賞燒銀蠟。一望無涯，一望無涯，有似灞橋柳絮，滿天飛下。
> 四野彤霞，回首江山自占涯。這雪輕如柳絮，細似鵝毛，白勝梅花。山前曲徑更

　　添滑，村中魯酒偏增價。疊墜天花，疊墜天花，濠平溝滿，令人驚訝。

這自然是最明白不過的抄引，除個別字詞的歧異處，全抄自《寶劍記》。然略加思索，又覺不宜簡單目為與故事無關的「唱曲」。劇中林沖唱此曲時：同此一雪，卻把自己「在外當差」，「遇冷凍個死」的苦楚，與「富貴人家紅爐暖閣，歌兒舞女……偎妻抱子受用」相比較。《金瓶梅》此處，正是寫富豪之家「紅爐暖閣，歌兒舞女」的賞雪之興。只有聯繫兩曲在原作中的規定情景，才有可能體味到這看似與故事無關的唱曲那深層的隱喻。這種隱喻至《金瓶梅》第七十回稍見顯明。其在對「群僚庭參朱太尉」的排場進行一番描繪後，寫五個奉召而來的戲子，紅牙象板，唱了一套【正宮·端正好】：

　　享富貴，受皇恩。起寒賤，居高位。秉權衡威振京畿，怙恩恃寵把君王媚，全不想存仁義。

【滾繡球】起官夫造水池，與兒孫買地基，苦求謀多隻為一身一計，縱奸貪那管越瘦秦肥？趨附的身即榮，觸忤的命必危。妒賢才，喜親小輩，只想著復私仇公道全虧。你將九重天子深瞞昧，致令的四海生民總亂離，更不道天網恢恢。

【倘秀才】巧言詞取君王一時笑喜，那裏肯效忠良使萬國雍熙。你只待顛倒豪傑把世迷，隔靴空揉癢，久症卻行醫，滅絕了天理！

【滾繡球】你有秦趙高指鹿心，屠岸賈縱犬機。待學漢王莽不臣之意，欺君的董卓燃臍。但行動弦管隨，出門時兵仗圍，入朝中百官悚畏，仗一人假虎張威。望塵有客趨奸黨，借劍無人斬佞賊，一任的恣狂為。

【尾聲】金甌底下無名姓，青史編中有是非。你那知燮理陰陽調元氣，你止知盜賣江山結外夷！枉辱了玉帶金魚掛蟒衣，受祿無功愧寢食。權方在手人皆懼，禍到臨頭悔後遲。南山竹磬難書罪，東海波乾臭未遺。萬古流傳，教人唾罵你！

這一套北曲，是《寶劍記》第五十齣林沖的唱詞。此時，作惡多端的高俅父子已被綁縛至梁山英雄前，跪倒在林沖的帳下，林沖怒指權奸，歷數其罪狀，五曲辭情暢達，充滿義憤，猶如誅心之劍，直刺向權臣與奸黨。但在《金瓶梅》中，卻以此作為朱太尉慶賀加官晉秩的宴樂之曲，這當然是不可能的！然作者就這樣作了處理，用此一套曲文，把高太尉失勢臨刑時的可悲終局與朱太尉得寵晉升時的囂雜場面複合為一體，借「五個俳優」的唱曲，發出譏諷與憤憎，發出冷嘲與輕蔑，發出一聲情照悠深的長嘯！

　　這是簡單地引用幾支曲文嗎？怕不是。這是一般抄錄者能做到的嗎？怕未必。我們對於這種引錄劇曲的特點，的確是應當深入思考和認真研究的。我覺得，這是一種創作思想（對權奸的切齒痛恨）在描寫兩種生活實景（權奸的得志和失勢）時的不同展現；亦是此

兩種生活實景描寫的重疊、複合，對其創作思想的集中表達。不熟悉《寶劍記》，似無法理解抄引者良苦的用心。同時也啟示我們來思考：只有誰才最有可能進行這種「創作精神」的剪接，不正是《寶劍記》的作者李開先嗎？

(二)色色入妙的人物素描

在研究《金瓶梅》抄引《寶劍記》曲白的時候，我們發現：有相當的篇幅集中在對某些類型化、「行當」化人物的臉譜勾勒上。此處「行當」指社會職業而言，庸醫、僧尼、媒婆、幫閒，也包括權臣。作者以素描筆法，摹寫出這般人物的類型特徵，其個性也在其類的規定中約略顯現。如第六十一回，記李瓶兒病重，請來趙太醫診病，這是一個「藥材兒件件不知性」的庸醫，作者讓他如此「自報家門」：

> 我做太醫姓趙，門前常有人叫。只會賣杖搖鈴，那有真材實料。行醫不按良方，看脈全憑嘴調。撮藥治病無能，下手取積兒妙。頭痛須用繩箍，害眼全憑艾醮。心疼定敢刀刺，耳聾宜將針套。得錢一味胡醫，圖利不圖見效。尋我的少吉多凶，到人家有哭無笑。正是：半積陰功半養身，古來醫道通仙道。

此處「下手取積兒妙」，不解，當以《寶劍記》第二十八齣的「下手取積不妙」為是，《金瓶梅》顯然在轉抄中訛誤。下面寫趙太醫問症與下藥，兩書亦同一筆法。《金瓶梅》寫：

> 那趙太醫先診其左手，次診其右手，便教：「老夫人，抬起頭來看看氣色。」那李瓶兒真個把頭兒揚起來。趙太醫教西門慶：「老爹，你問聲老夫人，我是誰？」……那李瓶兒抬頭看了一眼，便低聲說道：「他敢是太醫。」趙先生道：「老爹，不妨事，死不成，還認的人哩。」西門慶笑道：「趙先生，你用心看，我重謝你。」一面看視了半日，說道：「老夫人此病，休怪我說：據看其面色，又診其脈息，非傷寒則為雜症，不是產後，定然胎前。」西門慶道：「不是此疾。先生，你再仔細診一診。」先生道：「敢是飽悶傷食，飲饌多了？」西門慶道：「他連日飯食通不十分進。」趙先生又道：「莫不是黃病？」西門慶道：「不是。」趙先生道：「不是，如何面色這等黃？」又道：「多管是脾虛泄瀉。」西門慶道：「也不是泄疾。」趙先生道：「不泄瀉，卻是什麼？怎生的害個病，也叫人摸不著頭腦！」坐想了半日，說道：「我想起來了，不是便毒魚口，定然是經水不調勻。」西門慶道：「女婦人，那裏便毒魚口來？」……趙先生道：「我有一妙方，用著這幾味藥材，吃下去管情就好。聽我說：

> 甘草、甘遂與硇砂，藜蘆、巴豆與蕕花，薑汁調著生半夏，用烏頭、杏仁、天麻，
> 這幾味兒齊加。蔥蜜和丸只一摑，清晨用燒酒送下。
> 何老人聽了便道：「這等藥吃了，不藥殺人了？」趙先生道：「自古毒藥苦口利
> 於病，若早得撩手伶俐，強如只顧牽經。」

這是《寶劍記》中相同場面的搬演，試比較：

> 〔淨白〕大叔，趙太醫來見，試抬起頭來我看。〔小外白〕我也不須抬頭。〔淨白〕
> 醫家先觀氣色，次診脈息，然後才下藥。你不抬頭，我知道你是什麼病。〔小外
> 抬頭介〕〔淨白〕你認的我麼？〔小外白〕我認的，你是趙太醫。〔淨白〕不妨，
> 死不了，還認的人哩！〔末白〕你用心看，大叔重賞你。〔淨白〕大叔，再抬頭
> 來我看。〔唱〕
>
> 【憶多嬌】覷了你面皮，〔將左手來〕診了你脈息。傷寒雜症難調理。〔小外白：
> 你怎知道我是傷寒病？淨白：你的病，我豈不知道！小外白：我也不是傷寒。〕
>
> 〔淨唱〕卻是胎前產後疾。〔末白：你看錯了，這是婦人病。淨白：不是婦人，那
> 個男兒幹出這等事！〕〔唱〕敢是奶飽傷食，夜臥驚啼？〔末白：胡說，這是小
> 兒疾。淨白：不是小兒，那個大人君子幹出來！我曉的了。〕〔唱〕多管是中結、
> 中結漏蹄……〔末白：合藥與大叔吃！淨白：有藥，大叔你聽我說這藥材。〕
> 〔唱〕
>
> 【朱奴兒】甘草、甘遂、硇砂，藜蘆與巴豆、芫花，人言調著生半夏，用烏頭、杏
> 仁、大麻齊加。藥丸兒一摑，用燒酒清晨送下。〔末白：這藥不藥殺人了？淨白：
> 不藥殺這歪骨頭，要他做什麼！〕

無可懷疑，《金瓶梅》中的趙太醫形象是《寶劍記》中同名人物的翻版，其唇吻口角絕
無二致！其場景設置、行文習慣、筆底機趣亦毫無二致！整段文字如同那一「捧」一「逗」
的相聲。《寶劍記》中趙太醫與末（高府家人）相配合，以高衙內患病為題目；《金瓶梅》
中趙太醫與西門慶搭檔，以李瓶兒患病為題目。前者把高衙內診成「胎前產後」的婦女
病；後者把李瓶兒判為「便毒魚口」的男子症。文字上雖有變易，卻正在於要保留其滑
稽戲謔的特點。

　　值得指出的是：這段譏訕庸醫的文字恰恰說明了作者對醫道的通曉，李開先正是如
此。李氏因本人和家人多病，與醫士多有交往，其《閒居集》收錄的贈與醫者的詩文，
不下十餘篇。他讚美醫術高明、醫德高尚者，亦抒寫對庸醫的鄙夷和憎惡：

間有延醫脫俗者,病名藥性一無知。反畏劫和顛倒用,醫來即是鬼相隨。[1]

近來醫道廢,不免達人憂。重利惟輕義,大言實寡謀。證難分表裏,脈不辨沉浮。故托命無救,非干藥不投。人危猶不去,顏厚不知羞。[2]

這些詩句見在他贈送醫友的篇章,說明其對庸醫的痛憤是何等的無法遏止!久病者為良醫,李開先對醫道頗知一二,其詩句「奇方吾亦有」[3]「采藥成金鼎」[4]「采藥當今代踏青」[5]可為證明。他勸誡醫士吉遷:「百藥其間多有毒,從今切莫加罌粟。」[6]李開先在文集中記述了其在文選司郎中任上的一件事:首輔夏言與禮部尚書霍韜情同水火。霍韜疏辭「太子少保」之封,稱「大臣受祿不讓,晉秩不辭」為當世大害,語意在指劾夏言。詔下吏部參看,更經霍韜追問,開先乃倉皇具稿,曰:「所辭似宜難允,所劾似當免究」,照應雙方。後開先「同四司謁公及夏公,問及此事,因口誦以應之,兩公皆揖謝。同列問予:『何以得此』?予戲答曰:『客有表裏俱熱者,用雙解散。』眾大笑曰:『乃以醫道作文選矣。』」[7]則李氏通曉醫道,以醫道巧為笑謔,在其居官時即已如此。

再如對僧尼形象的描寫,兩書都給以徹底的否定。《寶劍記》第五十一齣:

〔淨扮尼姑上白〕臉是尼姑臉,心還女子心。空門誰得識?就裏有知音……
【清江引】口兒裏念佛心兒裏想:張和尚、李和尚、王和尚。著他墮業根,與我消災障。西方路兒上都是謊。
〔末打白〕好出家人,專想和尚!〔淨白〕休打!休打!打墜了胎。佛說:「法輪常轉圖生育,佛會僧尼是一家。」〔末白〕出家人,也說這風月的話!〔淨白〕風月風月,隨心墮孽。後牆上送生,前門裏接客。〔末白〕好尼姑,你也接客?〔淨白〕短壽命的!我接的都是香客。〔末白〕香客,不往東嶽廟、城隍廟去,他來這裏做什麼?〔淨白〕世上有這等好事的人:小門閨怨女,大戶動情妻。姻緣成好事,到此會佳期……

這種描寫與該劇主旨無涉,大約一是為了排場的熱鬧,一是作者對世間吃齋念佛的「佛

1　《閒居集》卷一〈醫士黃承佑歌〉。
2　同上卷四〈送良醫陳月山〉。
3　同上卷二〈贈醫士王靜庵〉。
4　同上〈林居〉。
5　同上卷三〈田間四時行樂詩〉。
6　同上卷一〈贈瘍醫吉遷〉。
7　同上卷七〈太子少保禮部尚書諡文敏渭崖霍公墓誌銘〉。

會僧尼」確有瞭解。此後更寫到他（她）們之間的淫亂行為。《金瓶梅》作者亦如此，其借用《水滸傳》中文字，對僧人的醜行極盡鞭撻，如第八回寫道：

> 古人云：一個字便是「僧」，兩個字便是「和尚」，三個字是「鬼樂官」，四個字是「色中餓鬼」。蘇東坡又云：不禿不毒，不毒不禿；轉毒轉禿，轉禿轉毒。此一篇議論，專說這為僧戒行。住著這高堂大廈，佛殿僧房，吃著那四方檀越錢糧，又不耕種，一日三食，又無甚事縈心，只專在這色欲上留心……

第六十八回李瓶兒喪事，王姑子和薛姑子為主持斷七念經爭風吃醋，作者又是一通議論：

> 看官聽說：似這樣緇流之輩，最不該招惹他。臉雖是尼姑臉，心同淫婦心。只是他六根未淨，本性欠明；戒行全無，廉恥已喪；假以慈悲為主，一味利欲是貪；不管墮業輪回，一味眼下快樂；哄了些小門閨怨女，念了些大戶動情妻；前門接施主檀那，後門丟胎卵濕化；姻緣成好事，到此會佳期。有詩為證：
>
> > 佛會僧尼是一家，法輪常轉度龍華。
> >
> > 此物只好圖生育，枉使金刀剪落花。

文字雖與《寶劍記》不盡相同，卻是最明白不過的套改。其譏嘲僧尼淫亂的寫作意圖，當是一脈相承的。

《金瓶梅》第七十回有一段對朱太尉形象的描寫，更是對《寶劍記》第三齣高太尉形象的照搬，引錄如下：

> 官居一品，位列三台。赫赫公堂，晝長鈴索靜；潭潭相府，漏定戟杖齊。林花散彩賽長春，簾影垂虹光不夜。芬芬馥馥，獺髓新調百合香；隱隱層層，龍紋大篆千金鼎。被擁半床翡翠，枕欹八寶珊瑚。時聞浪珮玉叮咚，待看傳燈金錯落。虎符玉節，門庭甲仗生寒；象板銀箏，傀儡排場熱鬧。終朝謁見，無非公子王孫；逐歲追遊，儘是侯門戚里。雪兒歌發，驚聞麗曲三千；雲母屏開，忽見金釵十二。鋪荷芰，游魚沼內不驚人；高掛籠，嬌鳥簾前能對語。那裏解調和燮理，一味趨詔逢迎。端的笑談起干戈，吹噓驚海嶽。假旨令八位大臣拱手，巧辭使九重天子點頭。督擇花石，江南淮北盡災殃；進獻黃楊，國庫民財皆匱竭。當朝無不心寒，列士為之屏息。正是：筆下權豪第一，人間富貴無雙。

《金瓶梅》中此段文字，比原作稍有變動，主要是為體現朱勔的形象特徵。雖為同朝太尉，然「提督神策御林軍」的高俅同「提督金吾衛」的朱勔不同。增「督擇花石，江南淮北盡災殃；進獻黃楊，國庫民財皆匱竭」句，正揭出朱勔太尉的職司特點，是很必要的，

又是與一般抄引不同的。我們看到，《金瓶梅》作者為刻畫人物形象，從《寶劍記》中拈取成例，再略加變化，使之為塑造新的人物形象（新形象與原形象是屬同類人物的）服務。這種借用非一些人所稱的抄錄、照搬，它統屬於摹寫人物的需要，顯得絲絲入扣，色色入妙。

(三)積習難「隱」的情景處理

《金瓶梅》中相當一些有關情景的描寫，是取自《寶劍記》的，如前面引文所表現的「賞雪」「診病」「慶賀」，茲再列舉如下：

圓夢

《寶劍記》第十齣林沖「夜做一夢不祥」，請來相士圓夢，其寫道：

〔淨白〕請老爺說貴造來。〔生白〕乙亥年、壬午月、乙丑日、丙子時。〔淨作掐算科〕莫論往年休咎，且評今後行藏。八歲行運，三十三歲正在東方卯運。運入比肩，號曰昔路逐馬。有四句斷語不好：命犯刑星必主低，身輕煞重有災危。時日若逢真太歲，就是神仙也皺眉。〔生白〕命既如此，再把我夢中詳細斷一斷。〔淨白〕請老爹說來。〔生白〕我夢見鷹投羅網，虎陷深坑；損折了雀畫弓，跌破了菱花鏡。〔淨白〕鷹投羅網，恐有牢獄之災；虎陷深坑，難免奸讒之害；雀畫弓折，勳業一朝虛廢；菱花鏡破，夫妻指日分離。此夢總然不好。〔生白〕有解處麼？〔淨白〕白虎當頭攔路，喪門鬼怪生災，神仙也無解，太歲也難捱。造物已定，神鬼莫移。

問夢者是禁軍教師林沖，他要彈劾權奸，又不免為惡夢驚懼，圓夢的結果是一連串的災難（牢獄之災、奸讒之害、勳業虛廢、夫妻分離）在等著他。至《金瓶梅》中，則處理為請吳神仙為瀕臨死限的西門慶算命，兼為吳月娘圓夢。當然，算命與圓夢，也是一而二、二而一的事。試比較：

吳神仙掐指尋紋，打算西門慶八字，說道：「屬虎的，丙寅年戊申月壬午日丙辰時。今年戊戌，流年三十三歲算命，見行癸亥運。三戊沖辰，怎麼當的？雖發財發福，難保壽源。有四句斷語不好。」說道：

命犯災星必主低，身輕煞量有災危。時日若逢真太歲，就是神仙也皺眉。

月娘道：「命中既不好，……請先生替我圓圓夢罷。」神仙道：「請娘子說來，貧道圓。」月娘道：「我夢見大廈將頹，紅衣罩體，攧折了碧玉簪，跌破了菱花鏡。」神仙道：「娘子莫怪我說：大廈將頹，夫君有厄；紅衣罩體，孝服臨身；

擷折了碧玉簪，姊妹一時失散；跌破了菱花鏡，夫妻指日分離。此夢猶然不好，
不好。」月娘道：「問先生有解麼？」神仙道：「白虎當頭攔路，喪門魁在生災。
神仙也無解，太歲也難推（當為「捱」字之訛）。造物已定，神鬼莫移。」月娘見
命中無有救星，於是拿了一匹布，謝了神仙。打發出門，不在話下。正是：

　　卦裏陰陽仔細尋，無端閒事莫關心。
　　平生作善天加慶，心不欺貧禍不侵。

這最後四句是《寶劍記》此齣的下場詩，其改「心不欺天」作「心不欺貧」，自是因所
指由林沖換成了西門慶。整段文字作了較大改動，亦是由於主人公和事件均不相同。此
處問夢者是西門慶正妻吳月娘，圓夢者告訴她的是另一種厄運——夫君有厄，孝服臨身，
姊妹失散，夫妻分離。這種化用的借鑒手法，是很高明的。

宣卷

在《金瓶梅》第七十四回中，敘寫薛姑子到西門慶家，對吳月娘和眾女眷宣卷：

蓋聞法初不滅，故歸空；道本無生，每因生而不用。由法身以垂八相，由八相以
顯法身。朗朗惠燈，通開世戶；明明佛鏡，照破昏衢。百年景賴剎那間，四大幻
身如泡影。每日塵勞碌碌，終朝業試忙忙。豈知一性圓明，徒逞六根貪欲。功名
蓋世，無非大夢一場；富貴驚人，難免無常二字。風火散時元老少，溪山磨盡幾
英雄。我好十方傳句偈，八部會壇場，救大宅之蒸熬，發空門之侖綸。偈曰：富
貴貧窮各有由，只緣分定不須求。未曾下的春時種，空手荒田望有秋。……正是：
淨掃靈台好下工，得意歡喜不放鬆。五濁六根爭洗淨，參透玄門見家風。又：百
歲光陰瞬息回，此身必定化飛灰。誰人肯向生前悟，悟卻無生歸去來。又：人命
無常呼吸間，眼觀紅日墜西山。寶山歷盡空回首，一失人身萬劫難……〔唱〕
【一封書】生和死兩廂，歎浮生終日忙。男和女滿堂，到無常只自當。人如春夢終
須短，傘若風燈不久常。自思量，可悲傷，題起教人欲斷腸。

《寶劍記》第四十一齣寫張貞娘追薦自縊而死的婆母，亦請來僧人宣卷。雖未點出名稱，
其為薛姑子所講的《黃氏女寶卷》自無疑問。或《金瓶梅》直接引自原著，然兩書同引
錄一部寶卷的近同部分，亦是值得注意的。

自盡

《寶劍記》第四十五齣寫高朋逼親，錦兒代主母往嫁高府，在「高樑上自縊身死」。
死後被高府丫鬟發現，有這樣一段描寫：

〔淨丑跪白〕奴奉命來看，新娘還睡哩。〔小外白〕你喚他起來歡會。〔淨喚，白〕

新娘起來了，在床前打秋千耍哩。〔小外白〕胡說！再叫一個看。〔丑看介〕新娘學提偶人耍哩。〔小外白〕叫院子再看。〔末看〕呀，吊死了！

同樣的情景，在《金瓶梅》中得以重演。第九十二回，西門大姐忍辱不過，在丈夫陳經濟家「懸樑自縊」。其寫道：

重喜兒打窗眼內往裏張看，說道：「他起來了，且在房裏打秋千耍子兒哩。」又說：「他提偶戲耍子兒。」只見元宵瞧了半日，叫道：「爹，不好了！俺娘吊在床頂上吊死了！」

此類情景的借用，大都在略不經意的具體描寫中，非關鍵之筆；其借來的文字、意境，又大都融化在新的情節結構和語言環境中，毫無生硬不諧之感。便不能不讓人思考：如果我們不把這一現象理解為簡單的借用，而設想他可能出自同一位作者那難以盡行隱蔽的寫作習慣，該是不無道理的吧？現實中，我們常會發現某作家的不同作品中出現近似的情景設置；亦會從那熟悉的寫情繪事文字中揣測其出自某作者的筆下。這兩點，大約是古今一例的。

(四) 《金瓶梅》抄引《寶劍記》小議

首先說明，「抄引」二字是不甚妥當的。對於《寶劍記》曲文、賓白，《金瓶梅》中抄引者為少，化用者屬多。且抄引也是為了化用，為本書塑造人物、設置情景而用。

經過上文不厭其煩地舉例和摘引，應不難看出：

1. 《金瓶梅》抄錄《寶劍記》曲文、賓白，與其抄錄一般戲文雜劇不同：全書涉及的十餘種劇作，包括《西廂記》在內，其曲、白被抄引的次數、數量都不如《寶劍記》之多；其他劇作曲文的被抄引，多注意曲文的流暢、韻節的美聽，此則不強調其觀賞價值，而使借抄的文字、情景自然地融化在情節發展中；其他劇作多以名曲被抄引，唯借用《寶劍記》處多屬一般平淡的曲文。

2. 被如此頻繁引錄、借用的《寶劍記》傳奇，卻被隱去劇名，從未提及。以引錄者對《寶劍記》的熟悉程度，他又如何會不知劇名和作者，這般諱言，又是為何？此亦兩書可能同一作者的一項參證。

3. 其借用《寶劍記》中的故事情節，如周鈞韜所指出的，「在《寶劍記》中均屬次要情節，在《金瓶梅》中亦無關緊要，也就是說，可借用也可不借用。」然如上文舉證，作者借用了，而且還很頻繁。

4. 《金瓶梅》抄引《寶劍記》，是為了其塑造形象、結構故事、設置情景服務的，

質於此，作者時常對原文大加改動，使成為全部文字中有機的組成部分。

　　5.《金瓶梅》與《寶劍記》的相同之處，是抄引，更是同一創作手法在不同作品中的互見；是有意識而為的，更是無心的、隨手拈來的。

二、兩書近同說

　　除卻《金瓶梅》對《寶劍記》曲文、賓白的大量大段地抄引，更重要的，是兩書在行文造語、設事繪情方面的近同。這「近同」貫串在全書始終，表現在那不易覺察的微末之處，由此，也就更應該引起我們的注意。

(一)如脫一模的人物和事件描寫

　　首先，兩書在有關人物事件的描寫上，可見出許多相近的例子：

兩夫人進香

《寶劍記》第二十六齣，林沖夫人張貞娘來到東嶽廟進香——

> 因為婆婆多病，曾許下每歲三月三日敬赴嶽廟燒香乞祐。近因丈夫不幸，發配滄州，杳無音信，伏乞尊神保祐母親病好、丈夫及早還鄉。

《金瓶梅》第八十四回，亦專寫了西門慶正妻吳月娘到岱嶽廟進香之事——

> 吳月娘請將吳大舅來商議，要往泰安州頂上與娘娘進香，西門慶病重之時許的願心……到了岱嶽廟，正殿上進了香，拜瞻了聖像，廟祝道士在旁宣念了文書……

兩夫人進香，原是各為其夫：張貞娘是祈禱流配遠方的丈夫「無難無災」，吳月娘則是為了丈夫在天之靈的安息。她們都在廟中遇到無恥之徒的糾纏，也都僥倖未至失身。攔截張貞娘的是「高太尉螟蛉子」高衙內；企圖強姦吳月娘的是「知州高廉的妻弟」殷太歲。這兩個白晝橫行的色狼都得到了廟祝道士的幫助：劇中道士攔住香客，讓高朋等隱藏殿後，窺視美貌女子；書中「道士石伯才，專一藏奸蓄詐，替他殷太歲賺誘婦女，到方丈任意姦淫」。

　　兩夫人進香和進香過程中的遭遇，的確是很近似的。

三娘生日

《金瓶梅》中三番五次地提到西門慶第三個娘子孟玉樓過生日的情況，形成了一個近乎固定的語詞搭配——三娘生日，其來源，當取自《寶劍記》。

　　第二十一回，幫閒應伯爵、謝希大來邀西門慶去妓院李桂姐家吃酒，吳月娘怕其又

久出不歸，說道：

> 大雪裏家裏坐著罷，今日孟三姐晚夕上壽哩。

勸阻不聽，又叮囑跟隨的僕人玳安：

> 今日你三娘上壽哩，不教他早些來，休要等到那昏天黑地的，我自打你這賊囚根子。

第七十二回，應伯爵小兒彌月，來請西門慶並妻妾們去吃酒，西門慶曰：

> 實和你說，明日是你三娘生日，家中又是安郎中擺酒……如何去的成？

明明是結拜的兄弟，卻曰「你三娘生日」，雖可理解為渾鬧之詞，可當然不會就此一個緣由。同回中應伯爵私下對李銘說：「明日交你桂姐趕熱腳兒來，兩當一兒，就與三娘做生日，就與他賠了禮來兒，一天事多了了。」也是呼作「三娘」，不分你我，這便有點奇怪。又第七十七回，西門慶對寵妓鄭愛月兒道：

> 你三娘生日，桂姐買了一份禮來，再三與我陪不是……鄭愛月兒道：不知三娘生日，我失誤了人情。

「三娘生日」之類詞語搭配，在古典小說中大約屬《金瓶梅》所專用，指西門慶第三個老婆過生日之事。其與另外的妻妾過生日，卻很少如此張揚。在西門慶妻妾中，孟玉樓既無吳月娘之地位，又少李瓶兒、潘金蓮之愛寵，何故如此？《寶劍記》也許能提供一點答案，其第二十六齣：

> 〔淨、丑白〕小的久候大叔，為何來遲？〔小外白〕今日是三娘子生日，偏飲了幾杯酒。〔淨、丑白〕小的不曾與嬭子磕頭。

這位高衙內也至少有三個老婆嗎？聯繫到前後文，倒不見得是如此。也許作者是考慮到此種場面在舞台上的喜劇效果而設置：兩個老幫閒，一個花花太歲；一邊是曲意逢迎，一邊是恣情擺譜；擺譜的信口雌黃，趨奉者舌底流油，這種情景的演出效果可想像是極佳的，或然正因為這點，作者才在《金瓶梅》中依樣畫葫蘆的吧。

幫閒的悲哀

《寶劍記》和《金瓶梅》中都有幫閒形象的描寫。此類寄生蟲面目固然可憎，然亦有衣食之困乏，亦有妻小的責罵，在這種時候悲哀便陣陣襲來。兩書都描寫了幫閒的悲哀。《寶劍記》寫高府兩個虞候，每以幫閒嘴臉勾畫之，其第五齣：

〔丑白〕家無立錐之地，日有百錢之費。舊布衫難得離身，破草鞋常餘幾對。曲膝兒軟似羊羔，巧舌頭甜如蜂蜜。打勤勞卻會逢迎，憑小心不過諂媚。光著手使人的錢財，刷著鍋等人家米麥⋯⋯

這樣的日子，靠嘴舌的風帆鼓蕩前進，雖不乏美意的歷程，卻也必然會有擱淺的時候，請看下文中高朋與兩幫閒的對話：

〔外白〕你兩個這兩日不來廝見，所幹何事？〔淨白〕小弟老婆養了個娃子，因在家操了些柴米，所以不得來見大叔。〔外白〕叫管家的，著人送兩石米與他去！〔淨白〕多謝大叔重賞！〔外白〕傅安，你在家做什麼來？〔丑白〕小人老子死了。為了使者，纏著小的老婆，家裏耍傒樂神。無錢使用，操東操西的，因此來見大叔遲了。〔小外白〕叫管家，拿一兩銀子與他，買紙燒去。

這哭窮之相或正是幫閒們謀生的高妙伎倆，可又有誰能否認這些話亦正是幫閒者流的真實境況呢？《金瓶梅》以長篇小說的利便，對此描寫得比較細緻和充分。第五十六回寫常時節因交不起房錢，被「日夜催逼了不的」，又被渾家數說的「有口無言，呆登登不敢做聲」，央及應伯爵陪他到西門慶家借錢，正當西門慶在後園看那為妻妾新做的整箱的綾絹衣服，兩人嘆羨之下，又一陣吹捧，大使西門慶高興——

應伯爵挨到身邊坐下，乘間便說：「常二哥那一日在哥席上求的事情，一向哥又沒的空，不曾說的。常二哥被房主催逼慌了，每日被嫂子埋怨，二哥只麻做一團，沒個理會。如今又秋涼了，身上皮襖兒又當在典鋪哩⋯⋯因此常二哥央及小弟，特地來求哥，早些周濟他罷。」

就是這位替幫閒兄弟求情的應伯爵，也有生活艱窘、度日無計的時候，第六十七回：

西門慶道：「你連日怎的不來？」伯爵道：「哥，惱的我要不的在這裏。」西門慶問道：「又怎的惱，你告我說。」伯爵道：「不好告你說，緊自家中沒錢，昨日俺房下那個平白又捅出個孩兒來⋯⋯冬寒時月，比不的你每有錢的人家⋯⋯俺如今自家還多著個影兒哩！家中一窩子人口要吃穿盤攪，自這兩日忙巴劫的魂也沒了。」

長近千字的訴苦經與《寶劍記》取意渾同，都在於寫幫閒的悲哀。該劇第二十六齣有一段淨和丑的對句：

〔淨白〕老婆清閒孩子多，

〔丑白〕一家憑我耍騰挪。

〔淨白〕九日掙了三頓飯，

〔丑白〕正是：男子嘍囉妻快活。

亦從幫閒那最可悲哀處走筆。這種可憐處境甚至都受到家僕的訕笑，《金瓶梅》第三十五回，白來創厚著臉皮在西門家掙得「四碟小菜，連葷連素」的一餐，卻成了平安遭打的理由，被「打的剌扒著腿兒」的平安，對幫閒白來創痛恨已極，說道：

> 想必是家中沒晚米做飯，老婆不知餓得怎麼樣的。閒的沒的幹，來人家抹嘴吃，圖家裏省了一頓，也不是常法兒。不如教老婆養漢，做了忘八，倒硬朗些，不教下人唾罵。

真真言中了幫閒那可憎兼可憐的境狀。幫閒形象出現在古典小說戲曲中，不可數算，多資一時文字之笑樂，似《寶劍記》與《金瓶梅》這般取意深刻的描寫，則不算多。

醜丫頭素描

在《寶劍記》和《金瓶梅》中，各寫了一個醜丫頭，即高衙內的使喚丫頭和李衙內的使喚丫頭玉簪兒。兩丫頭都以醜陋粗俗見稱，作者各為畫了一個醜丫頭素描。《寶劍記》第四十五齣，以淨扮丫頭上場道白：

> 小女今年二十七，三九青春誰曉的？生來命蹇犯孤辰，因此姻緣多間隔。夜來手腳幾曾閒，曉起忙忙只到黑……綠窗有分侍蛾眉，坦腹無緣招貴婿。〔末白〕似你這等貌醜，誰要你？〔淨白〕非干醜陋不出門，就裏風流人不識：四寸三分玉筍纖，一尺二寸金蓮窄，鬢邊兩朵野花香，胸前一對銀瓶墜……愛穿尋常粗布衣，最嫌脂粉汙顏色。風流不在著衣多，有情那管人憔悴？昨日東人娶了個新娘，不知他是什麼意思，只是不容大叔進房寢歇，到把奴躁了一身汗。

這是在高衙內強娶張貞娘（實則侍女錦兒）之後，對其府中粗使丫頭的一段描寫。新婚之夕，高衙內不得入洞房，權借丫頭發洩性欲。亦使我們想起西門慶渴欲何千戶之妻藍氏，無緣求得，抓住女僕來爵兒媳婦施展淫欲的情節。且再看《金瓶梅》第九十一回對玉簪兒的描寫：

> 專一搽胭抹粉，作怪成精。頭上打著盤頭插髻，用手帖苫蓋，周圍勒銷金箍兒，假充作鬆髻，又插著些銅釵蠟片、敗葉殘花；耳朵上帶雙甜瓜墜子；身上穿一套前露襪後露臀、怪紅喬綠的裙襖，在人前好似披荷葉老鼠；腳上穿著雙裹外油、劉海笑撥肛樣、四個眼的剪絨鞋，約尺二長；臉上搽著一面鉛粉，東一塊白，西

一塊紅，好似青冬瓜一般……自從娶過玉樓來，見衙內日逐和他床上睡，如膠似漆般打熱，把他不去揪采，這丫頭就有些使性兒起來。

這則是在李衙內新娶孟玉樓之後，對李家粗使丫頭的繪寫。不同的是，玉簪兒原與李衙內有私，此番失去「寵愛」，便搗了一點小亂子，也因而受到懲罰。但二醜丫頭都渴望愛情，便又相同了。我們還不要忘了：高衙內看上張貞娘與李衙內看上孟玉樓都在那春日踏青的時間：一在三月三日東嶽廟香火之辰，一在三月六日清明節；一在貞娘進香之時，一在玉樓遊永福寺之後。時間雖有小別，終相去不遠。兩衙內都經歷了一番沒顛沒倒的對美人的思念，只不過高衙內空喜一場，李衙內卻實實在在結了婚，不同，正從相同處延展開來。

兩舅舅說親

《寶劍記》第三十一齣，張貞娘的母舅李不順奉高衙內之命來林沖家說親，要張貞娘改嫁高朋；《金瓶梅》第七回，孟玉樓的母舅張四則「一心保舉（孟玉樓）與大街坊尚推官兒子尚舉人為繼室」，來與孟玉樓說親。兩舅舅說親，都有著貪圖錢財的無恥念頭，都極盡花言巧語之能事，也都沒有成功。

淫僧做道場

兩書中都有做道場的場面鋪敘，就中都揭露了僧人的淫穢行為。《寶劍記》第四十一齣貞娘請僧眾追薦亡母，卻在這極悲痛的時刻掉轉毫端，去寫僧人的荒淫：「跳過牆去遇主持，他領丫頭我拐妻。色即是空空即色，從今葫蘆大家提。」還有一段僧人的獨白：

小僧法名皎月，心性從來決劣……不會看佛念經，一味巧謅胡捏。好色有似餓鬼，遇酒如蠅見血。賭博手類飛蛾，翻牆身同落葉。惡瘡生了十年，色癆經今八月。生前那肯修行，死後閻王不赦。

這類淫僧色道，在《金瓶梅》實屬不少，如第四十九回寫的那位雲遊湖海、散發淫藥的胡僧；第九十一回那位「常在娼樓包占樂婦」的晏公廟道士金宗明；尤以第八回「燒夫靈和尚聽淫聲」，把僧人在做道場時的種種醜態刻畫得入木三分。

林沖枷號和陳經濟打更

在許多不盡相同的情節或場景描寫上，我們也可見出兩書的一致點。試比較《寶劍記》中林沖枷號和《金瓶梅》中陳經濟打更，它們的聯繫應說是一種血脈精神的貫通。劇中第二十七、二十九齣，林沖受高太尉等加害，「枷號三個月」，（實則是想在十日裏「要他死命」。）淒涼秋夜，林沖「惡思量萬種難禁受，夜迢迢捱不到五更頭」，舉首悲歌，

思念親人，追憶往事，感慨壯志之難酬，痛憤奸黨之得勢，一歌一轉，曲調悲愴，再伴以那由一到五的打更聲，寫來十分動人。《金瓶梅》第九十三回，陳經濟淪為乞丐，在雪夜中「打了回梆子，打發當夜的兵牌過去」，在冷鋪裏，對眾花子訴說身世，唱了【耍孩兒】一至九煞，聲音哀戚，詞調感傷，活托出破落子弟的形象。兩處文字雖內容大相徑庭，然一在驛站，一在冷鋪，地點同一淒涼；一為流放，一為流浪，人情同一悲傷。且都是由長篇歌詞表述心曲，其後亦都得到搭救，改變了處境。林沖得遇故交公孫勝，脫出困境，陳經濟也在不久被舊日相交春梅派人找到，進入守備府享福。

(二)何其相似的行文習慣

關於《寶劍記》和《金瓶梅》二書在行文習慣、創作手法上的一致，將在後文中專門探討，此處僅臚列一些實例：

以曲代言

許多專家、學者都注意到《金瓶梅》中以曲代言的特點，這一特點尤在對話和獨白時表現突出。試比較《寶劍記》中以曲代言的語例，第三齣牛廚誇耀「做的好割切」，是──

> 有《西江月》為證：肉要十分爛軟，略加五味調和。殺豬按羂幼曾學，燒鵝烹雞善作。細煮雲中過雁，休論天上飛鵝。麒麟獅象與駱駝，曾在御前切過。

又誇口能做得好湯水──

> 也有《西江月》為證：能造五辛湯水，合成百味珍羞。綺羅宴上御香浮，白玉碗中光溜。要知湯清有味，須知肉軟無油。君王宰相與公侯，一碗通身汗透。

似這等對村廚的寫像，不去直接勾描，偏讓其在自我吹噓中暴露出「灶下笨漢生活」，在創作手法上是高明的。該劇第五齣還有兩首《西江月》專寫「子弟家風」，今選其一：

> 〔丑白〕大叔聽我說，有《西江月》為證：巧匠裁成雲錦，幫閒子弟堪誇。綠楊深處襯平沙，低拂花梢謾下。過論穿臁可愛，丟頭對泛無差。一尖斜挑迸寒霞，不數高台戲馬。

以曲代言之例，在《金瓶梅》中很多，我覺得其應是自《寶劍記》此類文字中借鑒與演變，這還牽涉到作者的習慣寫作手法問題，容後述。

運用曲牌

據趙景深先生統計，《金瓶梅詞話》中小曲共八種二十七支，經過筆者約略對照，

其與《寶劍記》曲牌名相同的為五種二十支;《金瓶梅詞話》中小令為三十種五十九支,
與《寶劍記》中曲牌同名者為十三種三十四支。對此,筆者擬在今後專門研究《金瓶梅》
詞曲資料時再作深入探討,然僅此簡單的數目比較,當亦能說明一些問題。

不同人物,一樣腔範

《寶劍記》和《金瓶梅》中各有一個趙太醫形象,如前所證,雖描寫微有不同,後者
自前者套取此形象的事實,自無可否認。值得研究的是:在兩書中都描寫了不少各種職
業的下層人物形象,這些不同人物,都是一類腔範。如《寶劍記》第三齣牛廚的自報家
門:

> 二十年前造下殃,而今始得近君王。昨日殿前宴文武,都道牛廚手段強……自小
> 生來聰俊,父母見我不笨。御廚學了十年,師父打勾千頓。會燒一把紅火,若做
> 別的休論。

又第十齣圓夢先生自報家門:

> 若討小子家世,祖輩耕田種地。連年水稻不收,老幼離鄉討吃……惟我自幼讀書,
> 學了子平周易。正為囊無分文,逐歲沖州撞邑,費了草履麻鞋,受盡跋涉氣力。
> 舊網巾前低後高,破布衫纏腰裹膝。鹽豆兒隨路乾糧,乾魚頭客邊口味。

又第十二齣軍政與軍司吏的上場白,第二十七齣刑曹典吏喚不濟的自我誇耀,第二十九
齣倉官和「草大使」的爭強,行業不同,都是一樣腔範。

《金瓶梅》第三十回李瓶兒臨盆,蔡老娘前來接生,也有如此一段:

> 你老人家聽我告訴:我做老娘姓蔡,兩隻腳兒能快。身穿怪紅喬綠,各樣鬆髻歪
> 載。嵌絲環子鮮明,閃黃手帕符擦。入門利市花紅,坐下就要管待。不拘貴宅嬌
> 娘,那管皇親國太。教他任意端詳,被他褪衣刮劃。橫生就用刀割,難產須將拳
> 揣。不管臍帶包衣,著忙用手撕壞。活時來洗三朝,死了走得偏快。因此主顧偏
> 多,請的時常不在。

請看,這接生婆與趙太醫的此類念白,在意旨上是多麼切近!又第四十回西門慶請趙裁
為妻妾制新衣,書中如此寫道:

> 這趙裁正在家中吃飯,聽得西門慶宅中叫,連忙丟下飯碗,帶著剪尺就走。時人
> 有幾句誇讚這趙裁好處:
> > 我做裁縫姓趙,月月主顧來叫。

針線緊緊隨身，剪尺常挨靴靿。

幅折趕空走價，截彎病除手到。

不論上短下長，那管襟扭領拗。

每日肉飯三餐，兩頓酒兒是要。

剪截門首常出，一月不脫三廟。

有錢老婆嘴光，無時孩子亂叫。

不拘誰家衣裳，且叫印鋪睡覺。

隨你催討終朝，只拿口兒支調。

十分要緊騰挪，又將後來頂倒。

問你有甚高強？只是一味老落。

時人的「誇讚」，竟也擬本人口吻──「我做裁縫姓趙」，正說明作者對此類塑造形象方法的欣賞和熟稔。總括以上所舉各例，大約不外乎對執業者缺少職業道德，只顧瞞騙賺錢的譴責。無論庸醫、村廚、笨婆（接生者）、拙匠（裁縫），還是那貪污枉法的軍政、司吏、倉官、草使，作者都予以揭露和批判。其揭露和批判出於譏嘲和滑稽之筆，產生了很強烈的喜劇效果，這在李開先《寶劍記》和《金瓶梅》是一致的。

(三)語辭的比較

對兩書的語辭情況進行比較研究，亦可使我們瞭解到《金瓶梅》之與《寶劍記》，決非一些曲文的簡單抄引，而是寫作手法的近同。試分述之：

1.造語數例

「昨日」 《金瓶梅詞話》中用「昨日」表時間處甚多，有兩層語意：一是確指昨天；二是用指已過去，但時間未久。用第二義處很多，如：

昨日夏大人甚是不願意……（第七十二回）

昨日你爹爹從東京來……（第七十二回）

昨日舍夥計打遼東來……（第七十七回）

昨日才打發出俺五娘來……（第八十七回）

凡此，均用「往日」之義。且《金瓶梅》中「明日」亦非專指次日，有時而是作「今後」講：

這銀子你收著，到明日做個棺材本兒。（第六十二回）

明日娘十月已滿，生下哥兒，就叫接他奶兒罷。（第六十二回）

這種標誌時間的方法，可在《寶劍記》中找到成例。該劇使用「昨日」「昨」之類詞語很頻繁，亦多為不確指者：

昨日殿前宴文武，都道牛廚手段強。（第三齣）

昨日勘問的林沖一事……（第十九齣）

昨又數高俅十罪……（第二十四齣）

這種在用詞方式上的一致，是值得注意的。

「喬」　李開先有笑樂院本《喬坐衙》，因已散佚，不知演何內容。然《金瓶梅》中卻經常出現「喬坐衙」「喬作衙」之類詞語，數量之多，使用之頻繁，讓人注目。且用「喬」組詞之例就更多。在《寶劍記》中，亦有此類語詞。第十二齣寫軍政上場，渾說一陣後，「作口喬點軍，打渾介」。

「生辰八字」　《寶劍記》中林沖圓夢，對相士道出自己的生辰八字：

乙亥年、壬午月、乙丑日、丙子時

《金瓶梅》中不獨在吳神仙相面時列出西門慶「貴造」，且在各章中對其妻妾生辰八字亦多有列舉：

西門慶：丙寅年、辛酉月、壬午時、丙子時；

潘金蓮：庚辰年、庚寅月、乙亥日、己丑時；

孟玉樓：甲子年、乙丑月、辛卯日、庚子時；

這些，不獨在行文方式上與《寶劍記》有共通之處；且林沖生辰八字所用干支——乙亥、壬午、乙丑、丙子，悉被包括。

2.名詞的通用

兩書中有大量名詞是通用的。這種名詞通用的情況與其他作品比較當也會有，但如此集中，卻屬罕見。

白虎節堂與執金吾堂

《寶劍記》第十一齣，林沖被賺，誤入白虎節堂：

〔末白〕老爹有令，在政事堂裏坐。〔生白〕政事堂還不見老爹？〔末白〕……想是退在宴賓堂了。〔生白〕宴賓堂還不見老爹？〔末白〕……想是坐在白虎堂上，我與你進去。〔生驚白〕呀！此間是白虎節堂，朝廷有旨：「擅入者斬。」

《金瓶梅》第七十回，寫西門慶到金吾太尉朱勔府中送禮──

這西門慶抬頭，見正面五間皆廠廳，歇山轉角，滴水重簷，珠簾高卷，周圍都是綠欄杆；上面朱紅牌扁，懸著徽宗皇帝御筆欽賜「執金吾堂」鬥大小四個金字，乃是官家耳目爪牙所家緝訪密之所，常人到此者處斬。

略加辨別，就會看出，雖兩堂名稱不同，其寫作目的和方法則屬近同。

肉屏風與玉屏風

《寶劍記》第三十齣，高衙內對貞娘「朝思暮想，無計可圖」，傅安等叫來李不順議親，情緒好轉，幾人輪唱了數支【玉芙蓉】，最末一支為：

門楣有令聞，財物無驕吝，千金不惜欲求紅粉。肉屏列著風流陣，錦帳深藏富貴春。

這是高太尉府中情景。《金瓶梅》第五十五回，則寫蔡太師府中富貴，中有──

左右玉屏風，一個個夷光紅拂；滿堂羅寶玩，一件件周鼎商彝。

玉屏風即肉屏風，是指以美人排列成隊，作為屏障，兩處取意相同。

玉帶金魚蟒衣與玉帶飛魚蟒衣

《寶劍記》中寫位高權重的高俅，其服總是玉帶金魚蟒衣，這是其地位和受朝廷寵信的標誌之一：

獨秉權衡鎮帝都，蟒衣玉帶掛金魚。誰知今日為官好，只恨當年少讀書。下官高俅是也……

玉帶金魚，輕裘肥馬，恩榮幸托皇家。權傾京國，大纛共高牙。（第十一齣）

這是高太尉得意之日的自語。後高淪為階下囚，林沖指面罵斥：

你止知盜賣江山接外夷！枉辱了玉帶金魚掛蟒衣，受祿無功愧寢食。

這段曲子被《金瓶梅》全文引錄：已在前面論及，而書中又提及一種貴顯的朝服──玉帶飛魚蟒衣。第七十一回：

> 何太監道：「……拿我穿的飛魚綠絨氅衣來，與大人披上。」西門慶笑道：「老
> 公公職事之服，學生何以穿得？」何太監道：「大人只顧穿，怕怎的，昨日萬歲
> 賜了我蟒衣，我也不穿他了，就送了大人遮衣服兒罷。」不一時，左右取上來。
> 西門慶捏了帶……披上氅衣，作揖謝了。

這件衣服穿回去，便成了西門慶招搖鄉里的資本。第七十三回：

> 伯爵燈下看見西門慶白綾襖子上，罩著青段五彩飛魚蟒衣，張爪舞牙，頭角崢嶸，
> 揚須鼓鬣，金碧掩映，蟠在身上，諕了一跳……極口誇讚：「此是哥的先兆，到
> 明日高轉。做到都督上，愁玉帶蟒衣，何況飛魚，穿過界兒去了。」

同是蟒衣，「金魚」與「飛魚」有一種品級上的差異，然書中亦有「玉帶金魚蟒衣」，
第七十一回太尉朱勔服色，正是：緋袍象簡，玉帶金魚。

貓鼠同眠

《寶劍記》第六齣林沖上疏彈劾高俅、童貫後，有一段感慨國事混亂的曲文：

> 【撲燈蛾】奈何逃亡群，流離可痛酸。不照復盆地，光明豈是遍？〔末唱〕都是讒
> 言佞言，一個個貓鼠同眠……

《金瓶梅》第七十五回吳月娘斥責潘金蓮：

> 一個使的丫頭，和他貓鼠同眠，慣的有些摺兒，不管好歹就罵人……

一言國事，一言家務，所指不一，所用一詞。這種遣詞用語的吻合，當由作者的行文習
慣決定。

兩書中相同、相通的語詞尚多，僅再列舉一部分如下：吳鉤、金吾、業障、魯酒、
十字街、東嶽廟、舍利子、夜明珠，取供解繳、具招繳報，投文倒解、子平周易、曹州
地界、燒雞燒鵝，乾爹乾娘……

3.人名的互見

《寶劍記》和《金瓶梅》書中人名，多有互見。一般不外三種情況：

其一，沿自《水滸傳》。如宋江、柴進、張叔夜、高俅、童貫、蔡京、楊戩、王婆，
其名分、職事乃至善惡，基本未變；如錦兒，則略有變異，在《水滸傳》《寶劍記》中
為林沖家使女（事亦大有不同），在《金瓶梅》中，則為王六兒使女。

其二，一般下層人物形象。此類形象在兩書中出現，卻顯得血脈貫穿，渾然一體。
如趙太醫，劇中簡說，書中詳述，情境不同，唇吻口角，則純然一人；如尼姑妙聰、妙

好,為《寶劍記》中白雲庵觀主張貞娘的徒弟,專做「後牆上送生,前門裏接客」的營生,《金瓶梅》中有小尼姑妙鳳、妙趣,是蓮花庵薛姑子徒弟,幹此項營生的換成了薛姑子。第五十一回西門慶講述薛姑子穢事:

> 你還不知他弄的乾坤兒哩!他把陳參政家小姐,七月十五吊在地藏庵兒裏,和一個小夥阮三偷姦,不想那阮三就死在女子身上。他知情,受了三兩銀子。

正和《寶劍記》中描述相呼應。

還有這樣一類名字,如前第一節所引《寶劍記》曲文「口兒裏念佛心兒裏想:張和尚、李和尚、王和尚。」在《金瓶梅》第六十二回:

> 馮婆子道:「說不得我這苦。成日往廟裏修法,早辰去了,是也直到黑,不是也直到黑。來家,偏有那些張和尚、李和尚、王和尚。」

其三,上層高官形象。兩書中,還出現幾個相同的朝廷大吏的名字:侯蒙、朱勔、楊清(《金瓶梅》中作楊時),這些名字不見於《水滸傳》,將在下節進行專門研究。

通過以上三部分的舉證,說明《寶劍記》與《金瓶梅》的近同是大量的,是從設計情景、摹寫人物、結構情節乃至遣詞造句、人名地名等各個方面表現出來的,是貫穿全書始終、滲透到大量細節描寫中去的。因而,也是一般抄引者所無法做到的。

三、共通的改編思想和創作意識

《寶劍記》與《金瓶梅》都是由《水滸傳》故事「演出一支」,使之與原著比較,便能見出其改編思想和創作意識的共通之處,從這一角度來對兩書進行比較研究,是不可或缺的。

(一)題材的選擇和改造

《寶劍記》和《金瓶梅》都以《水滸傳》中人物為主人公:前者演林沖故事,後者寫西門慶故事。《水滸傳》中不少人物、情節都出現在劇中和書裏。但兩書都對題材進行了選擇和改造,在這方面有許多共同之處:

選擇其最引人注意的人物、情節

《寶劍記》選擇了林沖。林沖是梁山泊最能引起廣泛同情的人物。從八十萬禁軍教頭到起義軍統帥,其生活的道路迴還往復,卻盡可用一個「逼」字總括無餘:朝綱的弛毀,逼得他伏闕上疏;權臣的惡勢,逼得他闖堂獻劍;草場的大火,逼得他手刃奸黨;官軍

的追捕，逼得他夜奔梁山……

《金瓶梅》選擇了西門慶。西門慶是《水滸》中最令人憎惡的人物之一。從一個開生藥鋪的流氓商人到山東提刑所正千戶，他的一生是「發跡變泰」「日日高升」的一生。謀害武大、唆打竹山、強娶孟玉樓、霸占王六兒，更如脫禍、得官、攀貴、升遷……每不離一個「錢」字。「功名全靠鄧通成」，毋怪臨死之刻，他向妻子交代的是一筆銀子帳。

對人物、故事進行熔鑄改造

《寶劍記》中的林沖，一開始，就不再是原著中那個一身武藝、謹小慎微、逆來順受的武夫，而被改塑為世代簪纓、飽讀詩書、嫉惡如仇、敢於直言切諫的儒將。他與高俅的矛盾不再是一種個人的奪妻之恨，而是由被動的反抗變為主動的出擊——上疏彈劾權奸。

《金瓶梅》中的西門慶，也不再僅僅作為一個「在縣衙門裏上下其手，嚇嚇小縣城裏的平民們」的市井流氓，而成為丞相義子，提刑正官，驅動縣衙，邀結州府……武松的拳頭，已經奈何他不得了。

反權奸思想的加強和具體化

《水滸傳》中自然也有很濃厚的反權奸思想，但毋庸諱言，這一創作思想在《寶劍記》和《金瓶梅》中得到加強和具體化，詳在下文中。

(二)「序」的啟示

把《金瓶梅》「欣欣子序」與李開先《寶劍記》前後兩序進行比照，亦可見出許多相同的地方：

都以他人口吻言出，實則出於本人手筆

《金瓶梅》欣欣子序，一般認為是作者本人撰作，假欣欣子之名載以書端，很有道理。《寶劍記》雪蓑漁者序，在李開先《閒居集》原刻本卷五，標題下注為：「改竄雪蓑之作」，又署名姜大成的〈《寶劍記》後序〉，標明「托姜松澗之為言」，則李開先假託友人之名自序《寶劍記》當屬無疑。徐朔方先生指出欣欣子序同姜大成序「都是作者友人的代言」，進一步推究之，應說兩篇都是作者假託友人名義的自我評價。由是，其意義也就更不容忽視。

用意乃至行文上有許多相似

試作一點比較。〈寶劍記序〉曰：

予性頗嗜曲調，醉後狂歌，只覺（《琵琶記》）「雁魚錦」「梁州序」「四朝元」

「本序」及「甘州歌」等六七闋為可耳，餘皆懈鬆支漫；更用韻差池，甚有一詞四五韻者。是記則蒼老渾成，流麗款曲，人之異態隱情，描寫殆盡，音韻諧和，言辭俊美，終篇一律，有準於去取者；兼之起引、散說、詩句、填詞無不高妙者，足以寒奸雄之膽而堅善良之心。

〈金瓶梅詞話序〉曰：

> 吾嘗觀前代騷人，如盧景暉之《剪燈新話》、元微（徵）之之《鶯鶯傳》、趙君弼之《效顰集》……其間語句文確，讀者往往不能暢懷，不至終篇而掩棄之矣。此一傳者，雖市井之常談，閨房之碎語，使三尺童子聞之，如飲天漿而拔鯨牙，洞洞然易曉。雖不比古之集，理趣文墨，綽有可觀。其他關係世道風化，懲戒惡善，滌慮洗心，無不小補。

都在於指點前賢名篇之不足，而闡揚序作的文采與作者的道心，兩相比較，運筆如一人。又〈《寶劍記》後序〉曰：

> 古來抱大才者，若不乘時柄用，非以樂事繫其心，往往發狂病死。今借此坐消歲月，暗志豪傑，奚不可也。如不成然，當會中麓（李開先）而問之。

〈《金瓶梅詞話》序〉曰：

> 竊謂蘭陵笑笑生作《金瓶梅傳》，寄意於時俗，蓋有謂也。人有七情，憂鬱為甚。上智之士，與化俱生，霧散而冰裂，是故不必言矣。次焉者，亦知以理自排，不使為累。惟下焉者，既不出之於心胸，又無詩書道腴可以撥遣，然則不至於坐病者幾希。吾友笑笑生為此，爰罄千生所蘊者，著斯傳凡一百回。

兩處文字在用意上的相似，已經朔方先生指出，的確是很明顯的。

(三)共通的改編思想

　　比之《水滸傳》，《金瓶梅》和李開先《寶劍記》都有意識地強化了作品的政治色彩。其寫作重點不再置於對各類攻城掠地、英雄聚散等情節的描繪上，而落在對權臣奸黨把持朝綱、荼毒生民的揭露和譴責上。其強烈的政治性，由作品的整體，亦由寫作的細節，得到了全面的反映：

1.兩書所表現的主要內容──權奸誤國

　　權奸誤國，是兩書所表現的主要內容。唯不同的是《寶劍記》由朝廷內部的忠奸之

爭開始，由上到下地批判了內閣的吏治混亂、權奸的黨同伐異，揭露了上至君相、下至
吏曹等大大小小的食民之獸；《金瓶梅》則由一小縣城破落戶的發跡史入筆，由下到上
地對縣、府乃至中央內閣貪贓枉法、賣官鬻爵等黑暗現象進行揭露和批判。逆向交會，
仍可見出在內容上的重迭或確切地講是近同。這尤其表現在兩書對權奸誤國拈出的罪惡
實例上：

> 朝廷聽信高俅撥置，遣朱勔等大興土木，採辦花石，搔動江南黎庶，招致塞上干
> 戈。此輩反稱賀時世太平，不管閭閻塗炭。（《寶劍記》第六齣）

> 朝廷如今營建艮嶽，敕旨令太尉朱勔，往江南湖湘採取花石綱……又欽差殿前六
> 黃太尉來迎取卿雲萬態奇峰，長二丈，闊數尺，都用黃氈蓋覆，張打黃旗，費數
> 號船隻，由山東河道而來。況河中沒水，起八郡民夫牽挽。官吏倒懸，民不聊生。
> （《金瓶梅》第六十五回）

兩文對照，後者敘說略詳，主要精神則是一致的。再比較：

> 朝廷信任童、蔡、高、楊四賊在朝，不修邊備，專務花石。朱勔等輩，生事開邊。
> 百姓生不能安，死不能葬，使天下豪傑各皆逃散。（《寶劍記》第四十齣）

> 朝中寵信高、楊、童、蔡四個奸臣，以致天下大亂，黎民失業，百姓倒懸，四方
> 盜賊蜂起，罡星下生人間，攪亂大宋花花世界，四處反了四大寇。（《金瓶梅》第
> 一回）

這些實例，集中在採辦花石和土工木作上，集中在由此造成的對百姓的傷損上，在劇中
和書中都有更多的例證，茲不贅述。這與作者所處的嘉靖朝時事有深刻的聯繫，以此，
也有力地說明：兩書在表現內容和表達方式上，都是很近似的。

2.注意幾個人名

上節敘及兩書中有幾個互見的大吏之名，卻並不見於《水滸傳》，於此稍作探討：

侯蒙 《寶劍記》第四十九齣，出現了「亳州太守侯蒙」一名，這是個用墨較少，
但能見出有正直心的朝官；《金瓶梅》中，侯蒙成為山東巡按、都御史，後升太常寺卿[8]，
雖與西門慶小有往來，卻未見有什麼劣跡。

方軫 《寶劍記》中兩次提到給事中方軫彈劾「四奸」，被蔡京等「下獄苦刑，竄

---

[8] 侯蒙職務的升擢，方軫作為太常寺博士，似都應聯繫到李開先曾任太常寺少卿，來思考這種小變動
的原因。

發嶺南，因而殺害」；《金瓶梅》中則有：

> 昨日立冬，萬歲出來祭太廟，太常寺一員博士，名喚方輅，早辰直著打掃，看見太廟磚縫出血，殿東北上地陷了一角，寫表奏知萬歲。科道官上本極言：童掌事大了，宦官不可封王。

官職與劇中雖有不同，其把方輅作為正直之士來描寫，卻是一樣的。且劇中方輅自為科道官（給事中），司諫垣之職，可自行彈劾權臣；書中為博士員，只可「奏知」，而由科道官上本。兩處文字並無衝突。

朱勔 《寶劍記》中描寫的幾個主要奸臣之一，便是朱勔：「蔡京為相，高俅為將，童貫治內，朱勔治外」。「朱勔等輩，生事開邊」。實際寫作中，這朱太尉已成了取代楊戩的「四奸黨」之一。《金瓶梅》亦是如此。第七十回「群僚庭參朱太尉」中，新加光祿大夫、太傅兼太子太保的朱勔是何等威風！在全書中，他已成為僅次於蔡京的重要反面人物。兩書對這一形象的增添和重點刻畫，是值得注意的。聯想到沈德符所言「朱勔則指陸炳」，其寫嘉靖朝時事，當屬無疑。

楊清（時） 《水滸傳》中審理林沖一案的是開封府滕府尹，這是個軟弱而缺少主見的官員。《寶劍記》改開封府尹名楊清，這當是一個有寓意的人名，取意弘揚清正。楊清「守法奉公」，「從公問理」，不懼高俅權勢，與林沖「翻了供狀」。到《金瓶梅》中，開封府尹又改名楊時，「時」字當寓隨時機變之意。請看有關文字：

> 西門慶收下他（李瓶兒）許多軟細金銀寶物……連夜打點馱裝停當……到了東京城裏，交割楊提督書禮，轉求內閣蔡太師柬帖，下與開封府楊府尹。這楊府尹名喚楊時，別號龜山，乃陝西弘農縣人氏，由癸未進士升大理寺卿，今推開封府尹，極是個清廉的官；況蔡太師是他舊時座主，楊戩又是當道時臣，如何不做分上……西門慶聽的楊府尹見了分上，放出花子虛來家，滿心歡喜。

本來「極是個清廉的官」的楊時，在座主和時臣柬帖到日，便管自顛倒是非，邀好斂財了。由「楊清」到「楊時」，發展衍變的軌跡很是清晰。

3.沈德符的評語

沈德符《野獲篇》對《金瓶梅》和李開先《寶劍記》的思想傾向都有著簡短的評語，給我們提供了很多珍貴的外證：

> 填詞出才人餘技，本遊戲筆墨間耳，然亦有寓意譏訕者。如……李中麓之《寶劍記》，則指分宜父子。（卷25〈詞曲·填詞有他意〉）

指斥時事,姻蔡京父子則指分宜,林靈素則指陶仲文,朱勔則指陸炳,其他各有
所屬云。(卷25〈詞曲・金瓶〉)

《寶劍記》和《金瓶梅》都具有很強的政治諷喻性。高俅父子、蔡京父子,都能使人們看
到那把持朝綱的嚴嵩父子的影子,沈德符認為作者是「指斥時事」,是指斥嚴氏父子,
雖尚有待進一步論定,至少可以說是有一定道理的,兩書的作者又一次走到了一起。

在我們結束全章的時候,我想大膽地說:對《寶劍記》的考索,使我們為李開先作
《金瓶梅》說找到了大量翔實可靠的依據。據目前的考證,這是《金瓶梅》所引錄戲曲資
料中從創作時代上講最晚的一個劇碼,又是作者有意要隱瞞劇名和劇作者的一個劇碼。
為什麼?一個數萬字的代言體的劇本的包容量,自然無法同近百萬言的長篇敘事體小說
相比,但二書卻在各個方面有以上所列舉的相同、近同或共通之處,又說明了什麼?

這是簡單的借鑒或抄引嗎?非是。是李開先的追隨者或崇信者所能達到的嗎?亦不
可能。可能似乎只有一個:其出於同一作者的手筆。即李開先在寫作《寶劍記》之後,
又創作了《金瓶梅》。要證實這一點,當然還應加強各方面探索和考證,但僅《寶劍記》
一項,就提供給我們一宗極可重視的材料。

最後,我想再補充一點,即:兩書互補說。我覺得《寶劍記》和《金瓶梅》是互為
補充,可以作一體觀的:

1.**選材上的互補**。《寶劍記》選擇《水滸傳》中正義形象的典型——林沖;《金瓶
梅》選擇其中邪惡形象的典型——西門慶。

2.**形象描寫上的互補**。同一開封府楊府尹,《寶劍記》寫其清正剛直的一面;《金
瓶梅》寫其難泯私情、畏懼權勢的一面。

3.**事件描寫的互補**。如《寶劍記》提及尼姑「後牆上送生,前門裏接客」,《金瓶
梅》就對此作一番鋪敘、渲染。

互補的現象表現在諸多方面。如劇中寫的是內閣混亂,書中則多寫底層黑暗;劇中
寫婦女的貞節,書中多寫婦女的淫亂;劇中提及朱勔的「生事開邊」,書中則著重描寫
他的「督理神運」。凡此種種,在內容上互為照應、補充,亦是同出一手的明證。

關於《金瓶梅》作者的「李開先說」

　　已故吳曉鈴先生是「李開先說」的最早持議者。他在為《中國文學史》（中科院編，1962 年版）寫的一條註腳裏，明確提出自己對《金瓶梅》作者的看法：「李開先的可能性較大。」越二十年後，徐朔方先生發表〈《金瓶梅》的寫定者是李開先〉等系列論文，提出《金瓶梅》是世代累積型的集體創作，李開先為該書的最後寫定者，後又把觀點修正為「《金瓶梅》的寫定者或寫定者之一是李開先或他的崇信者」。對於「李開先說」，趙景深、杜維沫、日下翠（日）、芮效衛（美）都表示過不同程度的支持。在這一基礎上，筆者出版了《金瓶梅作者李開先考》一書，從李開先的籍里生平、寫作態度和詩文風格，從他在朝野的盛名到他的家庭狀況，進行了詳細的比勘，提出了一些新的材料。現撮要列舉如下：

一、由《金瓶梅》大量引錄《寶劍記》曲文
到兩書筆法的近同

　　曲文的大段抄引。《金瓶梅》的作者無疑是熟諳詞曲的，書中引用了許多前人劇作，然其大量引用且又不加標名的當代劇作，惟有李開先的《寶劍記》，這些大段大段的抄引，常因所寫人物的不同而改易幾字，便覺妥帖自然，與一般詞話演義小說的照抄大不相同。

　　色色入妙的人物素描。《金瓶梅》的抄引常又集中在對某些類型化、行當化人物臉譜的勾勒上，如庸醫、僧尼、幫閒、媒婆，也包括昏官、柄臣。如第六十一回「我做太醫姓趙」一段，雖因患者性別而文字各異，其唇吻口角則與《寶劍記》絕無二致；第六十八回寫王姑子和薛姑子爭風吃醋，又出於劇中第五十一齣，都對僧尼的貪婪淫亂極盡嘲諷；而從第七十回朱太尉身上，也明顯可見出《寶劍記》中高太尉的影子。

　　積習難隱的情景處理。《金瓶梅》中有許多情景描寫，明顯來自《寶劍記》，如「賞雪」「診病」「慶賀」「宣卷」「圓夢」……如第九十二回寫西門大姐「懸樑自縊」，丫頭從窗外張看，先說是「打秋千」，再說是「提偶戲」，最後才說「上吊死了」，與劇本如出一轍。《金瓶梅》的抄引，是為其塑造形象、結構故事、設置情境服務的，是

同一創作手法在不同作品中的互見。

　　兩書在行文造語、設事繪情方面的近同。首先表現在有關人物事件的描寫上，如「三娘生日」、兩夫人進香、幫閒訴苦、粗使丫頭吃醋、兩舅舅說親、淫僧做道場……兩相校讀，如脫一模。另如以曲代言、曲牌的使用、腳色家門，如對一些語詞像「昨日」「喬」「貓鼠同眠」、干支的排列，如一些專有名詞的通用——白虎節堂與執金吾堂、肉屏風與玉屏風、玉帶金魚蟒衣與玉帶飛魚蟒衣，是貫穿全書始終，滲透到細節描寫中的。

二、李開先的仕宦、歸隱與家庭

　　明沈德符《萬曆野獲編》稱《金瓶梅》作者為「嘉靖間大名士」，應是我們的一條路引。李開先為嘉靖八年進士，歷任吏部文選司郎中、提督四夷館太常寺少卿等，與羅洪先、唐順之諸人列名「嘉靖八子」。其在三十九歲正當有所作為之際，遭權臣嫉忌，罷歸鄉里，對朝政腐敗也有著清醒認識和切身感受，在《金瓶梅》中可得到印證。

　　罷官的次月，李開先即攜家返回故鄉章丘。「自從辭帝里，不復出齊州。」「歸而治田產，蓄聲伎，征歌度曲，自詡馬東籬、張小山無以過也。為文一篇輒萬言，詩一韻輒百首，不循格律，詼諧談笑……」（清錢謙益《列朝詩集小傳》丁上）著名散曲家馮惟敏贊他：「似您這天才傑出，真個是無愧前修。雲時間對客揮毫風雨響，世不曾閉門覓句鬼神愁。囊括了三墳五典、八索九丘；網羅了百家眾伎、三教九流；席捲了兩漢六朝、千篇萬首；彈壓了三俊四傑，七步八斗……」李開先在朋友和當代人心目中被譽為「東方曼倩」「好酒劉伶」「山東李白」「吏部韓公」，是一個富有才情的放誕的大名士。

　　古今中外的許多小說中，主人公身上常可透視出作者的身影，《金瓶梅》亦然。西門慶是一個反面典型，卻也並不影響作者在設計這一形象時使用自己的生活積累，化用自己的人生感受。試為比較：

　　李開先妻妾與西門慶妻妾。《金瓶梅》主要寫西門慶與一妻五妾的家庭故事。李開先原配張氏，嘉靖二十六年卒；繼娶王氏，卒於開先逝後之萬曆十六年。小說中吳月娘綜合了張王二人的特點：接人待物及與眾妾的關係類似張氏，以女兒填房和出身則略同於王氏，尤其是在生育上遭遇的不幸與二人很相像。

　　小說中西門慶妻妾有排行，如孟三兒、潘五兒，又稱與之有姦情的韓道國妻王六兒，呼奶子如意兒作章四兒。李開先之妾亦有排行，如張二、張三、范四。在李瓶兒身上可見出開先寵妓張二的影子，西門慶對瓶兒那不尋常的懷念，也可在《閒居集》開先追思張二的詩文中找到先例。

　　李開先家樂與西門慶家樂。《金瓶梅》寫家樂之類文字，應非刻意結撰，一般來講

為不經意出之。李開先常以家樂自炫，其家樂班的構成及演劇情況，亦散見於作品及同時人記載中。筆者認為李氏當是以此為生活原型來寫作的：李開先姬妾多選善樂器者，或擇年輕美貌者教習之；小說中潘金蓮琵琶、孟玉樓月琴，皆以妾兼理樂器。何元朗《四友齋叢說·雜記》稱「李中麓家戲子幾二三十人，女妓二人，女童歌者數人」，「中麓每日或按樂，或與童子蹴球，或鬥棋，客至則命酒」；亦可與小說中「教李嬌兒兄弟樂工李銘來家，教習學彈唱，春梅學琵琶，玉簫學箏，迎春學弦子，蘭香學月琴」一段，兩相接讀。

李開先園林與西門慶園林。李開先《閒居集·孝廉堂序》：「歸而治地於城之西南隅，中構一堂，頗宏壯而鮮麗……堂前有對廂，有重門，有門房；堂後有寢居，有翼室，有二樓二堂二卷廈，及一小廳、二假山，一山有洞。園亭六，園門二，名花怪石充斥其中……」使與小說中有關描寫比較，可見出基本規模的近同。西門慶尋歡作樂的一個重要場地是假山之洞即藏春塢，而李開先〈中麓小令〉「藏春閣，避暑亭，得經營處且經營」，也是其借放誕酒色以消減煩愁的地方。「塢」與「閣」在語義上不一樣，然有意思的是，《金瓶梅》中寫西門慶花園，又連連提及「藏春閣」三字：「冬賞藏春閣，白梅積雪」，「藏春閣後，白銀杏半放不放」。這裏的藏春閣，即是藏春塢，即是雪洞兒。

李開先之會與西門慶之會。西門慶有一個市井之會，所謂「熱結十兄弟」是也。《閒居集·顏神事宜》記述了「惡少有花心會」，「各攜娼妓，晝夜喧飲」等，頗類似。而李開先返鄉後也加入了章丘的詩會和詞會，「每月相參作主」與小說中「每月會茶飲酒」略同。

三、其他有關線索

作為《金瓶梅》可能的作者，李開先性情及經歷中可供印證的還有很多，限於篇幅，茲略舉如下：

經商之才。李開先雖出身農家，其祖父和岳父都有經商之能。且章丘為齊東大邑，商業繁華，李開先所撰對聯有：「遊客經商車輛交馳三岔口，舉人進士坊牌填滿四隅頭」，正寫這種繁盛景況。而李氏曾任戶部，頗有經濟之才，返鄉後擴拓家產，建置園林，設「農商兼濟之堂」，才能夠「優遊林下」。

善謔的積習與「留驢陽」。《金瓶梅》第五十一回西門慶講了一個「留驢陽」的淫穢笑話，李開先《詩禪》後跋語中正有一則故事：「長清劉盧陽，與物無忤，逢人多戲，人咸以劉驢陽稱。八月念又八日，來賀中麓生辰，座客無不與之嘲訕者。中麓在主席。出一謎試眾猜之……客竟無一應者，遂酌酒遍飲客，曰：乃是『留驢陽』三字……」劉

盧陽此人名不見經傳，其諢名當不會廣為人知，寫入《金瓶梅》中，又能作何解釋？

關於子息。《金瓶梅》中有關西門慶子息的文字，細寫主人公的思子之切，得子之喜，愛子之深，殤子之痛，給人以深刻印象，若與李開先子息的情況相比較，符節處甚多，對考證作者亦有裨益。

章丘與清河。《金瓶梅》作者把《水滸傳》西門慶故事的發生地由陽穀改為清河，自有其深意在焉，其說有四：使與「濁河」相對應；隱括古清河郡及蘇章持法故事；暗喻章丘，縣境內有大清河、小清河，以河流代指地名，亦古人之慣例；寓濟水，亦即小清河。小說中存在不少地理訛誤，然若以章丘為座標，則見處處吻合。

西門慶的身分信息

我們當然不會認為李開先就是現實生活中的西門慶,更不會認為李開先（設若他是該書作者）借西門慶形象寄託自己的理想和希望。《金瓶梅詞話》中的西門慶,是被作者鞭撻的一個藝術典型,塑造這一形象的目的正在於揭露此類人物的醜行並示以人生人世的懲戒,這似乎是並無疑問的。

但事情的複雜性正在於:從西門慶身上,我們仿佛能見到李開先的影子,這在許多方面體現出來,讓人難以置信,又難以否認。

如何來解釋這一現象?有人說其正是李開先非作者的根據,立論怕過嫌匆率。古今中外的許多小說名篇中,主人公身上常常可透視出作者的影子,主人公常常是作者精神和意志的藝術體現。《金瓶梅》的主人公是一個反面的典型,卻也並不影響作者在塑造這一形象時使用自己的生活積累,並不影響他運用自己熟悉的人物、事件來把其主人公寫得血肉豐滿,實際上,他不也正是非此不可嗎?

我認為:李開先在塑造西門慶形象時是借鑒了自己的生活經歷的,比較二者,能啟發我們對作者問題從另一角度上進行思考。

一、李開先妻妾與西門慶妻妾

《金瓶梅》主要寫西門慶與一妻五妾的家庭故事。應該說:作者似乎並不認為一個男子占有六個女人是一種罪過,他譴責的是西門慶那種鄙劣的、不道德的霸占婦女的方式和過程,譴責的是淫亂害人的無恥行徑。多妻制在封建社會從來都是合法的。納妾和宿娼在不少文人騷客（其中包括一些名家）的筆下被津津樂道,引為趣事,此亦一種文學傳統。

李開先就是一個納妾和宿妓的合理論者和實踐者。他在自己的文集中對此並無隱諱,如其詩〈喻意〉:

> 人世百年真一夢,夢中有喜有悲傷……功名得失有如此,買歌且醉大堤娼。

他不是隨便這樣說說;在其文集隨處可見這種招妓宿娼的例子,〈村居秋興〉:

> 侑酒惜時招野妓，塵生羅襪步凌波。

同許多舊時文人一樣，李開先是為了寄興和消愁招妓的，很少有真正的感情，〈贈別歌妓〉：

> 爾與予減愁，予為爾增價。

這哪裏有什麼情感的交流，分明是一種等價交換。其晚歲仍偶一為之，〈戲贈小妓〉：

> 晚年遇秀媖，寄興不留情。[1]

當然，這並不是說李開先是一個缺少感情的人，對其家中的妻妾，應該說他還是很重感情的。

據《閒居集》，李開先前後有二妻：原配張氏，同邑人，年十九適開先，嘉靖二十六年卒；次娶王氏，齊東人，嫁時年十八，卒於李開先逝後之萬曆十六年。李開先之妾今有姓氏可知者三人：張二、張三、范四。張二亦卒於嘉靖二十六年，年僅十八；張三、范四不知所終。李開先妻妾的情況記載無多，但僅就可瞭解到的，使與《金瓶梅》中西門慶妻妾比較，可注意的地方就很多，茲舉其要者如下：

(一)妻妾的排行

西門慶的妻妾有排行：吳月娘稱大娘，李嬌兒稱二娘，依次下來，潘金蓮稱五娘，李瓶兒稱六娘。但這只是丫鬟、僕役或親朋相聚時稱呼的，家主人西門慶則不然，其每至謔浪、調笑、猥狎之際，輒呼：孟三兒、潘五兒、李六兒。又稱與之有姦情的韓道國妻王六兒，呼奶子如意兒作章四兒。如此稱呼其妾及外室、外遇，有兩點值得注意：

1. 正妻如吳月娘在排行之首，卻不見西門慶如此稱呼，親熱之時，亦只叫「姐姐」，或「我的姐姐」。比較起來，似乎有一條尊卑界線。

2. 妾中為西門慶不喜歡的亦不作此稱，如李嬌兒、孫雪娥，未見其稱之李二兒、孫四兒，此又可視為一種親疏之分。

李開先的妻妾亦有排行：原配張氏、張二、張三、范四。後髮妻張氏去世，主婦則為繼娶者王氏。其以張二、張三、范四為昵稱；見於其詩文集中，如〈憶張二〉〈贈張三〉〈詠范四〉（還有其記友人之豔遇的〈戲贈少棠寵妓劉五〉）。以上昵稱在生活中應加以「兒」化，呼作張二兒、張三兒、范四兒、劉五兒。開先亦不如此稱呼其正室張氏、王

---

[1] 上引各詩均據《閒居集》。

氏。

(二)吳月娘與開先妻張氏、王氏

李開先髮妻張氏，頗有幾分與《金瓶梅》中的吳月娘相像。開先為她親撰的墓誌曰：

> 先是居官，妻雖不與外政，時有商議，必勸余從寬，至仕路升沉、人情敦薄，與
> 之言及，無不知其梗概。晝坐淹辰，夜談達旦，粗識書意，大得余心。[2]

吳月娘的性格，其與西門慶的關係，雖非完全如此，卻有相同者。如其勸西門慶不要內外施虐，如其對世事人情的通達，如第二十一回「吳月娘掃雪烹茶」記二人和好後的「夜談」，都仿佛可見出張氏的身影。而李開先敘說張氏行事，亦多與吳月娘相近。如記張氏日常所為：「遍探女眷，飲食慰勞，起居歡適」；表彰其賢慧，「性資婉柔，言笑遲重，事姑孝敬，處事從容」；讚揚其持家幹練，「余之治第也，財物出其手，日用十金，至晚無一錢不明者。雖工役雜逯，人事糾紛，余惟對客觸詠，指點數語而已」；最為重要的是其記張氏與眾妾的關係，「處眾妾不妒，人言或有異同，死後始信其然矣」。吳月娘不恰如此嗎？在那種爭風吃醋的妻妾關係中，她應是「不妒」的典範了。西門慶曾這樣評價她：「房下自來好性兒，不然，我房裏怎生容得這許多人兒。」可從書中我們看到，潘金蓮（甚至也包括孟玉樓）背地裏也常以「妒」來指責她。

張氏二子一女皆不育，其死也是由於半產中得疾，吳月娘在生育上的遭遇也有近似的不幸：第三十三回寫她在樓梯上扭傷了，腹中「五個多月」的胎兒，服藥後打下一成形男胎。

李開先續娶的王氏，與書中吳月娘相比，亦有許多近似之處：

兩人婚姻略同。都是以女兒作填房；

兩人出身略同。吳月娘是清河縣左衛吳千戶之女，王氏乃南頓巡檢司王巡檢之女；

兩人都主掌家務，也同樣面臨著丈夫姬妾甚眾，難以統馭的複雜局面。

(三)李瓶兒與開先寵妾張二及其他

在章丘踏訪，當地老者告知：縣內大李家莊西原有李開先愛妾張二墓，有碑，人皆稱「牡丹墳」，抗戰間始為日軍炸毀。開先文集中，有〈侍姬張二誄〉：

> 貌美言溫，性堅情真，身雖墮落煙花，心則迥出風塵。贊理內政，蔚有令聞。年

2　《閒居集》卷八〈誥封宜人亡妻張氏墓誌銘〉。

> 青而折，莫究厥因。豈爾家之薄福，抑蒼蒼之不仁？求之於古，蓋張真奴其人，
> 惜乎不逢呂祖云。

張二以十八歲芳年，死於嘉靖丁未十一月初四日，其距李開先髮妻之逝不到三個月時光。
我們無法悉知張二因何而亡，只能約略察知她的死決然不是正常的死亡，李開先對她的
病曾百般地請人醫治，對她有著經久不去的思戀，其詩作〈憶張二〉：

> 花開正值東風惡，嫩蕊紅英逐雲飄。
> 異症國醫難調理，相思歧路轉迢遙。
> 嬌容不照青銅鏡，逸韻無聞碧玉簫。
> 觸物傷情雙淚落，餘香猶染舊鮫綃。

這種難以割捨的纏綿的思念，使我們想起《金瓶梅》中李瓶兒在潘金蓮欺凌下鬱鬱病篤，
西門慶對她的百般體貼、萬方醫治：任醫官、胡太醫、趙太醫、行醫何老人、算命黃先
生，凡能請到的，都請到了。又有王姑子印經禮佛，潘道士焚符解禳。畢竟逝波難回，
撒手西去，淫棍西門慶在此時表現出流露真情的痛殤：

> 西門慶道：「他來了咱家這幾年，大大小小未曾惹了一個人，且是又好個性格兒，
> 又不出語，你教我捨的他那些兒！」題起來又哭了。

很久之後，西門慶還思念著與李瓶兒的舊日恩愛。李開先對張二也正如此，張卒後許多
年，李還不盡餘情，寫下七絕〈過張二墓〉：

> 枕邊遺囑言猶在，隴上經春雪未消。
> 幾欲臨風歌楚些，遊魂杳杳不堪招。

清周亮工稱此詩「情至可誦」，所論甚當。值得注意的是，《金瓶梅》第十九回有這樣
一首詩：

> 枕上言猶在，於今恩愛淪。
> 房中人不見，無語自消魂。

這是敘說李瓶兒對西門慶的想念，在內容和情景上與〈過張二墓〉不同，可我總覺得二
詩在韻節情調、行文造語上有許多近似，仿佛出自一手。

(四)鄭愛月兒與李開先妾張三、范四及章丘名妓鄭櫻桃

《金瓶梅》中的鄭愛月兒，為清河名聲較著的歌妓，常為西門慶家節日或待客等大小宴席彈唱，後被西門慶包占。張三、范四原為李開先家中樂伎，後被收為妾。將李開先為二妾作的兩首詩與《金瓶梅》中描寫鄭愛月兒的詩相比較，很能給人以啟示。如〈詠范四〉：

> 笑靨烘霞醉碧桃，恍疑仙子謫仙曹。
> 可當詩客題佳句，愁殺良工運彩毫。
> 玉體難勝白玉佩，金蓮偏稱郁金袍。
> 百年歡宴春如海，不慮繁霜染鬢毛。

再如〈贈張三〉：

> 八字眉彎一撚腰，燈前偷覷不勝嬌。
> 回頭笑語金釵溜，舞態輕盈玉佩搖。
> 柔嫩語花含半蕊，嬌嬈風流拂新條。
> 千鍾一飲非前日，一刻千金是此宵。

二詩寫妾，以宴中美妓寫之，實際亦正如此。范、張二姬以青春貌美、能唱擅彈見寵，其地位，亦與鄭愛月兒相去無遠。比較《金瓶梅》第六十八回寫鄭愛月兒的一首七言詩：

> 芳姿麗質更嬌嬈，秋水精神瑞雪標。
> 鳳目半彎藏琥珀，朱唇一顆點櫻桃。
> 露來玉筍纖纖細，行步金蓮步步嬌。
> 白玉生香花解語，千金良夜實難消。

這是寫鄭愛月兒在院中設小宴請西門慶等人，刻意妝扮後，驀然走向西門慶近前，亦售色市愛之舉。這首詩見於《水滸傳》第八十一回，原用以描摹宋徽宗寵妓李師師。作者借在此處，實是對鄭愛月兒的美貌姿質的溢美之詞。使與李開先前兩詩比較，首先會發現其語詞或句式的相同或近似，如妖嬈、金蓮、白玉（佩）、千金等詞的互見；如「一刻千金是此宵」與「千金良夜實難消」，「柔嫩語花含半蕊」與「朱唇一顆點櫻桃」詩句在造語方式上的近同；更如三詩在內容、意致、情景上的重疊，都說明了李開先對《水滸傳》中該詩的熟悉和模仿，說他可能在作《金瓶梅》時襲用此詩，應不奇怪。

值得補充的是：常在李開先府上侍應彈唱的確有一鄭姓妓女，這位歌妓在章丘是頗

有些名氣的。呂時臣〈李太常伯華江上草堂雪夜出妓彈琵琶〉[3]：

> 座中舉目皆英豪，主人呼出鄭櫻桃。
>
> 紅絲嫋地駐氍毹，簾額粉香落鳳毛。
>
> 大小忽雷手中出，須臾翻作鬱輪袍。
>
> 媚臉斜凝新病眼，一曲低回黃金槽……

前引詠鄭愛月兒的詩有「朱唇一顆點櫻桃」句，呂氏詩中告訴我們在李開先府中確有一位號「鄭櫻桃」的著名歌妓，這似乎不像是巧合，而是作者在寫作時不自覺的「洩露天機」吧。鄭櫻桃以彈琵琶稱名，鄭愛月兒專擅的樂器亦是琵琶，這在書中第五十八、五十九回都有文字可證。

以上論證旨在說明：如果李開先是《金瓶梅》作者，則他在描寫西門慶妻妾生活之時，顯然借鑒了自己家庭生活中一些經歷的。這就不可避免地要透露出某些消息。儘管李開先對其妻妾的情況書寫的不多，可我們還是能就現今可知的資料，通過排列、比較，從中發見作者那深自隱蔽的身影。

二、李開先家樂與西門慶家樂

同「妻妾」的情況近同，李開先家樂與西門慶家樂的比較也給我們以有益的提示。

李開先在世之日，常以家樂自炫，其家樂班的演劇及構成情況，亦散見於《閒居集》和其雜著中。他的朋友或當代人，也有著李氏家樂的記載。使這些記載與《金瓶梅詞話》中有關西門慶家樂的描寫相比較，是有意義的。

像《金瓶梅詞話》寫家樂之類文字，應非作者刻意結撰之處，作者在寫作時，一般來講是借鑒自己的生活經驗，不經意出之，則在此「不經意處」，便更應當留心考索。筆者認為：李開先正是以自己的家樂班為生活原型，來進行對西門慶家樂的描寫的。這可由幾個方面予以證明：

(一)以妾兼理樂器

《金瓶梅》中西門慶之妾，大多都可兼操器樂，與李開先比較，其亦如之。

是否通達樂理，是西門慶納妾的一項標準。第六回，「西門慶飲酒中間，看見婦人壁上掛著一面琵琶」，便懇求潘金蓮「好歹彈個曲兒」，而在聽了她彈的《兩頭南調兒》

3　《本事詩》卷五。

之後，更是——

> 歡喜的沒入腳處，一手摟過婦人粉頸來，就親了個嘴，稱誇道：「誰知姐姐你有這段兒聰明！就是小人在構欄、三街兩巷相交唱的，也沒你這手好彈唱！」

接著就是賭咒發誓，要永不相忘。第七回「薛嫂兒說娶孟玉樓」，因對西門慶的心思素相知底，便稱說孟玉樓「會彈了一手好月琴」，作者寫道：

> 西門慶只聽見婦人會彈月琴，便可在他心上。

李開先納妾，亦選善樂器者，或擇年輕貌美者使教習樂器。其妾張二，「本倡家女，歸伯華，年十八死，殯於園中」。[4]張二在世日擅長簫管，故開先追憶詩中有「嬌容不照青銅鏡，逸雲無聞碧玉簫」句。[5]《閒居集》中又有詩〈范、張二姬彈箏〉：

> 拳養小雙鬟，搊箏特入玄……席前看指撥，纖手更堪憐。

《本事詩》卷四錄該詩，以此「張」為張二，誤。蓋此處言張三，張三與范四先為開先買來之家伎，後為其妾，仍兼在家樂之列。

(二)家樂的構成

李開先《寶劍記·後序》曰：「書藏古刻三千卷，歌擅新聲四十人。」則這「四十人」為李氏家樂之數乎？怕有些誇張。何元朗《四友齋叢說·雜記》曰：

> 有客自山東來，云李中麓家戲子幾二三十人，女妓二人，女僮歌者數人。繼娶王夫人方少艾，甚賢。中麓每日或按樂，或與童子蹴毬，或鬥棋，客至則命酒。

這則記載應是比較接近真實人數。且女妓二人，當指張三、范四。由這個家樂班存在時「繼娶王夫人方少艾」，推測其時間當在嘉靖三十年左右。

然這裏所說的「二三十人」雖云為「李中麓家戲子」，實則是一些通曉器樂和歌舞排場的男女家僕，除卻歌舞演戲，他（她）們平日裏當然是各有事務應做，這與《金瓶梅》中的描寫是相一致的。讓我們來看一下西門慶家樂的構成：

首先是春梅、王簫等四個青年女僕。她們原是各房中的丫鬟，西門慶娶李瓶兒，又得了幾筆橫財，便置起家樂來——

4　同上卷四。
5　《閒居集》卷三〈憶張二〉。

> 把金蓮房中春梅，上房玉簫，李瓶兒房中迎春，玉樓房中蘭香，一般兒四個丫鬟，
> 衣服首飾妝束出來，在前廳西廂房，教李嬌兒兄弟樂工李銘來家，教演習學彈唱。
> 春梅學琵琶，玉簫學箏，迎春學弦子，蘭香學月琴。

丫鬟成了家樂，卻仍是各房中丫鬟。遇到家中有喜慶宴席，便「打扮起來」，「分頭照席捧遞，甚是禮數周詳，舉止沉穩」。[6]更多的時候，她們是在家宴中施展身手，如第二十一回，眾妾為西門慶與吳月娘和好設宴相賀——

> 當下春梅、迎春、玉簫、蘭香，一般兒四個家樂，琵琶、箏、弦子、月琴，一面彈唱起來。

又第二十四回，元宵節，西門慶「闔家歡樂飲酒」，又是：

> 春梅、玉簫、迎春、蘭香一般兒四個家樂，在傍擪箏歌板，彈唱燈詞。

這種以家樂自娛的生活方式，在李開先亦是如此：其作院本，是「有時取玩，或命童子扮之，以代百尺掃愁之帚而千丈釣詩之鉤」[7]；其作散曲，是「口占南北曲，即席付歌兒」[8]；其在《田間四時行樂詩》中寫道：

> 學會酣歌兼醉舞，渾忘辨志與離經。
> 甕中酒盡千鍾綠，簷外山眠萬仞青。
> 未報國恩時望闕，盛張家樂夜喧庭。
> 蛾眉偃月原非月，螢火飛星不是星。

都意在以家樂自娛。以家樂（這在開先詩中常代之以「妓」）侑酒勸觴，殷勤待賓，在李開先詩中也多有其例：

> 投轄留賓開夜宴，侑觴出妓鬧秋庭。[9]

> 耽樂眾賓及晚照，雜陳百戲競春輝。[10]

然這裏所言「出妓」，或也是真正的歌妓，前所引呂時臣〈李太常伯華江上草堂雪夜出

6　《金瓶梅》第四十三回。
7　《李開先集》冊三〈院本短引〉。
8　《閒居集》卷二〈歸休家居病起蒙諸友邀入詞社〉。
9　同上卷三〈田間四時行樂詩〉。
10　同上卷三〈上巳〉。

妓彈琵琶〉詩中所提到的鄭櫻桃，應是一位經常出入於開先宅中的當地名妓。而《金瓶梅》第四十九回蔡御史重訪西門慶，其情景描寫，正與開先詩中夜宴留賓、出妓侑觴取意相同。

李開先的家樂，當然亦有不少男子，這些人來自各方。其〈中麓山人小令小引〉：

> 偶有西郡歌童投謁，戲擅南北，科範指點，色色過人，因作【傍妝台】小令一百，付之歌焉。

這與《金瓶梅》「苗員外揚州送歌童」的描寫，是很相近的。周亮工《本事詩》卷九〈章丘追懷李中麓前輩〉：

> 馬文閣裏舊詞魔，自說聞聲泣下多。
> 鵝管檀槽明月夜，百年猶按奉常歌。

詩下有注，言濟南胡春，「以鵝管作笛，有穿雲裂石聲，旁觀嘆羨而已」，胡春即李開先家樂之一。

《金瓶梅》第三十五回，謝希大、應伯爵、韓道國三人在西門慶家飲酒，叫「會唱的南曲」的書童兒侍唱，伯爵又要他「裝龍似龍，裝虎是虎，下面搽畫妝扮起來，相個旦的模樣才好」。待書童兒要了王簫的衣服首飾，搽抹些脂粉，再出現在席邊，便「儼然就是個女子，打扮的甚是嬌娜」。在李開先的家宴中亦不乏此類情景，其詩〈冬月祖村會客〉有：

> 歌舞家童妝假妓，笑談座客總真仙。

王世貞任青州兵備時，曾訪問過李開先宅第，李開先以家樂招待。可王私下裏卻對其家樂不以為然，《四友齋叢說·雜記》曰：

> 王元美言：余兵備青州時，曾一造李中麓，中麓開燕相款，其所出戲子皆老蒼頭也，歌亦不甚葉，自言有善歌者數人，俱遣在各莊去未回，亦是此老欺人。

李開先的虛榮使之往往誇大其家樂的規模，偏王世貞又從演劇頻仍的江南來，有著一種曲鄉之士的苛求，於是就產生了敘說中的誤差。可我們從中卻恰可把握李氏家樂的情況：其以略受過訓練的男女僕人為主，由幾個出色女子打頭。這種家樂，進行正式的演出顯然是不行的。其作用，一般也是供宴客或家庭節日喜慶諸事取樂。而這種情況，正與《金瓶梅》中西門慶家樂相同。在較正式的宴會，李開先則請當地名妓來充任彈唱，《金瓶梅》亦如此。

(三)教習與演劇

李開先本身就是一位精審曲理的家樂教師，「雪宴聚名姬，旋教春雪詞。歌喉雜鳥弄，舞態蕩蛛絲」。「口占南北曲，即席付歌兒」。但其宅第中，似乎也有著專門教習家樂的人，如《詞謔》中所言：

> 予家酒會，詞客咸集，就中袁西塾長於北詞而短於南，呂東塾長於南詞而短於北，劉修亭無目，而板眼最正……

這些人出入於李開先府中，或在其宅上常年居住，當會經常為其家樂指點板眼唱法。且其家中也確有家樂的「專職教師」：

> 新作誰能唱，須煩女教師。

我們不知道這位女教師的情況，但在《金瓶梅》中西門慶卻為其家樂請了一位男教師——李銘。李銘是妓院的樂工，又是李嬌兒的弟弟，在西門慶家「三茶六飯」，教習幾個年輕姑娘，沒想一日「有酒了」，對春梅有些兒「非禮之動」，便被她吆喝起來，「自此遂斷了路兒」。這種描寫，也很能令我們去玩味「須煩女教師」的詩意。

《金瓶梅》中很引人注目的一點，即西門慶家宴中的演劇情況：大宴必請戲班，小酌亦演片段；喜慶演戲，遭喪亦然。讀李開先文集雜著，我們會有相同的發現：凡迎賓、餞別、節令、祭祀、踏春、日宴、夜宴，李開先都要以演劇（或歌舞彈唱）娛客，當然亦兼自娛。其常演的劇碼，是開先自己作的《寶劍記》等，〈《寶劍記》序〉：

> 嘗拉數友款予，搬演此戲，坐客無不泣下沾襟。

又〈《寶劍記》後序〉：

> 子不見中麓《寶劍記》耶？又不見其童輩搬演《寶劍記》耶？

就是那位對李開先家樂頗相譏誚的王世貞，也曾是李開先府上的貴客——

> 與君快飲垂一月，白雲山頭雲不飛。[11]

這麼長時間的逗留，當是主人殷勤，客意纏綿。王世貞欽慕李開先的藏書，其在詩中亦讚揚了李開先家的歌舞之盛：

11　同註8。

歌罷纏頭珠錯落，舞殘垂手玉逶迤。[12]

以這詩句比較《金瓶梅》第三十一回中的一首小詩：

百寶妝腰帶，珍珠絡臂鞲。笑時能近眼，舞罷錦纏頭。

情調約略相近。且這首詩是在開宴演出的二個院本結束處，與劇情殊不相合。出席酒宴的除劉、薛二太監，則全是地方軍事長官，那位周守備，職務則與當時任青州兵備的王世貞略同。

三、李開先園林與西門慶園林

比較李開先園林與《金瓶梅》中所描寫的西門慶園林，則給我們提供了新的根據，使我們不由地聯想到：李開先在對《金瓶梅》中西門慶園林進行描寫時，是以自己的府第園林作為藍本的。我想從以下幾方面進行比較和分析：

(一)園林基本規模的比較

比較兩處園林，首先可見出其基本規模的近同。張竹坡曾備列「西門慶房屋」，為：

門面五間，到底七進（後要隔壁花子虛房，共作花園）

上房（月娘住）

西廂房（玉樓住）

東廂房（李嬌兒住）

堂屋後三間（孫雪娥住）

後院廚房，前院穿堂

大客屋

東廂房（大姐住）

西廂房

儀門

儀門外，則花園也。三間樓一院，潘金蓮住。又三間樓一院，李瓶兒住。二人住樓，在花園前，過花園方是後邊。

花園內，在儀門外，後又有角門，通著月娘後邊也。

12　王世貞《弇州山人四部稿》卷十九〈答李伯華文選〉，卷四十四〈冬日同客游太常李伯華諸園〉。

> 金蓮、瓶兒兩院，兩角門，前又有一門，即花園門也。
>
> 花園內，後有捲棚、翡翠軒；前有山子；山頂上臥雲亭；半中間，藏春塢雪洞也。
>
> 花園外，即印子鋪門面也……

這是西門慶宅第園林的基本規模。李開先園林眾多，由他的詩中一再得到反映。然詩句無法進行具體描寫，檢索其散文及雜著，雖敘說甚簡，卻也能透出一些消息，其〈孝廉堂序〉：

> 歸而治第於城之西南隅，中構一堂，頗宏壯而鮮麗，市材於河，伐石於山，熔金之匠，陶泥染畫，皆博取乎遠近之良。堂前有對廂，有重門，有門房；堂後有寢居，有翼室，有二樓二堂二卷廈，及一小廳，二假山。一山有洞。園亭六，園門二，名花怪石，充斥其中。寢後重門如前堂，左有家廟，右有廒庫。有廚灶井欄。稍遠則有書屋……

此處雖是簡略一述，仍可見出其宅第的規模與「西門慶房屋」所列相近，這一點，尤由花園中的制置體現出來。《金瓶梅》中的西門慶花園，是主人公結交官府、呼朋引伴、尋歡作樂、凌辱鄉民等種種惡行的發生地。對於這個地方，《金瓶梅》第十九回中有一篇文字描寫：

> 但見：正面丈五高，周圍二十板；當先一座門樓，四下幾多台榭。假山真水，翠竹蒼松。高而不尖謂之台，巍而不峻謂之榭。論四時賞玩，各有去處：冬賞燕遊堂，檜柏爭鮮；夏賞臨溪館，荷蓮鬥彩；秋賞疊翠樓，黃菊迎霜；冬賞藏春閣，白梅積雪……燕遊堂前，金燈花似開不開；藏春閣後，白銀杏半放不放；平野橋東，幾朵粉梅開卸；臥雲亭上，數株紫荊未吐。湖山側，才綻金錢；寶鑒邊，初生石筍。翩翩紫燕穿簾幕，嚦嚦黃鶯度翠陰。也有那月窗雪洞，也有那水閣風亭……

其與李開先〈孝廉堂序〉中所寫花園情況，雖繁簡有別，其實則一。還可以在書中其他文字和李氏別的詩文中找到參證資料：

1.「花木台榭之盛」

西門慶園林，確有花木台榭之盛，故而第三十六回蔡狀元過訪，「以目瞻顧西門慶家園池花館，花木深秀，一望無際，心中大喜，極口稱羨，誇道：『誠乃勝蓬瀛也。』」

李開先在閒居之後，便以「花木台榭之盛」享名，劉繪嘗與一信曰：「向聞吾兄園亭之勝，每馳遐慕，來書亦謂亭台之美，兼得龍藏洞幽岩曲館，誠佳麗之區矣。」王世

貞〈冬日同客游李太常伯華諸園〉〈春夜飲李伯華少卿〉諸詩，都稱揚了李開先園林之美，「為數名園花木石，不知若個讓平原」。

2.假山──城廓山林

假山，在舊時士大夫宅第的花園中大約是最普通的景觀，然比較兩處園林中的假山，亦有可注意處：

首先，兩處假山規模都較大。書中西門慶花園內假山，是眾妻妾戲耍的地方，第十九回：

> 月娘於是走在一個最高亭子上，名喚臥雲亭，和孟玉樓、李嬌兒下棋。

此假山上當不止一個亭子。假山上花木極盛，「金燈花似開不開」，「白銀杏半放不放」，粉梅紫荊，蒼松翠柏，此種規模，當然不似一般用幾塊湖山石堆起的小玩藝兒。

李開先園林中假山，又有「城廓山林」之譽。開先嘗為一聯對句：

> 真石造假山雪實雲岩恍若負隅之虎
> 老藤蟠弱木霜枝雨乾渾如出水之虯

這假山也非一般可比，開先詩有〈元夕集賓賞假山上蓮燈〉：

> 自古水生蓮，乃今山亦有。山形可比真，蓮瓣尤堪取。積石為群峰，積燈廣一畝。誰與共此宵，總是漁樵叟。

山有「群峰」，「燈廣一畝」，這假山之大即可以想像。更有意思的是：《金瓶梅》中也大肆渲染了一番元宵賞燈的情景，此時西門慶尚未構建「山子花園」，燈市在獅子街上，可作者卻這樣寫道：

> 怎見好燈市？但見：山石穿雙龍戲水，雲霞映獨鶴朝天。金蓮燈、玉樓燈，見一片珠璣；荷花燈、芙蓉燈，散千圍錦繡……

明明說是在大街通衢，卻何來「山石穿雙龍」之說？或是取喻之筆，然其以「山石」發語，依此寫到各種花燈──金蓮、玉樓、荷花、芙蓉，都似乎依山傍水，蜿蜒起伏，這便不能不使我們聯想到《水滸傳》原寫的小鼇山之燈，聯想到李開先的假山設燈之舉。

西門慶園林中假山，又以雪洞兒最為緊要之地，而李開先園林中假山，亦有「洞」之建構。上引〈孝廉堂序〉中極簡略的介紹中，便提到：「二假山，一山有洞。」顯然其必非一般之洞窟。李開先似乎為這個「洞」題了眾多的雅號，〈中麓山人拙對〉：

蘿月山房

　石室無燈憑月照，山門不鎖待雲封

涵三洞

　山中泉脈動，簾外隴雲生

以此與《金瓶梅》中關於假山和藏春塢的描寫相比較，無疑是有意義的。

3.藏春閣——藏春塢

　　《金瓶梅》中假山之洞名藏春塢。西門慶在這裏姦污了僕婦宋惠蓮、妓女李桂姐，潘金蓮和陳經濟的亂倫行為，也最早在這兒勾搭成姦。這個污穢的處所，在書中無疑占了很重要的地位。

　　李開先《中麓小令》中有一首提到「藏春閣」：

熱蒸蒸，火輪燒破紙湯瓶。何時熬得秋霜重？暫喜舞風輕。悶彈三弄梅花曲，翻寫千篇貝葉經。藏春閣，避暑亭，得經營處且經營。

毋庸諱言，此處的「藏春閣」，正是李開先刻意經營的地方，是李開先尋歡作樂、借放誕酒色以淡遠煩愁的地方。我們推測這「藏春閣」即假山上的那個「洞」，大約不會出錯。這還可由同文中另兩首小令證明：

綠茸茸，侵階芳草失行蹤。洞門累月無人扣，長日有雲封……人難識，心不同，得含容處且含容。

鬢蒼蒼，只因臥雪與眠霜。山中有個山陽洞，不弱似五雲鄉。輕歌妙舞春偏好，爛醉豪飲夜未央。煙花市，翰墨場，得風狂處且風狂。

這種「風狂」雖然與西門慶之流在實質上不同，卻不影響其在某些生活經歷上有著近同的體驗。設問：李開先「經營」藏春閣與西門慶構建藏春塢，不都有著一個狎妓宿娼的目的嗎？李開先本人，從來都不否認這一點。

　　然則「塢」與「閣」，在語義上又不一樣，李開先筆下有「藏春閣」字眼，卻未見其言「藏春塢」，因此，似只可比較，無法等同。有意思的是《金瓶梅》中寫西門慶花園，卻連連提及「藏春閣」三字：

冬賞藏春閣，白梅積雪。

藏春閣後，白銀杏半放不放。

這裏的「藏春閣」即是它處所稱藏春塢雪洞兒,自無可懷疑。「塢」聲低啞,「閣」字響亮,在此類賦體文字中因音易字,改「塢」為「閣」,是可以理解的。如式推繹,《中麓小令》中又何嘗不可能亦此一例呢?

且李開先園林中本也有「塢」的存在,其〈村居秋興〉:「山塢江村非一所」,便是證明。

4.延客小廳——翡翠軒

西門慶花園中另一重要處所,便是翡翠軒。書中第三十四回這樣介紹:

> 轉過大廳,由鹿頂鑽山進去,就是花園角門。抹過木香棚,兩邊松牆。松牆裏面,三間小捲棚,名喚翡翠軒,乃西門慶夏月納涼之所……裏面一明兩暗書房。

這是西門慶同諸密友和貴賓小飲或議事的地方,其作用與大廳不同。一般說來,上司來訪或大宴賓客,在大廳舉行;密友如應伯爵、謝希大相聚小酌,或迎接關係較密切的朝官如蔡御史、安郎中等,則在小廳即翡翠軒。這種情況,很近似李開先園中的延客小廳,開先有〈延客小廳記〉:

> 宅有延客大廳,園門內更有延客小廳,無亦炫美而誇多乎?大廳衣冠揖讓,小廳壺矢留連。非大廳無以作敬長,非小廳無以罄交歡。一則禮樂攻吾短,一則山林引興長者也。

《金瓶梅》中翡翠軒,曾有過許多次酒會:第三十四回,西門慶與應伯爵飲木樨荷花酒吃糟鰣魚;三十五回,以螃蟹招待應伯爵、謝希大、韓道國;三十六,回與蔡狀元等吃酒下棋;六十一回,常時節提著螃蟹和燒鴨來回禮,都在翡翠軒中。最明白的是在第四十九回,蔡御史同宋巡按同來西門慶家,「二官揖讓進廳,與西門慶敘禮」。一番侍應,宋巡按作辭起身,西門慶同蔡御史「從花園裏遊玩了一回,讓至翡翠軒那裏,又早湘簾低簇,銀燭熒煌,設下酒席完備」。翡翠軒的用場,它在宅第中的位置,實與李開先延客小廳很相似。

李開先園林中亭台軒閣名稱甚多,卻沒有翡翠軒一名,這當然是可以理解的。但在〈中麓山人拙對〉中也有這樣一副散對:

> 朱華冒日胭脂重
> 綠竹搖風翡翠輕

很像書中翡翠軒那「四面花木陰森」的意境。又李開先南園之中有後知軒,「軒凡三楹,

在園之中央並迤北」。這是李開先「讀所未讀之書」的地方，周圍多松柏。[13]比較翡翠軒在平日又作為西門慶書房，亦有相同點。

5.臨漪居──臨溪館

第十九回描寫西門慶花園，其中「臨溪館」一詞亦值得深思，作者寫道：

> 夏賞臨溪館，荷蓮鬥彩……

就書中求之，西門慶園林中似無溪、池之類，則此處文字，當為作者鋪敘時的隨意加添。若以作者為李開先，這種看似隨意加添的景觀便有了根據。李開先〈水風臥吟樓記〉：

> 臨漪居之前，突起一樓，下為門通來往，上設榻态臥吟。客有避風而登之者，鉤簾北望大河……

這裏的「臨漪居」與書中「臨溪館」詞義接近，李開先曾為題一聯：

> 傍牆即柳巷水沒長堤牛羊路窄疑無地
>
> 何處是桃源雲迷小徑雞犬林開別有天[14]

這是一個靠近柳巷和長堤的去處，李開先常在這裏納娼宿妓，藉以排遣滿腔的失意：「不如歌詠醒還睡，買酒且醉大堤娼」。說李開先在描寫西門慶花園時借鑒了自家園林的實景，說書中「臨溪館」即以李氏「臨漪居」為底稿，當是可能的。

6.其他園林

《金瓶梅》中，西門慶宅第園林非為一處，除以上所述其主宅外，另在獅子街有一處宅院，為李瓶兒嫁時帶來，平日由馮婆看守。又在祖塋附近買了趙寡婦莊子，「展開合為一處，裏面蓋三間捲棚、三間廳房、疊山子花園、松牆槐樹棚、井亭、射箭廳、打毬場」。

李開先園林素享盛名，除西南隅老宅，他還在縣內許多村鎮擁有宅第園林。如南園、北園、中麓書院、普濟新修園等等。他在這些園林中和其他有田產的村鎮大建其樓，略如：尊藏誥敕樓、藏書萬卷樓、心南樓、待月樓、注目樓、覽勝樓、三宜樓、四望樓、愛蓮樓、探漲樓、逍遙樓、河上樓……僅開先寫有題記的就近三十名目。[15]〈中麓山人拙對、續對〉中更有眾多的亭、台、閣、館名稱，讓人目不暇給，作者為這些建築物都

13　《閒居集》卷十一〈後知軒記〉。

14　〈中麓山人拙對〉。

15　見《閒居集》卷十一。

寫了對聯。

由此一點，也可見出李開先具有作《金瓶梅》的特殊的生活體驗和經歷。

(二)園林建構情況的比較

將《金瓶梅》中西門慶園林的建構情況與有關李開先擴置園林的記載相比較，亦能提供許多有價值的論據。當然，我們的比較是在書中順便提到的情況和李開先在詩文中隨意拈來的一些事例之間進行，可依據的資料是很少的。現僅就能見到的資料，作一些排列比較：

1.「妾屬他人園屬我」

李開先在其友人劉次甫卒後，曾作詩〈悼亭山劉次甫上舍〉：「能詩善射長馳馬，雄飲豪遊嘯且歌。妾屬他人園屬我，生前為樂悔無多。」詩中殊無痛悼之情，似乎在對死者進行譏嘲。但卻說明了一個情況：這位劉上舍一死，妾室與園林亦都換了主人。

我們聯想到《金瓶梅》的主人公一死，其妾如李嬌兒、孟玉樓先後嫁人的描寫，更聯想到書中那位可憐可悲的花子虛，他是西門慶的會友，卻被矇騙，一朝撒手塵寰，老婆和宅第園林都歸於西門慶名下。有意思的是，李瓶兒在嫁西門慶之前，又有和蔣竹山成婚之舉，若彼時西門慶吟成「妾屬他人園屬我」句，真真是再準確也沒有了。

這類比附當然有可能是荒唐的！然不管怎樣講，購買他人園林為己用，卻是李開先和書中西門慶在擴置田產上的共同特點。第十四回，西門慶拿李瓶兒「寄放的銀子」買了隔壁花子虛的「住居小宅」。逼得花子虛只得「攛湊了二百五十兩銀子，買了獅子街一所房屋居住」，這房屋在後來也成為西門慶的家產。第十九、三十回，亦都有西門慶買莊子的描寫。另外，像王皇親、周守備、夏提刑、何千戶都有買莊園之舉。

李開先諸園林，多為直接買來，茲略舉幾例，〈盧（廬）地遠在山南有寺名曰雲山買以避喧作詩紀實〉：

> 賒得岩前寺，只爭賣者貧。燒殘楓樹火，點出雪花銀。買主原施主，中人即上人。雲山無定價，貴在住閒身。

居然把寺都買來，其他更不在話下：

> 城南河畔有樓……予嘗遊而奇焉，不意王亡而鬻速，予即其主也。村城舊稱王家樓，今改名河上。（〈河上樓記〉）

> 雖有堅樓雄出，然僻在直北一方，李子猶市而有之。（〈壞白樓記〉）

開先似乎對收買樓堂亭閣有著濃厚的興趣，有時也買自同姓，〈肩埠樓記〉：

> 高樓南出，北與埠比肩，足以發騷人之逸興，消暴客之邪心。此李氏故物也，而
> 予以同姓得之。

2.「新買莊」與「新買磨上莊」

《金瓶梅》第十九回一開始，敘寫「西門慶家中起蓋花園捲棚」的事情，卻突然插入一段文字：

> 一日，八月初旬天氣，與夏提刑做生日，在新買莊上擺酒，叫了四個唱的，一起
> 樂工，雜耍步戲。

這裏的「新買莊」莊主，當是夏提刑，然在第七十一回這位提刑大人離任要賣宅舍時，卻又只有「一所房子倒要打發」。這種有首無尾的描寫或與作者的生活經歷相關，李開先詩作有〈遊新買磨上莊〉：

> 昔年過此愛清幽，綠柳蔭中隱釣舟。
> 豈意一朝為我有，始知萬事不人謀。
> 假山冷鑿真山骨，一水準分二水流。
> 碓磨但收中半利，養生從此可無憂。

內容與《金瓶梅》中雖大不同，卻也是遊「新買莊」。兩者之間，似乎又有一些聯繫。書中第三十回又寫到西門慶打算買祖塋附近的趙家寡婦莊兒，後來也確實是買了。

3.修葺與改建

西門慶買下別人宅第莊園，緊接著的便是修葺與改建，以適應自己的需要。如其謀奪得緊鄰的花子虛房舍，馬上便要與本宅打通，統一設計，進行改建。第十四回中潘金蓮向李瓶兒講了西門慶「宏偉」的改建計畫，至第十六回，這改建便告實施：

> 教陰陽擇用二月初八日興工動土……當日責地傳與來昭，督管各作匠人興工，先
> 拆毀花家那邊舊房，打開牆垣，築起地腳，蓋起捲棚山子、各亭台耍子去處。

《金瓶梅》中較細緻地敘述了這改建工程的進展情況：兩月之後，「三間玩花樓裝修將完，只少捲棚還未安磉。」（第十六回）「約有半年光景，裝修油漆完備，前後煥然一新。」（第十九回）而在第三十五回，則又忙於建設那新買的莊子了。

李開先之買他人的房產，同樣也要費一番修葺與改建工夫。其〈注目樓記〉曰：

樓本高氏居，剝於颶風驟雨，及李子為主，督工計財，刻日復完，設扁加名，之為注目樓云。

此為修葺。又有在舊基上新建，如〈愛蓮樓記〉：

樓作於今而基仍乎舊，作者中麓子，而基則逸驛丞也。

這樣的建設，自然是省錢和省工的。在這一點上，書中的西門慶與李開先又想到一塊兒了。

4.營建的困難

營建園林，需要的是財力的後盾。修葺和改建都要花費大宗銀錢，但較之新建，則又節省許多。李開先熱衷於購置舊產，在舊有基礎上修葺增飾，是與經濟的原因分不開的。從他的詩文集中，亦可見到其因營建園林而手頭拮据，工程也因此時建時輟的記載。如其建原性堂：

是堂也，北負城垣而南連卷室，西臨古道而東望長河，凡三楹，而中楹出廈。材木工食不足，匠役作輟無常。始基於春三月，苟完於秋八月。至次年癸亥，猶未黝堊而采飾。或謂堂得五楹始稱其地，此已竭力，若復勉強造作，然豈率性之謂哉。此後或歲豐而力舒，當更構一堂……

如其建中麓書院，藏書萬卷樓、圍牆、大門、「一亭一坊二廳」營造完畢，「而號舍尚無餘力，以待豐稔成之」。[16]

資產欠豐，營造頻仍，中間當有許多難處，開先亦自有克服困難的辦法。其建孝廉堂，靠的是精明與各種舊關係：

出月俸柴薪之餘，藉購買舊產之助，工食得之戶曹使者，車運借之同年司諫，一夫一物，未嘗取之縣司。鄉人供役，匠作效能，不數月而堂落成，再涉歲而第完備，非潤屋之資財豐裕，乃主人調度美善也。雖遊者駭焉，傳者駭焉，總之不足當巨室之玩，而敵勳貴一屋之直也。[17]

這是李開先擴展園林的高招，是其在營造中節省費用的經驗之語。試比較《金瓶梅》中西門慶與建房管工賁四的一段對話：

16　同上〈中麓書院記〉。
17　同上卷六〈孝廉堂序〉。

西門慶因問他:「莊子上收拾怎的樣了?」賁四道:「前一層才蓋瓦,後邊捲棚,昨日才打的基。還有兩邊廂房,與後一層住房的料沒有。還少客位與捲棚漫地尺二方磚,還得五百,那舊的都使不得。砌牆的大城角多沒了。墊地腳帶山子上去,也添勾一百多車子。灰還得二十兩銀子的。」西門慶道:「那灰不打緊,我明日衙門裏分付灰戶,教他送去。昨日你磚廠劉公公說送我些磚兒,你開個數兒,封幾兩銀子送與他,須是一半人情兒回去。只少這木植。」賁四道:「昨日老爹分付,門外看那莊子。今早同張安兒到那家莊子上……講過只拆他三間廳、六間廂房、一層群房就勾了……休說木植木料,光磚瓦連土,也值一二百兩銀子。」

西門慶儘管被寫得是錢大氣粗,可其營建園林時困難仍可由字裏行間發現,此處便是一例。這一點還可由同書後來的描寫證明。第三十八回,李智、黃四托應伯爵說項,要借西門慶兩千兩銀子,西門慶說:「如今我莊子收拾,還沒銀子哩。」

兩相比較,至少會有以下幾點結論:

其一,李開先與書中的西門慶在營造園林時都面臨著資金緊缺、建築材料供應不及時的問題;

其二,他們的第一個共同的解決辦法,就是購買那些價格便宜的舊產,拆出磚石木料,供新建之用;

其三,他們的第二個共同的解決辦法,就是借助各種掌管實權的人事關係,請他們提供建材、運輸等方便。

這樣,他們便用同樣精明的方法,解決了營造園林的困難,以較少的花費建成了自家的宅第莊園。當然,這兩位治第高手,一是在現實生活中,一是在文學描寫中。

是在生活中的李開先把自己的生活經驗寫進了藝術作品呢?還是文學中的西門慶形象無意中與現實中人物撞車了呢?

聯想到各種其他的材料,我們是傾向於前者的。

(三)「李氏先塋」與「西門氏先塋」

這是一個捎帶的比較,可供比較的材料不多,卻也不無意義。《金瓶梅》第四十八回:

西門慶因墳上新蓋了山子捲棚房屋,自從生了官哥,並做了千戶,還沒往墳上祭祖。教陰陽徐先生看了,從新立了一座墳門,砌的明堂神路,門首栽的柳,周圍種松柏,兩邊疊的坡峰……三月初六日清明,預先發柬,請了許多人。推運了東西、酒米,下飯菜蔬,叫的樂工雜耍扮戲的……

這次祭掃祖塋，西門慶請了張團練、喬大戶等官客二十餘人，還請了張團練娘子、朱台官娘子等一批堂客，「裏外也有二十四五頂轎子」，浩浩蕩蕩，好不熱鬧。這與李開先祭掃祖塋的習慣作法有很多相似之處：

1. 李開先到祖塋祭墓，亦往往請客人陪祭，一則同共飲，一則誇耀於鄉里。其詩〈十月一日祭先壟謝陪祭諸親友〉：

> 冠蓋如期至，品儀本鳳供。親賓人共羨，禮度各雍容。

又〈先壟冬祭畢謝陪祭諸客〉，都說明李開先祭墓的方式與書中所寫西門慶所採取的相同。

2. 李開先祭掃先壟，亦往往以歌舞家樂宴陪祭者，如〈寒食南莊宴李九河馬南冶魏東皋李胡川黃孔村李龍塘胡胡山諸客作〉：

> 歌舞出妖童，邀賓場圍中。歌筵留落日，舞袖趁東風。堤柳煙難禁，蹊桃火自紅。秋千來野婦，蹴罷首如蓬。

又〈清明日雨至夜少霽已而復雨且聞祭墓回有哭聲者〉二首：

> 清明今日雨，車馬滯村坊。深閉秋千院，難登蹴踘場……

> 遙聞野哭悲，主客暫停巵……

都可證明其在清明祭先壟之日，往往要在先塋附近的莊園裏歌舞宴客，兼看秋千、蹴踘二戲。《金瓶梅》中西門慶祭掃祖塋，正是如此。

3. 兩處「先塋」，都在城南。李氏祖塋，在「城南明秀鄉即今去城三十五里之鵝莊」，書中西門慶清明日祭灑，則是「出南門，到五里外祖墳上」。

4. 兩處「先塋」的規模略同。《金瓶梅》中描寫西門氏祖塋，是：

> 遠遠望見青松鬱鬱，翠柏森森，新蓋的墳門，兩邊坡峰上去，周圍石牆，當中甬路。明堂神路，香爐燭臺，都是白玉石鑿的。墳門上新安的牌面，大書：「錦衣武略將軍西門氏先塋」。墳內正面土山環抱，林樹交枝。

作者的這種描寫並非是憑空結撰的。

筆者在 1984 年夏日曾去李氏先塋實地考察。墳地內碑仆墓陷，黍稷正茂，據言，這方土地已承包給某種田專業戶了。然仍可見出「李氏先塋」的龐大規模：圍牆雖蕩然無存，墳門卻仍孤零零地立著，雪蓑漁者題的「李氏先塋」和兩邊石柱上的對聯清晰可辨。

神道已無，道旁的石獸與翁仲卻或僵或臥，依舊守候在神道兩側……據《李氏族譜》首卷〈李氏整修老塋碑記〉：

> 老塋歷宋、元、明至國朝（清），傳世既久，為地亦廣，蒼松翠柏，接連阡陌，鬱鬱蔥蔥，勢若參天，誠一方之巨觀也。

設若是李開先作了《金瓶梅》一書，則他在描寫西門氏先塋時很可能以其本族先塋作為藍本。當然，這僅是一種推測之辭。

把李開先園林和書中的西門慶園林作了以上比較，可以看出：兩處園林都有一個由簡到繁、由規模較小到豪門大宅、由一處到多處的擴展過程。李開先同書中的西門慶在擴拓園林的方式和步驟乃至手段上又有著最基本的一致，這是不容忽視的。應是李開先作《金瓶梅》的又一實證。

四、李開先之「會」與西門慶之「會」

說李開先在寫作《金瓶梅》、在塑造西門慶形象時借鑒了自己的生活經歷和經驗，亦可由李開先罷仕後在故鄉加入的詩會、詞會與書中西門慶之會的比較給予證明。當然，這是兩種性質不同的結社：李開先等人所結詩會、詞會，與會者多退仕官吏或士紳鄉舊；西門慶之流所結之會，參加者則一色幫閒無賴。可這並不影響我們的比較，並不影響我們在比較之後提取一些值得注意的相同點。

(一)構成和規模

首先我們會發現：兩「會」在構成和規模上很相近。

在《金瓶梅》中，有關西門慶與「會」中朋友交往的描寫很多。第十回開列了一個會員名單，並簡單介紹了幾位主要成員的出身、履歷：

> 西門慶是個大哥。第二個姓應，雙名伯爵，原是開細絹鋪的應員外兒子，沒了本錢，迷落下來，專在本司三院幫嫖貼食，會一腳好氣毬，雙陸棋子，件件皆通。第三個姓謝，名希大，字子純，亦是幫閒勤兒，會一手好琵琶，每日無營運，專在院中吃些風流茶飯。還有個祝日念、孫寡嘴、吳典恩、雲裏守、常時節、卜志道、白來創，共十個朋友。

這個名單，在第十一回又出現一次。言謝希大「乃清河衛千戶官兒應襲子孫……把前程丟了，如今做幫閒的」；吳典恩「乃本縣陰陽生，因事革退，專一在縣前與官吏保債」；

孫子化「綽號孫寡嘴,年紀五十餘歲。專在院中闖寡門,與小娘傳書寄柬」;雲裏守,「是雲參將兄弟」;花子虛,則「是花太監侄兒」。總括言之,這是個由流氓、惡棍、幫閒、紈袴子弟構成的團夥,在當地又有著很深的政治背景。其中的三位,後來都走上官吏之途——西門慶作了掌刑正千戶,雲裏守作了清河右衛同知,吳典恩也當上清河縣驛丞。這幾位一入官場,也就減少與會中朋友來往了。

李開先《閒居集》中,對此等流氓幫閒構成的團夥有著紀實地描寫,卷十二〈顏神事宜〉:

> 惡少有花心會,每會必歃血誓天,數十人為生死交,各攜娼妓,晝夜喧飲,以至富者就貧,貧者行劫,必得嚴加懲戒,以禁酗淫。

《金瓶梅》中的西門慶等人的結夥,在很多地方與這種「惡少」之會相像。此處的「各攜娼妓晝夜喧飲」,在書中都有著具體而形象的描述。但更值得注意的卻不在這裏,李開先與章丘諸友結社組會的情況,比較起來,就愈顯得重要。

在李開先罷歸之前,章丘就有一個由退仕官吏和鄉間耆紳組成的詞社(常又名詞會)。開先有詩〈歸休家居病起蒙諸友邀入詞社〉,由是可知其在罷歸的當年即加入了故鄉的詞會。據開先記載,詞會中共八人,而實際卻不止此數。二十五年後,開先在為會友王雲峰寫的墓誌中追記了會中諸友的名號,是:

> 龍谿喬僉憲,礬山夏二守,西野、東村——袁、謝二鄉老,雙溪、北濱、松澗、泰峰——楊、劉、姜、陳四縣尹,及予,為詞會數年,而處士乃社中之善作能識者也。[18]

此處亦十人之數,與《金瓶梅》中西門慶之會,規模基本相同。開先〈儒林郎代州同知悔庵張君墓誌銘〉亦曰:

> 同會者幾十人,相會者逾十年,每公推予作首……

其言「幾十人」,當是前後會友之總數,每次聚飲,與會者大約亦十人之數。

開先等人又在故鄉組織詩會,「君(姜大成)與予共八人為詩會」[19],詩會會友有「劉知縣培、劉照磨希杜」、姜大成、袁崇冕、王階、張克恭、陳得安、逄希閔等,和詞會是有交叉的。

18　同上卷八〈處士王雲峰墓誌銘〉。
19　同上卷八〈屯留知縣姜君合葬墓誌銘〉。

李開先在詩會和詞會中都處於主盟的地位，「強推為會長，深愧不相宜」。是他把
會友的作品匯為一帙，名《醉鄉小稿》，序之曰：

> 予自辛丑引疾辭官，歸即主盟詞社……每會，屬予出題，間涉小套，眾必請而更
> 之。

李開先是罷官後入會，西門慶則居官後離會，兩人都曾作會首，他們的「會」，不管以
什麼名目，大抵則都在於飲酒作樂，在這一點上，是無甚差別的。

(二)日常活動

把李開先之「會」與西門慶之「會」的日常活動及活動方式加以比較，相同處便更
多了：

其一，都是每月聚會一次，每次由一人做東，輪流在各家或相約去郊外活動。開先
〈東村樂府序〉：

> 自辛丑夏罷歸田廬，優遊詞會，每月相參作主，分題定韻，言志抒情……

又〈山西按察司僉事前監察御史龍溪喬公合葬墓誌銘〉：

> 余至家數日，即召入會中。每月朔日，輪次設酒，各出新作，品較進止，無者有
> 罰……

《金瓶梅》第十一回：

> 那西門慶立了一夥，結識了十個人做朋友，每月會茶飲酒……眾人見西門慶有些
> 錢鈔，讓西門慶做了大哥，每月輪流會茶擺酒。一日，輪該花子虛家擺酒會茶，
> 就在西門慶緊隔壁。內官家擺酒，都是大盤大碗，甚是豐盛……一個粉頭，兩個
> 妓女，琵琶箏簺，在席前彈唱。

花子虛家財頗豐，故輪該作東日大講排場。有的便不能如此，第十四回：

> 月娘見他（西門）面帶幾分憂色，便問：「你今日會茶來家恁早？」西門慶道：
> 「今該常時節會。他家沒地方，請了俺在門外五里原永福寺去耍子。」

又第二十五回：

> 西門慶有應伯爵早來邀求，說孫寡嘴作東，邀去郊外耍子去了。

在西門慶會友中，家有錢財者僅一二人，絕多的則在混一點吃喝。我懷疑其所稱的「每月輪流會茶擺酒」的可信性。常時節、孫寡嘴作東時邀會友「去郊外耍子」，但這也還是要有銀錢才成。李開先所結的詩社、詞會，因為會友多是家境豐裕的罷職官僚或士紳，當然可以「每月相參作主」。把這種情況寫入作品中，用在西門慶之會的描述上，是很自然的事。但由於兩「公」的內涵不同，成員的素質和家境不同，便讓人覺得有礙於情理了。這種有礙情理之處，便是作者顯示「馬腳」的地方。

(三)散會與復會

章丘詞會、詩會，都有一個聚而散、散而復聚的過程。〈東村樂府序〉：

> 慨自龍溪喬僉憲捐館，雅會遂寢，幾欲復之，又以喪吾內人，不忍作樂事散，而復聚知在何時……即當訂約刻期，比之舊會加盛。

該序當作於嘉靖二十六年，是歲開先原配張氏卒，「一切勞心事，罷棄不為」，會事遂寢。然在這之後，開先又加入了詩社，詞社的活動也又恢復。舊的會友時有故去，新會友亦續有增入，「雖歷下進士谷少岱，亦慕名赴會」。[20]這是因為章丘多在朝居官者，罷仕歸鄉，便以詩詞酬響作為消除林下清寂的妙方。

《金瓶梅》中西門慶諸人之會，也有類似情況：先是「卜志道故了，花子虛補了」；後來花子虛因氣身死，又加了個「新上會賁地傳」，總然是「十個朋友，一個不少」。但西門慶等一做官，會便維持不下去了；第三十五回白來創到西門慶廳上，頭一樁談的便是會中的情景：

> 「自從哥這兩個月沒往會裏去，把會來就散了。老孫雖年紀大，主不得事；應二哥又不管。昨日七月內，玉皇廟打中元醮，連我只三四個人兒到，沒個人拿出錢來，都打撒手兒……不知咱哥做會首時，還有個張主。不久還要請哥上會去。」西門慶道：「你沒的說，散便散了罷，我那裏得工夫幹此事。遇閒時，在吳先生那裏一年打上幾個醮，答報答報天地就是了，隨你每會不會，不消來對我說。」

然這幫人把西門慶看作會中弟兄，到第七十九回西門慶暴卒後，應伯爵等人「每人各出一錢銀子，七人共湊上七錢」，置辦了一張祭桌，「求水先生作一篇祭文」，假惺惺哭悼一番，這「會」也就算由此作結。

至第八十回，我們始知西門慶諸人之會，是所謂「齋祀」之會，但書中描寫，又多

20　同上〈東村樂府序〉。

為尋花拈柳、縱酒挾妓之舉，與「齋祀」殊不相類，這種游離會旨的情景，似應在李開先的生活經歷上尋找內在根據。

　　通過以上四方面的比較，筆者旨在說明：李開先在寫作《金瓶梅》，在塑造西門慶形象時決不是憑空結撰的，他的生活給他提供了多方面的經驗，在寫作時使這些生活經驗變為藝術表現，應是很自然的。大量的事例證明，李開先正是這樣做的。

李開先交遊與《金瓶梅》

　　李開先是一個在朝野間廣為交遊的人。研究李開先交遊，對於研究《金瓶梅》人物的生活原型，對於考證該書作者，無疑是有助益的。據筆者約略統計，與李開先過從較密切的不下五百人，上至當朝首輔，下及盲翁煤客。以地位分，可為：閣臣、皇親、朝官、地方官、文士、平民等；論關係則又為；文友、書友、僚友、上司、下屬、同年、同鄉、門人等。尤可注意者：

　　其一，與「嘉靖八子」中諸文友的深篤情誼及海內文士的廣泛聯繫。「嘉靖八子」是一個進步的文學派別，是「唐宗派」的主力和先導，對反「前七子」的復古主義文風是有貢獻的，開先始終引「嘉靖八子」為自豪，宣傳「八子」的文學主張，推舉王慎中、唐順之的治學方法，他為其他七人寫了追懷的詩篇和傳記，這些作品是情感摯切的。對李、何等「前七子」，他也能有分析地對待，他與康海、王九思為忘年交，與「後七子」的王世貞、謝榛等也信函往復，詩文酬響。當時著名文人如楊慎、馬理、呂柟、王廷相、陸深、沈仕、馮惟敏、鄭若庸、張詩、邢雉山等，與開先都有過交往。

　　其二，與山東籍朝官的密切過往。略如：京山侯駙馬都尉崔元、大學士戶部尚書李廷相、首輔兼兵部尚書翟鑾、提督京營兵部侍郎謝少溪、太常寺卿劉欽、文選郎中劉天民、南京戶部尚書張舜臣，以及隆慶間內閣大學士兼禮部尚書殷士儋，皆山東籍人，有的即濟南、章丘一帶人。

　　其三，返鄉後與地方官的交往。《閒居集》中收錄了不少開先為地方官作的詩、文、序、跋，甚至為他們的家大人而作的祭文、墓誌、傳略、行狀。可由此見出開先在還鄉後一直較為注意與地方官的交往。

　　其四，與章丘「詩會」「詞友」中會友的友情。

　　把李開先交遊，與《金瓶梅》中所涉及人事再進行一番具體的比較研究，或能為考證李開先作《金瓶梅》找到更多的佐證。

一、蔡蘊、安忱、陳正匯與開先諸文友

　　《金瓶梅》第三十六回，出現了兩個姍姍來遲的人物——新科進士蔡蘊、安忱。在該

書第六十五回各方大吏雲集西門慶宅院，鬧鬧嚷嚷忙成一團之際，卻又有溫秀才談到自
己的恩師——提學副使陳正匯。三人都非書中主要人物，尤其陳正匯更是無頭無尾，一
現即逝，卻又都是值得注意的。

書中第三十六回，這樣介紹蔡、安二位：

> 當初安忱取中頭甲，被言官論他是先朝宰相安惇之弟，係黨人子孫，不可以魁多
> 士。徽宗不得已；把蔡蘊擢為第一，做了狀元。投在蔡京門下，做了假子。升秘
> 書省正字，給假省親。

小說家愛作巧合，因故被抑貶的安忱竟與偶然高擢的狀元蔡蘊結伴同行，且置不論，卻
使我們聯想到開先好友唐順之，開先〈荊川唐都御史傳〉：

> 己丑會試第一名，廷試二甲第一名，御批其策，條論精詳，海內傳以為榮。會試
> 卷，見者以為前後無比，氣平理明，而氣附乎理；意深辭雅，而意包乎辭。選作
> 庶吉士，一、二大臣不相能，遂罷之。[1]

以開先之見，順之理當為該科狀元，卻被黜為二甲。又當選庶吉士，也因故被黜落。而
開先也有近同的經歷，《李氏族譜·李開先傳》：

> 會試第二十名。廷試本擬鼎甲，因遺落「臣謹對」三字，置二甲。

書中寫二進士拜訪西門慶，最主要的一個目的就是搞點錢財盤費。蔡蘊是「一時缺少盤
纏」，安忱也「因家貧未續親。東也不成，西也不就，辭朝還家續親」，在「大巨家，
富而好禮」的西門千戶這兒，他們那尚且不高的物欲得到了極大的滿足。試比較這兩樣
禮單：

> 蔡狀元那日封了一端絹帕、一部書、一雙雲履；安進士亦是書帕二事、四袋牙茶、
> 四柄杭扇。

> 西門慶……教兩個小廝，方盒捧出禮物：蔡狀元是金段一端、領絹兩端、合香五
> 百、白金一百兩；安進士是色段一端、領絹一端、合香三百、白金三十兩。

如此鮮明的對比，搞得蔡、安二人也不好意思，窘急欣喜之下將本意吐露出來：

> 蔡狀元固辭再三，說道：「但假十數金足矣，何勞如此太多，又蒙厚貺！」安進

1　《閒居集》卷十。

士道：「蔡年兄領受，學生不當。」

此一段描寫，把新科進士那種囊中清澀、急切需錢的景況活脫而出。他們開始利用各種機會去「打抽豐」，但初入仕途，又較容易得到滿足。李開先曾作為一個家境貧寒的新科進士出使外省，對此當有著極為深刻的體驗。

至第四十九回，蔡狀元點了兩淮巡鹽御史，邀了同年進士山東巡按御史宋喬年再至西門慶宅上，氣度光景便有不同，當西門慶使人把更豐盛的食物、禮品抬上來——

宋御史再三辭道：「這個，我學生怎麼敢領？」因看著蔡御史。蔡御史道：「年兄貴治所臨，自然之道。我學生豈敢當之？」

半載之後，蔡蘊就由稚拙化為圓熟。宦場如爐，是多麼迅速地陶熔著那頂戴著功名的生靈！

宋御史因係本官所屬，吃拿一通，就急急回去了。蔡蘊卻沒有這許多顧忌，他留下來與「富而好禮」的西門千戶敘舊，言語之中，有一件事很值得注意。蔡曰：

學生在家，不覺荏苒半載。回來見朝，不想被曹禾論劾，將學生敝同年一十四人之在史館者，一時皆黜授外職。學生便選在西台，新點兩淮巡鹽。宋年兄便在貴處巡按。

實則是剛剛被選為庶吉士，未及入院就讀，即被「黜授外職」。在嘉靖八年己丑科，恰有一次近似的「庶選」：先是在三月二十九日，楊一清疏請在新科進士中取二甲前五十名，三甲前三十名複試，「選二十人為庶吉士」，而世宗也曰「選取庶吉士乃祖宗育才盛典，其如擬行」。未料想待選定之後，世宗卻突然變卦：

四月……己巳，大學士楊一清等奉旨考選庶吉士，以唐順之、陳束、任瀚三人廷試策為上所批獎，即以為冠，而取胡經、盧淮、諸邦憲、汪大受、郭宗皋、蔡雲程、楊祐、汪文淵、王表、曹汴、王谷祥、熊過、安如山、鄭大同、李實、孫光輝、吳子孝等二十人，疏具其名，因請命官教習……上曰：吉士之選乃我太宗之制，其在當時固為盡善，但邇年以來，每以大臣徇私選取，市恩立黨自此始矣，於國何益？自今不必選留，唐順之等一體除用。[2]

這次「庶選」就這樣結束了。從中作梗者為內閣大學士張璁，《明史·唐順之傳》：

---

2 《明世宗實錄》卷一百。

> 唐順之……舉嘉靖八年會試第一，改庶吉士。座主張熜疾翰林，出諸庶吉士為他
> 曹。

這種情況，與書中所寫何其相近！李開先為己丑科二甲第六十七名，未能參加「庶選」，
但他對這次流產的「庶選」卻會有極深的印象。唐順之、陳束、任瀚都是「嘉靖八子」
中人物，是他的文壇摯友，其他如胡經、熊過、郭宗皋等也是與開先相交甚契的朋友。
也許正是因為這樣，他才有可能在小說中加進這無關緊要的描寫。卻也由此洩露了天機。

蔡蘊、安忱等當然不會就是唐順之、陳束等，但也並不妨礙作者在塑造此二人形象
時有意無意地以他熟悉的人作為原型，試看這些相同之點：

蔡蘊為當朝太師蔡京假子；唐順之入仕之初也極得內閣大學士張熜看重，故其「出
諸庶吉士」，卻「獨欲留順之」。

蔡蘊中狀元未久即回鄉省親；唐順之先是「因病告歸」，繼又丁母憂。

更可注意者是陳束與書中安忱的近同處，開先嘗撰〈後岡陳提學傳〉，詳細敘述了
陳束的情況，可資比照：

安忱才華過人，因「係黨人子孫」而受貶抑；陳束亦才華過人，因觸怒同鄉高官張
熜而被貶竄「一遠惡地」。

安忱號鳳山，浙江錢塘人；陳束號後岡，一號龍岡，浙江鄞人。

安忱中進士後「因家貧未續親，東也不成，西也不就，辭朝還家續親」；陳束卻正
是因家貧而娶的同鄉董玘之女，〈後岡陳提學傳〉：

> 會稽中峰董公……有女待年於家，遍視里中幾無當意者，曾向甬川張公言及尚婚
> 事，甬川曰：「富貴之家，所不可知，若不論門第寒微，無如陳生者。」

於是，陳束就娶董女為妻。蔡蘊與西門慶敘談時，西門慶曾問及安忱的行止，答曰：

> 安鳳山他已升了工部主事，往荊州催攢皇木去了。

又第五十一回，安忱再訪西門慶，告曰：

> 自去歲尊府別後，學生到家續了親，過了年，正月就來京了。選在工部，備員主
> 事。欽差督運皇木，前往荊州。

安忱的職司是督運皇木，採伐皇木則為地方官之職，陳束在任「湖廣僉事，分司辰、沅」
時，曾專職負責採伐皇木，〈後岡陳提學傳〉：

> 已而有采木之任，往來毒霧瘴煙中，勤勞登頓，且慮繩彈，傴僂服役，身同賤工，

感歎柳子之言，過洞庭，上湘江，非有罪左遷者罕至。

這種種情景，嘗由陳束親口對開先等人講述，故在其筆下是如此真切。當嘉靖之世，采運皇木尚不及後世之頻繁，故而在當時文集中記載無多，開先因熟悉此情而記之，也是不應忽視的。

《金瓶梅》第六十五回，待兩司八府官員散去後，西門慶家又擺酒宴，謝有關「各項照管辛苦」人等，溫秀才席上說道：

名陳正匯者，乃諫垣陳了翁先生乃郎，本貫河南鄄城人，十八歲科舉中壬辰進士，今任本處提學副使，極有學問。

這使我們想起開先摯友王慎中。《閒居集》卷十〈遵岩王參政傳〉：

嘉靖乙酉，舉於鄉，連第進士，年才十八歲。歸娶陳澹齋女……

慎中為開先前一科丙戌進士，書上陳正匯則為開先下一科壬辰進士，雖不一樣，似也有點兒故弄玄虛的影子。慎中的學識，歷來得開先欽敬，嘉靖十五年，其任山東提學僉事，後又任河南參政，陳正匯的提學山東，籍貫河南，似都在不同中相仿佛。

李開先文壇諸友，做過提學副使的不止一人，如陳束之為河南提學副使，呂高之為山東提學副使，其得任是職，都與時任文選司郎中的李開先力所薦舉有關。而「嘉靖八子」之一的趙時春，以十八歲舉嘉靖五年會元，曾任山東按察副使，也值得注意。《金瓶梅》第四十八回「蔡太師奏行七件事」，固屬不倫不類，《明史·趙時春傳》所記趙時春上疏七件事，也是倉皇上言，亦可兩相比較。

二、吳神仙、永福長老與開先方外、江湖之交

一部《金瓶梅》，朝宰方臬、文臣武將、市井潑皮、豪門無賴、七商八匠、妓女牙婆紛紛登場，使那污濁的封建末世竟也別有一番鬧熱。作者又在末世畫卷上著力描寫了一色人等——江湖術士與佛道僧尼，他們活躍於上上下下，有向皇帝進補藥者，有奉欽差往泰山進金鈴吊掛御香者，有寺廟凋敝巧言募緣者，有哄騙人婦窩奸售淫者……異態種種，技能翻新，為這末世的鬧熱平添了幾分囂雜。

再等而下之，便是那算命、相面、卜龜、跳神者，那施灼龜、錢痰火之流。書中的描寫，證明了作者對他們的熟悉和厭憎，保存著作者有關佛道命相的見解，也是不宜忽略的。

這使我們又想到了李開先。

李開先與方外、江湖上人物有著較多的交往。尤其在他罷職返鄉之後，在仕途受到的打擊，使他往佛道思想中尋求安慰和解脫，「朝中除仕籍，方外列仙班」。（〈遊道院〉）[3]「面山結舍聊棲跡，近寺為園好誦經」。（〈田間四時行樂詩〉）「閒來寺裏談佛法，悶向街頭問子平」。（《中麓小令》）而他逼邇傳響的雋爽好客的名聲，他的莊園和豐美的飲食，也吸引著許多遊僧訪道、星士相家絡繹而至。《閒居集》中涉及佛道處很多，亦有關乎星相之術的記載，略如：〈贈陳道人尋得其師崇陽〉〈解職後遊禪院〉〈贈訪道芝田高翁〉〈贈張雲霞煉師〉〈贈虞一峰道者〉〈贈馬相士有序〉〈贈余星士予素不喜談命余星士懇乞贈詩不得已以此應之〉〈誦仙學兼自嘲〉〈論仙聖二學〉……把這些記載與《金瓶梅》中有關描寫相比較，也會有所啟發。

《金瓶梅》第四十九回，西門慶在南門外永福寺「借長老方丈」為蔡御史「擺酒送行」，待蔡等人眾上轎而去後，便在方丈與長老攀談：

> 西門慶回到方丈坐下，長老走來遞茶。頭戴僧伽帽，身披袈裟。小沙彌拿著茶托。遞茶去，合掌道了問訊。西門慶答禮相還，見他雪眉交白，便問：「長老多大年紀？」長老道：「小僧七十有五。」西門慶道：「倒還這等康健。」因問：「法號稱呼甚麼？」長老道：「小僧法名道堅。」……西門慶道：「我要往後邊更更衣去。」道堅連忙叫小沙彌開便門。
> 西門慶更了衣，因見方丈後面五間大禪堂，有許多雲遊和尚在那裏敲著木魚念經。
> 西門慶不因不由，信步走入裏面觀看，見一個和尚……

這種看似瑣屑的描寫，卻能給人一種逼真親歷的感覺，應是正在於作者確有這方面經歷。而李開先〈田間四時行樂詩〉中有句：

> 近來頗與高僧昵，慧遠相隨但譯經。

同他交好的高僧中，正有一位永福長老，開先兩次往明水鎮都在永福長老住持的玉泉寺落腳休憩，相與敘談，且吟詩贈之：

> 倦來憩比丘，東鎮送康侯。稚子登牆看，老僧下榻留。水寒傷馬足，日暖脫狐裘。預擬陽春曲，明年再此遊。（〈冬日明水鎮送右川康太守葬回暫憩玉泉寺是日晴暖〉）

> 閉門誦法華，客至著袈裟。淨域多靈跡，恆河少聚沙。一葉開五花，兩月演三車。

3　本節引詩均見《閒居集》。

喧寂如相較,在家讓出家。(〈再過玉泉寺贈永福長老〉)

與小說中的不同之處,在於這位長老住持的寺院名玉泉,其法號永福;而書中長老則住持永福寺,法號道堅,或也正是作者欲蓋彌彰之處。又第八十九回,寫吳月娘等掃墓歸程中遊永福寺,與上引開先詩之第一首描繪的情景亦約略近同。

《金瓶梅》第二十九回,上場了一位相面先生吳神仙,又是一個值得注意的人物。作者在對騙人錢財、滿口胡溜的星命家和相面先生毫不容情的揭露和嘲弄時,獨獨對這位吳神仙一路褒筆,由始至終。書中描寫道:

> 須臾,那吳神仙頭戴青佈道巾,身穿布袍,足登草履,腰繫黃絲雙穗條,手執龜殼扇子,自外飄然進來。年約四十之上。生的神清如長江皓月,貌古似太華喬松,威儀凜凜,道貌堂堂。原來神仙有四般古怪:身如松,聲如鐘,坐如弓,走如風。但見他:
>
>> 能通風鑒,善究子平。觀乾象能識陰陽,察龍經明知風水。五星深講,三命秘談。審格局,決一世之榮枯;觀氣色,定行年之休咎。若非華岳修真客,定是成都賣卜人。
>
> 西門慶見神仙進來,忙降階迎接,接至廳上。神仙見西門慶長揖,稽首就坐。須臾茶罷,西門慶動問神仙高名雅號,仙鄉何處,因何與周大人相識。那神仙坐上欠身道:「貧道姓吳名奭,道號寧真。本貫浙江仙遊人。自幼從師天台山紫虛觀出家。雲遊上國,因往岱宗訪道,道經貴處……」

這是其開始出現時的描寫。在後來的第六十、七十九回,都寫到這位相術奇精的吳神仙,亦無貶語。這在謔筆如刀的作者來講,是何等不易,又必有其原因。

李開先精曉相術,在他所熟知的、比較欣賞敬重的此類人物中,確也有著一位妙算如神的吳相士。他為這位「豐神氣格本天成」的相面先生專作了一首七言古詩,〈嘯庵吳相士歌〉:

> 相法年來誰最精?兩山李老久馳名。應麟牛氏多奇中,自學燒丹術不行。更有長清馬宗信,出言屢驗使人驚。東方海鶴兼李寶,有時小失莫相輕。嘯庵吳子南都彥,堪與數人同一鳴。抵掌迂予極稱許,豐神氣格本天成。面如同字逢金木,暮景舒長健且亨。松柏經霜常獨茂,竹梅逼歲有餘榮。回頭自歎春秋邁,盈耳人高月旦評。只悲親逝情難已,不做官來夢已清。願希智士心如鑒,堪笑愚夫目似盲。不解反躬三自省,惟搖巧舌屢相爭。相術亦有如此者,往往令人氣不平。那辨妻強難得子(謂眼下有橫肉者),每因舅氏識其甥(諺云:「甥多似舅」)。國初惟有袁

忠徹,父子齊名鮮于京。僧人智念亦云可,可惜中年即喪明。有相無心隨心滅,
有心無相逐心生。桓溫自是有奇骨,陶侃曾來得異禎。(相者謂其左手中指有豎理,
貴當為公。侃以針刺決之,灑血壁上,乃成公字。)腦貫伏犀當大貴,眉長過目有文名。
君能一一窮其妙,至處人皆倒屜迎。此去為予勤物色,不拘隱逸與公卿。伯樂能
識千里足,方今誰是萬人英?

洋洋灑灑,不獨對吳相士極為讚譽、推獎,且敘說國初以來的知名相士,如數家珍,娓
娓道出。兼以品題相術,解說相法,都能剖肌入理。如「有相無心隨心滅,有心無相逐
心生」兩句,亦在小說中出現,第二十九回:

西門慶把座兒撧了一撧,神仙相道:「夫相者,有心無相,相逐心生;有相無心,
相隨心往。」

正與開先詩句相合。此為兩句相經,然相訣成冊,獨為拈出此兩句,亦能見出作者的喜
好。

《金瓶梅》第二十九回「吳神仙貴賤相人」,看似紀實的述寫,實則不然!試想:其
對李嬌兒、潘金蓮、孫雪娥諸人的演說,如果真當面道出,西門大宅還不鬧翻了天。且
「刑夫」之論,並見於吳月娘等,又如何不引起西門慶警覺?這段描述,應是作者假吳神
仙之口,對書中男女主要人物命運的隱括。作者裝龍飾虎,相術中專門用語源源滾滾,
略無破綻,非一精通相法者,何能至此!

李開先就是一位深得相法中三昧者。當時著名相士李兩山,曾親授與相術,他也自
稱「予隔年月相人死無一失者,既非得之兩山,又非得之書冊,善觀神氣而已。」書中
有關星命相法之類場面的描寫,應是與他此類生活和知識積累相關。

三、張瓏、吳應魁與開先官場諸友

《金瓶梅》中,西門慶的交接官府給人印象是很深刻的。「富貴必因奸巧得,功名全
仗鄧通成」。他由交通縣衙到出入相府,錢財與權勢的兩輪如糞球般愈滾愈大,互為推
長。曾幾何時,「在縣門前開著個生藥鋪」的破落子弟西門慶,也朝服加身,衙役隨後,
赫然已提刑正官了。西門宅成了冠蓋薈萃之場所,新科狀元要到這裏駐足,新任巡撫應
邀來此飲宴,漸而至迎接太尉,餞送大巡也都由各府官吏送上份子,借此一塊寶地。研
讀《金瓶梅》,不能忽視這種描寫在塑造西門慶形象,在揭露當時吏治混亂、官場黑暗
諸方面的意義和作用。

同樣，這種逼肖真實、活靈活現的描寫，又非一般落魄文士、江湖藝人的生活積累所能及。這又是我們考定《金瓶梅》作者身分的一項有力內證。毫無疑問，對於混跡官場十三載、交接極廣的李開先來說，作此類描寫恰恰是得心應手的。把李氏的官場諸交和《金瓶梅》人物中仕宦者流略作比較，也是有必要的。

首先，陳詔先生〈《金瓶梅》人物考〉[4]中詳列可考見的明代歷史人物，給我們以很大啟示。所列《明史》中有傳的歷史人物：

韓邦奇（第六十五回），《明史》卷 201 有傳。

凌雲翼（第六十五、七十七回），《明史》卷 222 有傳。

王燁（第七十回），《明史》卷 210 有傳。

狄斯彬（第四十八回），附於《明史》卷 209《馬從謙傳》內。

又有見載於其他史籍中的明代人，如：

溫璽（第七十七回），成化十七年進士，官至河南布政司左參議。

曹禾（第四十九回），嘉靖二十六年進士，官至廣東昭關知府。

任廷貴（第六十五回），嘉靖八年進士。

尹京（第七十回），正德六年進士。

黃甲（第六十五回），嘉靖二十九年進士。

趙訥（第六十五、七十七回），嘉靖三十八年進士。

陳文昭（第十回），正德九年進士，官至員外郎。

何其高（第六十五回），嘉靖十一年進士，曾官山東都轉運使。

總觀書中涉及的明代人，尚未發現有生於嘉靖之後者。而以上諸人，或為李開先好友，如韓邦奇；或為李開先同年，如任廷貴；或為其朝中同僚，如王燁（曄）；或為任過李開先家鄉山東的地方官者，如何其高、凌雲翼、陳文昭、王煒等，應說：李開先是有可能把這些人寫入作品中的。[5]

李開先在朝居官時，就喜歡結交家鄉山東的官員。與他同年進士的趙文海曾任章丘知縣，同開先有過交往。而他在主持吏部文選司時，又有意識地薦人任職山東。如其力薦喬瑞為濟南知府，推呂高為山東提學副使，其摯交王慎中亦曾任山東提學僉事。

開先罷職歸田後，也與當地各級官府多有交往。如嘉靖三十三年至三十六年任巡撫山東的都御史劉采，嘉靖三十九年由山東左布政使升任右副都御史巡撫山東的朱衡，都

4　載《學術月刊》1987 年第 3 期。
5　即王士登，開先有贈與他的詩〈冬日訪王雲峰處士〉〈處士王雲峰贊〉，文〈雲峰王處士墓誌銘〉。又開先嘗交歷下夏雲峰，有詩〈歷下夏雲峰善內養奇術喜其過訪賦詩贈之〉。詩文均見《閒居集》。

與開先相交善。而嘉靖二十五至二十七年任章丘知縣的陳東光，與開先關係尤好，在任期間，主刻了李開先《寶劍記》，升職離去後，還詩文贈答，書信往返，幾次路過，都特意到開先家宅相訪敘舊。嘉靖二十九到任的章丘知縣金九成，由於唐順之的關係，更與開先往來密切，常至其家看望。其他如賀貢、董文采，陳田諸任知縣，都對李開先很恭敬，李氏也有為他們作的序、贊或詩收在文集中。

在乾隆《章丘縣誌》中，收有張璁贈予開先的一首詩〈胡山精舍〉：

> 中麓山堂下，雲天萬里長。人驚天上語，風散唾涎香。

可證開先與這位首輔有過點交往。然實際上，開先對張璁的剛愎自用、打擊人才是很有看法的，他的好友唐順之、陳束、王慎中等都曾受過張璁的打擊。說他可能以自己對現實生活中接觸和瞭解的首輔來為蔡京寫像，亦不無可能。第四十八回，寫西門慶得知曾御史參本後慌忙派來保上京打點：

> 到太師府內見了翟管家，將兩家禮物交割明白。翟謙看了西門慶書信，說道：「曾御史參本還未到哩，你且住兩日，如今老爺新近條陳奏了七件事在這裏，旨意還未曾下來。」

後「聖旨准下來了」，小說中錄出「七件事」詳文，很值得注意。《宋史》卷 472〈蔡京傳〉中雖提到蔡嘗上本請「罷科舉法」，「榷江淮七路茶，官自為市」，「更鹽鈔法」，「鑄當十大錢」之舉，但並無「七件事」之說，倒是《明史·張璁》傳中兩次提到此項：

> 至嘉靖三年……五月抵都，復條上七事。眾洶洶，欲撲殺之。

璁掌憲，復請考察斥十二人。又奏行憲綱七條，鉗束巡按御史。其年冬，遂拜禮部尚書兼文淵閣大學士入參機務。張璁「性狠愎，報復相尋，不護善類」，《明史》本傳中也記載了他對翰林院和庶吉士的挾嫌報復：

> 璁初拜學士，諸翰林恥之，不與並列，璁深恨……乃請自侍讀以下量才外補，改官及罷黜者二十二人，諸庶吉士皆除部屬及知縣。

如上文所述，李開先嘗記述了張璁對陳束等人的迫害及把他們由翰林黜外任的事實，說他在小說中以張璁的某些作為塑寫蔡京形象當是很有可能的。

《金瓶梅》中，大肆渲染了李瓶兒生子給西門慶帶來的歡樂，以及其患病帶來恐慌和騷亂。官哥兒寄名吳應元，而嘉靖十四至十九年的章丘知縣即名吳應魁，不知是巧合，還是作者有意如此。

四、字、號的研究

《金瓶梅》一書人物眾多，但那般幫閒無賴、僕人婢女、妓女牙婆，多是沒有字號的。在書中不多的字、號中，有些現象也容易引起聯想。如以「×泉」為號者，書中即有：

> 一泉：蔡蘊，狀元，巡鹽御史。
> 兩泉：尚小塘，舉人。
> 三泉：王寀（王三官兒），招宣府王逸軒之子、浮浪子弟。
> 四泉：西門慶。

又有侯蒙號石泉，何永壽號天泉，何岐軒名春泉……

章丘多泉，尤以明水鎮百脈泉、珍珠泉為一方名勝。道光《章丘縣誌·山水考》有「水，出而為四泉」，的記載，而書中寫西門慶之號四泉，亦原是因為村中有「四眼井」而已。

值得一提的是，在李開先交遊中，以「泉」為號者甚多。在其《中麓小令》鈔本中附有一個長長的作跋者名單，就中即有：

> 兩泉：彭燦，舉人，青州府同如。
> 五泉：劉臬，進士，山西巡撫副都御史。
> 六泉：吳孟祺，進士，陝西西安知府。
> 百泉：皇甫汸，進士，南京刑部員外郎。

皆以數字加「泉」字前。另外有西泉、北泉、雙泉、高泉、靜泉、鶴泉……此類字號，正可與《金瓶梅》中字號相比較。

李開先有一好友號雲峰，《金瓶梅》中也有一翟雲峰，任蔡太師府管家；開先有一曲友號東谷[6]，書中也有一雷東谷，任山東兵備副使。兩人都無甚惡跡。李開先有一同鄉宦友號西橋[7]，書中韓道國竟也在第八十回把字希堯換成西橋，殊不相類，倒也實實在在地寫在書上。

《金瓶梅》第九十三回，新出現一王宣老者，「家道殷實，為人心慈，好仗義疏財」，「無事在家門首施藥救人，拈素珠念佛。因後園有兩株杏樹，道號為杏庵居士」。

李開先有一相交頗深的鄉友，南京工部右侍郎王臮，號杏里。開先在為他作的墓誌

6　即張茂蘭，開先有〈東谷張先生傳〉收《閒居集》中。

7　即劉銑，西橋為其別號，開先有〈資善大夫太常寺卿兼翰林院五經博士西橋劉公墓誌銘〉收集中。

銘中寫道：

> 公姓王，諱曷，字承晦，號杏里。杏非杏林之杏，里非樗里之里，……乃杏壇之
> 杏，闕里之里耳。[8]

但開先交遊中又確有因杏樹而得號者。如其〈贈良醫時杏莊有序〉：

> 愛杏十餘載，成林數百株。

詩前小序中曰：「病人延治者日無虛，謝病栽杏者歲有增也。」

作者在構思書中名號時，當然要使用自己的生活積累，他要以自己熟知者為人物原型，又要謹慎地避開完全的等同。這就使他在確定姓名、字號時煞費苦心，試想：杏庵，同杏里、杏莊在意蘊上何等相近，而開先熟悉的人中，正有一位名王宣。[9]

8　《閒居集》卷八。

9　即王雲峰嫡孫，見〈雲峰王處士墓誌銘〉。

在哪裏豎起雅與俗的籬笆
——《絳樹兩歌》序

　　中國小說在其藝術發展的千年跋涉中，出現了許多的文體與流派，也產生了枚數難盡的作家與作品。幾乎每一時代都有小說流行或盛行，卻並非每一部曾流行過的小說都可以唱傳下來。是造化弄人？還是歷史的淘洗過於嚴酷？應歸因於文體和風格的與世遷轉？還是在於作品所內蘊的藝術魅力？

　　本書所論列的小說，都是流行過或正在流行的，《金瓶梅》和《紅樓夢》的出現，曾在社會上引起覓求和閱讀的狂熱，歷數百載至今仍盛況不減；金庸和古龍的武俠小說亦暢行於世逾三十年，為海內外讀者所津津樂道。前者經過了歷史和時間的打磨，後者則依託著現實的讚譽，都在中國小說史上留下了濃重的一筆。以此為研究對象，以此流行且流傳日久的小說作品來認識小說之美、尋覓小說的創作意旨和文學精神，是本書的一個願望。

　　通論這四種小說，又繞不開一個「雅」與「俗」的尺規。在一般批評家眼裏，《金瓶梅》和《紅樓夢》屬於古典的，因而是雅的；而金庸和古龍小說屬於武俠的，因而是俗的。逝去的古龍先生長已矣，新擔任浙江大學文學院院長的金庸先生則致力於闡揚其歷史觀和文學主張，似乎這樣便可摘掉那頂「俗」的帽子。惜乎評論界仍不願承認。

　　文學史與小說史以大量實例證明，在雅與俗之間，沒有也無法豎起一道截然劃分的籬笆。「詩三百」被認為是至雅不過的文化經典，其多數卻是采擇於民間的民歌小曲，所謂「風出謠口」是也。晚唐曲子詞曾被譏誚為粗鄙不文，至宋則蔚為大國，成為一代文學的代表性樣式。至於元之戲曲、明之傳奇，至於那當時難登大雅之堂的話本和章回小說，鄭振鐸先生曾一攬子劃拉入「俗文學」，而今則鮮有此論了。

　　雅與俗似乎是有著文體之分的：詩為正統時，詞則有俗體之譏；詞漸入廟堂，則曲便接過了俗的帽子；後來曲也有了雅部（如崑曲），地方戲便頂上一個「花」字——花部即俗部之謂也。這真是一個有意思的現象，後來的或曰新生的即俗的，一頂「俗」字號帽子永遠要傳遞下去，傳給那生機勃勃的新的文學樣式。這是怎樣荒謬的一種理論架構！

　　雅與俗的區別是存在的。然其較多存在於作者的寫作旨趣，存在於作品的文學精神，而較少以文體劃分。幾乎所有的文體都產生過色澤和意趣迥然不同的作品：律詩何嚴正，然應制及酬答之作大多俗言滔滔；墓表何肅穆，而多數亦諛詞滾滾。韓愈〈與馮宿論文書〉說自己「時時應事作俗下文字，下筆令人慚。及示人，則人以為好矣」。這真是一種文人無奈與文心折磨。越數百年後，明代徐渭也抒發了極類似的無奈之情，其〈胡公文集序〉曰：

> 至於應事作俗下文字，下筆令人慚。小慚者人以為小好，大慚者則必以為大好。

這裏的「俗下文字」，當是最典雅的文體與最典麗的文句，其擊節贊好的當也是文人者流，作者卻為其外雅而內俗、形雅而實俗內心悲哀，也向那些呼叫「大好」「小好」者發出一聲冷哼。

　　雅和俗應主要是一種文學精神的區別。《金瓶梅》寫了那麼多的宦場詭詐和妻妾爭寵，寫了那麼多的市井語言和床笫歡愛，其內容真俗之再俗，卻又以此庸眾的歡樂寫哲人的悲哀，底蘊的是悲天憫人的情懷和冷峻的思考。《紅樓夢》描繪公侯豪門少男少女的歌吟與愛戀，描繪那「天上人間諸景備」的大觀園，襯底的則仍是仕途經濟與「巴高望上」的俗聲協奏曲，又藉此表述作者對現實社會也包括現實之「愛」的決絕。金庸的《鹿鼎記》借一個妓女孽子的青雲之路寫俠義精神的墮頹，已更多地注入了歷史的思考。而古龍則以浪子形象反詰社會也反詰文學，對人類的情感定式如愛恨情仇進行深層的叩問。這四位作者早越過了雅俗的藩籬，其思考和敘寫的內容既是社會的，又是人生的。在這種情況下，我們又怎能去區分雅俗與精粗，又何必去做這樣的劃分？

　　且在文學內涵和藝術精神的層面上，雅和俗都是不可或缺的。這裏的雅不是僵化，俗也不是庸爛，而是不同的色澤與情致，不同的風格和美學特徵。相傳唐代有一位叫絳樹的著名歌女，可以同時唱兩支歌，所謂「一聲在喉，一聲在鼻」，而使二人坐聽，聲腔韻節一絲不亂，世人稱奇。清戚蓼生〈石頭記序〉以此繹解書中精義：

> 寫閨房則極其雍肅也，而豔冶已滿紙矣；狀閫閾則極其豐整也，而式微已盈睫矣；寫寶玉之淫而癡也，而多情善悟不減歷下琅玕；寫黛玉之妒且尖也，而篤愛深憐不啻桑娥石女……蓋聲止一聲，手止一手，而淫佚貞靜，悲戚歡愉，不啻雙管之齊下也。

這是小說所內聚的文學精神，是所謂的言外之意、弦外之意。「如捉水月，只挹清輝；如雨天花，但聞香氣。」至於雅俗，則早打混成一片，雜糅為一體了。

　　世事如歌，人生如歌。優秀的小說賦寫的必然是人世與人生的笑罵歌哭，是真性情

與真感悟。即以本書所論言之，則《金瓶梅》是一支生命悲歌，寫俗世的一切是如何銷蝕精神和生命；《紅樓夢》是一支愛情挽歌，寫上層階級社會中愛的蒼白與脆弱，以及那更多的在愛之旗幟下的偽情；《鹿鼎記》是一支塵世的歡樂頌，寫火宅與色界中的一味清涼；古龍小說則是浪子的酒歌，於醉眼朦朧之際發見人生真諦……

　　讀者以為然否？

徘徊於深刻與庸泛之間
——川劇《潘金蓮》平議

約略在三年前，我在首都劇場看了川劇《潘金蓮》的演出，演出的氣氛很熱烈，觀眾（當然包括我）曾多次為作者那精緻的場面設置、為劇中那富有意趣的唱詞鼓掌，直到終場。

踏著月華歸去，又總覺尚未盡如人意，總覺想與作者交流點什麼。後來，參加過一次魏明倫劇作的座談會，像通常那樣，這次座談會基本上成了作者的報告會，終也沒有談出來的機會，就擱置下來，再後來也就丟到一邊了。直到數日前在《文化藝術報》上讀到吳祖光先生有關《潘金蓮》爭議的文章，才又重新憶起這個話題。

求新求深，無疑是魏明倫創作川劇《潘金蓮》的藝術追求。然其新奇之處，往往粘連著陳腐；警策之筆，有時又不免淺陋。我讚賞作者的熟稔排場和文筆清暢，也慨歎他在深刻與庸泛之間的徘徊，慨歎其終無法擺脫的趨時和媚俗的傾向。我以自己的這些不成熟的想法，寫成這篇短文。

一、《潘》劇的婦女觀先進在何處？

魏明倫和《潘》劇的推崇者都很強調一點，即川劇《潘金蓮》在婦女觀上高出施耐庵《水滸》之上。我認為非是。

不斷地在前人創作的基礎上改編創新，亦我國文學傳統之一端。作為潘金蓮形象，創作權當首推《水滸》，後來有了《金瓶梅》，有了清代的《金瓶梅》傳奇，歐陽予倩先生曾作話劇《潘金蓮》，再後來有了魏氏的同名荒誕川劇。藝術形象亦有幸與不幸，施耐庵塑寫的這位個性鮮明的女性，也可以稱為是代有承傳、不朽於世了。

施耐庵為什麼要創作這樣一位女性形象？他緣何不像關漢卿、王實甫那樣去謳歌我國古代婦女的美麗和善良，去讚頌她們對舊禮教的抗爭？我們無法把作者拘來一問究竟。但畢竟有很簡單的理由，當時社會上確有此類人物，於是他就寫了。把這活生生的人物活生生地寫入作品中，她的潑辣，她的淫蕩，她的歹毒心腸和鬼蜮伎倆，都令人觸

目驚心，也都有其生活的社會作為注腳。

於是就有了潘金蓮。

在明代蘭陵笑笑生的《金瓶梅詞話》中，潘金蓮由過場人物衍演為主人公之一，其形象內涵得到了極大豐富。但這是在其性格特徵基礎上的深化和加強，而非改塑和再造。潘金蓮以謀殺親夫開場，短短數年間，做了無數件違悖人情事理的害人勾當，她被釘在舊道德和舊禮教的恥辱柱上，同時也是善良的人們所絕不能容忍的。作為藝術形象，她是以令人髮指的道德淪喪和手段毒辣提醒觀者，是以其容貌美和靈魂醜的強烈反差而長存於舞台的。

這樣寫一位女性，其婦女觀就必然是落後嗎？倒未必。我不能同意魏明倫同志的觀點，其曰：

> 潘金蓮從來就被認為是一個大逆不道的女人。但以今天的觀點看，卻不能單用「淫婦」來解釋她的悲劇人生。我認為《水滸》中的婦女觀是十分落後的。在《水滸》中，女人大都是小人、賤人、壞人。有幾條好漢的逼上梁山，也是因為女人的不貞而引起的。

這樣的分析是不夠客觀的。《水滸》中確實寫了幾個壞女人，如閻婆惜、潘金蓮、潘巧雲、白秀英等。她們或交結官府，或倚勢欺人，都非僅僅淫亂一端。因而宋江、武松諸好漢的逼上梁山，亦非「是因為女人的不貞而引起的」。原文俱在，可以覆按。且《水滸》中梁山英雄如孫二娘，如一丈青，俱不讓鬚眉，馬上殺伐，颯然有聲。這樣的婦女觀，怕不能論為十分落後吧。

魏明倫以自己的思維模式重塑了潘金蓮形象，於是，潘金蓮成了「舊社會把人變成鬼」的典型。她的聰穎美貌，她對幸福婚姻的嚮往，她對張大戶的反抗和被懲治，她與猥瑣卑怯的武大郎那徒有其名的夫妻生活，被濃墨渲染，讓人一灑同情之淚。也正因為這些鋪墊和改造，當潘氏在西門慶脅迫下情感複雜地向丈夫送去毒藥的時候，其滯重的步履中竟像隱含著正義的力量。犯罪變成了抗爭，殺人變成了覺醒，譴責淹沒在同情之中！尤其當潘金蓮在武松刀下慷慨求死，更給這一形象罩上一層悲劇甚至是聖潔的人格光環。

然則，「潘金蓮不見了」！

我國文學藝術形象寶庫中那個潘金蓮不見了。再也沒有了淫亂和歹毒，沒有了馴雪獅子的害人手段和那些花樣翻新的罵人話，沒有了波譎雲詭的妻妾間的爭寵及由此帶給潘氏的小歡喜或大苦惱，而出現在舞台上的只是一個美麗而蒼白、憧憬幸福而怯懦、整日在悔恨和失意中以淚澆面的年輕女性，其誤入色狼西門慶之手而違心殺夫的唯一罪

過，也用她年輕的血沖洗淨盡。這樣，留給觀眾的選擇便只剩下了同情，原不需要一些東拼西湊來的人物為之熱情辯解以啟示觀者了。

　　魏明倫要創作一個新的潘金蓮形象，其立意在於用先進的婦女觀重新審視「淫婦」潘金蓮，然其結果卻令人遺憾。他把一個兇殘絕情的潘金蓮，改換成一個善良柔順的潘金蓮；把一個風騷淫蕩的潘金蓮，改換成一個癡情不改的潘金蓮；把一個沾滿舊思想膿胰的潘金蓮，改換成性格單純的潘金蓮；把一個至死不悟的潘金蓮，改換成偶作惡事而深自懺悔的潘金蓮……其觸動千百年沿襲下來的道德尺規了嗎？似乎並沒有。作者所作的，只是把一個馳騁於舊禮教規範之外的個性鮮明的潘金蓮，改寫成一個循循於舊道德的藩籬、不幸「失足」，而以自己春花般嬌豔的生命換取精神回歸的良家女子。

　　這種婦女觀正與施耐庵隔代相通，設若施氏筆下的潘金蓮也這般令人同情，則她便絕不會受到譴責和詛咒。施耐庵譴責的潘金蓮是他的潘金蓮，魏明倫同情的又是另一個潘金蓮，譴責和同情並不意味著其婦女觀的高下，不是嗎？

二、罪惡難道都是男子製造的？

　　魏明倫對潘金蓮的同情和由此而產生的再創作的衝動，在於潘金蓮是一個女人，在於她「比較能表現封建社會對這類婦女的損害和扭曲」。吳祖光先生〈贊川劇潘金蓮〉，開篇便曰：

> 有幾千年封建專制傳統的中國，肩負著沉重的歷史重擔，其中最沉重的莫過於受壓迫婦女的悲慘命運，這裏面潘金蓮是著名的一個受害者。潘金蓮最大的不幸在於她受盡凌辱之後慘遭殺害卻又背上一個淫婦的罵名。

這種分析實在匪夷所思！潘金蓮被概括成「著名的一個受害者」，她的一生被概括成「受盡凌辱之後慘遭殺害卻又背上一個淫婦的罵名」，皆因為她是一個女人。於是，階級的迫害演變成性別的迫害，善惡的區別歸結為男女的區別。因為是男性，武大郎、武二郎兄弟也加入了「吃人的筵席」，成為張大戶、西門慶之流的同盟軍。然這公平嗎？準確嗎？

　　基於這種認識，魏明倫把產生在複雜社會背景和複雜人物關係中的潘金蓮故事，歸納為「一個女人和四個男人的故事」。作者以張大戶的貪色襯托潘金蓮的反抗，用武大郎的顢頇映照潘金蓮的嬌媚，借武松的「冷面鐵心」寫潘金蓮對幸福愛情的追求，也在西門慶的花柳生涯中淘濾真情，尋覓潘氏終於沉淪的強大外因……作者「通過潘與四個男人的關係的展開，一步步揭示了她沉淪的過程」，給觀眾和讀者的印象則是：四個男

人一步步把潘金蓮推向深淵的過程。

魏明倫能從《水滸》《金瓶梅》複雜錯綜的人物關係中抽象出所謂的「一個和四個」，吳祖光先生能在讀《金瓶梅》後斷言「潘金蓮是著名的一個受害者」，均可謂別具慧眼了。然進而再去發掘武松身上的「封建倫理道德觀念」，再去議論「武大郎對於社會是一個弱者，唯獨對潘卻是強者，是夫權的化身，是潘的主宰」，就顯得有些厚此薄彼，甚至有些顛倒是非。難道中國五千年歷史就是男性壓迫女性的歷史，難道歷史上一切罪惡都應由男子來擔荷嗎？

如果站在我們今天的思維高度上，如果我們有涵天括地的博大同情心，則封建社會中一切生靈都具有悲劇色彩，都是可憐的。芸芸眾生是可憐的，至高無上的皇帝也是可憐的。具體到《金瓶梅》中，就更帶有末世的悲劇景觀。潘金蓮的一生是可憐的，張大戶的一生也是可憐的，西門慶作惡害人的一生在 33 歲上便戛然而止，也有可憐之處。至於說到武大，則是另一番可憐，他的一生委屈求全，如蟲如蟻，僅在妻子養漢時鼓起了一點血氣之勇，又被現實所粉碎。他重又哀求，終也未逃脫被害，甚至他死後道場的哀哀鐘聲，也伴隨著妻子和姦夫的床上嬉笑，對於這樣的一個弱者，對於這樣一個從精神到肉體都飽受蹂躪的人，我們能忍心再嘲弄他在肉體上的殘缺麼？

封建社會中的確有「夫權」的存在，然而武大沒有，他以矮小的軀幹，頂起全家的生活重擔，早起晚歸，含辛茹苦，用艱難掙來的錢供應著潘氏的塗脂抹粉、描眉畫眼；還要忍受其辱罵，直至毒殺，這算什麼「夫權」？

封建時代的婦女確實也受夫權的壓迫，唯潘金蓮和武大的婚姻卻不存在這一點。潘氏在家中氣使頤指，武大和女兒則忍氣吞聲，潘氏不許武氏兄弟相見，武大就不敢去尋弟弟絮話，說他「唯獨對潘卻是強者」，真是大大的冤枉。

記得魯迅先生曾激烈抨擊過「女色禍水論」，曾對楊玉環的死後罪名頗為不平，先生在其〈我之節烈觀〉中也說過這樣的警句——

> 歷史上亡國敗家的原因，每每歸咎女子。糊糊塗塗的代擔全體罪惡，已經三千多年了。

先生抨擊的是讓女子「代擔全體罪惡」，這個全體既包括男子，也包括女人，想來不會有錯吧。

舊時的沒落文人往往無端地給女人戴上罪名，是應該批判的，但卻不應由此轉向其反面，無端地給男子戴上罪名，應該是另一種淺薄。施氏以無情之筆為潘金蓮摹形繪像，把她「描寫得十分不堪」，未必然就是「具有鄙視女性的思想」，他鄙視的是女性中的醜類和造惡者；魏氏以同情之筆寫潘金蓮的沉淪，也未必就是尊重女性，因為這種醜類

和造惡者，原是善良正直的婦女們所不能見容的。

三、幾點思考

魏明倫的荒誕川劇《潘金蓮》在藝術上頗有一些成功之處，作者深得戲曲之三昧，兼文筆飄灑，觸處生春，較多地遮蓋了其立意上的欠缺，這也是該劇很快流行於全國的原因，但其主題的缺憾，只可遮蓋，終無法彌補，對此，筆者還有以下幾點思考：

(一)關於「從一而終」

什麼是《潘》劇的主題？魏明倫曾說：「《潘金蓮》的內涵始終是針對著『從一而終』封建觀念來的，因此有比較強烈的現實意義。」在劇中，芝麻官唱道：

> 在家應從父，出嫁從丈夫。
> 夫死從崽崽，崽死光禿禿。
> 嫁給公雞就是抱雞母，
> 嫁給牙豬就是老母豬。

這種「嫁雞隨雞，嫁狗隨狗」的觀念，在當代社會中還有很大影響。然值得注意的是，其往往表現為婦女對此的自覺遵守和誓死捍衛。用潘金蓮為例子衝擊舊思想的束縛，開導今日某些婦女頭腦中的封建意識，似乎不對路徑。這位潘金蓮的頭腦中似乎從來也沒有「從一而終」的概念：嫁給武大為妻，見小叔子形象威武，便要調戲，調情不成，便行調撥，致使武松遷走；遇西門慶，便烘動春心，以至「十條挨光計」未完，兩人便摟抱在一起，進而把丈夫害死；再嫁西門慶，房中寂寞，便勾搭琴童，後又與女婿陳經濟成姦；西門慶死後被趕出，又和王潮兒鬼混⋯⋯她哪裏想到過什麼「從一而終」呢？

就是這樣一個潘金蓮，經作者重作妝束後，竟以「從一而終」的受害者的面目出現了，竟以她的淫亂（被美化為追求愛情）行徑向這封建教義挑戰了，真讓人啞然失笑。

歷史是複雜的，社會現象是複雜的，「從一而終」曾毀掉了許多青年男女的幸福，但也有時竟成了他們衛護真摯愛情的思想武器：《孔雀東南飛》中的焦仲卿和劉蘭芝，是以死來要求「從一而終」的，其行為也是對舊禮教的反叛；《倩女離魂》中的張倩女母親要悔親，倒是女兒提醒乃母，讓其恪守「指腹為媒」的信義，這因為她發現了意中的愛人。隨便舉些例子，意在說明：無論是從封建教義出發或是從反封建教義出發，如不顧及到社會現象和人物關係的複雜性，都會使形象顯得單薄、蒼白。

(二)關於「荒誕」

魏明倫把他的《潘金蓮》冠以「荒誕川劇」幾字，引起不少爭論。魏氏也承認，他所謂「荒誕」同歐美戲劇「荒誕」的概念不同，是因為「在劇中穿插了武則天、紅娘、賈寶玉、安娜·卡列尼娜和《花園街五號》中的呂莎莎等人物」，「這些人物打破了國界，讓時空倒流，對潘金蓮的遭遇作出各自不同的評判，形式上顯得荒誕。」應當說，這樣一條副線對於劇場效果是有利的，觀眾在眼花撩亂中增加了興趣和愉悅，舞台氣氛也由此活躍起來。

但在戲劇理論中，「荒誕」一詞畢竟有其界定，隨意運用，易生誤解。作者搞了一些朝別、國別不同的人物來評論潘氏的一生，本無不可，卻也並非創舉，不宜於過甚宣揚。否則，中國戲曲的許多劇碼皆可稱為「荒誕」劇。《牡丹亭》中麗娘小姐為愛情生死而生死，豈不荒誕？《白蛇傳》中蛇妖化為美婦，進而嫁人生子，豈不荒誕？再如《李慧娘》的鬼魂復仇，《梁祝》的死後化蝶，豈不荒誕？

說得刻薄一點，「荒誕川劇」四字，仍有一點商業廣告的味兒。仍不免媚俗和趨時。

(三)關於「魏明倫現象」

去年某日與一友人閒卿，說到他去四川參加一個戲劇學術會議的事情，又扯到會上一個流行新詞——「魏明倫現象」。

魏明倫是近年來崛起的一位卓有才華的劇作家，其《巴山秀才》《易膽大》等劇碼都在全國範圍內產生了影響，《潘金蓮》更引起劇壇的震動。他提出：「一年一部戲，一戲一個招，不重複別人，也不重複自己」，並以自己的創作實踐予以證實。這在相對沉悶的戲曲舞台上，不啻一聲驚雷。

圍繞著這樣一個「鬼才」「戲妖」，有大量的讚頌、推崇，也有論爭和商兌，大約這就是「魏明倫現象」，其證明了我國戲曲創作在新時期的逐步繁榮和提高。然則從另一角度上觀照，「魏明倫現象」同時還證明現階段我國的戲曲創作在思維層次上還較淺，還不能深入開掘主題的歷史內涵和闡發其現實意義，《潘》劇或能說明這一點。

雙舸子《金瓶梅詞話》總評選刊

雙舸子評《金瓶梅》有數語先事交代：

其一，讀《金瓶梅詞話》，往往有觸目驚心處，亦往往有會心處，雖至今不能確知蘭陵笑笑生究竟是何許人也，而確知五百年前必有一蘭陵笑笑生；比起眼下那些熙來攘往、領公薪幹私活、領高薪幹糙活的作家，這位故意隱去真名的老兄更覺真誠親切，以故稱其為「蘭兄」。讀者若以為有套近乎之嫌，倒也有幾分是實。

其二，古典小說所謂「四大奇書」中，自來點評其他三書者多多，點評本書者甚少，原因亦不言而明也。及吾鄉張竹坡出，四應鄉試而不售，鬱悶閒暇中發心研評《金瓶梅》，稱之為第一奇書，其識見膽略、文思筆意亦大可敬矣！竹坡之評，明爽剔透，痛快淋漓，每有真感悟真性情在焉，胸懷襟度亦追步蘭兄，以故稱其為「竹兄」。至於品評各別，臧否不同，亦屬正常，畢竟雙舸子又晚來三百年也。

第一回

本書第一回所敘，多出於《水滸傳》第二十三回。

若以當今著作權之標準論列，此一回真有點兒抄襲之嫌：引首小詞〈眼兒媚〉出自宋人卓田，項羽、劉邦情事采自《清平山堂話本・刎頸鴛鴦會》，後面的武松打虎和兄弟相會更是大段由「水滸」拈來。可細細閱讀，尤其是與《水滸傳》兩相對讀，便會發現本書作者的改動無所不在，會發現蘭兄的主體意識處處體現在增減和變易之間，會發現不獨故事的發生地已由陽穀遷到清河，且武松或還近似原書的武松，潘金蓮卻大不同於那一個潘金蓮……作者誠大手筆也，於不動聲色之際，已用原來的小說文字為素材，編捏出一個新故事的開篇。

這是一個「風情故事」。

蘭兄起筆即點明一部小說之主題：「單說著『情色』二字，乃一體一用。」諸位注意，其說的是「情色」，而非「色欲」或「肉欲」，古往今來許多人（尤其是一些理論批評家）讀《金瓶梅》，往往從色欲上著眼，滿目淫事，心旌紛亂，以偏概全，以表蔽裏，誠不解其中味也！此書借《水滸傳》中武松一枝（即所謂「武十回」）引申發揮，解構重構，將一部英雄傳奇，再生出一部深刻寫實的社會家庭問題小說，若是僅僅去摹寫性欲

和淫縱，又焉能做到！

什麼叫做「一體一用」？即是說情與色密不可分，「色絢於目，情感於心，情色相生，心目相視」；是說最純真的毫無欲望的情和最無恥的毫無情感的欲，即使存在，也不是生活中的通例，是說鍾情無罪，好色亦無罪，而那些讚美情、指斥色的論調總覺得有一點點兒虛偽矯情；是說人類對色欲和情感，都應該有足夠的畏惕和自制⋯⋯

或也正因為如此，以明代市井人物為描寫對象、以小縣城紅塵中人為主角的《金瓶梅詞話》，偏又遙遙設墨，從楚霸王和漢高祖寫起。不寫其霸業皇圖，只寫其愛欲與纏綿，寫沙場和皇宮的那一道風情及其結境之悲愴凄慘。借用一闋〈眼兒媚〉，也借用借重了其千古慨歎——「豪傑都休」。

為什麼說「豪傑都休」？從字面上解之，是說英雄難過美人關也，是說女性即禍水也。而全書開篇這短短兩段故事，給我們的卻是不一樣的感受：虞姬的掣劍自刎，有一種媲跡男兒的決絕和豪壯，也有著令西楚霸王感愧的深摯之愛；而戚夫人藉專寵為兒子謀求大位，慘死於宮闈，是爭風吃醋為禍亦酷烈也。一句「英雄無策庇嬋娟」，不獨總括二事，且給古今中外的英雄美人故事，點染了無限悲情。

風情常常是撩亂人心的。風情屬於風情中人，亦屬於歷史和文學，屬於社會和人生，幾乎所有的風情故事，都與世情相映照，也都有或多或少的悲情；而在蘭兄則以悲情為底色，以許許多多、大大小小、一個接一個的風情故事，鋪展開一幅全景式的明代社會畫卷。我們將《金瓶梅》與《水滸傳》作一點兒比照，則「水滸」主要敘事場景是江湖，《金瓶梅》改換為市井；前者是一部英雄演義，後者是一部世情小說。作為英雄演義的「水滸」自然少不了呼嘯來去的綠林豪傑。其間頗有幾位到得《金瓶梅》中，如宋江、王英，也大都有些兒女情長、英雄氣短了。

世間總有一些例外，武松就是一個例外。

本書中武二郎仍是那個錚錚男兒：景陽岡打虎一節，被咱蘭兄備細寫來，更覺神勇悍厲，八面威風；而兄弟相認一節，刪去前書中武大郎一番囉嗦，也更符合其性格特徵。武松由江湖進入官府，再進入市井，初與小嫂嫂共飲時不敢對視，不敢抬頭，也顯得有幾分氣短；然一旦金蓮把話挑明，即疾言厲色，斬釘截鐵，絲毫不留情面。竹兄曰：「《水滸》中此回文字，處處描金蓮，卻處處是武二，意在武二故也；《金瓶》內此回文字，處處寫武二，卻處處寫金蓮，意在金蓮故也。」解說甚妙，卻只能是針對那自家改組的「第一奇書本」。詞話本這裏仍依《水滸》原色，仍是意在武二郎也。

哦，明明一個「風情故事」，偏又先寫一個不解風情的人，寫一個面對灼人美色鐵石心腸的漢子，寫這漢子的小迷亂和大定力，這就是武松。

第五回

上一回寫王婆子設定「挨光計」，西門慶順序施行，一條條應驗不爽；此回則以鄆哥兒口授「捉姦計」開篇，一向懦弱的武大郎被激出血氣之勇，倒也將姦夫淫婦抓了個正著（準確地講是看到個正著）。小小縣城，攘攘市井，真應了「文革」中那副對聯，「廟小妖風大，池淺王八多」，即便是一個賣雪梨的小猴兒，也能有過人之算計，有精確實用之策劃，也要既佔便宜又出惡氣，讓人慨歎。

這樣的小人物，這類的小把戲和小成功，彙聚在一起，便成為俗世的生活長卷，成為蘊藏著無數歡欣和悲苦的生命樂章。竹兄曾說《金瓶梅》是一部哀書，或也正在於它將市井中諸般人物寫得個個嘘彈如生，在於浸潤其中的哲人的悲哀。

本回的大關目是武大郎之死。

古今中外，生活中都有像他這樣的如蟲如蟻之輩：被呼作「三寸丁，谷樹皮」的武大郎，風裏雨裏、起早貪黑賣炊餅的武大郎，逆來順受、從不惹是生非的武大郎。可當他聽說妻子在外面與人通姦，還是不能隱忍，「從外裸起衣裳，大踏步直搶入茶坊裏來」，這哪裏還是武大郎，簡直像是弟弟武松了。此時讀者當也會推想：如果沒有一個膽敢打虎且做了本縣都頭的弟弟，武大郎會不會就忍了呢？

應說是的。在這個意義上說，武松對哥哥的死，竟也似有了一點兒責任。

挨光和隨之而來的偷情當然是愉悅的，一旦到了被窺、被捉而且公然捉住的境界，就大不堪了。幾乎所有的市井之人都喜愛看捉姦，興沖沖幫著捉姦，捉姦是喜劇、鬧劇，常常也是悲劇。試想將那赤條條男女綁於大樹下、祠堂前，或像《水滸傳》中的楊雄、石秀將潘巧雲剖腹剜心，該有多麼快意！此處所寫，竟演為捉姦人自身的悲劇，演為謀殺親夫的陰森場面。儘管雙舸子早已熟知《水滸傳》和本書中的描寫，熟知這次捉姦之後的故事，但再一次閱讀，內心仍充滿悲憫，仍感到恐懼戰慄。

誰是這次謀殺的主凶？是西門慶麼？

不，細讀整個過程，答案是否定的。

除了挨光和偷情，西門慶在這場謀殺中一直是被動的：武大郎前來捉姦，他的第一反應是「撲入床下去躲」，在潘金蓮譏刺慫恿下才爬出來，踢了武大一腳，奪門而去；武大郎病中提到武松，他聽後「似提在冷水盆內一般」，連叫「苦也」，在王婆子譏刺點撥下才表示要長做夫妻；殺人一節，西門慶自然是參與者，但也只是依王婆之計提供砒霜。客觀地說，西門慶在謀殺中只能算是一個從犯，主犯是誰？

是兩個女性——王婆和潘金蓮。

人物形象的類型化，由此再走向極致，走向典型化，是我國古典文學作品的一個特

徵。王婆子當是「三姑六婆」的典型，眾惡歸之。世上有沒有像她這樣歹毒的老女人？她的利嘴和急智，她的貪婪和狠辣，她在大事和變局前的從容淡定，都讓人震驚，王婆豈沒經歷過人生的艱辛？那又怎麼樣呢，只不過為了賺幾兩散碎銀子，她就毫不猶豫地導演了這場謀殺。

潘金蓮更是一個典型形象。在《水滸傳》中，她是淫蕩和惡毒的綜合體，而本書則濃墨染寫了她的複雜性格：美貌與輕薄，多情與淫蕩，聰明與奸狡，多才多藝與薄情寡義，爭強好勝與心狠手辣……她的一生當然是一個悲劇，是時代的悲劇，更是性格的悲劇，她是這場謀殺案的主凶，是堅定決絕的實施者。此前的她曾擔心在謀殺過程中會手軟，實情則是從調製毒藥、強灌入喉、蒙蓋厚被，到「跳上床來騎在武大身上，把手緊緊地按住被角」，全部由她一人承擔，直到武大「腸胃迸斷，嗚乎哀哉」，才覺得手腳軟了。

作為英雄演義的《水滸傳》，是主張濺血五步、快意恩仇的，就在這之後不久，武松回來了，割下潘金蓮腦袋祭兄，王婆也被判剮刑，以見報應不爽。而在本書中，潘金蓮的故事才剛剛開始，她以這個謀殺親夫的夜晚，辭別了《水滸傳》，開始了其新的文學生命。

第七回

本書前十回文字，多從《水滸傳》拈選而來，經過作者一番加減，一番造作，形成新的敘事格局，形成一部新小說的第一單元。

此一回則不然，作者於那樁人們早已熟知的謀殺案中，忽然宕開一筆，另起爐灶，摹畫一個新的生活場景，引出幾個新的市井人物，於是，那位好一通忙活的王婆子暫且退後，正與西門慶打熱成一塊的潘金蓮也略歇一歇兒，又一個媒婆，將一位新女娘推向前場。

這位媒婆便是薛嫂兒。比起王婆，她顯得更具有職業意識，將待嫁女娘吸引人的地方一樁樁兒說來：先是「手裏有一分好錢」，吃定那破落戶出身的老西必然心動；再說「就是個燈人兒」，讓貪色的老西興趣大增；最後又說到「彈了一手好月琴」，則令老西喜出望外，即刻就要相會。此時的薛嫂兒才隱約提及這件婚事的複雜性，隱約提及一眾親眷對其財產的覬覦，指引他去拜見楊姑娘。「求只求張良，拜只拜韓信」，妙哉信哉！這些曾經叱吒風雲的歷史人物，怎能想到千百年後自己的大名入於俗諺，且生發出如此細微精妙的市井寓意？

待嫁女娘叫孟玉樓。諸位請留意，留意這位一心要嫁西門慶的孟玉樓。她是《金瓶梅》中一個不可忽視的重要女性。評者多稱其為「乖人」，其實對玉樓又怎能以一個「乖」

字概括！她的聰明穎悟差似金蓮，而平和內斂則遠過之；立身謹嚴端正略同於月娘，而通脫隨和遠過之；寬厚大方近乎瓶兒，而恬淡豁達遠過之。至於那兩位不上台盤的貨色李嬌兒和孫雪娥，更無法與之相比。她一開始應是愛那西門慶的，及至嫁入西門大院內，目睹生活中的種種污濁不堪，種種爭風吃醋，她理性地後退一步，選擇了遜讓，選擇了忍耐，以此來守衛自己的人格尊嚴和生存空間。濁浪滔滔，肉欲橫流，《金瓶梅》的時代應是一個缺少正義和良知的時代，西門大院中的女性則是一個在末世中載沉載浮的可悲群體。在這樣的生活場景中，在無時不有的爭風吃醋中，有潘金蓮，也有孟玉樓；有潘與孟的表面上的親近熱絡，也有孟玉樓的獨立思考和潔身自好。孟玉樓可以說是西門慶眾妻妾中唯一的明白人。因為明白，她儘量不與潘金蓮形成利益上的對立；也因為明白，她謹慎地將自身置於矛盾的渦流之外。通讀全書，我們便知道孟玉樓在西門大院中的存在，也是頗為不易。

　　自此一回開始，孟玉樓登場了。在這場婚事中她看似被動，其實不然，守寡的日子便是她待嫁的日子，而先夫留下的家產、自身的美貌，都是她再嫁的資本。蘭兄沒寫，我們卻能想到薛嫂與她必也先有一場對話、一番計議，話題必是那西門慶。書中的人名和地名常是有寓意的，這位孟三姐芳名玉樓，固然與其頭簪上鐫刻的詩句相關，而與她的出生地或更有關聯，孟玉樓，夢上玉樓，生於臭水巷的女孩兒，又哪一個不這樣巴高望上呢？

　　玉樓是西門慶明媒正娶的妻子，也是多有家資的富商遺孀。她的出場是對金蓮殺夫陰森森故事的間離，也為後來的內闈不和、家庭紛爭拉開序幕。此時的西門慶早已擁有了生藥鋪等，然孟玉樓的家產仍是一種強烈吸引，於是其對迎娶沒有一點點兒猶豫，快刀斬亂麻，三下五除二，就把那玉樓娶來家裏。至於那紫石街小樓上的潘金蓮，一回中半句不提，怕是早被老西丟在腦後咧。

　　本回純用市井筆墨，細細敘寫了這椿婚姻引發的家產之爭，寫娶親的潦草匆忙和爭鬧罵詈，藉以活寫了兩位針鋒相對的親族代表——楊姑娘和張四舅是也。二人皆有一張快嘴，其攔阻和反攔阻、嚷鬧和反嚷鬧、罵與對罵，真如提梁潑穢、斜地滾瓜，兀的不痛快煞人也。不是有過一篇〈快嘴李翠蓮記〉麼？實則市井中快嘴利口之人最不稀缺。王婆豈不是快嘴？薛嫂兒豈不是快嘴？小猴兒鄆哥豈不是快嘴？即如孟玉樓回應張四的勸阻，語速可能是和緩的，而句句以理反駁，嗆截得老舅最後啞口無言。

　　市井有市井的規則和道理。幾乎所有的快嘴都能講出一套理兒，抓不住理兒，說不出道理，便是快得無端了。張四舅當然是有道理的，其不讓玉樓嫁給西門慶還能算錯？但其對外甥遺產的覬覦和操控意圖，是他登場的根本原因，也是其軟肋，楊姑娘正是從這裏下手，狠揭猛批，又質疑其阻攔有下流念頭，便占了上風。魯迅先生稱此書「描寫

世情，盡其情偽」，兩人嚷罵得紅頭漲臉，表達的則無一不是虛情假意。而早有準備的西門慶要的就是這個，他帶來的家人小廝、搗子閒漢，還有從守備府借來的眾軍牢，「趕人鬧裏七手八腳，將婦人床帳、妝奩、箱籠，搬的搬，抬的抬，一陣風都搬去了」。這種場景今日雖不多見，仍活潑潑存在於現實生活中。

以孟玉樓形象的完整和精彩，以她在作品中的重要性，以作者塑造這一形象所傾注的愛意，為什麼不將書名擬為「金玉瓶梅」呢？思來想去，大約還是因為小說的「情色」主題，作者要寫「一個風情的故事」，比起那進入書名的三位，孟玉樓儘管也生得天然俏麗，也會彈月琴，然確確是少了一些風情。

第九回

武松終於回來了。

這位二郎與哥哥的感情是深摯的。我們還記得他臨行前在紫石街的小宴，記得他坐席間對嫂嫂的敲打、對兄長的叮囑，記得兄弟二人的灑淚而別。武松離開得有那麼多懸掛，卻又是遲遲不歸，一趟東京送禮，整整用了五個月。想來蘭兄為了給老西留出作案時間，只好讓武二郎沒完沒了地「觀光上國景致」。

在《水滸傳》中，潘金蓮殺夫與武松殺嫂連綿敘寫，幾乎不見任何間隔，作孽接著復仇，血案接著血案，慘死與慘死相映照，好不令人震撼，又好不令人暢快！而在此書中，兩事被有意地拉開距離，——這是一種寫作間離：作者以近五回的篇幅，寫西門慶掩蓋罪證，寫二人在謀殺之地的恣狂淫縱，寫謀殺主凶為死者做法事，寫靈杵法鼓與淫聲浪語的共鳴，中間還宕開話頭，插寫說娶孟玉樓之事，讓一對老公母吵翻了天……似乎一切已然成為過去，卻又在第八回若不經意地提到正在歸程上的武松，說他總是「神思不安，身心恍惚」。

寫作的間離帶來了閱讀懸念，帶來了閱讀的渴望和期待。

讀者當然會渴望武二郎回來，那位早躲在一邊的鄆哥兒會渴望武二郎回來，已連台本戲般看了「謀殺親夫」故事的街坊鄰居們，想也急於見到一個結局。懾於西門慶淫威而不敢吱聲的他們，怎能不期待那位打虎的英雄，怎能不急煎煎等著那淒厲的哭叫和滿地血沫？

武松回來了，紫石街的武大郎家已是人去樓空，哥哥不見了，嫂嫂不見了，家中的多數器物也不見了，只有一個悄無聲息、問著也不說的侄女迎兒，更讓人覺得四壁蕭然，彌漫著不祥的氣息。一切都是那樣的稀里糊塗，一切又都是那樣的明明白白。武松的預感得到了證實，他所愛憐的哥哥已然化煙化灰。一個媒婆的胡推亂搪豈能騙得過他這老江湖？於是，深夜的紫石街響徹了武松的哭聲，這是錐心泣血的壯士之哭，飽含著對骨

肉同胞的哀慟，也宣示著復仇意念的強烈與決絕。

結論已有，主意已定，武松還是要找到證人，查問端的；還是要擬訴狀、告官府，以求為哥哥伸張正義。直到告狀被駁，武松才明白，原來自己這位打虎英雄，在知縣那裏是比不了西門大官人的，此時的武松「不覺仰天長歎」，此時的武松必然熱血沸騰，短暫的官府鷹犬生涯結束了，他要用自己的方式對這一切來一個了斷。

武松終於回來了。不僅僅是從外地回到清河，更是從官府回歸綠林，回歸江湖。殺死西門慶將是他回歸的祭禮！我們看他奔往西門慶的生藥鋪，看他只三言兩語就問出仇人在何處，看他「大又步雲飛奔到獅子街」，看他「撥步撩衣，飛搶上樓去」，心中真充滿暢快。有什麼能比懲創惡人更令讀者暢快和欣慰呢？然而，且慢！此時的西門慶已不再是《水滸傳》中那個被三兩拳毆斃的浮浪子弟，而顯得精警深沉，早有戒備的他臨窗而坐，望見武松的他藉故躲開，留下那報信領賞的李外傳懵懂不知，被武松擲往樓下，當了替死鬼。

李外傳，裏外傳話、兩頭賺錢之謂也。「水滸」中陪老西吃酒的是一位財主，本書則換成這樣一個皂隸。《金瓶梅》中如此絕妙的名字多多。他是一個類型化角色，又是一個個性化人物，他的登場也就是他的退場，他的聰明也就是他的愚蠢，來也匆匆，去也匆匆，卻在中國小說史上留下了一個飽滿圓整、長遠鮮活的文學形象。

市井連著江湖，畢竟又不是江湖，打虎的武二郎也不能像原來那樣快意恩仇了。作為老江湖的他，竟也會漏過真凶，也會錯打他人，且在已知錯打後痛下殺手，演成一椿無端命案。或曰李外傳也有該打甚至該殺之處，其結果則是讓西門慶逍遙了一生。《水滸傳》中那條精悍自信的好漢，而今成了一個不知自制的莽夫，令人歎歎。武松讓許多人失望了，不獨兄仇難報，自家反而吃了官司，也要被拷打和充軍，也會呻吟和哀求，也要念「君子報仇，十年不晚」的心訣，而當他歸來時，西門慶早已死翹翹了。

至於潘金蓮，此時正在西門大院開始她的第二次婚姻，既享受著老公的愛寵，又得到大婆的信重，當是其一生中幸福指數最高的日子。

第二十一回

進入本回，作者終於把筆觸轉移到吳月娘身上。

吳月娘是《水滸傳》裏沒有出現的人物。如何為西門慶配置一個正頭娘子？當是本書由《水滸》故事再創作的一大難題，卻顯然沒有難住這位蘭陵笑笑生。於是「吳月娘」從容登場了，不管是潘金蓮、孟玉樓還是李瓶兒，應都是各有千秋的厲害角色，卻也無一人能蓋過或遮蔽她這個第一夫人。我們看西門慶每日價尋花問柳，看他不斷地娶親納妾，看他調戲朋友之妻、姦淫僕婦婢女，真為月娘擔心，而讀至潘金蓮暗地裏挑撥，讀

至吳月娘與西門慶冷戰，讀至在玉樓勸說時月娘的一番狠話，這種擔心便更為嚴重。

又一個家庭悲劇要發生了？未曾想到了此回，一切又峰迴路轉。

此一回開篇，選擇了一個尋常的月夜，負氣而歸的西門慶與在院中焚香拜斗、祝贊三光的月娘不期而遇，聽到了她的真切告白後大為感動，二人重歸於好。潘金蓮和孟玉樓似乎都堅信這是一個設計，是一場秀，卻仍屁顛屁顛跑著籌措宴席，熱熱鬧鬧地慶祝家庭生活正常化。一妻五妾圍繞在西門慶身旁，其樂也陶陶，而月娘也裝作聽不懂那「佳期重會」，從太湖石上掃下新雪，煮開後烹茶與眾人吃，——這小日子過得有點兒情調了。

若說起形象的塑造，則寫潘金蓮易，寫吳月娘難：寫金蓮《水滸》中有其原型，而月娘則出於一種全新的創作；寫金蓮是一個壞女人、惡毒婦，在《水滸》基礎上加料即可，而月娘則是一個常態之人、常見之人，不可稍失生活本真；寫金蓮多寫其害人害己的鬼蜮伎倆，寫月娘則要見其七情六欲和日常百狀……略如畫壇所謂「畫鬼易，畫人難」也。

總覺得作者對吳月娘有一份尊重，他筆下的這位女主人有幾分正氣，也有幾分硬氣，她質直而不霸蠻，愛財而不貪酷，生活在西門慶身邊，從不見助紂為虐、火上澆油、推波助瀾之舉，實實不易。即便如本回中寫她與西門慶行房事，也是點到為止，對月娘的尊重，還有那隱約可見的對孟玉樓的尊重，當是來自作者對生活本身的理解和尊重。至於那「替花勾使」的應花子，那轉瞬忘恩的李桂姐，蘭陵笑笑生便沒了這些客氣，不是嗎？

回到本回開頭，再讀一遍吳月娘的月下祝辭，所憂心者是「夫主中年無子」，所祈願者是「早見嗣息，以為終身之計」。其所憂心者也是西門慶的憂心，所祈願者也是西門慶的祈願。諸位以為然否？

第二十七回

終於到了「醉鬧葡萄架」一節，——指斥《金瓶梅》為淫書者總要說到這裏，一些在該書中找樂子的讀者常也先翻到這裏，而說到這裏，歷來批評者亦不免有些尷尬。張竹坡曰「葡萄架則極盡妖淫污辱之態甚矣，金蓮之見惡於作者也」，話語頗覺含混，但仍能見出閃避之態，而文龍前後兩評，先說「看完此本而不生氣者，非夫也」，後又說「亦不過言其淫，充其量而實寫出耳」，顯現出評閱過程中的認識變化。為什麼？這裏發生了一個性放縱的故事，呈現了一個大白天在戶外的性事場景，摹寫了當事人的複雜心態和變態、施虐和受虐，也暗示了過度淫縱的危險與恐懼……

試想，連潘金蓮都感到了害怕，還僅僅是好玩兒嗎？

小說進展到此處，來旺兒遞解徐州去也，惠蓮上吊自盡，連阻攔火化的宋仁也被打了兩腿棒瘡，懨懨病終，西門大院內的一場風波已然消弭得無影無蹤。潘金蓮祛除了一個強有力的競爭對手，滿心輕鬆，也該出點兒么蛾子了。

「異色成彩之謂文，一色昭著之謂章。」作者精擅為文之道，欲寫西門與金蓮之淫縱，先寫其與瓶兒一番戲耍；欲寫西門院內小小夏景，先寫酷暑之熱和炎熱中人的差別。由「赤日炎炎」到「在家撒髮披襟避暑」，由澆灌噴灑到採花送花，由上午到雨後黃昏，由金蓮的翡翠軒偷聽到彈琴唱曲，再到太湖石畔折石榴花，迤邐寫來，最後才來到葡萄架下……

直到此時，它也只是平平常常的一架葡萄；此時過後，其便成為數百年間傳名文壇內外的「葡萄架」了。

論《金瓶梅》，稱其為「淫書」則妄，指其書中有過於直露的性描寫則實，而此一節的淫縱描寫當為全書之最。文龍曰：「〈醉鬧葡萄架〉一回，久已膾炙人口，謂此書為淫書者以此，謂此書不宜看者亦因此。」評者於此一回刪去若干文字，亦因對於一般讀者而言的確「不宜看」也。

所謂「不宜看」，在於其場面的驚世駭俗，亦在其筆墨的自然寫實。西門慶和潘金蓮，都是古典小說中的複雜形象，是高爾基所謂「雜色的人」，而在此刻則似乎是專色的——淫棍和蕩婦是也，專一沉溺於性事是也。這就是所謂的「一色昭著」。而淫棍與蕩婦一旦遇著，又經過半日間這許多周折，蓄極積久，又什麼事情做不出來？

作者之敘事筆墨，每又見濃淡、顯晦、深淺，又見挾帶映照、忙而不亂，這位蘭陵笑笑生寫了許多淫縱場面，卻未曾單獨抒寫過性事，而總是與人物形象的刻畫糾結在一起。如此回，「葡萄架」是用大塊潑墨也，而霹靂則在「翡翠軒」，在李瓶兒之暗結珠胎。無此緣由，便無金蓮話裏話外醋意，也無葡萄架下之瘋狂，讀者以為然否？

第三十四回

應該說，西門慶任職提刑所後，一直是恪守副職之道，興興頭頭，謹謹慎慎，衙門中陪著小心和尊重，家裏頭則頻頻設宴招待各路官府。如是施為，由盛夏到仲秋，近兩個月就這樣過去了。

兩個月的時光，西門慶在觀察、學習、歷練和揣摩，觀察那主事之正千戶夏提刑的行為做派，學習問事理刑的程式科範，歷練緝捕和刑訊逼供的本領，也揣摩官場的規則與潛規則……他很快就發現：大多數時間，官府亦如江湖，亦如市井；而有些時候，官府還不如江湖，不如市井。若說江湖與市井都還要講一些公平和信義，講一些交情和恩怨，則官府倚仗著權力，常常連這些也忽略不計。兩個月時間足夠了，作為市井豪傑、

一方豪富的西門慶已然覺得自己熟悉了「業務」，他要出手了——

　　他的第一刀便是砍向市井，砍向牛皮巷的幾個小混混，——他們也太年輕，只顧的快活捉姦，卻不曾想到那犯姦之婦的丈夫是西門大官人的夥計，沒想到西門慶現任著提刑副千戶。於是，剛剛還是鬧嚷嚷押送和拴縛光赤條條「男婦二人」的喜樂場面，轉眼便演換成四個新生代小混混的鬼哭狼嚎，演換成其家長的四出求告、託情送禮。這裏還出現了官場規則與市井規則的小小碰撞：就官場而言，若是案情中牽涉到自己的家人，問理者應該回避；而在市井，家人受了欺侮，主子便要為其撐腰出氣。西門慶毫不猶豫地將市井規則引入了官場，不該放的放了，不該抓的抓了，不該打的打了，下手迅猛狠辣，毫無忌憚。一句「扭著要送問」，道出其間癥結，也道出夏提刑一段無奈。「同僚上不好處得」，是老夏說出的難處，內涵則在於同僚間要互相遮蓋。我們不是多認為西門慶是個貪酷之輩麼？本回中他與應伯爵的一番談話，私下裏流露出對夏提刑之貪鄙的輕蔑，而文中「人都知西門慶家有錢，不敢來打點」，也是一條印證。

　　貪和廉之間應是有一條明確的界限的，可《金瓶梅》卻以活生生的例子告訴我們：平日之貪或也會有一時之廉，多年之廉或也會有一時之貪，市井之貪或也會有官場之廉，將貪酷和廉明分清亦難。本書卷首有「四貪詞」，所謂酒、色、財、氣也，西門慶當是「四貪」的化身，可此一回卻寫其廉，寫其不貪，至少是比他的上司夏提刑要好一些，至少是這一次沒有貪，不是嗎？

　　魯迅先生論《紅樓夢》，激賞之餘，謂自該書一出，將中國古典小說那種寫好人全是好人、寫壞人全是壞人的寫作模式全然打破了。確實如此。然則一部小說史，也是充滿複雜和變數的，其發展流變決非線性前行：曹雪芹逝後二百餘年的今天，坊間仍隨處可見那種「全好、全壞」的作品，而前一百多年出於明嘉萬間的《金瓶梅》，以其鮮活的、雜色的人物形象，已將那種類型化的創作手法沖決打破。即以此一回論之，四個小混混弄出一場風波，西門慶導演一樁公案，各有其中情由，書童兒輾轉託情，平安兒含恨戳舌，亦皆因蠅頭微利而來，至於應伯爵兩頭和番、翻雲覆雨，無不種因於一個「錢」字。讀後沉吟，又能判解出誰是好人、誰是壞人呢？所有這些人我們很難說哪一個是好人，可若說他們都是壞人，整個世界也就都成了漆黑一團，也不準確。

　　誠然，《金瓶梅》寫了許多的惡人及惡行，然喪盡天良之人，書中似乎未寫。這一回，韓道國之妻與小叔子通姦，路人皆知，又被抓了個現行，可他還是為之奔走營救，無怨無悔；應伯爵得了兩尾鰣魚，先想到分一段給嫁出去的女兒，然後才是自己享用；潘金蓮蛇蠍心腸，但時常會回家看望母親，或將其接來，而西門慶自從有了兒子，舐犢情深，連裁個衣服都跟著看上半天……

　　《金瓶梅》寫惡人，更寫常人，寫常人的惡人行徑，寫惡人的常人情懷，而黏合這一

切的，則是那彌漫全書的市井氣息。

第三十九回

最早談到《金瓶梅》作者和成書時代的文獻史料，今知約七八則，幾乎一無例外地指向明代嘉靖年間，曰「為世廟時一巨公寓言」，曰「聞此為嘉靖間大名士手筆」，曰「相傳永陵中有金吾戚里……」，曰「相傳嘉靖時有人為陸都督炳誣奏……」記下這些的多是明朝隆萬間著名文人，雖說都未加肯定，然反復研讀，未能肯定的是該書作者，而語意中對於成書於嘉靖倒也比較確定。

最重要的證據常常在作品本身。所謂世風每三十年一變，而作者的寫作是無法脫離其生活場景的。一部《金瓶梅》，隨處都可以感受到嘉靖皇帝朱厚熜統治下的社會特色，感受到撲面而來的嘉靖年間的風尚和時代氣息，尤以此一回為甚。

此一回一大量篇幅，描寫了西門慶為兒子在玉皇廟打醮寄名之事，也形象地記錄了當時的民間宗教活動。我們看到，佛道兩教的競爭仍是無處不在，但道教則顯然成為社會信仰的主流。於是，道教在廟觀堂而皇之地啟動樂器，設壇打醮，大做法事，場面宏大莊嚴，儀節繁複恭謹；而佛教則只是兩個尼姑走到西門大院，給一幫女眷講唱因果。這種情形又不光本回，通觀全書，與道家的打醮拜懺、相面測字、解禳祭燈、煉度薦亡等重要場面相比較，佛家所能承攬的卻是普通人家的喪事、走門串戶唱佛曲兒兼兜售生育秘方，或推廣房中術和春藥。這一切，不能不讓我們聯想到那位以皇權崇道抑佛的嘉靖皇帝。

以外藩而入繼大統的朱厚熜，聰敏忌刻、乾綱獨斷且恩威無定的朱厚熜，龍馭天下四十五年最顯著的統治特色，便是崇信道教。他自號「紫極仙翁」，不獨冊封了一個個真人高士，並由此擴展到崇信各種方士術士，無所不臻其極。書中的六黃太尉又稱黃真人，便是這樣一個縮影。為了博取聖意垂眷，內閣大學士無不把大量精力用以結撰青詞；而流風所及，整個王朝從廟堂到市井，處處活躍著道士與術士的身影。

本回給出了一個民間醮事的全過程，也給出了一個個鮮活的道教人物形象，如身材高大、舉止飄逸、言詞溫潤的吳道官，擅於結交官府與豪富，亦時常接濟幫閒和遊棍；如其送天地疏、新春符及節禮的徒弟應春，衣著整潔，動不動便要「跨馬磕頭」；如那位宣念齋意的絳衣表白，一層層揭開文書符命，報各路神靈之名如數家珍……前文中西門慶為王六兒買一個使女才用四兩銀子，而此一番法事就用了十六兩，毋怪一個小縣會有如此大廟，毋怪道士們既通玄醮，又懂得行銷。

至於佛教，其所產生和繁興之地早已是印度教和伊斯蘭教的天下，中華大地的佛門中人早已習慣了優渥崇奉，也習慣了當局變臉後的鉗制甚至迫害。那些忠實於信仰的高

僧,那些游走於大戶人家的尼姑如王姑子以及薛姑子之流,則在受到皇權打壓的低潮時堅持,做女眷的思想工作即其一也。她們處處放低身段,注意從收服人心開始,從解決信眾的實際困難入手,雖不像道教的法事那樣喧囂鋪張,卻也大有實效。不是嗎?

第四十五回

若說這李桂姐與潘金蓮雖故有仇,性格形象卻有不少相像:都天生幾分姿色和才情,都習慣於吃醋拈酸,都有些陰暗心理和害人手段,也都愛顯擺招搖和自作聰明。她來了西門大院兩日,便鬧出一周圈兒的是是非非,設若被西門慶娶到家中,還不知會怎樣的作為?

桂姐兒著急歸院,自以為他人看不出,其實幾位幫閒早探知底細,吳月娘雖猜不出,也覺得有些奇怪。「投到黑還接好幾個漢子」,應伯爵以此打趣,以此為自己預留地步,亦以此為桂姐遮蓋也。而桂姐兒一句笑罵,算是領情了。娼妓與幫閒,真可稱心領神會、呼吸相通也。且伏此一筆,欲說還休,亦書中煙雲模糊處,究竟如何,只有且聽下回分解了。

桂姐也與金蓮一般行為鬼祟:嚷著要走,又不就去,先是與保兒走到門外咕唧半天,又彎到後邊為夏花兒說情。到底還是嫩啊,何事需要在人家中嘰嘰咕咕?沒想到早惱翻了乾娘吳氏,連帶玳安罵了一頓。得,她這個乾女兒算是白認了。

看得出吳月娘是真心要挽留桂姐兒等人的,又為何?想是仍在於一點兒虛榮和時尚。虛榮,是她晚間要回娘家,帶幾個當地名妓去,唱幾支曲兒,覺得面子上更好看些;時尚,是夜裏走百病隊伍裏,多幾個花枝招展之輩,以吸引更多豔羨者的目光。遙想笑笑生當年真一開放時代,不獨男子可以狎妓風流,連大家女眷也公然與妓女打混成一片,且引以為驕矜也。

讀此一回,萬不可忽略西門大院放貸一節。在應伯爵牽線和謀劃之下,李三、黃四又向西門慶借了五百兩銀子,頗類今天之「增資擴股」也。以之與前數回有關文字相接續,一個完整的成功的專案運作便呈現在讀者面前:拿到「政府採購」的批文,在民間籌集資金,拉當地有權勢的官員入資,通過分紅將生意越做越大……亦官亦商的西門慶顯然被套牢了。作為一個精明的商人,他當然會想到李黃二人是否賴賬;而身任提刑所副千戶,他對此又沒有一絲絲擔心。是啊,又誰敢賴西門慶的債呢?

第六十二回

有研究者指出,《金瓶梅詞話》的回目尚處於記事階段,所見極是。記事式的回目,缺少一番文法料理,卻也能較直捷地傳遞出寫作之要點。即以本回為例,「西門慶大哭

李瓶兒」，似乎有欠雅馴。然則細細讀去，深入讀去，又覺非「大哭」二字不可，亦覺此二字所攜帶的力道真無可替代，一個「大哭」，將人性的無限複雜性賦予了西門慶。

此回之先，似乎未見老西哭過。這位市井混混出身的提刑千戶，也可稱一條硬漢子了。其生涯以權豪勢要為本色，以狎酒攜妓為常態，以行兇打人為笑樂，獨不知甚麼是痛苦，如何會痛哭。武二郎要為兄報仇，他心中恐懼，事過後則飲酒如常也；自己被列入朝廷要案的黑名單，他心中恐懼，也只是蜷伏家中而已；心愛的兒子看看要斷氣，他心中慘痛，卻也只是「不忍看他，走到明間椅子上坐著，只長吁短歎」。而今日為著李瓶兒，卻再也忍不住，由不得淚出衷腸，大放悲聲——

西門慶之哭，是因為整個兒身心都包裹在巨大的痛傷之中：看到瓶兒「胳膊兒瘦的銀條兒相似」，他心中不忍，連衙門都是隔天一趟，守在她房中流淚；瓶兒自知難起，告別的話兒先對西門慶說，道不盡萬般留戀，囑咐在自己死後喪事從簡，一句「你偌多人口，往後還要過日子哩」，感動得西門慶又哭起來：解禳祭燈般般無效，西門慶與伯爵對坐無語，「不覺眼淚出」；最後的訣別之夜，西門慶不顧道士的告誡，仍然進入瓶兒房中，與之相擁而泣；而在瓶兒死後，西門慶摟抱著屍首又親又說，如癡如狂，「離地跳的有三尺高，大放聲號哭」……

西門慶之哭，是為李瓶兒的青春早殤，也包括對其數年間種種委屈，對官哥兒夭亡帶給她的打擊，對西門大院妻妾爭鬥的理解與同情。他深知李瓶兒是其妻妾中、是其所有女人中最愛自己的，也是唯一一個無私奉獻的。她帶來了無數家產，帶給他一個兒子，可如今又隨著兒子離去了。悲傷至極的西門慶邊哭邊喊「有仁義好性兒的姐姐」，「你在我家三年光景，一日好日子沒過，都是我坑陷了你了」……他是在自責自省麼？誠然。這也是一場戀愛，是西門慶在瓶兒即將離去時迸發的排山倒海般的愛，是他一生中不多的一次良知發現和精神愧悔。

「人間萬般哀苦事，總在生離與死別。」

死別之際的李瓶兒是格外清醒的。平日「不出語」的瓶兒不僅叮囑了西門慶，對吳月娘，對同在妾班的其他人都有幾句臨別贈言：她說西門慶「孤身無靠」，勸他少衝動，少在外吃酒，善待月娘，早得個「根絆兒」；她囑月娘生孩子後「好生看養著」，「休要似奴心粗，吃人暗算了」。沒有一個字說到潘金蓮，而又句句不離金蓮，句句點明是金蓮害死了官哥兒。至於她對潘孟諸人都各各說了些什麼，作者以「都留了幾句姊妹仁義之言」帶過，確乎是「不必細記」了。

所細記者，是瓶兒對身邊的老僕小丫鬟的饋贈和安排，宅心之仁厚，思慮之周詳，不獨引來受贈者感激痛哭，讀者評者亦不免唏噓感歎。張竹坡曰：「其囑老馮一語，真九回腸，一聲【河滿子】也！」歡坊間讀《金瓶梅》者，多愛去揀讀情色描寫，實則作

者在那些地方多不甚用心，常也從其他書中抄撮一些段落了事。而該書最勝處是此類場景，一句「我死了就見出樣兒來了」，包蘊著世相世情，包蘊著無盡的悲涼。角門雖然掩上，近在咫尺的潘金蓮能聽不到這邊的哭聲麼？西門慶與她又說些什麼？

瓶兒死後，自然是全家大哭，「……闔家大小，丫鬟，養娘，都抬起房子來也一般，哀聲動地哭起來」，潘金蓮、孟玉樓也在其中。這是哭給老西聽的，金聖歎評點《水滸傳》有一段妙文：專論哭的性別差異，曰：「夫哭，亦有雄有雌。情發乎中，不能自裁，放聲一號，磬無不盡，此雄哭也；若夫展袂掩面，聲如蚊蚋，借淚罵人，此名雌哭，徒聒人耳。」或只有西門慶之哭發自內心，是所謂「雄哭」也。雖出於兒女之私，然有聲有淚，聲是心聲，淚是痛淚，亦感人也。「手拘著胸膛……哭了又哭，把聲都呼啞了」的西門慶，還是那個魚肉鄉里的惡霸麼？當然是。眼淚或許能弱化我們對他的厭惡，或許能豐富我們對他的認知，卻無法改變這一形象的基本特徵。

就像西門慶本人，其在瓶兒叮囑時會滿心感動，含著熱淚應允，但不會改悔，不會有一點點兒改變。我們且拭目以待。

第六十九回

一部《金瓶梅》，寫盡市井，寫盡世情，亦寫盡偷情。

西門慶出現在本書中，以偷情開始，亦以偷情收束。其短短的三十三歲的一生，最稱得意的不是經商和暴富，不是得官和升遷，而是一次接著一次成功且愉悅的偷情，即便是在清河縣，經商有比他更富的，官位有比他更高的，只有偷情和獵豔，只有嫖娼和狎妓，老西自認為是當之無愧的第一。

可畢竟歲數不饒人，老西老了！三十二歲對於官場中人是年輕的，對於歡場中人就有些老了。官場上要謀劃，生意上要經營，年節時要張羅，平日裏也要應酬，而家中有那麼多的姬妾寵婢，外面有那麼多的明娼和私窠子，老西僅僅一己疲憊之軀，哦，人數也不饒人啊！

老天到底是公平的，見西門慶享用了過多的不應有的美色和歡娛，便加速了他的老化，縮短了他的生命。是啊！老西錢多了，官大了，身子骨卻不行了。而更多的美色正不擇地而生，新的更年輕的市井豪傑和歡場豪客正在湧現，如張小二官，如王三官，都在悄悄地蠶食他的地盤，覬覦他曾經的女人。

似乎還沒有人敢公開與西門慶抗爭，卻也不斷有人讓他心裏不爽，尤其是王三官。還記得第五十二回西門慶的話麼，「王家那小廝，著甚大氣概，幾年兒了？腦子還未變全，養老婆……羞死鬼罷了！」世上浪蕩子弟多矣，何以如此恨恨？蓋因這小子泡了他梳籠的李桂姐，而十兄弟中的孫寡嘴和祝日念，也轉而去追隨幫襯，啊呀呀，怎不令老

西惱怒！

惱怒歸惱怒，三官兒畢竟是王招宣府少主人，世代簪纓，妻子娘家又有六黃太尉這樣的大靠山，通常也奈何他不得。沒想到來了一個「教王三官打了嘴」的機會，沒想到愛月兒的門路兒如此之清，沒想到文嫂兒辦事神速效果奇佳，沒想到赫赫招宣府竟有專供偷情的後門和夾道，沒想到林太太那裏「一箭便上垛」……「縱橫慣使風流陣」，兩個都是練家子，真不知是誰在發飆了。

這裏便不能不說幾句招宣府。《金瓶梅詞話》以小縣城為主要故事背景地，常也將京城景物移來，使相混同；而涉及朝廷典制、時事人物，則不獨捏合宋明兩代，更兼以己意剪裁造作。王招宣府即其一例，古代有招討使、宣撫使等，而「招宣」之官卻是作者所創。其在清河顯然是一個世家豪門。文嫂特特引領老西到節義堂落座，就是讓他瞻仰太原節度使邠陽郡王王景崇的畫像、見識一番王府氣象。《新五代史》中還真有這麼一位王景崇，歷仕後唐、後晉和後漢，先後任引進閣門使、宣徽使、右衛大將軍兼鳳翔巡檢使、邠州留後，叛亂後勢蹙自焚。這位老兄生當亂世，有智謀武略，卻是既沒有封過郡王，也與大宋扯不上干係。而宋代王景，早先仕後梁、後晉、後周，開府列公，手握兵符，入宋封太原郡王（一說為汾陽郡王），四子皆為驍衛大將軍。蘭陵笑笑生大約將此兩位調和一番，便成了本書中王三官的祖爺。

王三官如此不成器，今天我們才得知其家庭的影響，有一個這樣的母親，有一個這樣的環境，他還能有啥子出息呢！且他的老子王招宣註定也不是什麼好鳥。本書第一回就說潘金蓮「從九歲賣在王招宣府裏，習學彈唱」，可知這位招宣大人心性情趣之所在。招宣府以馬上殺伐建立勳業，似乎又別有一種風流基因，《宋史·王景傳》有這麼一段記述：王景叛梁奔晉，晉祖賞賜甚厚，並再三問他想要什麼，答曰當小卒時曾多次隨隊長去官妓侯小師家，很是傾慕，現在妻子被後梁殺了，願能得小師為妻。晉祖大笑賜之。老祖宗且如此，後輩當然要與時俱進，更上層樓了。

偷情常也是需要理由的。

西門慶來到招宣府，有一個極為冠冕堂皇的理由，便是對府中少主人的教育和管束。文嫂兒給出的理由真稱妙極，老西和林太太也就順著竿兒爬，一個說「使小兒改過自新」，一個保證「戒諭令郎」，說出的話都極為懇切。於是一場偷情竟成了「關心下一代工程」，資深老嫖西門慶成了歡場新秀的「兼職家教」，無處不自然，又無處不新奇，幾人能把故事寫到這份上？

一般說來，西門慶是有擔當重然諾的，對這件事更是雷厲風行。第二天就令節級查辦，當夜就抓了五個倒楣蛋兒，一通夾打，「皮開肉綻，鮮血迸流」，這幾塊料原也是認得西門大官人的，大官人這時卻認不得他們了。同是為了偷情，夾打眾混混與第三十

八回夾打二搗鬼有異曲同工之妙，又特犯不犯，二搗鬼只一頓打便嚇破了膽，而混混兒還要到招宣府鬧嚷廝纏。王三官被逼無奈，央文嫂領著去拜求西門慶，小張閒等又為公人二次鎖拿，在西門大院被痛罵教訓，今後當是長了記性。

也許因為實在是心中得意，老西將此事對吳月娘講說一遍（當然略去了一些關鍵情節），堂堂皇皇，卻還是被奚落挖苦，「你也吃這井裏水，無所不為，清潔了些甚麼兒？」雖說不知老西的新勾當，月娘仍覺得古怪，說出的話仍是誅心之論！

第七十五回

凡所積聚，大都會有宣洩或爆發。

前回寫潘金蓮「浪風發起來」，當也是久久積聚之後的宣洩。很長一個時期以來，潘六兒的生命主色調是灰暗晦澀的：自家沒錢，也不管錢；沒有兒子，對手卻有錢也有兒子；自恃有一點色相和聰明，偏這世界漂亮和聰明女子歷來不缺，老西又最愛濫交⋯⋯而終於機會來了，能不緊緊抓住，寸步不讓，情急最急，又管它誰的生日呢！

春梅毀罵申二姐，當也是一種宣洩。與生俱來的才貌和個性，吳神仙那一通「早年必戴珠冠」的命詞，女主子的另眼相看，男主子不久前的臨幸，也都為她積聚著自信和霸氣，也積聚著熱望和焦灼。還記得李銘教彈琵琶時的輕輕一撚麼？既是自己的音樂教師，又是李嬌兒親戚，尚被罵了個狗血淋頭，更何況一個申二姐！我們看春梅的勃然之怒，看她叱罵時的句句誅心，看她把王六兒一起罵的無畏精神，看她無視大妗子責勸、立逼著申二姐離開的決絕，其也不止於宣洩，而是爆發了。一點兒小不如意就爆發，就翻臉無情，的是春梅的性格特徵；再爆發也是一個丫鬟。

吳月娘也在積聚。潘金蓮種種不軌攪亂了秩序，也觸犯了她的權威。作為西門大院的女主人，月娘原也毋須太久的積聚，先是約束和抑制，很快便由宣洩走向爆發。我們看月娘所說：把攔漢子，凡事逞能，私下裏討要皮襖，與丫鬟貓鼠同眠，——還在批評層面；而「沒廉恥的趁漢精」，「你害殺了一個，只少了我了」，「在這屋裏養下漢來」，便是譴責和聲討了。月娘的一把手意識極強，也自具一種稟賦和聲威，「口裏話紛紛發出來」，打得潘金蓮只有招架之功，對她來說，這一場爆發氣勢磅礴，順理成章，也有著撥亂反正、重建秩序的積極意義。

同時爆發的還有潘金蓮。月娘譴責金蓮「把攔漢子」，也有幾分冤枉，她應該瞭解自家的漢子，又誰能把攔得住？「不如意事常八九」，金蓮也有大煩惱：不顧一切攔截到老西，卻去了如意兒那裏，讓自己頂了瞎缸；巴巴地盼到王子日，興興頭頭邀約西門慶，又被月娘擋住。然不管是宣洩還是爆發，一旦到了躺在地上打滾的狀態，便只能是失敗，只能將自己置於可悲可憐的境地。這種潑婦行徑是最典型的市井文化，有點兒醜

惡，有點兒卑賤，有很強烈的娛樂色彩，更有當事人控制不住的訛詐和自虐心態。唉，讀過些書和自命知曲的金蓮，身上從沒有一點點兒典雅。

至於孟玉樓，在隱忍的同時也在積聚，積聚那凄清與怨懟，添加些這病那病。孟三兒向以不爭的面貌示人，可古往今來有幾個世俗中人能做得到？她對老西所說「俺每不是你老婆」，「今日日頭打西出來」，「心愛的扯落著你哩」，句句都是責怨，都是宣洩。性格使然，玉樓是從不爆發的，這是一個乖人所能把握的情緒底線，即使在後來面對陳經濟的無恥糾纏，她也沒有爆發。

伴隨著積聚，催生那宣洩和爆發的，常常是學舌與傳言。大院之中，哪一刻沒有蜚短流長，哪一個不會告密學舌？且學舌又有原版和加料、減料之別：玉簫學說月娘話語，大致為原話；春鴻轉述申二姐的話，便將「又有個大姑娘出來了」，說成「那裏又鑽出個大姑娘來了」，明顯加強了惡意；而大妗子在眾人前說此事便簡單，略後對月娘則詳加講說，還附帶有自己的不滿。

當然也有些人，或說是大多數人，有積聚卻難以宣洩，更不敢輕易爆發。院中之男僕女僕早已習慣了忍受，本回中申二姐亦是也。這位年紀小小的盲歌女頗有幾分自信，也有點兒爭競，不幸遇到了春梅，算是大大觸了霉頭，然也只能自家總結經驗、汲取教訓了。還有力薦她來的王六兒，能不惱恨？也只有自我化解。後來與老西相聚，床笫間又說到此事，算是一種宣洩吧。

大凡人總是需要宣洩的，而西門慶就不需要了。他在從東京回來之後，就沒有一日一夜閒著。除了要對付如狼似虎的潘金蓮，要撫慰環伺左右的大婦小妾，還有春梅和如意兒……「本等一個漢子」，月娘說出了實情，說出了緊缺，說出了合理分配的必要性，卻沒有想到事物的另一面。美色無邊而生命有限，西門慶是在宣洩消解，也是在積聚。積聚虧虛，積聚病症，宣洩和消解他那尚屬年輕的生命。

第七十六回

有爆發，便將有平息。大院之中，妻妾之間，永遠會有蜚短流長，爭鬥嚷鬧，永遠會有東風西風、此消彼長，會有嫌隙與嫉恨、陰謀和傾害，然同處一院，共侍一夫，也會有尊卑與秩序，會有禮敬與謙讓、和諧與喜樂。若說矛盾爆發是生活中的特例，事態緩和直至平息，則是這種特例的必然結局。唯爆發是內心仇視的真正噴發，而平息則是生活需要的表面顯現。書中寫吳月娘和潘金蓮「姊妹們笑開」的場面，皆有幾分勉強，有幾分表演，實際上又有誰解開了心結呢？

或曰：「解鈴還須繫鈴人。」此處看來未必未必。當矛盾激化，雙方都無台階可下，都無迴旋餘地，便需要其他人出面解勸。李嬌兒必不相勸，孫雪娥更是不會，這兩位平

日裏不得煙兒抽的早已恨死了潘金蓮，今見了這個「水頭兒」，能不因風吹火，樂還來不及呢！於是，孟三兒及時出場，秀了一把。我們看她順著竿兒與月娘賠話，先說一大通金蓮的毛病，再說西門慶的為難，然後便勸月娘大人大量，放手讓她過去，我們看她以「你我都在簷底下」撫慰金蓮，再與她一起譴責月娘，然後才是拉她過去賠情；我們看她引領金蓮至上房，假作家長，扮貓扮虎，引得眾人一笑，爭端也隨之平息。玉樓誠乖人矣！乖人當然要有乖覺乖巧，但更要有謀劃見識，要懂一點兒心理學，擅於搞好人與人之間的關係，也要有心胸，能涵容。若真的事事計較，玉樓最有理由看熱鬧，畢竟是金蓮在她的生日整事兒，不是嗎？

一場正面交鋒化為無形。正由於需要化解，才彰顯了雙方的存在價值。先前孫雪娥與潘金蓮衝突，被老西踢了幾腳便了事，又何曾要人化解？春梅當眾叱罵申二姐，給了一兩銀子算是安慰，又何須專門去化解？但話又說回來，雖然是兩邊勸解，仍會有差異，分主次。吳月娘作為主家娘子，爭吵後眾人圍侍，夫主關心，為之請醫問藥，唯恐有一點兒差遲；而潘金蓮就不同，冷清清躺在自家房中，再無一個人瞅睬。好不容易來了個孟玉樓，還是拉她去道歉賠罪的，而她又怎敢不去。「娘是個天，俺每是個地」，磕頭賠罪之際，金蓮才想起搞搞統一戰線，把別人扯落進來。

西門慶為平息這場後院紛爭更是大費心力。年輕的他心態有些老了！擱在過去，他會不聞不問，會偏袒一方，而今則是儘量化解，兩面撫慰。我們看老西首先想到上房和胎兒，看他接連幾天不去金蓮處，看他依著月娘指派到李嬌兒房中，幾乎都有點兒懼內了，再看他到的前院，聽金蓮一番哭訴，接下來又是春梅一番強詞奪理，也只是陪酒陪話賠情和勸慰。這還是西門慶麼？是那個「慣打婦熬妻」的老西麼？

進入官場、經過幾年宦程磨礪的西門慶，在日漸圓通圓融的過程中，性格也有些弱化，也更多地講求和諧與穩定。他知道，這一事件中潘金蓮也有冤枉，至少如意兒那一晚不應記在她的賬上。他提出讓金蓮「管理使用銀錢」，也算是一種回報。當矛盾衝突激化之時，竟也會犧牲他人，具體說是出面說合之人的利益，老西的化解之道，亦奇哉怪也！一場風波以玉樓交出帳本、潘金蓮喜獲美差了結，而月娘居然沒有阻攔，亦是出奇料理。

當大院重歸於平靜，西門慶也放下心來，以更多的精力接待和應酬。宋御史又來了，上次看上的八仙鼎已成把玩之物，其與老西的關係也熱絡得如同兄弟。為巡撫大人的送行盛宴匆匆一過，西門慶卻趁機為荊都監和吳大舅的升職說了話，老宋滿口答應。咦！作者盡寫升官之難，寫謀一台階之艱難兇險，此處又細寫升官之易，寫笑談間而大功已基本告成。這便是宴會的後續性效益。越是貪腐的政權，越是注重社會中的人脈力量，注重關係網，歷來如此。

嘗歎市井社會亦高度發達之信息社會也，其傳播速度與堅定的趨利性相得益彰。人們很快發現，西門大院成了升官發財的終南捷徑，於是絡繹而至，請托漸多。連喬大戶也來求一個「義官」身分，而且是手到擒來。笙歌宴飲之中，眾官謝語如潮，老西還真有點兒樂此不疲了。

一波剛平，一波又起，溫必古的屁股案發。家人童僕之間沒有太多秘密，互相指稱的綽號也往往奇準。這位「溫屁股」虐待小廝事小，而吃裏扒外事大：西門慶這才解開洩密案的謎團，才知曉原來貌似顢頇的夏提刑，還在自家院子中安了一個眼線！溫秀才的故事結束了，得罪了待之不薄的東家，丟掉了上好的工作，以後便不知所蹤，更不知所終。按說《儒林外史》中應該有溫屁股一席之地，可能是讀書人中有個性的太多，好玩的也太多，吳敬梓還有些看不上他呢。

第八十一回

此一回寫家奴之欺瞞叛離，核心則在一個「商」字。

讀三代之書，常思後世所謂「商人」或來自殷商王朝的崩潰，那些散離各地的王室勳舊失去了尊榮貴寵，失去了祖業家產和經濟來源，只好做些小買賣謀生。於是早先被稱為頑民的他們就有了新稱號，而社會分工中也有了一個新行當——商人。假若如此，則這基因中帶來的影響，使得歷代經商者都有一種對權力的親近，也有一種對權力的恐懼。

西門慶在紅塵中僅歷三十三載，幻相則多多：官場上是貪贓枉法的提刑千戶，歡場上是一擲數銀的嫖客恩公，市井中是一呼百應、心狠手辣的黑社會老大，唯商場上還沒有見出太多惡形惡狀。經商是老西的主業，商鋪為老西的買官晉職、請客送禮、尋花問柳提供了充足的銀兩，商人也是老西最重要最實質性的身分。他從一個生藥鋪開始，不數年時光，便有了五七個鋪子，有了潑天哄財富。有人稱西門慶是一個新興的商人，本人倒覺得其更像一個成功的傳統商人。

他的成功首先在於有官府背景。未做官時結交官府，從小官小吏開始巴結，什麼縣衙的書吏，驗屍的仵作，都攬得熱絡，而機緣湊合，竟然夠到了宰相府總管，巴結上當朝太師。那時的西門慶一介布衣，卻被稱作西門大官人，傳達的正是其使動和操弄官府的能量。做官之後名正言順，更是廣泛交往，遍結善緣，而西門大院的幾次盛大宴會，也給他帶來巨大官場資源。正是在做官以後，他的經營範圍和總資產得到極大擴展。

其次是用人和待人。凡有經營本領者，不管自身有什麼缺陷，老西一概任用，給以充分尊重和高待遇，平日讓其參加宴席，年節一家子都有禮物，地位與鐵哥們應伯爵、謝希大略同。在西門慶一眾商業夥計中，湯來保和韓道國都是能幹的角兒。來保精明強

幹，曾多次被派往東京，或押送生辰擔，或找門子鑽事，不獨能不辱使命，且還會有意外收穫，故很被主子信重；而韓道國本性虛飄，最愛搖擺逞能，大話炎炎，派到外地採辦貨物，亦有語言和場面上的優勢。他二人前往江南，雖有吃酒狎妓之劣跡，卻也很快把貨物置完，若主子健在，穩歪歪又是一樁賺錢的大買賣。

問題是，西門慶死了！

韓道國先聽到這個訊息。平日裏話語滔滔的他竟然能一絲兒不露，將貨物先賣了一千兩銀子，騙過來保，取旱路回到家中。有人說他的名字諧「寒到骨」，狀其冷酷無情，實際上還是「韓搗鬼」貼切，現有弟弟「二搗鬼」為證。比他更擅於搗鬼的是王六兒。韓道國還要裝裝樣子，真真假假地扯幾句良心不安的話；王六兒則理直氣壯，聲言「自古有天理倒沒飯吃」，「不如一狠二狠」，連夜安頓好一切，舉家逃往東京。

輪該來保登場表演了：我們看他把陳經濟玩於股掌之上，看他不動聲色地下了手，看他「一口把事情都推在韓道國身上」，看他幾句話便讓月娘不再提往東京追債之事。雖說韓氏一家子搗鬼有術，可比起來保，應說還差得遠。韓道國充其量是個商鋪夥計，先是個戴綠帽子的明王八，再是個拐帶財物逃跑的明騙子。而來保做事則多在暗中：暗中與王母豬家結親，暗中轉移了八百兩貨物，暗中買了一所房子，暗中開了間雜貨鋪兒；東京翟府來書討要西門慶家樂，又是他借引送之機，去時暗中奸耍了兩個丫鬟，回來暗中貪占了一錠元寶。來保後來成了一個商人，卻只會是個地地道道的奸商。

寫胡秀一段亦妙。這小夥兒與韓道國那一通對罵，擺事實，講道理，句句誅心，氣勢如虹，與六十一回偷窺一節遙相呼應，原來卻是酒後撒風，醒轉後一點兒也不記得。「酒硬」之輩大都是熊包軟蛋。這之後搗鬼騙錢，來保盜物，與他全無一些關聯，而他本人也就此不知蹤跡。一書中寫小人物無數，有的僅三兩筆塗抹，即躍躍然紙墨間，胡秀其一也。

回末處引書會留文，曰「勢敗奴欺主，時衰鬼弄人」，出自唐人杜荀鶴，原詩為「世亂奴欺主，年衰鬼弄人」。看似幾字之改，卻提出了一個「勢」和「時」的問題，極為深刻。《梁高僧傳》記述道安論傳教之難，曰：「不依國主，則法事難立。」而經商之道，不依官府，也是難以發達，發達了亦難以保全。翻揀西門慶的發跡史，從官商勾結到官商合一、亦官亦商、互相推長，應說皆是時勢使然。時勢造英雄，時勢也造高官、造巨賈。而老西一死，西門大院則敗相叢生，往日之老奴忠僕亦紛紛現出原形。「莫道身亡人弄鬼，由來勢敗僕忘恩。」鬼弄人也好，人弄鬼也罷，總因他時也命也，大勢去也！

第九十回

煙靄與紙錢、哭泣與祭奠，雖說是清明一道必不可少的風景線，卻也從來不是其主旋律。這是一個踏春的季候。「人笑人歌芳草地，乍晴乍雨杏花天。」西門大官人雖已不在了，清明佳節仍如期來臨，仍是尋花問柳的大好時序。那大樹長堤，那杏花村大酒樓，是老西當年遊賞春景、捕捉美色的所在，而今活躍騰挪的則是李衙內之流咧。

「衙內」一詞，真不知起於何朝何代？為哪位高人所創？大約有了衙門，便有了衙內。《舊唐書·德宗本紀》謂為宮禁之內，五代及宋初有衙內都指揮使、衙內都虞候等，多以子弟充任，後來便稱官府的子弟為衙內。語詞中攜帶幾分文人的揶揄，更多的則是市井的傾慕豔羨。宋孔平仲《珩璜新論》卷四：「或以衙為廨舍，早晚聲鼓謂之衙鼓，報牌謂之衙牌，兒子謂之衙內。」以今證古，大約就是時下的幹部子弟吧。

大堤上這位李衙內，正是清河正堂、知縣大人的兒子。名喚拱璧，可見其被珍愛也；綽號李棍子，亦可料知其行事為人也。學文不成，習武未就，三十多歲還在市井上晃蕩，做衙內也屬資深；來清河未久，便糾集起二三十條閒漢，挨過西門慶一拶子的小張閒也在其間，凝聚力亦可見也。就是這李衙內，遙遙一眼，便打人鬧兒裏看見也看上了孟玉樓，呵呵，要有一段新故事了——

江山代有才人出啊！西門慶之流真也不擇地而生，應伯爵乃至小張閒輩永遠會有恩主，會有事做和飯吃；而李嬌兒、潘金蓮、孟玉樓原也不愁嫁不出去。「柳底花陰壓路塵，一回遊賞一回新。」衙內，出產於官場，寄生於官場，而呼嘯騰挪於市井。大哉市井，永遠是一個新人輩出的地方，永遠是權豪勢要和三教九流的舞台。

市井上無時無刻不在出現新的事兒，蘭兒之敘述亦錯落有致。外邊孟玉樓一番遇合正待開始，大院中先有了孫雪娥的一篇兒。第二十六回被逐的來旺再次出現，來在西門大院門前，與雪娥和大姐相見。他來得有些突兀，來得又極其自然，只是身子有些胖大，且搖身變為一個銀匠，讓雪娥頗覺錯愕。其錯愕當又來自意外的欣喜，來自對眼前事的不敢相信。還記得宋惠蓮自盡前與孫雪娥那場打罵麼？惠蓮一句「我養漢養主子，強如你養奴才」，真真誅心之論，讓雪娥惱羞成怒，便有了後來的廝打和自縊。往事歷歷，惠蓮、金蓮和老西皆已化煙化灰，來旺兒卻是活生生來到跟前，怎不讓孫雪娥心內波濤洶湧呢？

在西門慶一妻五妾中，孫雪娥的相貌並不差，地位卻無疑是最低的。除非有特別邀請，出門赴宴或遊玩一般沒有她的份兒；除非有些偶然的機遇，西門慶也不進她的屋門。主奴之間的關係常也是模糊和變化的。如雪娥，其身分已然屬於主子，卻要負載著大量僕人的勞作。書中寫了許多次老西姬妾的生日，每一個生日都是雪娥在忙碌，卻未見有

一次為她正經過個生日。作為西門大院的四娘，雪娥總是做著最辛苦最瑣碎的家務，總是無白無黑地承擔著「後勤服務」，因而也總是心態不平衡。孫雪娥在這種不平衡中生存，也在生存中抑鬱、嫉妒、仇恨，走向心理的長期扭曲和變態。

世間潘金蓮不多，而孫雪娥甚多，她這樣的女人更具有典型意義。

老西死後，孫雪娥倒是在大院中漸漸重要起來，打陳經濟，賣春梅和潘金蓮，送大姐去婆家，都有她的意見或乾脆由她提議。李瓶兒死了，李嬌兒去了，潘金蓮被殺了，孟玉樓想換一種活法了，只有她似乎要堅守在西門大院，成了吳月娘的智囊和主心骨。而其人品、教養、生活積累、行為作派，又決定她的主意大多是一些下三濫的貨色。此一回來旺出現，孫雪娥也看到新生活的希望，也要插翅飛去了。書中寫其離開真別開生面，寫來旺之江湖老辣亦讓人嘖嘖，寫細米巷的小賊犯事、雪娥二人的連帶被捉、月娘的毫不憐憫、春梅的記恨與報復，均嫌匆促，可也只能是這樣了。作為俗人、蠢人、是非人的孫雪娥，懷著對愛情的憧憬，懷著對這座大院的棄絕，有生第一次翻牆越脊，從此便踏上人生的拐點，成了一個不折不扣的苦人兒。

第九十八回

一部大書進展到尾聲，新事減少，故人漸多。

新事減少，卻也不能沒有新故事，是情節靠新故事支撐也；故人漸多，讓故人入於新事，使其再現，亦作一收束也。上回中，陳經濟在守備府的大婚即新故事，其新娘葛翠屏也是鮮活登場，卻借聘嫁帶寫應伯爵黃四李三等人之結境，寓舊於新，墨分兩色，而敘寫一事也。此一回中，陳經濟在臨清開大店也是新故事，唯故事中故人也多——

陸秉義即故人。此人雖遲至第八十八回才與楊光彥一起出現，卻是陳經濟故交，是他一度很熱絡的酒肉朋友，亦是他被拐騙之事的見證。正是這位陸二郎提起舊事，引得陳經濟恨從心頭起；又是他為出謀劃策，奪了謝家大酒樓，自家做了主管。

鐵指甲楊光彥和他兄弟楊二風亦經濟故人，兼大仇人也。嚴州之行，陳經濟有椎心之痛，最痛則是楊光彥拐去貨物，兩次討要，兩次被他兩兄弟打罵。這也是經濟走向赤貧的關鍵一步，所說「我恨他入於骨髓」，當是半點不假。大約是剛剛脫離苦海，不願回顧那其間種種不堪；可一經提醒，便下痛手。而一旦到了提刑所，楊家二兄弟也就剩下了哭爹叫娘的本事，從今而後該是這哥倆去冷鋪裏討生活了。

那問案的何千戶和張二官更是久違了。至此方知他們仍滋滋潤潤地活著：該審案時審案，須應酬時應酬，常也把審案與應酬結合為一體，一面送的是侍生帖，一面下的是絕戶手。想當初西門慶一路引領何永壽前來清河上任，回家對老婆譏笑其「嫩」，認為離了自己不行，而今何永壽已轉正職，素來瞧不上的張小二官，也成了張二官府。沒有

了老西的提刑所，還是那個聲威赫赫、棍棒飛揚的所在。

金宗明也是經濟故人，兼斷背山式的大情人也。晏公廟生涯，對他最為親近的便是這位大師兄——如今的掌門。而晏公廟雖經陳經濟一番折騰，掏空了錢匣子，畢竟世上愚夫愚婦多多，千金散盡還復來，瞧老金這聲口，怕是又積攢下幾兩銀子了。

最濃重的一筆則是韓道國一家三口的回歸。老韓老了！拐了西門慶一宗錢財，跑到東京宰相府轉了一圈兒，至如今卻連清河也沒了存身之地，流落到臨清大碼頭作私窠子，與陳經濟意外相逢。此時的韓道國「已是摻白髮鬢」，沒有了當年的搖擺逞能，沒有了當年的大話炎炎，甚至連搗鬼的能耐都沒剩下多少，只見一個卑微瑟縮小老頭，終日為妻子女兒的賣淫打下手了。曾做過「相府親戚」的王六兒重操舊業，一時貴寵的愛姐兒也披掛上陣，看來倉皇離京之際，這一家子也沒撈著什麼便宜。

韓道國帶來了京城的消息：朝廷鬧地震了！幾位「太」字號人物——蔡太師、童太尉、李太監等等都倒了！昔日的潭潭相府大約也成了瀝血之地，老蔡最有出息的兒子、已任禮部尚書的蔡攸處斬，家人僕役「各自逃生」。至於那位權重一時的翟管家，先與西門慶關係密切，後納愛姐兒為小妾，韓道國居然一字兒不提，怕也是提不得了。一定要提麼？天下事常以不了了之，蔡太師一旦玩完，翟管家也就了了。

愛姐兒的故事似乎剛剛開始，她與陳經濟似乎又在演繹一個新版的「一見鍾情」：吟詠彈唱、寄簡酬韻，當年潘金蓮那一弄兒武藝，愛姐亦運用自如。可讀來卻令人心中酸楚。畢竟大宋朝末世來臨，一部大書就要曲終人散也——

附　錄

一、卜鍵小傳

　　男，筆名吳楚，江蘇徐州人。1955 年 10 月生。漢族。文學博士，研究員。現任國家清史辦主任、國家清史編纂委員會常務副主任。為中國圖書評論學會副會長、中國武俠文學學會會長、中國《金瓶梅》研究會（籌）副會長，北京大學兼職研究員、安徽大學兼職教授、中國藝術研究院特聘教授，中國作家協會會員、北京市文史館館員等。已出版學術專著 10 餘種，主編《元曲百科大辭典》，並在《文學評論》《文學遺產》《文藝研究》等報刊上發表論文文章 160 餘篇。1999 年成為享受國務院特殊津貼的專家，2012 年被評為全國新聞出版系統領軍人物。

二、卜鍵《金瓶梅》研究專著、校注、評點、論文目錄

(一)專著、校注、評點

1. 《金瓶梅作者李開先考》，蘭州：甘肅人民出版社 1988 年。
2. 《李開先傳略》，北京：中國戲劇出版社 1989 年。
3. 《金瓶梅之謎》（合著，承擔 1.5 章），北京：國家圖書館出版社 1989 年。
4. 《金瓶梅詞話校註》（合著，承擔後 50 回），長沙：嶽麓書社 1994 年。
5. 《中國小說文體與文學精神》，北京：中國廣播電視出版社 2000 年。
6. 《李開先全集》箋校，北京：文化藝術出版社 2004 年。
7. 《雙舸榭重校評批金瓶梅》，北京：作家出版社 2010 年。
8. 《搖落的風情》，北京：人民文學出版社，2011 年第一版，又 2012 年第二版，2014 年第三版。
9. 《李開先全集》修訂版，上海：上海古籍出版社 2014 年。
10. 《金瓶梅詞話校註》修訂版（合著，承擔後 50 回），北京：人民文學出版社 2014 年。

(二)論文

1. 李開先居官考
   戲曲藝術，1986 年第 4 期。
2. 李開先與《金瓶梅》中有關《西廂記》之描寫——《金瓶梅》作者考的一面重要參證
   戲劇，1986 年第 4 期。
3. 《金瓶梅》作者李開先補證
   徐朔方、劉輝編，金瓶梅論集，人民文學出版社，1986 年 11 月。
4. 罷官考
   戲曲藝術，1987 年第 1 期。
5. 美醜都在情和欲之間——《牡丹亭》與《金瓶梅》比較談片
   文學評論，1987 年第 5 期。
6. 「陳四箴」辨正——與黃霖先生商榷《金瓶梅》成書時代問題
   北京師範大學學報，1987 年第 6 期。
7. 《寶劍記》與《金瓶梅》的再比較——李開先作《金瓶梅》探考之二
   杜維沫、劉輝編，金瓶梅研究集，齊魯書社，1988 年 1 月。
8. 世風的澆漓與生命的懲戒——《金瓶梅》情節進程的剖析

金瓶梅研究，第二輯，江蘇古籍出版社，1991 年 7 月。

9. 重簷下的生靈──《金瓶梅三女性透視》讀後
　　吳楚，文藝報，1993 年 1 月 9 日。

10. 關於《金瓶梅》作者的「李開先說」
　　古典文學知識，2003 年第 1 期。

11. 老友劉輝的最後日子
　　金瓶梅研究，第八輯，中國文史出版社，2005 年 12 月。

12. 雙舸子《金瓶梅詞話》總評選刊（上）
　　書城，2008 年第 12 期。

13. 雙舸子《金瓶梅詞話》總評選刊（中）
　　書城，2009 年第 1 期。

14. 雙舸子《金瓶梅詞話》總評選刊（下）
　　書城，2009 年第 2 期。

15. 那個時代的風物世情──《雙舸榭重校評批金瓶梅詞話》序
　　書城，2010 年第 1 期。

最是人間留不住——代後記及補充

一

如同我這一年齡層的相當多的人一樣，我過去的生活裏也有著坎坷甚至是不幸的記錄。

我的父親是一位中學教員，母親則教小學。打從我有記憶起，家庭就在魯西南某縣的一些鄉村中小學中頻繁遷移，坐在裝滿盆盆罐罐和舊木箱的馬車上，我和弟弟往往顯得格外興奮，尤其是走上公路，看到那極少機會得見的卡車，更是一種強烈的刺激，我們似乎以那車輪揚起的土塵所裏挾的汽油味中嗅到現代文明的氣息，拼命喊叫，全不解父母心中的苦澀。

母親是我崇拜的偶像。她瘦弱，卻有著無盡的精力和極大的生活熱情，每年都被同事們選為優秀教師。她的過去的學生往往結夥走幾十里路，來看望她，母親則傾其所有，忙著為這些男孩女孩做吃的，這常是她最開心的日子。工作之餘，母親還要帶我們拾草，鏟麥茬，揀樹葉，曬乾後用以燒飯。那時的生活雖苦，倒也有些田園詩的意味，直到「文革」開始，父母親因出身問題被批鬥，我在不久後亦因「衝擊大批判會場」被逐出教室。我失學了！年齡還未滿 12 歲。

這以後的我在農村的林場幹過義務勞動，到建築隊當過小工，還闖過關東；後山東生產建設兵團招收兵團戰士，我被錄取。在萊蕪這塊土地上，我生活了將近七年，先是幹礦工，後又任連隊掃盲班的業餘教師。「文革」結束後，恢復高考制度，1978 年，我被錄取到山東煤礦教育學院外語系。

這不是一所正式的大學，校址在較偏僻的新汶縣，教學設施和圖書資料在當時都很差，然而我們卻有很好的老師——吳幼牧和宋忠權老師，他們有很高的教學水準，加上其正直不阿的品格和對學生的愛心，獲得了大家由衷的敬愛。當時已有了招收研究生的消息，我把自己準備考研究生的念頭向兩位老師談了，得到了鼓勵，他們推薦我去拜訪朱德才先生。朱先生曾在馮沅君先生指導之下治古典戲曲，借給我許多這一方面的書。在朱先生指導下，我開始研讀中國文學史、戲曲史和《元曲選》，又借暑假到濟南的山東圖書館閱讀《六十種曲》。

1981 年，我分配到山東省交通廳，在航運局子弟學校教外語。一年後，我考取了中央戲劇學院文學系的碩士生，導師是祝肇年教授。

二

我永遠也不會忘記業師肇年先生第一次和我的長談。那是在一次看完演出之後，我們自西單東側的長安大戲院一直步行，經中南海、北海、地安門，直到先生居住的鼓樓北草廠胡同，邊行邊談，走走停停，直到中夜。談話的內容涉及到許多方面，然我印象最深的是先生叮囑我心不要太熱，不要想急於出名，要坐得住冷板凳，打下堅實的專業基礎。我還記得先生那形象的比喻——「針尖上放光，既不會長久，也沒有出息！」

在先生的督導和師兄師妹的影響下，我漸漸對如何讀書和治學有所瞭解。沒有課程的日子，我總是在圖書館度過，學院的位置很好，北圖、北圖柏林寺線裝部、首圖、中科院圖書館都離得很近，我常去這些地方讀書。

有時到下班時我讀或寫作到不能罷手處，便懇求把我鎖在閱覽室內，黃怡、朱聯群和不少老師都曾如此法外開恩，還常在兩小時後回來上班時帶給我吃的東西。管書庫的呂瑤波老師和小滕還在四樓書庫破例給我放了一張長桌，我可以查到書就地閱讀，這都使我難忘。

我也不能忘記北圖善本部的鄭培珍老師，她熱情又嚴格，對善本書非常珍惜，對讀者關心尊重，很好地解決了既滿足讀者需要，又保護珍貴古籍的矛盾。為了讓我能節省時間，她常在食堂帶飯來給我，一位極熱心的老大姐。我想：自己的任何一點學術成就，都有這些熱心的支持者的心血和汗水。

在圖書館讀書，也常可認識一些前輩學者和年輕朋友。我與王利器先生的相識，就是在柏林寺古籍部。與吳敢兄相識，則在北圖善本部，經培珍大姐介紹，知是徐州同鄉，加之同治戲曲史，遂「一見鍾情」。適吳敢兄住處較遠，讀書有所不便，我便邀他到我處去住，約一個月，我們居一室，白日騎車上圖書館，晚歸途中買點吃物，其時囊中艱澀，無非白菜豆腐之類，常也來點二鍋頭，煮酒論文，其樂也融融。吳兄由理科轉而治文，思維極系統化，在學問和刻苦精神上都很大地影響了我，當時他正搜集中國古典戲曲選本和古小說的資料，務求窮治，網羅殆盡，進而分門別類，使之體系化，其治學方法給我啟發甚多。

在母校讀書期間，我常可體會到來自多方面的溫暖。院刊副主編李堅先生指導我寫作了我的第一篇學術論文，後來由學術到人生再到具體的生活，我也成了他家中週末餐桌上的常客，如今李先生已退休，過一段時間我便會去他家中聽「訓」。關懷我的老師很多，如王麗香老師，高芮森、莫玉琳、麻國鈞、孔瑾老師，都如此。正是在這樣的環

境中，我吮吸著學術的營養，漸漸充實著自己，不敢有稍許的懈怠，後此數年，肇年師在為我的一本小書的序言中也憶及這一段時光──

> 治學之道，最忌求成心切，華而不實，所謂「暴長之物，其亡忽焉」。卜鍵同志對此有清醒的認識，他在攻讀碩士學位時的那種刻苦求學的治學精神，說來令人感動。窮學生，吃的很差，臉黃黃的，整天埋頭在圖書館裏，沉浸在大量典籍之中，「焚膏油以繼晷，恒兀兀以窮年」。學院的領導提醒我：你不要太苛求他們了，要注意他們的身體！我只好對他們說：加強體育鍛煉，注意勞逸結合喲！其實我明知道卜鍵攝入的熱量是不夠的，那又怎辦呢？在我們的現實中，治學就是如此的嚴酷，只有經得住苦寒的植物壽命才是長久的……

我對「最忌求成心切」有著清醒的認識嗎？捫心自省，是在業師肇年先生的教誨和開導之下，逐漸才有了這個認識的。但就在坐冷板凳的苦生涯中，也自有大樂趣在其間。記得一次在北圖善本室讀明萬曆原刻本《北宮詞記》，見卷首有龍洞山農序，便略一留神，記下一張卡片，翻過正頁，見有篆體印章兩方，首「弱侯」，次「大史氏」，更引起極大興趣，急赴柏林寺查閱焦弱侯的文集及其它，證實這位曾序刻了《西廂記》（此為明《西廂記》刻本很重要的一種）的龍洞山農就是明萬曆間狀元、大理學家焦竑，不僅《西廂記》研究史上的一椿懸案自此被解決，還連帶引起了我對明金陵曲家群體的關注，後來我把所得寫成論文，刊登在《文學遺產》上。這件事使我興奮了好幾天。

1984 年暑期，我產生了要到章丘去踏訪明代戲曲家李開先故跡的念頭。章丘博物館館長于承思幫我借了一輛舊單車，陪我到處奔波，在鵝莊（李開先祖居的綠原村）、李家亭，在舊縣治所在的埠村，在大李家莊（李開先「南園」），都有熱情的李氏後人相接待，都可見到關於李開先的珍貴文物，我們發現了《李氏族譜》，李開先及妻張氏、王氏的墓誌銘，李開先父李淳的神道碑銘等一大宗寶貴材料，我還看到了章丘博物館收藏的雪蓑漁者蘇洲親書的贈送李開先的詞曲集，時值盛夏，七月流火，但這些收穫使我唯感覺到興奮，待了將近十天才回濟南。返京後，我寫了一系列的關於李開先生平事蹟的論文，廓清了有關李氏生平的種種迷霧，引起國內外有關學者的重視。肇年先生據此為我確定了畢業論文的題目：《李開先及其寶劍記的再認識》。

畢業之後，我分配到中國戲曲學院文學系執教，講授的課程有：中國戲曲史、中國戲曲批評史、中國戲曲的形象系統及古典名著選講。我喜歡和學生們在一起，聊天、談心，喝酒，也打撲克，但我還是能擠出時間搞自己的研究，每當夜深人靜妻女入睡，我便開始了自己的讀書或寫作。兩年後，我調到中國藝術研究院紅樓夢研究所。

自研究生畢業後的五年中，我出版了兩部學術專著，先後在《文學遺產》《文學評

論》《文藝研究》《北京師範大學學報》《戲劇》《戲曲研究》《戲曲藝術》《山東師大學報》，以及人民文學出版社、中國戲劇出版社、齊魯書社的論文集中發表了三十餘篇四十餘萬字的學術論文，參加了近二十種辭書的編纂和撰稿工作。應天津社科院之邀，我在門巋兄主編的《歷代文獻精粹大典》中擔任了副主編兼人物卷主編，此書出版後獲得了學術界的好評。學苑出版社約我主編的《元曲百科大辭典》也已付排。幾年間，我參加了戲曲、戲劇和古典小說的不少全國性學術會議，以文會友，有了不少接觸和學習的機會，也應邀到陝西、江蘇、山東、河南的一些大學或文化團體講學，乘機查閱所到之地的圖書，拜訪當地學術「耆宿名儒」，當然還可觀光名勝，觀摩地方戲，亦大快意事！

三

說到我研究《金瓶梅》的起步，不能不提到馮其庸先生。其庸先生是我的碩士論文答辯委員會的主任，主持答辯近尾聲時，他問道：「學術界有人提出李開先即《金瓶梅》作者，可否談談你的看法？」我盡自己當時的一點瞭解作了回答，馮先生很高興，鼓勵我繼續搞下去，並約我到他家中再談，這便是我研究《金瓶梅》的開始。這時我所做的事情是把李開先文集及其他作品中提供的材料與《金瓶梅詞話》相比較，我所在的中國戲曲學院僅有一部未刪節本，經領導批准借給了我，這在當時也是難能可貴的了。

1985 年秋，吳敢、張遠芬、及巨濤諸兄從徐州往瀋陽參加明清小說研討會，返程時經北京，我往他們下榻的人民文學出版社招待所去看望，第一次見到了劉輝先生，大家很自然地便談起《金瓶梅》來，劉先生即約我為他與徐朔方先生主編的《金瓶梅論集》撰稿。當晚在杜維沫先生家用餐，又得以認識杜先生和王麗娜先生，記得餐桌上談的最多的，也是《金瓶梅》。後來我寫成了我的第一篇有關《金瓶梅》研究的論文──〈李開先作《金瓶梅》新證〉。文章較為稚嫩，牽強附會處亦在在有之，遭到了出版社責編的大斧砍削，也是該著之事。但這篇論文的發表，倒使我產生了許多新的想法，一篇篇接著寫了下去。

我的第二篇「金學」論文，是關於《西廂記》在《金瓶梅詞話》中的抄引和化用，藉以探討的仍是作者問題，發表在母校的院刊《戲劇》上，著力點在於李開先對於《西廂記》的態度和改竄手法在《金瓶梅》中得以整體體現。後來又寫成將李氏《寶劍記》傳奇與《金瓶梅詞話》細細比勘的四萬餘字的長文，得到劉輝、杜維沫二先生的肯定，收入齊魯書社刊行的《金瓶梅論文集》。

1986 年秋，我參加了在江蘇徐州召開的全國第二屆金瓶梅學術討論會。這真是一個充滿學術論戰又充滿友好情誼的研討會。徐州是我的家鄉，與會者中又有許多相識者，

大家在會上暢所欲言，各不相讓，會下每每又聚在一起，神侃海吹，談話的中心還是《金瓶梅》，夜深後，常又從街上買來狗肉燒酒，喝它個痛快淋漓。也就在這次會上，我見到了心儀已久的徐朔方先生，向他請教有關李開先作《金瓶梅》的問題。那是一個秋色宜人的黃昏，夕陽留下的一汪大紅就在那古黃河的水面上粼粼的閃著，我們沿著岸邊的林陰道散步。徐先生對我說：我已改變觀點，不再認為李開先是《金瓶梅詞語》的寫定者了。但這無所謂，你可以繼續自己的研究。我默默地聽著，心中有幾分悵然，繼之又體會到這其間正有前輩學者的期望。

就在這次會上，齊魯書社的任篤行先生約我寫一本有關李開先與《金瓶梅》關係的專著，並議定次年上半年交稿。由於繁重的教學任務兼之我還要負責招生工作，我拖了時間，至 1988 年 2 月才完稿，傅曉航先生又熱心為我與甘肅人民出版社王曼生老師聯繫。曼生老師看過寫作提綱，經社領導同意後，拍電報要我郵寄稿件，「保證八八年十月前見書」。屆時，果然把印刷精良的我的第一部專著寄來了。我記得我見到書後的激動，馬上送給肇年先生、其庸先生、曉航先生等過目，又即郵寄給吳幼牧、宋忠櫂老師和朱德才先生，兩位老師還打來了祝賀的電報，由衷地為自己的學生高興！

這一年，我還完成了自己的第二本專著《李開先傳略》，這是在我的碩士論文的基礎上，增加了較多新材料和新內容寫成的。中國戲劇出版社的楊錦海、熊澄宇二兄投入很多精力，終於使這本小書亦在八九年秋問世。

研究《金瓶梅》，自然也有一些困擾著我的問題。眾所周知，有關該書的成書年代歷來存在著激烈的爭論，最有代表性的是「嘉靖說」與「萬曆說」兩種，至今仍屬於膠著狀態。我考證作者，必然要涉及到成書年代的繫定，我是傾向於「成書於嘉靖」說的，但讀了黃霖先生發表在《復旦學報》1985 年第 3 期上的〈《金瓶梅》成書三考〉，便產生了猶疑。黃霖先生列舉的大量材料中，最使我覺得分量重的是「陳四箴」一則。黃文曰：「總的來說，《金瓶梅》中的人名確實多有寓意。因此，《金瓶梅詞話》第六十五回出現的『兩司八府』中的『布政使陳四箴』這個名字就值得注意，因為它與萬曆年間的一大政治事件聯繫在一起。」這次政治事件，便是「萬曆十七年十二月二十一日，大理寺左評事雒于仁上疏規勸皇上戒除酒色財氣，並進陳有關酒色財氣的『四箴』。」我承認這種論述是很有力的，如果真如此，逝於隆慶二年的李開先自然就失去了作此書的資格。當時我正在集中力量寫《金瓶梅作者李開先考》，這「陳四箴」的陰影卻驅除不去。

當然不能閉起眼來作看不見狀，於是，我下決心在書中專章論述成書問題，每日到北圖去查閱各種資料，很快就發現了在此之前的嘉靖二十七年七月，已發生過一次「陳四箴」事件！作為皇帝宗室的鄭王朱厚烷在另一位宗室，周府鎮國中尉朱勤熨上疏議政、

抨擊皇帝而受到嚴懲後，挺身而出，上陳「四箴疏」，被廢爵去藩，關入鳳陽高牆。這是一件震驚朝野的大事件，在《明史》《明實錄》《藩獻記》《萬曆野獲編》諸書中均有詳細記載。後四十年雒氏的上陳「四箴」，其震幅是遠遜於前者的。

這一問題解決了，困擾便轉化為喜悅，查閱中的疲憊、思慮中的焦躁，也就隨之化煙化灰而去。

困擾我的問題，當非此一端，時間的匱乏，斗室的狹窄，生活中這樣那樣的困難，都會湧到面前，這些豈又是僅僅我一人的問題？久而久之，我練出了定力，不管剛發生過什麼事情，只要往書桌邊一坐，便能頓時入靜，或讀或寫，樂在其中，因之，治學又成了一件保健養氣的運動。

後來，我的興趣又從作者考證轉移到對《金瓶梅》小說自身價值的探討，即文本的研究。在 1988 年於揚州舉辦的全國第三屆金瓶梅學術討論會和 1989 年於徐州舉辦的首屆國際金瓶梅學術討論會上，我提交的論文和作的大會發言都是有關這一方面的。《金瓶梅》在中國文學史上的地位和價值首先是且最後也是因為她作為一部小說的成就，則探討其作為一部前無古人，後啟來者的奇書的豐富內涵，應是我們首要的任務。我是這樣想的，也願意具體做點事情。

四

需要說明的是，我對李開先作《金瓶梅》的研究，是在前輩學者奠定的基礎上進行的。吳曉鈴先生在中科院本《中國文學史》1962 年初版第 949 頁首次提出了「李開先說」，引起了研究者的注意。「文革」後，吳先生在日本、印度、美國、加拿大講學及在遼寧大學、中國文化書院所作的學術報告中，都講述過李開先作《金瓶梅》等有關問題，提出了不少新的材料。吳先生住宣武門外校場口頭條，我住陶然亭西，相距很近。先生回國後我常去他府上請教，執弟子禮。先生談鋒很健，近數十年間文壇傷心事，經他口中道出，竟也有了幾分幽默幾分超然。先生告我說，他在加拿大多倫多大學曾指導一個中國小說的研究生班，國內有人寄了一冊我的《金瓶梅作者李開先考》去，他即推薦給學生們。

徐朔方先生在 1980 年發表〈《金瓶梅》的寫定者是李開先〉一文，引起了國內外學者的重視，後又發表〈《金瓶梅》成書補證〉等多篇有關論文，其基本觀點為：一、《金瓶梅》是「歷代累積型」的集體創作；二、李開先為此書的最後寫定者。圍繞著這兩個基本的觀點，徐先生進行了認真的考辨和論證，在學術界引起熱烈的討論。

吳、徐二先生（還有其他一些學術界先輩或友人）的研究成果，為我的進一步的考索鋪下了厚厚的基礎，我的研究正是在這樣的學術前提下展開的。

　　首先我對李開先作為《金瓶梅詞話》作者的可能性進行了全面的考查。由於我畢業論文的選題是關於李開先生平和創作的，在較長時間內，我曾花大力氣來搜集資料，有不少重大的資料突破，對過去迷霧重重的李開先的居官、罷官、家難等懸案，都有專文的討論並獲得了學術界認可。舊時對李氏的一些不準確的評價及誤傳，也都在文中一一澄清。譬如：絕大多數中外學人研究李氏，都要依據路工輯校本《李開先集》（上海古籍編輯所鉛印本），而這個本子所用《閒居集》的底本卻是一個抄本，與原刻本出入很大。路工先生說《閒居集》從未有刻本，實誤，北圖善本室就有三種《閒居集》刻本，筆者曾細為校正，兩者差異甚大而錯在抄本。據此得出的研究結論，當會預先被打了折扣。在較多地佔有資料並對其進行了系統研究的基礎上，我從李氏的生平中查找其著《金瓶梅》的時間。其閒居鄉里二十七年，尤其是後十餘年，完全有著此一部大書的時間；從思想基礎上來說，李氏「壯歲辭闕」，對朝中權臣柄政有著強烈的不滿，與沈德符所言「指斥時事」相合；從生活經歷上講，李開先在嘉靖七年「以毛詩舉山東鄉試第二人」，次歲赴京，會試列第二十名，廷試雖屈居二甲，然有「本擬鼎甲」之說，仕宦十三載，他出使寧夏，分司徐州，隨駕湖湘，足跡幾遍半個中國，且他仕至吏部文選司郎中，掌陟黜大計，再升提督四夷館太常寺少卿，熟知朝廷禮儀和內部紛爭，如吳先生嘗指出的，這些知識正是《金瓶梅》作者所應有的；李氏又是「嘉靖八子」之一，是當時文壇上的重要角色，他酷愛俗文學，精音律，擅戲曲，編寫過詩禪、對聯，輯印過民歌小曲，更以藏書稱名海內，這些都是不可多得的條件。我還專章進行了比較研究：李開先妻妾與西門慶妻妾，李開先家樂與西門慶家樂，李開先園林與西門慶園林，李開先「詩會」「詞會」中會友與西門慶會友，都有那麼多的相近或相同之處。

　　進行這些比較，並非要處處印證李開先在書中的影像，而是力圖從更廣闊的資料範圍中來取證，以期得出較科學的結論。我把李氏的思想、文藝觀與創作方法與《金瓶梅詞話》傳遞出的作者的文學觀念和寫作風格也作了整體把握，李氏的全部作品都著意於批判偽情和塑造情真意切的形象，可視作一部「世情書」，這與魯迅概括的《金瓶梅》「描寫世情，盡其情偽」的主題精神是相一致的。

　　其次，我致力於李氏《寶劍記》與《金瓶梅詞話》的比較。論李開先為《金瓶梅》作者，最早的也是最有力的根據，在於《金瓶梅》中多處引錄了《寶劍記》的曲文；最有力的駁議亦在這裏，言其當世和後世作家都有可能作此類引錄。則《金瓶梅》對《寶劍記》的抄引究竟如何？兩者的關聯是否僅僅幾段唱辭的相同？是首先應搞清楚的。基於此，我對兩部作品進行了縝細的考校，大量的無可辯駁的事實說明：二者的關係，決不僅僅是《金瓶梅》抄用了《寶劍記》幾支曲文，它們有共同的改編思想和創作意識，有近似的行文造語的習慣，其在描摹形象、繪製意境、設置情節等項上都有著驚人的寫

作手法的一致。《寶劍記》是《金瓶梅》所引錄的戲曲資料中創作年代最晚的一種，又是作者有意要隱瞞劇名的一個劇碼，這絕非是簡單的借鑒和抄引，也非李氏的追隨者或崇信者所能達到，可能似乎只有一個，其出於同一作者的手筆。

其三，對《金瓶梅》故事發生地的研究。《金瓶梅》作者因何把故事發生地由《水滸傳》中的陽穀改為清河？由這一問號開始，我抓住書中不斷出現的地理訛誤，在〈論清河〉一章做了專門探討。如第九十一回提到的棗強至清河的距離，如第八十四回中寫吳月娘泰山進香的逃亡之旅，都隱現出作者以章丘為座標，我認為書中的地名亦多有寓意，因提出「清河寓意說」，其一，隱括古清河郡，這裏曾出現過一位貪贓枉法的後漢清河太守，並受到持法不二的刺史蘇章（太守友人）的懲處；其二，暗寓章丘，章境內有小清河、大清河（即古濟水），以水寓地，亦古人一習慣作法。在這一章，我還提到向來為論者忽視的明季南北兩清河的問題，並論證了李開先出掌徐州戶部分司時對南清河的熟悉。

其四，關於《玉嬌李》。沈德符《萬曆野獲編·金瓶梅》，歷來為研究者所重視，然這則記載中很珍貴的部分——《玉嬌李》的寫作，卻被忽略，甚至在引證時也常因「無關緊要」被省略，這是很令人遺憾的！實則以沈氏該條的全部文字，言《金瓶梅》內容聊聊數語，敘述《玉嬌李》人物、故事則過三分之一，其把兩書合在一處論列，顯然是作為同一作者之作對待的。記載中最有價值的兩點：其一，明確指出書中暗寓「貴溪、分宜相構」，即嘉靖中期夏言、嚴嵩在內閣的傾軋；其二，直書嘉靖辛丑（1541，李開先於此年罷官）入選的庶吉士之姓名。我引用當時史料來說明嘉靖辛丑的「庶選」存在著激烈的鬥爭以及李氏對「辛丑庶常諸公」的態度，和他對夏言和嚴嵩同樣的痛恨，李氏是熟知這其中情事的人。我還引《金瓶梅》第四十九回中蔡御史提及的將十四名庶吉士「黜授外職」之事，與李開先入仕之年的己丑庶選及四年後補選的複雜內幕相比較，都相符契！尤應注意者：蔡蘊言其同年在史館者為「一十四人」，李氏則言嘉靖十二年推擇翰林館職十一人，加己丑科一甲羅洪先等三人先入翰林，恰十四人之數！且李氏所說的「十一人」與《明實錄》記載的「七人」不同，這不同處給我們提供了有力的證據——只有按李氏的錯誤記錄，兩數才相吻合，則作者非李開先，又能屬誰呢？需要著重提出的是：蘇星先生幾乎與我同時也發表了關於《玉嬌李》的論文，我們許多觀點不謀而合，這使我很受鼓舞。

其五，對「蘭陵笑笑生」的理解。對蘭陵，我以為亦有其寓意，不宜簡單作地名解。美國芝加哥大學芮效衛教授〈儒家觀點下的《金瓶梅》〉曾提出：「這個蘭陵笑笑生化名是作者企圖用來給那位古代蘭陵令招魂。」我很同意！我以為：荀子的「廢死蘭陵」，使這個地方具有了放逐志士的悲劇含意，「既涵括著仕途的波折，志士的孤獨，閒居的

煩燥，世情的險惡，統治者的薄情寡義；也涵括著一種百折不撓的為理想獻身的精神，涵括著對造惡者的輕蔑和對一己之私的淡泊。」我推測：蘭陵笑笑生當是李開先戲謔脾性的雅號，當是他嫉世衷腸的飾像，當是他詩酒生涯的縮影。

其六，關於《金瓶梅》的成書過程。同中國的許多古典小說一樣，《金瓶梅》的成書有著一個複雜的過程，至今尚有許多不易接續的斷裂處。我認為：李開先當為《金瓶梅詞話》最早的作者，他在其晚年閒居章丘時，從所喜愛的《水滸傳》中擇取了西門慶的故事，經過一番心血貫注的再創作，終於寫出一部與《水滸傳》篇幅相酬的反映中晚明社會生活的全景式小說。創作這部小說的主持人是他，參與者可能有他的門客和門下說書人劉九、任良等，如果說有一個創作集體的話，則李開先是其核心人物，是他為整部書設計了主要人物和情節，也確立了主題。在他因病遽然辭世時，這部書尚未能完稿，其遺囑中所謂「《詞謔》一書未成，尤可惜也！」指的應是《詞話》即《金瓶梅》，因其《詞謔》在此時早已刊刻行世。開先逝後，旋遭家難，少妻嗣子淒淒惶惶，此書原稿可能由其弟子高應玘帶到任所，獻與其故交王世貞，王或高氏可能是補足《金瓶梅》者。

其七，一些實證。在研討過程中，有一些很有價值的實證：如經過改竄的中峰禪師〈行香子詞〉（即「卷首詞」）中竄入了李開先的詩句；如李開先園林中假山確實有一洞，其散曲中也有「藏春閣，避暑亭，得經營處且經營」曲句，如開先兩子均早殤，其長子蘇郭生於戊申，與書中第三十回將官哥兒生年誤作戊申（實為丙申）恰相合；如李開先有門客劉盧陽，一次開先在自己的生日筵席上，戲出一詩謎，謎底為「留驢陽」三字，而書中第五十一回西門慶在行房時講與潘金蓮聽的淫穢笑話，題目正是此三字。拈出這些，或皆可為內證。

我對《金瓶梅》研究的著力點在於作者考證，有時也寫點其他東西。1987 年，我在《文學評論》上發表比較《金瓶梅》與《牡丹亭》的論文〈美醜都在情和欲之間〉，獲得了學術界的好評。我認為：用肯定情而否定欲的文學批評的尺規，非一種科學的批評，在古典文學作品中，情和欲往往是牽纏粘連，互為依託，不易分割的，情有美醜，欲也有正當和非正當。壯麗娘的晶瑩通透，其燃燒的情懷也有著青春之軀的欲火，寫出了情和欲的渾然一體，阿麗小姐才顯得可信和可愛；而西門大官人的一生的欲望的航程，其把女性作為性佔有和性施虐的對象，偶然卻也能見出其深情或有情的一面，其對李瓶兒的懷念應並非假飾。我以為正由於有西門慶，所以才有杜麗娘；有西門慶的性氾濫，所以才有杜麗娘的性饑渴，他們同是晚明那個人欲橫流的封建末世的可憐的生靈。

為參加 1989 年的國際金瓶梅學術討論會，我撰寫了另一篇探討該書寫作特色的論文：〈縱欲與死亡──《金瓶梅》情節進程的剖析〉。意在從全書情節進展的角度來把握《金瓶梅》寫性寫欲的內涵，書中寫了放縱；更寫了耗損，寫了慘不忍睹的死亡，因

而其「花邊柳邊」的表層文字下底蘊著一種悲天憫人的思考,底蘊著一種哲人的悲哀。國星兄將此文收入他主編的論文集,近期我亦應三聯書店之約,準備將此文擴而大之,改寫為一本專著。

這就是我在《金瓶梅》研究中做的一點事情。

五

「最是人間留不住,朱顏辭鏡花辭樹」,王靜安先生曾在其《人間詞話》中發出近同的感慨,生命的流程就是這樣如逝水落英,去而不復呵!這幾年每見學術界先輩,問及我的年齡,總嘖嘖嘆羨謂余年青,我心中卻難免幾絲苦澀——靜安先生 35 歲時,已著成《人間詞話》《靜安文集》《宋元戲曲考》等大著,而反視自己,又做了些什麼呢?

我深知自己基礎較薄,讀書較少,還要下大氣力,才能真正做些事情。因此,我為自己安排的日程是較滿的,也想以此來鞭策自己。而今我正在與馮其庸先生、白維國兄一起做《金瓶梅詞話》的校注,工程量較大,但也是個認真重讀和領會這部奇書的過程。在此之後,我還想在更廣闊的資料背景上探討《金瓶梅》的成書問題,並正為此搜集資料。

我更渴望早日著手的,是對明代戲曲的全面研究,明正德至萬曆間金陵作為中國戲曲的中心而影響著全國的戲曲創作、理論和演出,這一問題並未得到歷史的和公正的評價。我想寫一本這方面的專著,並在此基礎上完成江蘇古籍出版社的黃希堅先生約我寫的《明代戲曲史》。

補 記

以上文字,朦朧記得是應吳敢和劉輝二兄之約寫的,算來已有二十多年光景。那時的本人還不到四十歲,為何卻拈用這樣一句詩作為標題,已然記不得,此時重新揀出,重讀一過,感慨亦多。忽忽二十年過去,連一向聲振屋瓦的劉輝兄也已長辭多年,光陰從容,人生匆迫,「最是人間留不住,朱顏辭鏡花辭樹」,仍適以寫照一個讀書人的心境。因以此題此文代後記,再補寫數語以全之。

與當年的專注於教學和研究不同,近二十年間,我輾轉於多家文化單位,主持不同性質的工作,不能不花去大量時間和精力。於是參加各種學術會議少了,與師長同好交流切磋的少了,所慶幸的是,一直未敢放棄學業,也一直未離開對《金瓶梅》的研究。我曾用五年時間對這部奇書進行評點,細讀深讀,領悟感悟,最後題曰「雙舸榭重校評批金瓶梅」。雙舸者,兩隻船也,以狀白日在事、夜晚在學之情形。世俗多謂「腳踏兩隻船」為老辣奸狡,予則知其間之大不易,則知運籌得當、處理得體亦可互為依託,還

可以讓自己精神富足、心態平正，失便宜處得便宜也。

2010 年底，本人又由《中國文化報》調任國家清史編纂委員會，三年下來，個人學術興趣竟也隨之轉移，目前正在撰寫一本有關嘉道兩朝政治的書，閱讀量很大，寫得也投入。此時重新匯錄整理舊日論文，又是應吳敢兄邀約，一個一拖再拖，一個多次敦促。兀的不急煞人也麼哥！今年春節間吳兄和嫂夫人來京，初三日到舍下小酌，面酣耳熱之際復殷殷相催，且委託妻子悅苓幫助。感兄盛意，能不從命。此一番搜輯編排，當年之簡陋孟浪、立論之急切偏謬，都來目前，然就中也有許多美好記憶在焉。因也不作大的改動，除個別文字錯訛的改正外，基本一仍其舊，算是一個真實的學術回顧吧。

謹補記數語，請學術界同仁和讀者多多賜教。

卜鍵

2014 年 4 月 25 日於北京

國家圖書館出版品預行編目資料

卜鍵《金瓶梅》研究精選集

卜鍵著.－初版.－臺北市：臺灣學生，2015.06
面；公分（金學叢書第2輯；第21冊）

ISBN 978-957-15-1670-7 (精裝)

1. 金瓶梅 2. 研究考訂

857.48   104008099

卜鍵《金瓶梅》研究精選集

著　作　者：卜　　　　　　　　鍵
主　　　編：吳　敢、胡　衍　南、霍　現　俊
出　版　者：臺　灣　學　生　書　局　有　限　公　司
發　行　人：楊　　　　雲　　　　龍
發　行　所：臺　灣　學　生　書　局　有　限　公　司
　　　　　　臺北市和平東路一段七十五巷十一號
　　　　　　郵　政　劃　撥　帳　號：00024668
　　　　　　電　話：（02）23928185
　　　　　　傳　眞：（02）23928105
　　　　　　E-mail：student.book@msa.hinet.net
　　　　　　http://www.studentbook.com.tw

定價：精裝30冊不分售
　　　新臺幣 45000 元

二 ○ 一 五 年 六 月 初 版

金學叢書 第二輯

❶ 徐朔方 孫秋克《金瓶梅》研究精選集

❷ 甯宗一《金瓶梅》研究精選集

❸ 傅憎享 楊國玉《金瓶梅》研究精選集

❹ 周中明《金瓶梅》研究精選集

❺ 王汝梅《金瓶梅》研究精選集

❻ 劉輝《金瓶梅》研究精選集

❼ 張遠芬《金瓶梅》研究精選集

❽ 周鈞韜《金瓶梅》研究精選集

❾ 魯歌《金瓶梅》研究精選集

❿ 馮子禮《金瓶梅》研究精選集

⓫ 黃霖《金瓶梅》研究精選集

⓬ 吳敢《金瓶梅》研究精選集

⓭ 葉桂桐《金瓶梅》研究精選集

⓮ 張鴻魁《金瓶梅》研究精選集

⓯ 陳昌恆《金瓶梅》研究精選集

⓰ 石鐘揚《金瓶梅》研究精選集

⓱ 王平 趙興勤《金瓶梅》研究精選集

⓲ 李時人《金瓶梅》研究精選集

⓳ 孟昭連《金瓶梅》研究精選集

⓴ 陳東有《金瓶梅》研究精選集

㉑ 卜鍵《金瓶梅》研究精選集

㉒ 何香久《金瓶梅》研究精選集

㉓ 許建平《金瓶梅》研究精選集

㉔ 張進德《金瓶梅》研究精選集

㉕ 霍現俊《金瓶梅》研究精選集

㉖ 曾慶雨《金瓶梅》研究精選集

㉗ 潘承玉《金瓶梅》研究精選集

㉘ 洪濤《金瓶梅》研究精選集

㉙ 金學索引（上編）——吳敢編著

㉚ 金學索引（下編）——吳敢編著